昔話から御伽草子へ

室町物語と民間伝承

AKIRA FUKUDA
福田　晃　著

三弥井書店

第一編　日本の「昔話」の生成

日本「昔話」の始原

――コト・フルコト・カタリゴト――

一　コト

言・語・事

藤井貞和氏が、はやくに指摘されたごとく(1)、上代における散文伝承に対する総称は、コトにあったと言える。それは、言《こと》・語《こと》・事《こと》であり、言と事との未分化の時代に生きた口頭説話の呼称とすべきものである(2)。たとえば、『日本書紀』巻十四・雄略紀二十二年の条には次のごとくに示されている。

秋七月に、丹波国《たにはのくに》の余社郡《よさのこほり》の管川《つつかは》の人瑞江浦嶋子《みづのえのうらしまのこ》、舟に乗りて釣《つり》す。遂に大亀《かめ》を得たり。便《たちま》ち女《をとめ》に化為《な》る。是《ここ》に、浦嶋子《うらしまのこ》、感《たけ》りて婦《め》にす。相逐《あひしたが》ひて海に入る。蓬莱山《とこよのくに》に到りて、仙衆《ひじり》を歴《めぐ》り観《み》る。語《こと》は、別巻《ことまき》に在り。〔語在㆓別巻㆒〕。

これは、言うまでもなく、著名な浦島伝説をあげるもので、それを「語《こと》」と称して、『丹後国風上記』逸文の「浦嶋子」のごとくに、詳細にわたる書物が別にあるという。しかもこのような引用例は、「語《こと》は穴穂天皇《あなほのすめらみこと》の紀《みまき》に在り」〔語在㆓穴穂天皇紀㆒〕（巻十四・雄略紀即位前紀）、「其の日香香《かから》等が語《こと》は、穴穂天皇紀に在り」〔其日香々等語、在㆓穴穂天皇紀㆒〕（巻十四・雄略紀十四年四月）、「語《こと》は弘計天皇《をけのすめらみこと》の紀《みまき》に在り」〔語在㆓弘計天皇紀㆒〕（巻十五・清寧紀二年十一月）、

「語は天命開別天皇《あめのみことひらかすわけのすめらみこと》の紀に在り」〔語在㆓天命開別天皇紀㆒〕（巻三十・持統紀称制前紀）など、あるいは「語《こと》は豊《とよ》御食炊屋姫天皇《みかしきやひめのすめらみこと》の紀《みまき》に見ゆ」〔語見㆓豊御食炊屋姫天皇紀㆒〕（巻二十一・用明紀元年正月）などと示される。そして、その「語」は「辞」に書きかえられる場合もあり（3）、その内容は、いずれも世に伝えられた説話をいうものであり、それがそれぞれの「天皇紀」に載せられているというのである。また、この「語」は「事」とも記されるものであったことは、「事《こと》、弘計天皇《をけのすめらみこと》の紀《みまき》に具《つまひらか》なり」〔事具㆓弘計天皇紀㆒也〕（巻十五・仁賢紀二年四月）、「佐伯部仲子、事《こと》、弘計天皇の紀に見えたり」〔佐伯部仲子、事見㆓弘計天皇紀㆒〕（同巻・仁賢紀五年二月）などの引用例によって確認される。

ところで、この「語《こと》」「事《こと》」と示される伝承説話のなかに、ムカシを発端句とするものが含まれていたかどうかは不明としなければならない。少なくとも、『日本書紀』『続日本紀』『先代旧事本紀』などに、それを確認することはできない。しかし、このコトは、次にあげるフルコトを含むものであり、かつ、後の『日本霊異記』『日本感霊録』の説話題名に添えられる「縁《こと》」、『今昔物語集』のそれの「語《こと》」、その他の説話物語集・軍記物語における題名・章段名の「事」ともかかわることが指摘されている（4）。それならばそのコトには、少なくともムカシに属する伝承説話が胚胎していたと推することは許されよう。

なお藤井貞和氏は、右の「縁」ともかかわって、コトのなかの中心的なものとしてコトノモトを論究されている（5）。それによると、コトノモトは、「現在の成語やでき事を、神話的に起源の説明をする、関係づけの説話」を意味する（6）という。そして、それは、

　時に、天稚彦、新嘗《にひなへ》して休臥せる時なり。矢に中《あたり》りて立《たちどころ》に死ぬ。此世人《これよのひと》の所謂る、反矢《かへし》畏《い》むべしいふ縁《ことのもと》なり。〔此世人所謂、反矢可㆑畏之縁也〕（『日本書紀』巻二・神代下）

などと、多くはコトワザの起源を説くものであるが、「今の俗《よ》に、衣服を白羽と謂ふは、此の縁《ことのもと》なり」〔今俗、衣

服謂㆓之白羽㆒、此縁也」（『古語拾遺』長白羽神の割注）、「今の俗《よ》に、強《こは》き女を於須志《おずし》と謂ふは、此の縁《ことのもと》なり」〔今俗、強女謂㆓之於須志㆒、此縁也」（同書・天細女命の割注）などと、コトワザに準ずる古語の起源を説くものも少なくない。また、それは、「今、世人《よのひと》、夜、一片之火《ひとつびとぼすこと》忌む、又夜擲櫛《なげぐし》を忌む、此其の縁《ことのもと》なり」〔今世人夜忌㆓一片之火㆒、又夜忌㆓擲櫛㆒、此其縁也〕（『日本書紀』巻一・神代上）、「此桃を用て鬼を避く縁なり」〔此用㆑桃避㆑鬼之縁也〕（同書巻一・神代上）などと、俗信・習俗の由来を説くものも多い。しかし、そのコトノモトの叙述がムカシを発端句とするものを含むかどうか、これも明らかではない。が、その「縁」は、「今」のコトの起源を説くものとなっており、「昔」が主張される可能性を孕んでいたと言えよう。しかも、今日の昔話の伝承には、このコトノモトの叙述に通じるものを多く見出す。たとえば、諺・俗信などの由来を説く昔話はきわめて多い。[7] 習俗の由来を説くそれも多く、特に南島方面には、昔話の由来譚的傾向の濃厚なることが指摘されている。[8] あるいは、南島には、『竹取物語』よろしく、一節ごとに、コトワザの由来を説くンキャバナシ群も見出される。[9]

ところで、コトノモトの叙述の重要なものに、地名の起源を説く語群のあることが指摘されている。[10] たとえば、それは、

伊予《いよ》の郡《こほり》。郡家《こほりのみやけ》より東北《うしとら》のかたに天山《あめやま》あり。天山と名づくる由《ゆゑ》は、倭《やまと》に天加具山《あめのかぐやま》あり。天《あめ》より天降《あま》りし時、二つに分れて、片端《かたはし》は倭の国に天降《あまくだ》り、片端は此の上に天降りき。因《よ》りて天山《あめやま》と謂ふ、本《ことのもと》なり。〔因謂㆓天山㆒、本也〕（『伊予国風土記』逸文）

などと叙述される。その「本」は、先の「縁」と同じくコトノモトと読むべきもので、[11] これは、創世神話とつながる天山の地名起源譚と言える。そして、そのコトノモトの叙述は、「今」に応じて「昔」を発端とすることがある。たとえば、次の例がそれである。

野間《のま》の郡《こほり》。熊野《くまの》の岑《みね》。熊野と名づくる由《ゆゑ》は、昔時《むかし》、熊野と云ふ船《ふね》を此に設《つく》りき。今に至るまで、石と成りてあり。困りて熊野と謂ふ、本《ことのもと》なり。〔因謂二熊野一、本也〕（『伊予国風土記』逸文）

勿論、『風土記』はフルコトを収載するものであり、それがしばしばムカシを発端句とするものであれば、右の文にそれが見出されることは当然とすべきであろう。しかし、ここでは、そのコトノモトもまた、ムカシによって叙述されることを注目しておく。が、その地名の起源を説くコトノモトを今日の伝承に求めると、それは昔話の世界よりも、民間の神話・伝説のそれに見出されるものとなる。つまりコトノモトは、いまだ神話・伝説・昔話の混沌たる未分化のなかにあったと言わねばなるまい。

二　フルコト

フルコトとヨミ

「古語」「旧辞」「古事」「故事」などと表記されるフルコトは、「何らかの固定的な、権威のある、そして古くから伝えられてきたとされる、一の言語的詞章」(12)であり、創世神話とつながる起源譚を中心内容とするものであった(13)。しかも、その伝承は、口誦によることを原則とし、主に語部《かたりべ》などの特定の者によるものであった。

そのフルコトを収録した第一の書物は、言うまでもなく『古事記』である。すなわち、それは、太安万侶の誌す序文に、次のように見えている。

飛鳥《あすか》の清原《きよはら》の大宮《おおみや》に大八州御《おはやしまぐにしら》しめしし天皇《すめらみこと》の御世に曁《いた》りて、……潭《ふか》く上古を探り、心鏡は煒煌《ゐくわう》として、明らかに先代を観《み》たまひき。是に天皇詔《の》りたまひしく、「朕《われ》聞く、(ア)諸家の賫る帝紀Ⓐ及び本辞Ⓑ、既に正実に違ひ、多く虚偽を加ふと。今の時に当りて、其の失《あやまり》をも改めずば、未だ幾年をも経ずして其の旨滅びなむとす。斯《こ》れ乃ち、邦家の経緯、王化の鴻基《こうき》なり。故惟《かれこ》れ、(イ)Ⓐ帝紀を撰録し、Ⓑ旧辞を討覈して、偽《いつは》りを削り実《まこと》を定めて、後葉《のちのよ》に流《つた》へむと欲《おも》ふ」とのりたまひき。時に舎人《とねり》有りき。姓《うち》は稗田《ひえだ》、名は阿礼《あれ》、年は是れ廿八。人と為《な》り聡明にして、目に度《わた》れば口に誦《よ》み、耳に払《ふ》るれば心に勒《しる》しき。即ち、阿礼に(ウ)勅語して帝皇日継Ⓐ及び先代旧辞Ⓑを誦習はしめたまひき。然れども、運《とき》移り世異《かは》りて、未だ其事を行ひたまはざりき。

伏して惟ふに、皇帝陛下、一を得て光宅し、三に通じて亭育したまふ。……焉《ここ》に、(エ)Ⓑ旧辞の誤り忤へるを惜しみ、Ⓐ先紀の謬り錯れるを正さむとして、和銅四年九月十八日を以ちて、臣安万侶に詔りして、稗田阿礼の誦む所の(オ)勅語のⒷ旧辞を撰録して献上せしむといへば、謹みて詔《おほみこと》旨の随《まにま》に、子細《しさい》に採《と》り摭《ひろ》ひね。……

つまり、天武帝が稗田阿礼に誦み習わしめなさったものは、Ⓐ帝紀（ア・イ）＝帝皇日継（ウ）、およびⒷ本辞（ア）＝旧辞《ふるごと》（イ）＝先代旧辞《さきつよのふるごと》（ウ）であるが、藤井貞和氏が指摘されるごとく、(14)元明帝が太安万侶に撰録させなさったものは、帝紀・帝皇日継に当たるⒶ先紀（エ）及びⒷ旧辞を正すことを目途としながら、「勅語の旧辞」（オ）に限られており、その点において『日本書紀』の編集方針と異同があり、本書がフルコトの集なることを意味づけていることにもなる。

特に右の記事で注目されるのは、その「勅語の旧辞」が稗田阿礼の「所㆑誦《よム》」とすることである。すなわち、阿礼は、「度ル㆑目ニ」「払ルル㆑耳ニ」ものをたちまちに「勒シルス㆑心ニ」とともに「誦ム㆑口ニ」ことを得意としたのであり、それゆえに天武帝は、阿礼に「帝皇日継及び先代旧辞」を「令メ㆑誦ミ‐習ハ」たのであった。藤井氏は、「ヨムことによって聖化する、といっていけなければ正式のものとする」と説かれるが、(15)これも的確な指摘であろう。フルコトは、元来、ヨムものであり、そのヨムは、呪性の働きのもっとも強い言語行為であった。(16)そして、それは、後の大嘗祭における語部の奏する古語に引き継がれていると言えよう。すなわち、『貞観儀式』巻三の〈践祚大嘗祭儀中〉や『延喜式』巻七の「神祇七」〈践祚大嘗祭〉などには、宮内の官人に率いられた吉野の国栖・楢の笛工による古風、悠紀の国司に率られた歌人による国風の奏上の後、伴宿祢一人と佐伯宿祢一人に率いられた、それぞれ十五人の語部《かたりべ》による「古詞」の奏上が記録されているが、『北山抄』巻五や『江家次第』巻十五などには、その「古詞」の奏上を

其音似祝、又渉哥声、出雲美濃但馬語部各奏之　（『北山抄』）

と注している。その奏上の音律は、「祝」（祝詞）に近似し、「歌」にも通じるというのであるが、これがヨムの義であろう。果たして『北山抄』には、

古次第云、語部奏古詞、其声如祝詞、賜松明読之、

という、押紙の注が附されている。その音律は祝詞のごとくであり、すでにそれは祝詞と同じく、台本によって読みあげられている。そして、その「松明を賜はりて之を読む」は、口承によるヨムを継承したものにほかならなかったと言えようか。

フルコトとカタリ

勿論、フルコトは「語部」によって管掌されるものであれば、それはカタルものであると言わねばならないが、そのカタリのなかでもっとも聖なるものがヨムものであったということになる。そして、そのヨムことを原則としたフルコトは、元来、ムカシを発端句とすべきものではなかったらしい。すなわち、それは、『古事記』収載する説話で「昔」を発端句とするものが希有であることからも言えよう。既に別稿「日本昔話の成立―叙述形式『ムカシ』の生成をめぐって―」(17)で検したように、『古事記』のなかで、ムカシを発端句とする説話は、中巻「応神記」の天之日矛

譚のみであった。また、『古事記』に対して、そのフルコトの遣れるものを掲げた『古語拾遺』も、ムカシを発端句とする説話をあげることはない。また、『古事記』と深くかかわりながら、編集方針を異として成った『日本書紀』も、フルコトを採用しながら、ムカシを発端句とする説話は、ほとんど見ることがない。すなわち、『日本書紀』編纂のはじめは、巻二十九（天武紀）十年三月十七日の条に、

丙戌《ひのえいぬ》に、天皇、大極殿《おほあんどの》に御《おはしま》して、川嶋皇子《かはしまのみこ》・忍壁皇子《おさかべのみこ》・広瀬王《ひろせのおほきみ》・竹田王《たけだのおほきみ》・桑田王《くわたのおほきみ》・三野王《みののおほきみ》・大錦下《だいきむげ》上毛野君《かみつけのきみ》三千《みちち》・小錦中《せうきむちう》忌部連首《いむべのむらぢおびと》・小錦下《せうきむげ》阿曇連稲敷《あづみのむらぢいなしき》・難波連大形《なにはのむらぢおほかた》・大山上《だいせんじゃう》中臣連大嶋《なかとみのむらぢおほしま》・大山下《だいせんげ》平群臣子首《へぐりのおみこびと》に詔《みことのり》して、Ⓐ帝紀及びⒷ上古の諸事を記《しる》し定《さだ》めしたまふ。

とあることで知られるが、そのⒷの「上古《いにしへ》の諸事《もろもろのこと》」〔上古諸事〕が『古事記』の「先代旧辞」に当たると判じられるゆえ、そこにフルコトが素材として用いられていたことは確かである。が、ムカシを発端句とする例話は、巻三〈神武紀〉三十一年四月の望国における秋津洲地名起源譚に続けて、

昔《むかし》、伊奘諾尊《いざなぎのみこと》、此の国を目《なづ》けて曰《のたま》はく、「日本《やまと》は浦安《うらやす》の国、細戈《くはしほこ》の千足《ちた》る国、磯輪上《しわかみ》の秀真国《ほつまくに》」とのたまひき。秀貴国、此をば袍圓莽句儵《ほつまくに》と云ふ。複大已貴大神《またおほなむちのおほかみ》、目《なづ》けて曰《のたま》はく、「玉牆《たまかき》の内《うち》つ国」とのたまひき。饒連日命《にぎほやひのみこと》、天磐船《あまのいはふね》に乗りて、太虚《おほぞら》を翔行《めぐりゆ》きて、是《こ》の郷《くに》を睨《おせ》りて降《あまくだ》りたまふに及至《いた》りて、故《かれ》、困りて目《なづ》けて、「虚空《そら》見つ日本《やまと》の国《くに》」と曰ふ。〔昔伊奘諾尊目㆓此国㆒曰、日本者浦安国、細戈千足国、磯輪上秀真国……〕

などとあるのに限られている。(18) およそ神話伝承とつながる起源譚を中心とするフルコトは、ムカシの世界に属するものではなかったらしい。

ところが、既に別稿で検したごとく、『古事記』『日本書紀』と相前後して編纂が試みられた古風土記群となると、その素材となったフルコトは、ムカシを発端句とするものが少なくなかったのである。すなわち、その編纂の意図は、

『続日本紀』和銅六年の条に、

五月甲子。畿内七道諸国ノ郡郷名ハ著ケヨ二好キ字一。其ノ郡内ニ所ノレ生スル。銀銅彩色草木禽獣魚虫等ノ物ハ。具ニ録セシム二色目ヲ一。及ヒ土地ノ沃塉。山川原野ノ名号所由。又古老ノ相伝旧聞事。載セテ二于史籍ニ一亦宜二言上一。

と録されている。そして、これに応えるがごとくに、『常陸国風土記』は、

常陸《ひたち》の国の司《つかさ》、解《げ》す。古老《ふるきおきな》の相伝《あひつた》ふる旧聞《ふること》を申《まを》す事。〔常陸国司　解　申二古老相伝旧聞一事〕

によって始められている。しかも、それは、「昔」、「古へ」、あるいは「○○天皇のみ世」等々を発端句とする説話が掲げられており、(19)『記』『紀』などの叙述方法と異なるものとなっている。あるいは同じくフルコトを素材としながら、その内容に相当の異同のあったことが思われる。つまり、その「古老相伝ノ旧聞異事」(『続日本紀』)、「古老相伝旧聞」(『常陸国風土記』)は、「先代旧辞」(『古事記』)、「上古諸事」(『日本書紀』)とは、必ずしも一致するものではなかったということである。古風土記が要請されたフルコトは、その地域の「古老」の伝えるものであり、『常陸国風土記』は、本文を、

国郡の旧事を問ふに、古老の答へて曰《い》へらく、……〔問二国郡旧事一、古老答曰……〕

と始めて、しばしば「古老の曰《い》へらく」「古老の曰《い》へらく」としてフルコトを引用している。これに対して、『古事記』『日本書紀』のフルコトは、言うまでもなく、専門的な語部《かたりべ》の伝えるものであれば、それと古老の伝承叙述の方法にも、いささかの異同があったにちがいない。すでにふれたごとく、語部の管掌するフルコトの中心は、ヨムことであったが、古老のそれは、「相伝《あひつたふる》」ものであって、ヨミ・カタリから、「古老の曰《い》へらく」のイフに及ぶものであったと言える。そして、それがフルコトの素材を拡大させることになったと推するのである。すなわち、『常陸国風土記』で代表される古風土記は、神話的伝承に留まらずして、伝説に展開するイニシヘガタリ、昔話に派生するムカシ

ガタリ、事実譚・世間話に赴くヨガタリ等々に準ずる伝承を含んでいる。ただし、『出雲国風土記』は、当国の語部の伝えるフルコトによるところが多かったらしく、(20)『記』『紀』に準じてムカシを発端句とする叙述がうかがえない。が、ちなみに、『常陸風土記』などの「古老の相伝ふる旧聞」に近似するものを現代に探すと、南島におけるチティバナシ（伝え話）が当たるであろう。(21)そして、それは、モノ・コトの由来・起源譚を中心として、神話から伝説・昔話・史譚・笑話・鳥獣草木譚および世間話までを含む、混沌たる伝承内容を示すものである。

フルコトの伝承

右のごとく、フルコトは、語部《かたりべ》の伝えるものから古老のそれに及ぶものであり、その内容も創世神話とつながる起源譚から伝説・昔話・世間話に展開する伝承群にまで及ぶものとなっている。そして、それは時代の進展のなかで、より多様な伝承を含むものと転じていったようである。

たとえば、『続日本後紀』巻十九によると、仁明天皇嘉承二年三月二十六日、興福寺大法師らが天皇四十歳の宝算を賀するために、「今至二僧中一。頗存二古詞一」ものから素材を選んで造物を作り、それに長歌を添えて奉献しているが、その造物は、(1)「天人不レ拾レ芥」、(2)「天衣罷レ払レ石」、(3)「翻二擎御薬一。倶来祇候」、(4)「浦嶋子暫昇二雲漢一。而得二長生一」、(5)「吉野女眇通二上天一而且去」など、『浦島子伝』や『柘枝伝』によるもので、(22)それを長歌で、次のように説いている。

故事尓。云語来留澄江能渕尓釣世志。皇之民。浦嶋子加。天女。釣良礼来弖。紫。雲泛引弖。片時尓。将弖飛往天是曽此乃。
常世之国度。語良比弖。七日経志加良。無レ限久。命有志波。此嶋尓許曽。有介良志。三吉野尓。有志能志祢。天女。来通弖。
其後波。蒙レ譴天。毗礼衣。着臣飛尓支度云是亦。此之嶋根乃人尓許曽。有岐度云那礼。……

つまり、その「古詞」「故事」は、わが国にあって、仙女と契ったという浦嶋子・熊志祢の言い伝えをいうのであるが、それは、「此嶋にこそありけらし」「此之嶋根の人にこそありきと云ふなれ」と叙されて、伝説から虚構の世界に近づいた伝承に変異している。

また、『源氏物語』などによれば、フルコトは、

明石の入道、行ひ勤めたるさま、いみじう思ひすましたるを、たゞ、このむすめ一人を、もてわづらひたる気色、いとかたはらいたきまで、時〴〵、もらし憂へきこゆ。……年は、六十ばかりになりたれど、いと清げにあらまほしう、行ひさらばひて、人のほどの、あてはかなればにやあらむ、うちひがみ、ほれ〴〵しき事はあれど、いにしへの物をも見知りて、物きたなからず、由づきたる事もまじれゝば、昔物語などせさせて、聞き給ふに、すこし、つれ〴〵のまぎれなり。年頃、おほやけ、わたくし、御いとまなくて、さしも聞きおき給はぬ、世の古事ども、くづし出でゝ、聞ゆ。（明石の巻）

などとあり、「昔物語」とほぼ同義的に用いられることもある。あるいは、

なが雨、例の年よりもいたくして、晴るゝ方なく、つれ〴〵なれば、御方々の、絵物語などのすさびにて、明かし暮らし給ふ。……とのも、こなたかなたに、かゝるものどもの散りつゝ、御目に離れねば、「あなむつかし。女こそ、ものうるさがらず、人に欺かれむと、生まれたるものなれ。こゝらのなかに、まことは、いと少なからむを。かつ知る〳〵、かゝるすゝろ事に心を移し、はかられ給ひて、あつかはしき五月雨髪の乱るゝも知らで、書き給ふよ」とて笑ひ給ふものから、また、「かゝる世のふる事ならでは、げに、何をか、紛るゝことなきつれ〴〵を慰めまし。……このごろ、をさなき人の、女房などに時々読ますするを、たち聞〔け〕ば、物よくいふものゝ、世にあるべきかな。空言を、よくし馴れたる口つきよりぞ、いひ出すらむとおぼゆれど、さしもあらじ

や」とのたまへば、「げに、いつはり馴れたる人や、さま〴〵に、さも酌み侍らむ。たゞ、いとまことのことこそ、思う給へられけれ」とて、すゞりおりやり給へば、……「さて、かゝる古事の中に、まろがやうに、実法《じほふ》なる痴物《しれもの》の物語はありや。……いざ、たぐひなき物がたりにして、世に伝へさせむ」とてさし寄りて、聞こえたまへは、……

（蛍の巻）

などとあり、その「ふる事」「古事」は、まことかまことならぬか分明できない物語を意味して用いられている。しかし、前者のフルコトは、口承の昔物語であり、後者のそれは、書かれた古物語・絵物語をさしている。

三　カタリゴト

フルコトと神語

三谷栄一氏は、はやく『物語文学史論』の「物語の発生」の項において、家々のフルコトを伝えるものがカタリゴトであると説かれている。そして、それは、具体的には、『古事記』上巻の「神語《かむかたり》」、および下巻の「天語歌《あまかたりうた》」における「事の語言《かたりごと》」〔許登能　加多理其登〕によるものであった。

そこで、今は、前者の「神語」を含む叙述を掲げて検討しておこう。言うまでもなく、それは、大国主神の沼河比売求婚にかかわるものであった。

此の八千矛《やちほこの》神、高志国《こしの》の沼河比売《ぬなかはひめ》を婚《よば》はむとして、幸行《い》でましし時、共の沼河比売の家に到りて、歌ひたまひしく、

八千矛《やちほこ》の　神の命《みこと》は　八島国《やしまくに》　妻枕《つまま》きかねて　遠遠《とほとほ》し　高志《こし》の国に　賢《さか》し女《め》を　有りと聞《き》かして　麗《くは》し女《め》を

有りと聞こして　さ婚《よば》ひに　あり立たし　婚《よば》ひに　あり通《かよ》はせ　太刀《たち》が緒《を》も　いまだ解《と》かずて　襲《おすひ》をも
いまだ解かねば　嬢子《おとめ》の　寝《な》すや板戸《いたど》を　押《お》そぶらひ　我《わ》が立たせれば　引《ひ》こづらひ　我が立たせれば　青山《あをやま》
に　鵼《ぬえ》は鳴きぬ　さ野《の》つ鳥　雉《きぎし》はとよむ　庭《には》つ鳥《とり》　鶏《かけ》は鳴く　心痛《うれた》くも　鳴くなる鳥か　この鳥も　打《う》ち
止めこせ《や》ぬ　いしたふや　天馳使《あまはせづかひ》　言《こと》の語《かたりごと》　事も　是《こ》をば　（A）
とうたひたまひき。爾に其の沼河比売、未《いま》だ戸を開《ひら》かずて、内《うち》より歌ひけらく、
八千矛《やちほこ》の神の命《みこと》　ぬえ草《くさ》の　女《め》にしあれば　我が心　浦渚《うらす》の鳥ぞ　今こそは　我鳥《わどり》にあらめ　後《のち》は　汝鳥《などり》に
あらむを　命《いのち》は　な殺《し》せたまひそ　いしたふや　天馳使《あまはせづかひ》　事の　語《かたりごと》　事も　是《こ》をば　（B）
青山《あをやま》に　日《ひ》が隠《かく》らば　ぬばたまの　夜《よ》は出でなむ　朝日の　笑《ゑ》み栄え来て　栲綱《たくづの》の　白き腕《ただむき》　沫雪《あわゆき》の　若《わか》や
る胸を　そだたき　たたきまながり　真玉手《またまで》　玉手《たまで》さし枕《ま》ぎ　百長《ももなが》に　寝《い》は寝《な》さむを　あやに　な恋《こ》ひ聞《き》こし
八千矛の　神の命　事の　語言も　是をば　（C）
とうたひき。故《かれ》、其の夜は合《あ》はずて、明日《くるひ》の夜、御合《みあい》為《し》たまひき。
又其の神の嫡《おほきさき》后須勢理毘売《の》命、甚《いた》く嫉《うはなりねたみ》妬為《し》たまひき。故《かれ》、其の日子《ひこ》達《ち》の神和備弖《わびて》、三字は音を以ゐよ。出雲より倭国《やまとのくに》
に上《のぼ》り坐《ま》さむとして、束装《よそひ》し立たす時に、片御手《かたみて》は御馬《みま》の鞍《くら》に繋《か》け、片御足《かたみあし》は其の御鐙《みあぶみ》に踏み入れて、歌ひた
まひしく、
ぬばたまの　黒き御衣《みけし》を　まつぶさに　取り装《よそ》ひ　沖つ鳥《とり》　胸《むね》見る時　はたたぎも　これは適《ふさ》はず　辺《へ》つ波
そに脱《ぬ》き棄《う》て　鴗鳥《そにどり》の　青き御衣《みけし》を　まつぶさに　取り装ひ　沖つ鳥　胸《むね》見る時　はたたぎも　此《こ》も適《ふさ》はず
辺つ波　そに脱き棄《う》て　山県《やまがた》に　蒔《ま》きし　あたね舂《つ》き　染木《そめき》が汁《しる》に　染《し》め衣《ころも》を　まつぶさに　取り装ひ　沖
つ鳥　胸《むね》見る時　はたたぎも　此《こ》し宜《よろ》し　いとこやの　妹《いも》の命《みこと》　群鳥《むらとり》の　我《わ》が群《む》れ往《い》なば　引《ひ》け鳥《とり》の　我《わ》が

引け往《い》なば　泣かじとは　汝《な》は言ふとも　山処《やまと》の　一本薄《ひともとすすき》　項傾《うなかぶ》し　汝《な》泣かさまく　朝雨《あさあめ》の　霧《きり》に立たむぞ
若草の　妻の命《みこと》　事の　語事《かたりごと》も　是《こ》をば　（D）

とうたひたまひき。爾に其の后《きさき》、大御酒杯《おおみさかづき》を取り、立ち依《よ》り指挙《ささ》げて歌ひまたひしく、

八千矛の　神の命《みこと》や　吾《あ》が大国主《おほくにぬし》　汝《な》こそは、男《を》に坐《いま》せば、打ち廻《み》る　島《いそ》の埼崎《さきざき》　かき廻《み》る磯《いそ》の崎《さき》落ちず
若草の　妻持たせらめ　吾《あ》はもよ　女《め》にしあれば　汝《な》を除《き》て　男《を》は無し　汝《な》を除《き》て　夫《つま》は無し　綾垣《あやかき》の　ふは
やが下《した》に　苧衾《むしぶすま》　柔《にこ》やが下《した》に　栲衾《たくぶすま》　さやぐが下《した》に　抹雪《あわゆき》の　若やる胸を　栲綱《たくづの》の　白き　腕《ただむき》　そだたき
たたきまながり　真玉手《またまて》　玉手さし枕《ま》き　百長《ももなが》に　寝《い》をし寝《な》せ　豊御酒《とよみき》　奉《たてまつ》らせ　（E）

とうたひたまひき。如此《かく》歌ひて、即ち宇伎由比《うきゆひ》六字は音を以ゐよ。為《し》て、宇那賀気理弖《うながけりて》六字は音を以ゐよ。今に至るまで鎮《しづ》まり坐《ま》す。

此れを神語《かむがたり》と謂《い》ふ。

すなわち、これは、末尾に「此れを神語《かむがたり》と謂ふ」とあるごとく、（A）～（E）の長歌の由来を説くフルコトであった。その長歌は、（E）を除いて、「事《こと》の語事《かたりごと》も是《こ》をば」を結びにもつもので、これを「神語」という。その「神語」とは、「語《かたり》」であると同時に「歌」であったことは、同じ形式によるものが下巻で「天語歌」と称されていることで明らかである。つまり、この歌ぐさは、歌うがごとく語るがごとく、暗誦されるものであったらしい。それならば、大嘗祭に語部が奏上した古詞が「其音似祝、又渉哥声」と注されていたことを思い出さねばなるまい。つまり、「神語」は、ヨムことによる古詞に近似しながら、いちだんと叙事性を加えてカタルものであり、かつ叙情性を添えてウタわれるものであったと言える。しかも、それは、ヨミの呪性に通じて、かつそれの高調したものということになる。そして、このように、ヨミでもありウタでもある叙述は、今日の伝承としては、後に引くごとく、南島の呪詞に見出される。

神語と沖縄のターベ

さて、その「神語《かむがたり》」の「語《かたり》」は、八千矛神（A）、沼河比売（B）（C）、日子遅の神＝八千矛神（D）、須勢理毘売命（E）の神々が、一人称で歌うものであり、それはアイヌのユーカラなどでよく知られるごとく、神憑《がか》りする巫覡の語りを始原とするものと言える。ところが、第一の八千矛神の語り（A）冒頭に、かつての巫覡で、今の語り手なる者の三人称の発想が、「八千矛の　神の命は　八島国　妻枕きかねて……」と示される。が、これは矛盾というよりも、「神語」の主人公と、その神の憑《の》りうつった巫覡の語り手との関係で、当然おこることであった。たとえば、沖縄・宮古島のターベの幾つかをあげてみよう。(23)

一　やふぁだりる　むむかん　　穏やかな百神
　　はらい　はらい（以下略）　〔囃子。祓い祓い、の意〕
　　なゴだりる　ゆなオさ　　和やかな世直さ〔大皿の名〕
二　てぃんだオノ　みオぷぎ　　天道のお蔭で
　　やぐみゅーいノ　みオぷぎ　　恐い多い神のお陰で
三　あさてぃだノ　みオぷぎ　　父太陽《あさてだ》のお陰で
　　うやてぃだノ　みオぷき　　親太陽のお陰で
四　ゆーチキ　みうふぎ　　夜の月のお陰で
　　ゆーてぃだノ　みうふぎ　　夜の太陽〔月〕のお陰で
五　にだりノシ　わんな　　根立て主のわたしは

　　やぐみかん　わんな　　　恐れ多い神のわたしは
六　ゆーむとぅぬ　かんみょー　　　四元《むとう》の神は
　　ゆーにびぬ　かんみょー　　　四威部《いべ》の神は
七　かんま　やふぁたりる　　　神は穏やかに
　　ぬっさ　ぷゆりたる　　　主は静かに
八　んまぬかん　わんな　　　母の神であるわたしは
　　やぐみ　うふかんま　　　恐れ多い大神は
九　いチゆ　あらけんな　　　一番新しくは
　　いチゆ　ばずみんな　　　一番初めには
一〇　たばりジーん　うりてぃ　　　タバリ地〔地名〕に降りて
　　かんぬジーん　うりてい　　　神の地に降りて
一一　かなぎがーぬ　みじゅオ　　　カナギ井戸の水を
　　かんぬかーぬ　みじゅゆ　　　神の井戸の水
一二　シるまふチ　うきてぃ　　　白い真口に受けて
　　かざまふチ　うきてぃ　　　美しい真口に受けて（みると）
一三　かなぎかーぬ　みずざ　　　カナギ井戸の水は
　　かんぬかーぬ　みずざ　　　神の井戸の水は
　　……………………………………〈祓い声〉

およそターべは、「崇べ」を意味するもので、神託に類するミセセル（御宣る）に対して、神を誉《ほ》め讃《たた》えてお願い申し上げる祝詞に類するものである。ところが、実際の伝承においては、両名はきわめて近接したものとなっておりミセセルが祝詞に近づくごとくに、ターべは古い神託の姿を留めている。[24]そして、元来、ミセセルもターべも、ヨミに属するもので、律語によって唱えられるのであるが、宮古地方においては、歌われるもので、[25]それは、当面の「神語」の形にきわめて近いと言える。が、右に掲げた（祓い声）は、先ず冒頭の一連から五連までで高級の神々を誉め讃え、五連以下で、狩俣の草創神であるンマヌ神（母の神）が村を創立するために、水源の泉井を求めて、宮古島の北部を遍歴、ついにイスガ井にたどり着き、そこで村立てするに至る島建神話を歌っている。そして、その語りのなかで、五連では草創者自ら「根立て主のわたしは」、八連では「母の神であるわたしは」と神々の口を通して、一人称発想をみせる。しかも、それに続けて「恐れ多い神のわたしは」「恐れ多い大神は」と歌って、いささか三人称的発想への揺れをみせる。また〈ヤーキャー声《ぐい》〉のターべは、

四　にだりぬシ　わんな　　根立て主のわたしは
　　やぐみ　うふかんま　　恐れ多い大神は
五　ゆーむとぅぬ　かんみょー　　四元《むとう》の神は
　　ゆーにぴぬ　かんみょー　　四威部《いべ》の神は
六　かんま　やぱたりる　　神は穏やかに
　　ぬっさ　ぷゆたりる　　主は静かに
七　んまぬかん　わんな　　母の神であるわたしは
　　やぐみ　うふかんま　　恐れ多い大神は

八　いっちゅー　あらけんな　　一番新しくは
　　いっちゅー　ぱジみんな　　一番初めには
九　ばんが　てぃんにゃういん　　わたしの天の上に
　　ゆぬてぃんにゃういん　　同じ天の上に
一〇　はーるかつぁ　なかん　　張る蚊帳の中で（暮らしていて）
　　まーるかつぁ　なかん　　丸蚊帳の中で（暮らしていて）
一一　やばだりる　かんむ　　穏やかな神は
　　みやコしゆィ　かんむ　　宮古主である神は
一二　あさてぃだからよーやー　　父太陽から
　　うやてぃだからよーやー　　親太陽から
一三　なかじまん　うりてぃ　　中島に降りて
　　なかだらん　うりてぃ　　中平ら〔島〕に降りて

……………　　……………

など、四連・七連・九連に一人称的発想をみせながら、十一連には「穏やかな神は、宮古主である神は」と三人称発想がうかかえる。あるいはまた〈根の世勝りのタービ〉は、

二〇　ふーしー　ふーしー（以下略）　　〔上の囃子と替わる〕
　　にーぬ　ゆまさイざよー　　根の世勝りは
　　ういかなシ　かんま　　上の主である神は

二一　びきりゃーがん　やりば
さむりゃがん　やりば
二二　んまぬかん　とぅゆみゃどぅ
やぐみ　うぷかんどぅ
二三　かんふみゃイ　とぅらまい
うぃふみゃイ　とぅらまい
二四　あーイっぞーが　うぃん
っヴぁーらっぞーが　うぃん
二五　むむゆんま　だきゃい
やシゆんま　だきゃい
二六　かいしょイ　わんどー
むどぅしょイ　わんどー
……………

男神であるから
土神であるから
母の神の鳴響《とよ》み親が
恐れ多い大神が
神踏み合い〔集まり〕をとられて
上踏み合いをとられて
東門の上に
上手の門の上に
百弓を抱いて
八十弓を抱いて
（敵を）追い返しているのはわたしだ
追い戻しているのはわたしだ
……………

など、全体が三人称で歌われているが、二六連のごとき一人称発想もしばしば見せている。(26)

神語の結句と沖縄のターベ

次に「神語」が末尾に添える「いしたふや　天馳使　事の語言も　是をば」（A）（B）、「事の語言も是をば」（C）（D）の意義を検討してみる。これについても、はやく三谷栄一氏は、昔話の結句に準ずるものと説かれている。(27)

きわめて注目すべきご意見であるが、同じく、宮古島のタ―ベによって考えてみる。ここでは、タ―ベの典型的形式を見せる〈山のフシラズ〉をあげる。すなわち、これは、およそ全体を三人称で歌っているが、十八連あたりには、やはり一人称発想がうかがえる。

（A）一	やまぬ　ふしらイざ　きョー	山のフシラズ〔神名〕は〔囃子〕
	ふらーぬ　うばらジざ	子のウパラジは
二	ふらがんどぅ　やりば	子供の神であるから
	またがんどぅ　やりば	子孫の神であるから
三	んまぬかん　みゆふぎ　きょー	母の神のお陰で〔囃子、以下略〕
	やぐみかん　みゆふぎ　きょー	恐れ多い神のお陰で
四	ゆらさまイ　みゆふぎ　きょー	許されるお陰で
	ぷかさまイ　みゆふぎ　きょー	満たされるお陰で
五	ばがにふチ　オコい　きょー	わが根口《にーふち》のお声で
	かんむだま　まくい	神の真玉の真声で
六	うトもゆん　とよま	（神の）お供〔神女〕も鳴響《とよ》もう
	うチきゆん　みやがら	（神の）お付き〔神女〕も名を揚げよう
（B）	〔ここから歌う調子が変わる〕	
七	やまぬ　ふしらっざ　きょー	山のフシラズは〔囃子〕
	ふらぬ　うふぁらイざ	子のウパラジは

八　いっちゅ　あらけんな
いっちゅ　ばずみんな
九　まいにゃうふや　まんざん
あらうりが　まきゃどぅん
一〇　やーがまや　たてょり
いチぐーやーや　たてょり
一一　うふぐふむとぅぬ
さとぅんなか　むとぅぬ
一二　なぎん　うきトりょり
チまん　うきトりょり
一三　てぃらぬぷジとぅゆみゃや
ういなっヴぁまノシざ
一四　おーやらびがまぬ
おぶシながまぬ
一五　チキミーチ　なイきゃー
てぃらももか　んてぃきゃー
一六　なぎゃぎがに　やまう
シりゃぎがに　やまう

一番新しくは
一番初めには
前の家大家〔元の名〕の万座に
新降りのマキャ殿に
小さな家を建てて
板拵えの家を建てて
大城元《むとぅ》の
里中の元
〔屋敷の〕長さを計りとり
幅を計りとり
ティラの大按司鳴響《とよ》み親は
上〔神〕の子の真主は
青童が
幼い子供が
月三月になるまで
太陽百日に満ちるまで
薙ぎ難い山を
剃り難い山を

一七 やまぬ　ふしらイざ　　山のフシラズは
ふらぬ　うふぁらイざ　　子のウパラジは
一八 ばんやらばだらい　　わたしならば
さシやらばだらい　　佐司《さす》ならば
一九 ぶなりゃぎトイ　トりょり　　裾を捲り
チがとぅイ　とりょり　　裾を捲り
二〇 ただぬ　ピとぅとぅくん　　ただのひと時に
ただノ　かたトキん　　ただの片時に
二一 なぎゃぎでぃがらよ　　薙ぎ払ってから
シりゃーぎがらよ　　剃りあげてから
二二 やまぬ　ふしらイざ　　山のフシラズは
ふらぬ　うふぁらイざ　　子のウパラジは
二三 てぃんぬまま　あらだ　　天のまま〔運命〕ではないので
うぃぬまま　あらだ　　上のままではないので
二四 うぷにきし　とぅていが　　大息をとってからは（死んだ）
まーにきし　とぅていがー　　真息をとってからは（死んだ）
二五 かにゃー　うふチかさどー　　カニャー大司だ
トヨん　うふチかさどー　　鳴響《とよ》む大司だ

二六 ふんむイが　やまん
んなだぎが　やまん
二七 ざシキはい　とぅりょり
びゅーぎばい　とぅりょり
二八 にーぬシま　ういぬ
むとぅぬシま　ういぬ
二九 ふぁーまがぬ　んみや
むむばいぬ　んみや
三〇 うふなっつぁ　さだみ
まーなっつぁ　さだみ
三一 んぎゃイが　ういがみ
からイが　ういがみ
三二 うふぐふむとぅぬ
さとぅんなかむとぅぬ
三三 にがイぐとぅういや
うさぎぐとぅまいや
三四 んまぬかんとぅゆみゃどぅ
やぐみうふかんどぅ

国杜〔杜名〕の山に
ンナダキ〔嶽名〕の山に
座敷栄《ば》えをとって
神座栄をとって
根の島〔部落〕の上の
元《むとぅ》の島〔部落〕の上の
子孫の皆は
百栄え〔子孫〕の皆は
大夏〔夏祭〕を定め
真夏〔夏祭〕を定め
冬祭りの願いごとまで
冬祭りの願いごとまで
大城元《むとぅ》の
里中の元の
願いごとのうえに
お捧げごとの前に
母の神鳴響《とよ》み親が
恐れ多い大神が

三五	ざシキばい　とぅりょり	座敷栄えをとって
	びゅーぎばい　とぅりょり	神座栄えをとって
三六	うい　とぅり　まさり	それをとって勝り
	ばチ　とぅり　みゃーがり	お初をとって名を揚げ
三七	てぃんや　まオさぎ	天は真お捧げ
	ういん　まオさぎ	上も真お捧げ
三八	うさぎかぎ　とぅりょり	立派なお捧げをとって
	みやシかぎ　とぅてぃが	立派なお差し上げをとってからは
三九	シまや　むチなオシ	島を持ち直す
	ふんま　だキなオシ	国〔部落〕は抱き直す

（A'）

四〇	やまぬ　ふしらイざ	山のフシラズは
	ふらぬ　うふぁらいざ	子のウパラジは
四一	んまぬかん　みゆぷぎ	母の神のお陰で
	やぐみかん　みゆふぎ	恐れ多い神のお陰で
四二	ゆらさまイ　みゆふぎ	許されるお陰で
	ぷがさまイ　みゆふぎ	満たされるお陰で
四三	ばが　にふチ　くいや	わが根口の声は
	かんむだま　まくいや	神の真玉の真声は

四四　うとぅもヨん　とぅたん　（神の）お供をとった
うチきヨん　とぅたん　（神の）お付きをとった
四五　んきゃぬたや　とぅたん　昔の力〔霊力〕をとった
にだりまま　ヨたん　根立てたままを申し上げた

まず一連から六連までの（A）部分は、歌い手の神女が草創神の加護のもと、山のフシラズの「根口のお声」「真玉の真声」をみごとに歌えることをお願い申し上げるもの。次の七連から三十九連までの（B）部分が、神女の「根口」、神の「真声」に当たるもので、七連から二十四連までの前半は、山のフシラズの前身なるウパラジの非業な生涯を叙し、二十五連から三九連までの後半は、ウパラジの山のフシラズ神として祭祀される経過を説く。つまり、それは山のフシラズ神の誕生由来・祭祀起源を歌い語るもので、それによって山のフシラズ神の来臨が期されているのである。最後の四十連から四十五連までの（A'）部分は、（A）を反復して、草創神のご援助のもと、山のフシラズの「根口のお声」「真玉の真声」を歌いおえた喜びを申し立てるものであった。しかも、この最後の（A'）部分の四十一連〜四十五連は、ほぼ同詞章で、ターベの末尾に必ず添えられるものであった。そして、その末尾の反復句が、「神語」「天語歌」の結句「（いしたふや　天馳使）事の語言も、是をば」に当たる部分であるなどは、藤井氏の指摘されるところであった[28]。

そこで、今、わたくしなりに、「神語」と宮古地力のターベと比較して、「神語」の意義を確認しておきたい。すなわち、「神語」は、ターベの冒頭（A）部分を省略した形をとっており、その三人称を混融させながら、神自ら一人称で歌う「神語」本文は、ターベの（B）部分に当たり、神女が神に代って一人称で語る巫女の「根口」、神の「真声」に相当する。つまり、「神語」における「事の語言」とは、神女が神の声を自らの口にのせて語る、神の自叙伝ふうのフルコトを意味することとなる。そして、その「語言」に添えられた結句は、すでにあげたごとく、ターベの（A'）部分に当たり、神女が自らにたち戻り、その「語言」のみごとに終了したことを三人称で宣言する意義を有するものである。

昔話の発芽

ところで、最近、三谷栄一氏は、この「神話」の背景には、壮大な叙事的カタリゴトがあるとして、

「神語」「天語歌」も元来「昔」ではじまるカタリゴトで、叙事的な状況描写があり、最後に……享受者に共感させる手法として歌謡が歌われて、「ことのカタリゴトも是をば」で結ばれていたのではあるまいか。それが叙事の部分が省略されても、結尾語が付いたまま記録されたか、歌謡の前にあった状況のカタリゴトの部分を省筆したのか、どちらかではなかったろうか。

と論述されている。[29] カタリゴトをフルコトそのものととられる三谷氏の説に従わない筆者なれば、右の論述は、そのまま認めえないにしても、きわめて示唆に富んだものである。たとえば、「神語」「天語歌」の背景に壮大な叙事譚があったとするお考えは、これを先に南島のターベと比べても肯定される。ただ、それが「語言」のなかに幻視されていたのか、あるいはそれの外に伝承されていたのか、議論のあるところである。[30] しかし、その叙事譚が、「元来『昔』ではじまる」ものであったかどうかは問題である。少なくとも、その「神語」は、ムカシを発端とすることはなかった。しかも、その「神語」とかかわる神話伝承が、元来、ムカシの世界に属するものではなかったことも、すでに説かれている。[31]

およそ神話は、祭祀・儀礼の場において語られるとき、時間を超越して、神々を今の共同体に再生せしめるもので

ある。あるいは、それは、今の共同体をその始原なる神々の世界に回帰せしめると言うべきかもしれない。そして、神話が、そのように共同体に機能する限りは、今のレベルに属して、ムカシを発端句とするはずのものではなかった。それにもかかわらず、それは、神々の再生・神々への回帰の手続きとして、今の共同体の起源を神々の行為として説くゆえに、ついにはムカシの世界に接近したようである。たとえば、先の〈祓い声〉のターべは、

　母の神であるわたしは、恐れ多い大神は　一番新しくは　一番初めには　……

と、その起源を説き始める。また〈山のフシラズ〉のターべも、

　山のフシラズは　子のウパラジは　一番新しくは　一番初めには　……

と説かれており、ターべのほとんどが、この叙述形式をとっている。勿論、そこでは始原・起源が問われているのであって、時間的空間的隔りが問題なのではない。しかし、右の叙述は、関根賢司氏が指摘される[32]ごとく、『おもろさうし』第十の掲げる創世神話のそれに近似している。[33]

一　昔初まりや
　　てだこ大主や
　清らや　照りよわれ
又　せのみ初まりに
又　てだ一郎子が
又　てだ八郎子が
又　おさん為ちへ　見居れば
又　さよこ為ちへ　見居れば

又　あまみきよは　寄せわちへ
又　しねりきよは　寄せわちへ
………………………

かかる例示に従えば、南島のターベ、そしてこれに近似する「神語」に、ムカシを発端句とする叙述の発芽を認めねばならぬことになろうか。

それならば、「神語」の末尾「（いしたふや　天馳使）事の語言も　是をば」が、三谷栄一氏の説かれるごとく、昔話の結句に相応するものであるか、もう一度、南島のターベを通して考察しておこう。すなわち、先に全文を引用した（山のフシラズ）のターベの結び（A）部分は

(a)山のフシラズは　子のウパラジは……わが根口の声は　神の真玉の真声　（神の）お供をとった（神の）お付きをとった　昔の力〔霊力〕をとった　(b)根立てたま申し上げた

とある。これは他のターベでもほぼ同じで、たとえば、先の〈ヤーキャー声〉や〈根の世勝りのタービ〉の結びは、

(a)母の神であるわたしは恐れ多い大神は　……　わが根口のお声で　神の真玉の真声で　タービ口のお声で神座口の真声で謡い名揚げをとった　謡い出して名揚げを申し上げた　昔の力〔霊力〕をとった　(b)根立てたま申し上げた
（〈ヤーキャー声〉）

(a)根の世勝りは　上〔最高〕の主である神は　……　わが根口のお声で　神の真玉の真声で、タービ口のお声で神座口の真声で　（神の）お供をとった　（神の）お付きを申し上げた　昔の力〔霊力〕をとった　(b)根立てたまま申し上げた
（〈根の世勝りのターベ〉）

などとある。これを「神語」の末尾と相応させれば、「事の語言」はおよそ(a)部分、「是をば」は(b)部分に当たると言

える。また、昔話の結句「どっとはれえ」(東北)、「そうろんべったり」(北陸)、「しゃみしゃっきり」(中部)、「そればっかり」(中国・九州)、「それだけ」(九州・沖縄)などは「これですべて」を意味するもので、「ただ是だけが伝承の全部で、知って語り残して居る部分などは無いといふことを表白した誓文のやうなもの」と説かれており、[34] ターベの(A')部分に比すれば、主に(b)「根立てたまま申し上げた」部分に照応すると言える。が、「昔こっぷり」「昔こっぽり」「昔こっぽち」(中国)、「昔まっこう」(四国・九州)の「昔」は、「事の語言」なる(a)部分、「こっぷり」「こっぽり」「こっぽち」および「まっこう」は、神語の「是をば」なる(b)部分に照応することになろう。つまり、叙述形式としての昔話の結句は、宮古地方のターべのそれを中間において検すれば、たしかに「神語」の末尾に通じるものが見出されており、「事の語言」による「神語」「天語歌」には、昔話の叙述形式の発芽しつつあったことが、解されるのである。

注

(1)「物語文学の成立―街談巷説の世界から―」(『国語と国文学』第五十巻第十号、昭和四八年一〇月)、「語は○○に在り―説話と引照―」(物語研究会編『物語研究―語りそして引用―』)など。以下はこの二論文に負うて叙述する。

(2)藤井貞和氏「コトノモトの消長―物語の源流考―」(『国語と国文学』第五十三巻第八号、昭和五一年八月)。

(3)たとえば『日本書紀』巻十三・安康紀三年八月の条には、「辞、具在二大泊瀬天皇紀一」などと叙されている。

(4)・(5)・(6) 右掲注(2)「コトノモトの消長―物語の源流考―」。以下は当論文に負うて叙述する。

(7)水沢謙一氏「昔話に直結したコトワザ・俗信」(『昔話ノート』)、神谷吉行氏「幡多郡諺噺考」(『口承文学の総合研究』三弥井書店、昭和四九年)、柾谷明氏「ことわざの民俗的基盤」(同書)など参照。

(8)松浪久子氏「与那国昔話一覧」(『奄美・沖縄民間文芸研究』創刊号、昭和五三年七月)、拙稿「南島の民間説話の特質」

（福田晃他編『南島説話の伝承』三弥井書店、昭和五七年）など。

（9）右掲注（8）拙稿「南島の民間説話の特質」

（10）右掲注（2）藤井貞和氏「コトノモトの消長―物語の源流考―」

（11）たとえば　先の天稚彦誄譚で『日本書紀』の「反矢可レ畏之縁也」は、『古事記』の割注において「此還矢之本也」とある。「縁」と「本」とが同意義にあれば、同読みであったと判じられるであろう。

（12）・（13）藤井貞和氏「フルコトの一研究」（『共立女子短期大学紀要』第二十一号）

（14）・（15）「フルコトと古事記」（『国文学・解釈と鑑賞』第四十七巻第一号、昭和五七年一月）

（16）この「ヨム」の呪性を現代に伝えるものは南島における呪詞・呪祷的歌謡の〈ミセセル〉〈ターベ〉〈マジナイゴト〉〈ユングト〉等々であるが、特に〈ユングト〉が言葉を含めて、それを留めていると言える（外間守善氏他『南島歌謡大成』第一巻～第五巻、角川書店、昭和五四・五五年）。また本土にこれをみると短詞章としては〈唱え言〉〈童詞〉〈呪い言葉〉、長詞章としては〈祝詞〉〈神おろし〉〈祭文〉などがこれに当たる（『日本民俗学』弘文堂、昭和五九年、拙稿「言語伝承」参照）

（17）小松和彦氏編『昔話研究の課題』（日本昔話研究集成1、名著出版、昭和六〇年）

（18）この他に、第一巻の八段（宝剣出現）の第六の一書には、「嘗大己貴命謂二少彦名命一曰、吾等所造之国、豈謂二善成一之乎。少彦名命対曰、……」とあり、その「嘗」を「むかし」と読ませている。

（19）右掲注（17）に同じ。

（20）同書「意宇郡」の〈安来〉の項には、語臣の「猪麻呂」にかかわる伝承が載せられているが、出雲氏に属した安来の語臣の伝えるフルコトが、本書には相当収められているにちがいない。

（21）福田晃編『沖縄地方の民間文芸』（三弥井書店、昭和五四年）〈概説編〉「昔話」の項。

（22）川口久雄氏「漢文伝奇と平安文学」『国語と国文学』第五十巻第十号、昭和四八年十月）、同氏「物語の道程」（『文学』第五十八巻第二号、昭和六二年二月）

（23）右掲注（16）外間守善・新里幸昭両氏編『南島歌謡大成』第三巻〈宮古編〉による。

(24)・(25) 小野重朗氏「叙事歌形の発生―歌謡以前―」(『南島歌謡』日本放送出版協会、昭和五二年)

(26) 古橋信孝氏は『古代歌謡論』(冬樹社、昭和五七年) 神謡論〈八千矛神の「神語」謡〉で、同じく〈祓い声〉のタ―ベを引用しながら、「叙述的な神話はむしろ一人称と三人称が混在した表現としてあるとみることができる」と論じておられる。

(27) 「物語の発生」(『物語文学史論』、有精堂出版、昭和二七年)

(28) 「シルエットの呪謡」(『古日本文学発生論』思潮社、昭和五三年)

(29) 「物語文学とは何か」(『体系物語文学史』第一巻、有精堂出版、昭和五七年)

(30) 藤井貞和氏は、右掲注(31)同書「いずみを覓めて」において、宮古島狩俣・大城山の蛇聟入神話が「はなし」と「神歌」と並列して伝えられることを論究される。古橋信孝氏は、「原神話への構想―神の話としての神話」(『国文学・解釈と鑑賞』第四十二巻第十号、昭和五二年一〇月)において、同じ伝承を問題にして、共同体の内部では、神話を通して蛇聟入神話が幻想されており、それが共同体の外部で、「はなし」(神話)として説明されると論究されている。

(31) 西郷信綱氏「神話と昔話」(『神話と国家』平凡社、昭和五二年)

(32) 「神語りから物語へ」(『日本民俗研究大系』第七巻〈言語伝承〉国学院大学、昭和六二年)

(33) 外間守善・西郷信綱両氏(『おもろさうし』日本思想大系・第十八巻、岩波書店、昭和四七年)

(34) 柳田國男「昔話の発端と結び」(『昔話覚書』所収、『定本柳田國男集』第六巻、筑摩書房、昭和三六年)

日本「昔話」の年輪――生成・伝播――

一　日本昔話の生成

故柳田國男氏は、民間に伝承される伝説・昔話・語り物を、信仰の弛緩するなかで神話の零落・残留するものであり、それぞれに展開したものと判じられている。[1]もちろんこれは、今日においてはそのまま認め得るものではあるまい。たとえば、神話と伝説・昔話との先後関係については、依然として議論の分れるところでり、[2]伝説・昔話・語り物は、神話伝承と密接にかかわりながら、それぞれの独自の思想・主題のうちに存在を主張するもので、それを神話の派生・分化ととらえることは、一種の進化主義に従うことになる。したがって、これらの関係は、人類史における普遍的問題としてみるとき、今後の検討に期されねばならぬであろう。しかし具体的に諸民族において、その散文伝承を検すれば、やはり原始に近づくほどに祭祀儀礼にかかわる神話的伝承がその中心を占めており、その文明・文化の進展のなかで、伝説・昔話・語り物が、より豊かな伝承を保持することとなったことは否定できない。それは、わが民族においても想定されることで、原始から古代におよぶ社会生活のなかでの言語伝承の中心は、祭祀儀礼とかかわるものと判ぜられる。とくにそれは、南島の祭儀において確認されることでもある。そして、かの語り部の奏する「古詞」がそれに当るものであったが、古代の社会生活の拡大のなかで、それが「旧聞」「旧事」の伝承世界へと展開したことは前章で述べた。つまりわが国の昔話も、神話的伝承と相接して、次第にその独自の世界を形成しつつあったのである。

しかし、その「旧聞」「旧事」が、ただちに今日の昔話世界に展開するものではなかった。あるいは、昔話世界の「旧聞」「旧事」からの自立への過程は、『万葉集』巻十六「由縁ある雑歌」から『伊勢物語』、ひいては『竹取物語』を祖とする平安期の物語群、また『日本霊異記』などの初期説話集などによって、ある程度の推測を立てることができる。また今日に直接つながる昔話世界の成立は、伝統的な「昔語り」「昔物語」と「雑談」「咄」とが縫合融合した室町期に求めるべきものと思われる。そしてその過程に、寺社における説経・唱導の力添えのあったことも、平安末期から鎌倉期に及ぶ文献説話や文献史料などによって確認することができる。が、詳しくは別稿に譲りたい。

今、問題とすべきことは、そのような昔話の枠組なるジャンルの形成過程において、その内容・素材がいかに備蓄されていったかということである。つまり、それぞれの説話素材が、「いづこより」「いつ」「いかなる状況」において、昔話世界に導入されたかということである。しかしこれは、個々の話柄ごとの独自の道によっているものであり、かつ、一つの説話素材の導入過程を明らめることさえ容易ではないゆえに、これを総体的に論究することはきわめて至難なことである。したがって当面は、究明できるものから一歩ずつ進めることであろう。

たとえば、「蛇聟入・苧環型」の昔話などは、神話学者の関心と相まって、よほどその道筋が明らかになってきている。すなわちこの説話は、はやく『古事記』中巻・崇神記の意富多多泥古の条をはじめ、『平家物語』巻八の緒環、越後・五十嵐家伝[3]、上州・沼田家伝[4]、沖縄宮古・仲宗根家伝等々[5]、それぞれの始祖英雄の誕生伝説として叙述されるものであるが、その源流は、およそ中国大陸の王朝始祖譚に認められる。それは、鳥居龍蔵[6]・高木敏雄[7]・今西龍[8]・松本信広[9]・沢田瑞穂[10]・松前健[11]・大林太良[12]・崔仁鶴[13]などの諸氏の踏査研究によるものであるが、朝鮮半島にあっては『三国遺事』巻二の後百済王朝始祖の甄萱出生譚なる蚯蚓聟人が著名であり、民間にも「夜来者譚」として高麗の崔沖、新羅の崔致遠、あるいは李朝の李成桂などの出自譚となっており[14]、中国にあっては、宋朝の太祖趙匡胤の出自譚なる獺聟人が江蘇・浙江・湖南・広東の各省に伝承されており[15]、朝鮮北部の咸鏡北道方面では、同じ獺聟人が旧満州朝の始祖譚となっており[16]、ベトナム方面では、丁王朝の始祖丁先皇のそれと伝えられている[17]。当然、わが国の苧環型・蛇聟入譚の源流は、中国大陸に求められることになるが、『古事記』の意富多多泥古出自譚については、松前健氏は「五世紀中葉ごろ、（朝鮮半島からの）渡来人系の工人団である和泉の陶部の一族の中から、三輪の大物主神の神裔であると主張する者が出て来、その祭祀権を掌握した。彼らは、母国で知られていたオダマキ型の神婚譚を自家の出自の説明譚として採用し、これを大和朝廷が承認したのであろう」と論究されており[18]、大林太良氏も、「日本の苧環型の説話は、結局は中国に由来すると考えられるものの、少なくともオホタタネコの伝説に関しては、（中略）中間に朝鮮を経由して入ったものと考えるのがよい」と説かれ、それも百済系渡来民によって河内にもたらされたものと想定されている[19]。おそらく五世紀から六世紀にかけて、神君・鴨君に至る大物主祭祀集団が、その祭祀儀礼とかかわって、これを取り込んだものと推されるであろう。しかし、大林氏も説かれるごとく[20]、日本の苧環型蛇聟入のすべてが、「古代の三輪山伝承の直系の子孫である」とは限らぬものであり、その伝来も、「中国から日本へ、一回だけ、一経路によってのみ伝わった」ものでもあるまい。またその話型も、必ずしも一定であったとも考えられぬ。すなわち、『肥前国風土記』松浦郡の「褶振の峯」は、いわゆる夜叉ヶ池伝説に含まれるものであり[21]、後の『化物草紙』は、怪異譚に近づいた苧環譚である。が、中国の伝承事例によれば、すでに幾通りかのバリエーションが認められる[22]。日本本土における変化とともに、断続的にバリエーションの違った苧環型蛇聟入譚が伝来したことを想定しなければならぬ。ところで、日本における昔話「苧環型蛇聟入」は、節供由来などと結合して蛇神の子種を拒否する、いわゆる

「立ち聞き型」[23]とも称されるものである。蛇体を邪悪なるものとして、その子種を否定することは、始祖英雄を主張する伝説と大きく隔たり、またそれによって、説話の世界を現実化させたものとなる。これは明らかに伝説を脱却しており、日本昔話の一話型と認められるものである。その昔話としての「苧環型蛇聟入」の成立は、およそは日本の本土におけるものと察せられるが、これもまた大陸からの伝来であるかもしれない。[24]ちなみに、沖縄・宮古島の伝承事例によれば、苧環のモチーフをいまだ含まぬ蛇神婚姻神話と苧環型蛇聟入・始祖誕生伝説と苧環型蛇聟入昔話との三者が、相接しながらみごとに分別されて伝承されている。[25]そして、後者の伝説・昔話は、それぞれ時を異にして伝来されたものと察せられる。

右にあげた蛇聟入譚は、日本の民俗信仰と適合して早く本土に導入され、あるいは始祖伝説として、あるいは異類婚昔話として、広く濃密な伝承をみせたのである。そこでもう一つ、始祖伝説として異類婚昔話として濃厚な伝承のうかがえる「天人女房」をあげてみる。これについては、関敬吾氏が⑴始祖誕生型、⑵氏神型、⑶離別型、⑷再会型、⑸幸福な婚姻型、⑹養女型、⑺難題求婚型、⑻笛吹聟型の八つに分けて論究されているが、[26]⑻の笛吹聟は一応おいて、その⑴〜⑺を話型として整理すると、㋑離別昇天型（⑴始祖型・⑵氏神型・⑶離別型）、㋺再会型（⑷再会型・⑸幸福な婚姻型）、㋩難題型（⑺難題求婚型）、㊁七星型とに分別できるであろう。[27]

その第一の㋑離別昇天型の天人女房譚は、君島久子氏の「中国の羽衣説話」（『日本昔話集成』第二巻所収）にもあげられるごとく、早く『捜神記』巻十四や『玄中記』に掲げられており、エバハルトの『中国昔話の型』[28]やナイティング・ティングの『中国昔話のタイプインデックス』[29]、あるいは崔仁鶴氏の『韓国昔話タイプインデックス』[30]によると、それは中国・朝鮮半島各地に広く伝承分布することが知られる。そしてわが国においても、伝説としての形をとることは多いが、それなりの伝承分布をみせている。しかし、わが国における伝承の古さを求めると、むしろ離別昇天型の亜型ともいうべき始祖誕生型の天人女房譚に見出される。すなわち、『近江国風土記』逸文の伊香小江の条に、それが見えている。そして、近江の菅原家伝[31]、房総の千葉家伝[32]、美作の高田家伝[33]・尼子家伝[34]、あるいは沖縄の奥間家伝[35]・尚家伝[36]等々、これによる伝説は少なくない。当然、中国にもこれに属する事例は早くに存していた。同じく、君島氏の引かれた句道興撰『捜神記』[37]一巻の宰相田章の出生譚がそれである。そして広東方面では、これが著名な儒者薫仲舒の出生譚として伝えられている[38]。しかも、清王朝[39]や北魏王朝[40]の始祖は、琉球の尚真王[41]・察度王[42]に準じるごとく、天人女房の遺児と主張されている。まつりごとを主宰する者として、天帝の化身とも使者とも推される天女のその子が求められる民俗社会において、かかる伝承は支持されたものと思われる。つまりそれは、天帝を祭祀する者に政事を委ねられる思想によるものである。ちなみに、『遺老説伝』巻一に掲げる沖縄・久場塘嶽の天女は、宮城の地頭職とともに祝女《ノロ》職をも残している[43]。また、奄美の加計呂麻島[44]や八重山の与那国島[45]の伝承でも、昇天する天女は按司となる男子と祝女となる女子を地上に留めていた。そして、奄美の喜界島のノロ・ユタの吟誦する天人女房譚[46]にあっては、その子たちは兄がトゥキ（占者）、姉はヌル（祝女）、妹はユタ（巫女）となったとしている。おそらく、この始祖型天人女房譚は、早くかかる巫祝祭儀の世界に導入され、あるいはその共同体の「古詞」として伝誦されたことと思われる。そしてその源流としては、やはり中国大陸に求められることになろう。

その第二の㋺再会型は、牽牛星・織女星の七夕再会由来譚としての天人女房で、君島氏が中国の天人女房譚としては七夕型と名づけられるもの[47]、中国でももっともポピュラーに伝承されたものである。七夕を祀る習俗は、はやく万葉の時代に遡るものであれば、わが国にも早くに伝承されたものと推されるが、伝承文献としては近世を遡るものが管見し得ぬ。ところで、この再会型の「天人女房」は、朝鮮では一般には七夕型をとらずに、再会幸福型によっている[48]。そして、これもわが国土に伝承されるものであれば、再会型天人女房の昔話の伝来経路は、七夕再会型が中国から、再会幸福型が朝鮮半島からということになる。しかし、その第三の難題型は、中国・朝鮮ともに濃密に伝承しており、その経路は容易には限定できぬものとなっている。そして、君島久子氏によれば、これは中国山地の少数民族の生成した天人女房譚である。[49]その難題の内容が、山地民の焼畑耕作のそれを具体的に反映しており、これが平地民の水稲耕作地帯に及ぶと、観念的なものとなるといわれる。[50]わが国においても、昔話「天人女房」としては、これがもっとも優勢なる伝承をみせるが、[51]それはやはりかつて焼畑耕作を営んだ地帯に濃厚な伝承をみせている。しかし、その伝承文献はほとんど見ることはない。が、室町期の絵巻草子に、この「天人女房」と対照的な「天人聟」なる絵巻物『天稚彦草子』[52]のあることは注目される。その天上の姑の科す難題は、大国主命の根の国訪問譚の影響を受けてか、百足の倉や蛇の城に耐えるなど、抽象化したものとなっているが、米千穀を倉へ運ぶ難題などは、農耕生活の名残りも留めており、「月に一度」という言葉を「年に一度」と聞き違えて、七夕星・彦星とて七月七日に会うこととなったという結末は、七夕再会型の叙述を複合する難題型天人女房譚そのままである。『天稚彦草子』の時代に、この昔話が流布していたことはまちがいあるまい。そして、その伝来経路は朝鮮半島からも考えられるが、再会型においてもあげたごとく、朝鮮に七夕型がうかがえないとすれば、それは中国の南部山岳地帯から、やがてわが国土の焼畑耕作の山地へ及んだとすべきである。ところで第四の七星型は、これまでの三つのタイプとは、やや違った経路が考えられる。これは七つ星の一つが、地上によき男を見出して、天女となって降下して契りを結び、やがて子を残して昇天するというもので、話型としては、ほぼ第一の離別昇天型に含まれるものである。中国では、その残された子どもが一門の始祖となることが多いので、君島氏は七星始祖型と称されている。しかし、このタイプの天人女房譚は、中国の南部地方に伝えられるもので、さらに東南アジア、フィリピン諸島、台湾などに濃密に伝承する。[53]そして、朝鮮半島には伝承例は見出されず、わが国の本土にも伝承例はうかがえない。が、沖縄の八重山諸島には、このタイプの天人女房譚が濃密に伝承しており、その伝播の波の一部は北上して、沖縄本島から奄美大島北端に及び、また宮古諸島には前半に他のタイプの叙述を導入した七星複合型の天人女房譚が濃密に伝承分布する。(54) すなわち、この七星型の「天人女房」は、南アジア海方面から北上して沖縄・奄美諸島に達したものと思われる。しかし、わが南島においては、これを一族始祖の誕生を説くことはなく、その北上の過程で伝説的性格を昔話的なものに変容せしめたもののようである。

右のごとく、天人女房譚のわが国への伝来・伝播は、断続的におこなわれたと同時に、それぞれのサブ・タイプごとに独自の経路によっていたことが想定される。そしてそれはまた、伝承社会の民俗に適合し、あるいはそれによってその性格を変容せしめたようである。

さて今は、「苧環型蛇聟入」と「天人女房」の二話型をあげるにとどめるが、これによっても知られるごとく、日本の昔話はその話柄のもつ歴史的・社会的条件にもとづき、あるいは時間を違え、あるいは地域をかえて新しい話柄を加えて、その世界を拡大していったのである。しかも、その過程においては、「昔話から伝説へ」、あるいは「伝説から昔話へ」と、その伝承の性格を原郷のそれと替えるものもあった。それは、右の二話型でも検し得たものであるが、前者の例としては甲賀三郎譚、(55) 後者のそれとしては、「犬聟入」があげられる。(56) いうまでもなく、前者の源流はAT三〇一の「奪われた三人の王女」であり、(57) 後者のそれは、中国少数民族の盤古伝説であった。(58) もちろん日本昔話は、周辺民族からの説話によってのみ、その世界を拡大したものではない。元来、わが国土に発生した説話も、決して少なくなかったのである。が、外からの説話の導入がこれを押しやり、あるいはそれに含み込まれてしまったというべきなのである。ちなみに、鳥獣草木譚の一部には、わが国独白の発生と決し得るものがある。(59) しかも一方では、新しい社会条件のなかで新しい説話は発生するものであり、その一部は昔話世界に導入されたのである。たとえば、笑話に属するものには、それぞれの社会条件で成立した話柄も見出せる。そして、その具体例としては、「和尚と小僧」があげられる。[60] その話柄には普遍的なものもあるが、[62] わが国独自の社会構造のなかで成立したものが確かに存在する。[61] つまり国土の外からの伝来、内からの繁殖を加えて、漸次、日本の昔話素材は拡大したのである。

その素材拡大の過程を大雑把に把握するために、文献資料をたよりとして、その導入のおよその年輪を仮に示してみると、次のごとくである。しかし、これはあくまでも一つの試みであり、今は『日本昔話名彙』の完形昔話についてのみあげて、今後の補正を期することとしたい。

〈上代〉（奈良期）〔七話型〕

鷲の捨児（『霊異記』『今昔物語』など）、天人女房（『近江国風土記』『丹後国風土記』）、狐女房（『霊異記』『篋簒抄』など）、魚女房（『古事記』）、苧環型蛇聟入（『古事記』）、蟹報恩型蛇聟入（『霊異記』『今昔物語』）、大歳の客（『常陸国風土記』『大悦長者物語』）

〈中古〉（平安期）〔十六話型〕

難題聟（『今昔物語』『三国伝記』）、兄弟話（『俊秘抄』『今昔物語』）、天福地福（『今昔物語』）、藁しべ長者（『今昔物語』『古本説話集』など）、打出の小槌（『宝物集』）、水の神の文使い（『今昔物語』）、猿神退治〈犬の援助型〉（『今昔物語』）、猿神退治〈猿の経立型〉（『今昔物語』）、旅人馬（『今昔物語』『宝物集』）、纐纈城（『今昔物語』）、見るなの座敷（『今昔物語』）、姥棄山〈更級型〉（『大和物語』『俊頼髄脳』など）、姥棄山〈棄老国型〉（『枕草子』『今昔物語』など）、姥棄山〈親棄畚型〉（『今昔物語』）、児裁判（『今昔物語』）、殿様の難題（『今昔物語』）

〈中世前期〉（鎌倉期・南北朝期）〔二十話型〕

竹姫（『海道記』『古今集注』など）、博徒聟入（『宇治拾遺』）、牛の嫁入（『雑談集』『駿牛絵詞・紙背』など）、お月お星

（『箱根縁起絵巻』『神道集』）、夢買長者（『宇治拾遺』）、大歳の客〈疫神来訪〉（『釈日本紀』『簠簋抄』など）、大歳の客〈貧乏神〉（『沙石集』）、猿報恩（『雑談集』）、腰折雀（『宇治拾遺』）、猿地蔵（『雑談集』）、瘤取爺（『宇治拾遺』）、忠義な犬（『三国伝記』）、姥棄山〈枝折型〉（『真名本曽我物語』『続歌林良材集』など）、日輪の下し子（『神道集』『惟賢比丘筆記』など）、話千両（『三国伝記』）、西行と小僧（『宇治拾遺』）、和尚と小僧〈小僧改名〉（『宇治拾遺』）、和尚と小僧〈鮎は剃刀〉（『雑談集』『駿牛絵詞・紙背』）、和尚と小僧（飴は毒）（『沙石集』）、和尚と小僧〈卵は白茄子〉（『雑談集』）

〈**中世後期**〉（室町期）〔二十一話型〕

瓜子姫子（『瓜姫物語』）、一寸法師（『一寸法師』など）、隣の寝太郎（『物臭太郎』）、絵姿女房（幸若「烏帽子折」『貴船の本地』）、鶴女房（『鶴の草子』）、蛤女房（『蛤の草子』）、蛇女房（『田村の草子』など）、猿聟入（『藤袋草子』）、姥皮（『うはかわ』）、五郎の欠椀（『愛宕地蔵物語』）、魚の玉（『地蔵菩薩霊験記』）、ココウ次郎（『火桶の草子』）、宝化物（『化物草子』）、聴耳（『簠簋内伝』）、鼠浄土（『かくれ里』『鏡男絵巻』）、竹伐爺（『福富長者物語』）、蟹問答（狂言「蟹山伏」）、孝行坂（『法華直談抄』）、何が一番怖い（狂言「ほっけ念仏」）、和尚と小僧〈馬の落し物〉（『駿牛絵詞・紙背』）、和尚と小僧〈和尚の夜遊び〉（『駿牛絵詞・紙背』）

二　日本昔話の伝播

『宇治拾遺物語』の序によれば、平等院の南泉房にあった源隆国は、「往来の者、上下をいとはずよびあつめ、昔物語をせさせ」たという。宇治近郷の古老を呼び集めて、その旧聞《ふるごと》を書き綴ったとしていないことを注目したい。昔物語を豊かに抱えている者として期待されていたのは、国々を往来する人々であった。が、それは昔も今もかわらない。

そして、彼らの姿には、遙かなる常世からの便りを伝える者の影がうかがえる。

その常世からの便りを懐ろにして、国々を往来した人々を古代に求めれば、それは「ほかひびと」や「あそびべ」に見出される。その「ほかひびと」は、呪言・古詞を伝誦した語り部の一流といえるであろうし、(63)「あそびべ」は呪言・古詞のなかの誄言の方面にかかわった語り部の分流と考えられる。(64)そして、その語り部のもう一つの分流と考えられる「しひ語り」に属する人々も、笑いを含んだ古詞をもって「たび」に赴いていたにちがいあるまい。(65)そして、ようやく生育しはじめた昔物語が、彼らの口を通してその古詞とともに漸次、国々を往来しはじめたと推察される。

さて、この「ほかひびと」「あそびべ」「しひ語り」の伝流は、中つ世にはヒジリなる寺社の説教師・唱導僧に引き継がれたといえよう。この弁舌の術《わざ》を職とする説経僧は、京洛・畿内の寺院をめぐるのみならず、鎌倉・東国までも赴いて(66)、比喩譚・因縁話をもって、聴衆の心を仏法に誘うのであったが、その話材にはしばしば昔物語が含まれていた。(67)あるいは、この唱導僧から話材を得た人々には、同じくヒジリに属する遁世の念仏聖や山中に修行する山伏があり、「あそびべ」の末流なる盲僧や巫女・瞽女などがあって、国々を往来していた。そして彼らには、その旅先において珍奇な話がさかんに求められていた。当然、その遁世聖や琵琶法師のなかには、咄をよくし物語りを得意とする者が現れた。(68)あるいは、その咄を得意とする遁世者のなかには、戦国大名のお伽衆となるものもあった。(69)あるいはまた、連歌やお茶の宗匠として国々を往来する者もあった。(70)いまだ十分に実証しえないが、中つ世における昔物語の伝播の主役は、説経僧から連歌師・茶人に至る系譜のなかにあったといえる。

もちろん、その伝播は彼らにのみ負っていたわけではない。当代の『職人歌合』には、国々を往来した「道々のもの」が職人としてとりあげられているが、彼らもまた自らの能芸とともに説話の伝播にかかわっていた。ちなみに『東北院職人歌合』(71)には、医師・陰陽師、仏師・経師、鍛冶・番匠、刀磨・鋳物師、巫女・盲目、深草・壁塗、紺掻・筵打、塗師・桧物師、博打・船人、針磨・数珠引、桂女・大原人、商人・海人の十二組の道の人があげられている。また『鶴岡放生会職人歌合』(72)には、楽人・舞人、宿曜師・筭道、持経・念仏者などの十二組、『三十二番職人歌合』(73)には、千秋万歳法師・絵解、師子舞・猿牽などの六十四の職人がうかがえる。そして『七十一番職人歌合』(74)には、番匠・鍛冶から酢造・心太売まで、油売・餅売、馬買・皮買、烏帽子折・扇売、蛤売・魚売、琵琶法師・女盲、枕売・畳刺、放下・鉢叩、山伏・地者、連歌師・早歌うたひ等々、七十一組・百四十二人の道の者があげられている。これらの人々が、ようやく成立しつつあった郷村社会に入り込んで、村々の古老の旧聞《ふるごと》に刺激を与え、誕生してまもない家ごとの昔物語の語り手に話材を届けたのである。彼らはまた、旅行く先々の村々、家々から、珍奇な話柄を仕入れて、これを各地に拡散するという役をもつとめていたのである。つまり、日本昔話の地域的伝播の背景には、これらの人々の裏方としての活動があったわけで、これはやがて近世・近代に受け継がれて、今日の昔話世界を構築することとなったのである。

注

(1) 「口承文芸史考」(『定本柳田國男集』第七巻、筑摩書房、昭和三七年所収)など。野村純一氏の「〈総説〉昔話と文学のあいだ」(『日本昔話研究集成』第五巻、名著出版、昭和五九年所収)参照。
(2) 松前健氏「日本神話と昔話」(日本口承文芸協会編『昔話研究入門』三弥井書店、昭和五一年所収)など。
(3) 『温古の栞』第三編(温古談話会、明治二六年)、高木敏雄氏『日本伝説集』(郷土研究社、大正二年)、(宝大館出版、昭和四八年、再版)神婚伝説第十六など。
(4) 『上毛伝説雑記』(煥乎堂本店、大正六年)巻二など。
(5) 『御嶽由来記』五〈張水御嶽弁才天女〉など。真下厚氏「宮古島張水御嶽伝承の位相」〈宮古民話の会『ゆがたい』第三集、

昭和五六年〉、〈『日本昔話研究集成』第四、名著出版、昭和五九年所収〉参照。

（6）「三輪山伝説」（『鳥居龍蔵全集』第一巻『有史以前の日本』磯部甲陽堂、大正一四年所収）。

（7）「三輪山式神婚説話について」（『増訂日本神話伝説の研究』⑵平凡社、昭和四九年所収）。

（8）「朱蒙伝説及老獺稚伝説」（『朝鮮古史の研究』近沢書店、昭和一二年所収）。

（9）「老獺稚伝説の安南異伝」（『東亜民族文化論攷』誠文堂新光社、昭和四三年所収）、「獺と龍と王権」（『日本民族文化の起源』講談社、昭和五三年所収）。

（10）「墓中育児譚」（『鬼趣談義』国書刊行会、昭和五一年所収）、「神婚伝説・補遺」（『中国の民間信仰』工作舎、昭和五七年所収）など。

（11）「神話における日本と朝鮮」（『国文学解釈と鑑賞』昭和四七年一月号）、「三輪山伝説と大神氏」（『山辺道』第十九号）、「渡来氏族としての大神氏とその伝承」（『日本のなかの朝鮮文化』四十三号）など。

（12）「三輪山伝説の原義と系統」（『東アジアの王権神話』弘文堂、昭和五九年所収）。

（13）「韓国昔話のタイプインデックス」（『韓国昔話の研究』弘文堂、昭和五一年所収）など。

（14）孫晋泰氏『朝鮮の民話』岩崎美術社、昭和四九年所収「大みみずの子崔沖」、前掲注（13）の201「夜来者」、同崔仁鶴氏『朝鮮伝説集』異常誕生の部の301「崔致遠」の項参照。

（15）鍾敬文氏「老獺稚型伝説之発生地」（『民族学研究』第一巻第二号）。

（16）今西龍氏・前掲注（8）同論攷。

（17）松本信広氏・前掲注（9）同論攷引用、武芳提『公余捷記』巻五。

（18）「神話と民俗における日本と朝鮮」（『朝鮮学報』第一〇二輯）。前掲注（11）の諸論攷をまとめられたもので、その根拠としてこの神婚譚が、豊後の緒方家伝や蛇聟の昔話など民間説話と共通なモチーフを持って、元来は民間伝承を素材とすること、このオダマキ型が北朝鮮ではその相手の怪物を獺とすることが多く、南に下るにしたがってミミズや蛇となって日本の形と一致してくること、大田田根子の出自が朝鮮に起源を持つ須恵器制作を営む和泉須恵地方の陶人であること、大神氏が外来楽の楽家で渡来人としての色彩の濃いこと、等々をあげておられる。

(19)(20) 前掲注(12)同論攷。

(21) 関敬吾氏は「蛇聟入譚」(『昔話と笑話』岩崎美術社、昭和四三年所収)において、(1)苧環型(立聴型)、(2)英雄誕生型のほかに、(3)夜叉ヶ池型をあげておられる。この夜叉ヶ池型蛇聟入は、元来、乙女蛇淵入水伝説に苧環型蛇聟入を混入させたものと推されるが、蛇淵伝説の一類型として、全国各地に伝承されている。

(22) その主流は老獺稚型であるが、高木敏雄氏の注(7)論攷に引用される唐張読編『宣室志』によれば、その化物は古木の穴にひそむ蠐螬であったとしており、沢田瑞穂氏が『中国の昔話』に掲げられた林蘭編『三つの願い』の「何首烏の変化」によれば、それは何首烏が年を経て人間に変化した化物であった。また沢田氏が前掲注(10)の「神婚伝説・補遺」で引用された翁国梁氏『漳州史蹟』によれば、その糸針は王公廟に祀られた王公の襟に発見されたという。さらに沢田氏が前掲注(10)の「墓中育児譚」で引用された南宋の洪邁編『夷堅志』によれば、「子育て幽霊」に芋環のモチーフが導入されて叙されている。

(23) 関敬吾氏・前掲注(21)同論攷など。

(24) 関敬吾氏は、『日本の昔話――比較研究序説――』(NHK出版、昭和五二年)の「オリエント・アジア・日本の昔話比較対照表」において、日本の「蛇聟入」をAT四三三Aとして(a)蛇聟(三輪型)〈『日本昔話集成』一〇一A〉、(b)虻聟(堕胎型)〈『日本昔話集成』一〇一B〉などに分別しており、その堕胎型に対応する中国昔話の話型として、エバハルトの『中国昔話の型』の60「竜の母」をあげている。ちなみにこれは、生んだ子蛇が死んでしまうというモチーフをもっている。

(25) 前掲注(5)真下厚氏「宮古島漲水御嶽伝承の位相」参照。

(26) 『昔話の歴史』(至文堂、昭和四一年)第三章「天津乙女」。

(27) 大島建彦氏は「日本昔話の類型」(『言語生活』昭和五六年一月号)において、結婚型・離別型・再会型・破局型の四つに分類されている。その第一の結婚型は、およそ(2)氏神型に一致する。

(28) FF COMMUNICATIONS, No.120.Helsinki(1937). "34, Schwanenjungfrau".

(29) FF COMMUNICATIONS, No.223.Helsinki(1978). The Man on a Quest for his Lost Wife. 40, The Disappearance of the Immortal

Spouse.

(30) 前掲注（13）同書所収、206「きこりと天女」の項。

(31) 『塩尻』巻三四、『近江国輿地志略』巻一。

(32) 『房総志料続篇』巻二。

(33) 『美作神社資料』。

(34) 郷田洋文氏「天人女房譚における農耕儀礼的背景」（『国学院雑誌』六一巻五号）。

(35) 『球陽』巻三〈尚真王〉など。

(36) 『球陽』巻一〈察度王〉など。

(37) 『敦煌変文集』（新華書店、昭和三二年）巻八所収。

(38) 君島久子氏「中国の羽衣説話」（『日本昔話研究集成』第二巻、名著出版、昭和五九年所収）。

(39) 同右引用『満州録実巻』巻一、前掲注（26）関氏同論攷引用『三朝実録』など。

(40) 前掲注（26）関氏「天津乙女」参照。

(41) 前掲注（35）。

(42) 前掲注（36）。

(43) 三四「久場塘嶽に仙女農民の婦となること」。

(44) 登山修氏「天人女房とその周辺」（『奄美沖縄民間文芸研究』第三号、昭和五五年）。

(45) 石垣繁氏「与那国島比川村の天人女房譚」（仲宗根政善先生古稀記念論集刊行委員会『琉球の言語と文化』昭和五七年所収）。

(46) 岩倉市郎氏『喜界島昔話集』（三省堂、昭和一八年）所収、八「天人女房(二)」。

(47) 前掲注（38）同論攷。

(48) 前掲注（13）崔氏「韓国昔話のタイプインデックス」206「きこりと天女」。

(49)(50) 「東洋の天女たち」（『民話と伝承・ゼミナール世界の民族』朝日新聞社、昭和五三年所収）。

(51) 前掲注(27)大島氏同論攷参照。
(52) 横山重氏『室町時代物語集』第二集(井上書房、昭和三七年)、『日本絵巻物全集』第二(角川書店、昭和三三年)、所収。
(53) 大林太良氏「中国・東南アジアの星型羽衣説話」(山本達郎博士古稀記念『東南アジア・インドの社会と文化』上、山川出版社、昭和五五年)。
(54) 拙稿「昔語り〈伝播と地域性〉—天人女房譚をめぐって—」(『国文学解釈と鑑賞』昭和五五年一二月号)。
(55)(57) 拙稿「諏訪縁起・甲賀三郎譚の源流」(『立命館文学』第四四六・四四七号)。
(56)(58) 拙稿「昔話の北上と南下—「犬聟入」をめぐって—」(『日本昔話研究集成』第二巻、名著出版、昭和五九年所収)、「犬聟入の位相と伝播」(拙著『昔話の伝播』弘文堂、昭和五一年所収)。
(59) 林宏氏「昔話と教育—私の中の昔話—」(『昔話—研究と資料—』八号、昭和五四年)、最上孝敬氏「鳥類と昔話」(『昔話—研究と資料—』十一号、昭和五七年)。
(60)(61) 美濃部重克氏「沙石集と『和尚と小僧』」(『伝承文学研究』第十六号、昭和四九年)。
(62) 崔仁鶴氏「韓日および日韓昔話対照表」(『韓国昔話の研究』所収)によると、日本の〈和尚と小僧〉「殿様と小僧」「金の茄子」「指合図」「和尚お代り」「飴は毒」「和尚の夜遊び」などに対応する韓国の話型があげられる。また、関敬吾氏の『日本昔話大成』第九巻(角川書店、昭和五四年)にあっては、「殿様と小僧」(AT九二一・九二二)、「指合図」(cf・AT九二四)、「飴は毒」(AT一三一三)、「和尚を威す」(cf・AT一五六九、一五七二E)など、普遍性が示されている。
(63) 折口信夫氏「国文学の発生」〈第四稿〉(『古代研究』国文学編、大岡山書店、昭和四年)(『全集』第一巻、中央公論社、昭和二九年)。
(64) 拙稿「中世語り物文芸論」(『中世語り物文芸』三弥井書店、昭和五六年所収)。
(65) 拙稿「説話と語り物」(『国文学解釈と鑑賞』昭和五六年八月号)。
(66) たとえば安居院の唱導僧については、拙稿「安居院と東国」(『中世文学』第二十七号)など。
(67) 無住の『沙石集』『雑談集』や安居院作の『神道集』などが、これにあたる。
(68) 筑土鈴寛氏「仏教唱導文芸と琵琶法師の物語」(『中世芸文の研究』有精堂出版、昭和四一年所収)、岡見正雄氏「物語僧

のこと」(岩波・古典文学大系第二期・月報11号)など。

(69) 桑田忠親氏『大名と御伽衆』(有精堂出版、昭和四四年)、角川源義氏「御伽考」(右掲注(1)『日本昔話研究集成』第五巻所収)。

(70) 岡見正雄氏「室町ごころ」(『国語国文』昭和二六年一一月号)など。

(71) 建保二年筆と仮託されているが、鎌倉末期作と擬される。作者未詳。

(72) 室町期作。作者未詳。

(73) 室町末期作。作者未詳。

(74) 室町末期作。絵は土佐光信、書は東坊城和長とある。

第二編　昔話と御伽草子

「藤袋の草子」の生成〈その一〉

序　昔話の形成期

奄美・沖縄など南島の文化研究は、わが国の民俗学の歴史にとって、その原点の一つともいうべきものである。沖縄本土復帰の論争がようやく高まってきた昭和四六年七月下旬、わたくしは、岩瀬博氏などとともに、大谷女子大学説話文学研究会の学生を指導して、奄美諸島における昔話の採集を開始した。それは、沖縄への道の第一歩として始めたもので、その成果の一部は、あしかけ七年の歳月をかけて、ようやく昭和五九年に刊行される運びとなった。題して『奄美徳之島の昔話』(同朋舎出版)、現地のことばに従ったもので、徳之島郷土研究会のメンバーと共編になる(1)。次いで沖縄復帰の次の年、つまり昭和四八年八月上旬、沖縄国際大学の遠藤庄治氏のご要望にこたえて沖縄本島に赴き、勇躍して沖縄地方における民間説話の採集調査にとりかかった。それは、本土からの立命館大学・大谷女子大学の卒業生、大学院生と沖縄国際大学の卒業生・学生の人々との合同でおこなうものであった。爾来、この合同調査は、昭和五三年までの五カ年、沖縄本島東海岸に浮上する与勝諸島を皮切りに、沖縄諸島・宮古諸島・八重山諸島など、ほぼ沖縄地方の全域に及んで、およそ三千話の民間説話をテープに収録することができた。

ところで、最初の奄美地方の調査ですでに感じたことであり、沖縄の調査を進めるに従っていちだんと強く感じられてきたことは、南島における昔話は、昔話というには、未成熟であり、それと伝説・世間話との境目がきわめてあいまいなことであった。あるいは、未成熟ということばが不適切であるとすれば、南島における民間説話の主流は、伝説にあると言いなおすべきかもしれない。ともあれ、本土にあっては、昔話を伝説や世間話の伝承と区別するものに、語りの形式があった。つまり、昔話のなかでも、特に完形昔話とか本格昔話とかに分類される話型の場合、多くは発端の句として、「ムカシ」「ムカシムカシ」、あるいは「ザットムカシ」「ナントムカシ」「トントムカシ」、時には「ムカシムカシソノムカシ、ソノマタムカシソノムカシ」等々をもっており、その結びの句として、「ドットハレエ」「イチゴサカエタ」「ムカシコップリ」「ムカシマッコウ」等々をもって語られるものであるが、南島にあっては、このような語りの形式はほとんどみられない。たとえそれがあったとしても、きわめて簡単なもので、それが形式として固定したものであるかどうかは不確かでさえある。(2) したがって、それは、語りに応ずる相槌の場合にも及ぶもので、語り手の一章句ごとに求められる聞き手の相槌は、南島においては必ずしも要求されるものではなかった。勿論、そうではあっても、民間説話の伝承が稀薄だというのではない。わたくしどもの合同調査が契機となり、遠藤庄治氏の唱導によって、最近、続々と沖縄各地に「民話の会」が生まれて独自な採集活動を始めつつあるが、その人々の採集成果を加えるならば、この五ヵ年における民間説話の採集話数は「万」を超えるほどのものである。しかし、それらの民間説話を本土における「昔話」という概念で呼称することには、問題があるように思われる。南島の説話は、その伝承地の民間信仰と深くかかわって、たとえば熟達した昔話が伝承されても、それは伝説的な形へと風化させられるものであるし、近年の事柄を話題とする世間話も、忽ち伝説的・信仰的色彩を帯びて伝えられる。このような伝承状況は、東南アジアにおける民間説話のそれに疑似するもので、タイ、ビルマなどの報告を聞くたびに思われたことである。つまり、昔話（より厳密に言えば本格昔話）の成立には、ある一定の文化条件が必要であるということが類推されるのである。その内容においても、南島における民間説話は、本土における本格昔話にうかがえるおおらかな笑いの要素がいささか稀薄である。あるいは、それは、わたくしども採集調査者の側の限界も考慮されねばならないが、本土の昔話が、「トンピンカタリノ山椒《さんしょ》の実《み》」（秋田）「シャミシャッキリ、ナダヅカボッキリ茶釜のふたチャランチャラン、雪隠の踏み板ガアタガタ」（岐阜）「ムカシコッポリ牛蒡《ごんぼう》の葉、あえて食ったら、にがかった」（鳥取）「ムカシマッコウ、サルマッコウ、猿のつびゃあ、ギンガリギンガリ、猫のつびゃあ灰もぐれ」（高知）等々、愉快な口調子のいい結末句を許しているのに対して、この方面では、そのような結句をほとんど持たぬままであることとも、これは無関係ではあるまい。勿論、南島において、おおらかな笑いを含む本格昔話的な説話が全く伝承されていないということではない。が、注目すべきことは、その本格昔話的な説話の伝承が、沖縄地方においては、その周辺の諸島よりも沖縄本島により多く存在するということであるし、その沖縄本島においても、周辺の地域よりも、首里・那覇などの中央都市部により濃厚にみられるということである。それは、近年の「那覇民話の会」の採集報告などによってわかってきたことであるが、それによれば、百話、二百話クラスの勝れた語り手たちが、那覇市内に、今なお多くおられるというのでもあった。(3) つまり、沖縄地方における昔話伝承の文化条件は、いまだ周辺諸島には十分に及ばないで、本島中心部において保持されてきたという、周圏論的文化の伝承論を可能ならしめていると言える。

この沖縄地方における昔話伝承の状況をもって、本土における昔話伝承の歴史を推察すると、従来とはやや違った見解をもたねばならないように思われる。たとえば、『越後の昔話』が紹介され、「この豊かな昔話は、遠い音より語り継がれてきたのです」などと解説されるが、その「遠い昔」とはいつのことなのか、江戸の元禄時代の頃なのか、室町期以前のことなのか、明確にされることがない。昔から同じ形で、今日まで伝承を繰り返してきたと漠然と説かれる。しかし、はたしてその昔話は、越後地方にあって、元禄時代においても、あるいは室町時代以前においても、今日と同じような語りの形式と豊かな内容や多種多様な話柄をもって、それぞれの家々に伝承されてきたと言えるであろうか。むしろそのようなことは、とうていあり得まい、それなりの時間的推移のなかで、今日的状況の昔話伝承の形態が形成されたと考える方が妥当であるように思われる。あるいは、また、昔話というものは、素朴なもので、中央都市部のものではなく、農・山村の田舎の文芸であるという、今日的伝承状況においてつくりだされた観念も訂正されねばならないであろう。思えば、昔話の伝承は、本土にあっても、つい先立ってまで、少なくとも地方都市部においては、それなりに存在していたのであり、今日（昭和五〇年）の四十代以上の地方都市出身の者は、大小なりとも、昔話を聞いた経験を保持している。

つまり、時代に応じた新しい文化を生みだす創造力は、やはり時代の動きに敏感な中央都市部にあったと言わねばならないということである。この中央に対して地方は、多くは新しい文化を生み出す素材やエネルギーを提供する役割を担うものであったと思われる。言うまでもなく、「昔話」も、これはひとつの文化現象である。したがって、その素材は、各地方の伝承に仰ぐことがあっても、「本格昔話」の形成は、まずは新しい文化を生み出す中央のメッカにあったと言わねばならない。それはあまりに常識的なもの言いであるが、常識という既成観念を越えようとした民俗学は、再びその常識に回帰しなければなるまい。わたくしは、かつて犬聟入譚をあげて、この説話の昔話としての形成が国の中央にあったことを論証した。(4) 中国華南山岳地帯の少数民族に伝習されてきた犬祖伝説が、海上の道に沿って北上、わが国にたどりついたとき、犬の妻の仇討のモチーフを抱き込んで、今日の「犬聟入」の昔話に変容したのであるが、その形成は、まずは幸若舞曲・説経節などが盛行しつつあった室町時代から江戸初期にかけての京洛地においてなされたというのであった。その論拠とするところは、「犬聟入」の昔話には不可欠要素たる「七人子はなすとも女に心許すな」という諺が、新しい文化を続々と生み出す中央都市において、最初に承認されていたという ことであり、それが幸若・説経などの語り物の世界にも、はやくに採用されていたということであった。

わたくしの言うべきことは、今日の昔話の伝承の相（すがた・形）が、まずは中央の都市部におこったものという ことである。そして、その伝承の姿を確定したものは、やはりプロ、あるいはセミプロ的な語りの徒であったと言わ ねばなるまい。が、その語りの徒が、どのような連中であったかは、今、具体的に示すことはできない。おそらく は、「昔」の語り出しで、比喩・因縁譚を語ることをば職掌としていた寺院の説経師の足跡をたどれば、いずれ考究 されることと思われる。あるいは、後崇光院のもとに、「和尚と小僧」の昔話の数々を届けた人々も、そのような語 りの徒とかかわる人であったかもしれない。(5)そして、江戸期半ばの鹿野武左衛門の『鹿の巻筆』に見える「むかしむ かしのお伽坊主」の先祖たちは、すでに戦国の時代に活動を開始していたのではないか、江島基磧の『傾城禁短気』 に見える「昔々の化物咄し」を得意とする野郎の先輩たちは、はやく室町時代に、「ムカシムカシ」の冒頭句による 昔語りを暮らしのネタとしていたのではないか、ということを今は仮に考えてみる。それと同時に、室町の京都に起 りつつあった新興町人などの、いわゆる町衆の家の台所や火のそばでは、セミ・プロの語り手が奥方や子どもたちに 乞われての昔語りを開陳しはじめていたことも想定するのである。ともあれ、わたくしは、一定の語りの形式を保有 し、おおどかな笑いを内包して、かつ多種多様な話柄・内容をもつに至った、今日、各地にみられる本格昔話の伝承 の相は、まずは国の中央におこり、これが各地方に拡散・伝承され、あるいはそれぞれの地において新たな素材を加 え、あるいはその地に適合する語り、その地の固有のことばによる伝承に変容するという過程によって形成されたも のとみる。そして、その本格昔話の伝承の相が、中央に形成された時期は、寺院に寄宿していた説教師や物語僧が巷 間にあふれだし、咄の者の職がようやく独立の道を歩み出した室町の動乱の頃、その所は、それらのプロ及びセミ・

プロの活動を最初に支持した京洛の地であったと想定するのである。

ところで、室町時代の物語草子、つまり広義の御伽草子に、今日の昔話と材を一にするものの多いことは、今さら言うまでもないことであろう。たとえば、『瓜姫物語』（瓜子姫子）『みしま』（鷲の捨児）『一寸法師』（一寸法師）『物臭太郎』（隣の寝太郎）『ささやき竹』（牛の嫁入）『鶴の草子』（鶴女房）『木幡狐』（孤女房）『蛤の草子』（蛤女房）『梵天国』（笛吹聟）『姥皮』（姥皮）『箱根権現絵巻』（お月お星）『大悦物語』（藁しべ長者）『浦島太郎』（龍宮入り）『かくれ里』（鼠浄土）『福富長者物語』（竹伐爺）『磯崎』（肉附面）『鏡破翁絵巻』（松山鏡）等々があげられるが、一部モチーフの一致ということになると、その数はたいへんなものとなる。そして、これは、これらの物語草子・絵巻が主に制作・享受された京洛の地において、かの昔話の伝承がようやく盛行しつつあったということと関係することにちがいない。考えてみるべきことは、昔話と材を一にする物語草子が、そのような昔話の伝承を背景として文学的・芸能的感動を読者たちにもたらしていたということである。そして、われわれは、その改作・改変に腕をみせた、かつての作家たちの創造力を低く評価してはならないと思うのである。

一、『藤袋の草子』と「猿神退治」

室町期の成立が確認される[6]『藤袋の草子』の話型としては、平安末期の説話集[7]にも収載されている「猿神退治」が当てられてきた。たとえば、岩波文庫『御伽草子』[8]の校注者の故島津久基氏は、その書の「藤袋の草子」の解説で、次のように述べておられる。

（写一巻）猿神退治型霊験譚。怪物退治の武勇譚である上に仏力の霊験のある点まで、前者と共通の性質を有ってゐるが、彼は伝説的、此は童話的でそして終始観音信仰を基調としてゐる。且武勇譚といっても所謂猿神退治で、而もその型式は今昔物語や宇治拾遺物語等にも載せてあるやうな地方民間に流布してゐるものと大略同じで、犬を用ゐるのも常型である。(9)

わたくしも、かつてある教材における「藤袋の草子」の項の解説で、「民間説話」〈猿神退治〉〈猿聟入〉によるものであろうが、後半は〈猿神退治〉の色合いを含んでいる短篇と述べたことがある。今、検討すべきは、『藤袋の草子』は、話型としてはたして「猿神退治」と一致すると言えるかどうかということである。そこで、まず『藤袋の草子』の話型と民間における「猿神退治」の昔話のそれとを比べてみると、大略、上のようになる。

構成	要素	『藤袋の草子』	「猿神退治」
発端	Ⅰ	爺と婆とが大事に育てていた姫を猿が来て奪って行く。	長老の家では、大事なひとり娘を人身御供に出さねばならぬと悲しんでいる。
展開	Ⅱ	立派な狩人が、山を通りかかって籠められている藤袋を射落して姫を助ける。	旅人（狩人）がやって来て、娘の身替りになることを約す。
	Ⅲ	その藤袋に犬をひそませて、帰って来た猿を食い殺させる。	旅人（狩人）は、人身御供を求める者が猿の化物であることを知り、犬といっしょに長持に隠れて、猿の化物を退治する。
結末	Ⅳ	狩人は、姫を屋敷に連れ帰り、妻と定めて幸せに暮らす。	旅人（狩人）は、娘の聟となり、富貴のうちに暮らす。

これによれば、〈展開〉部分の「猿退治」というモチーフにおいて、両者は確かに一致すると言えるが、話型としては随分と相異することが明らかである。すなわち、〈発端〉において、『藤袋の草子』は、猿が姫君を奪い去ったとしているのに対し、「猿神退治」は、猿神が娘を奪おうとしていると言い、そ

れはむしろ奪われない結末を予測させる叙述となっている。これを説話の構造からみるとき、力の方向は全く正《プラス》・負《マイナス》の関係であるということになる。そして、この〈発端〉の相違は、当然〈展開〉の叙述に、そのまま受け継がれている。すなわち、〈展開〉において、『藤袋の草子』は、奪われた姫君を猿から奪い返すということになり、「猿神退治」は、娘が奪われないように猿神を退治するということになる。つまり、両者は、(2)「女の救助」、(3)「猿退治」というモチーフにおいて一致するかにみえるが、〈発端〉の場合と同じく「姫を奪い返す」ということと、「娘を奪われないようにする」ということとは、構造の上では逆方向である。それはまた、この部分に示される両者の主題の相違ともなるもので、『藤袋の草子』の主題は、姫君の幸福な婚姻を予想した(2)の「姫君奪還」であって、(3)の「猿退治」はこれに附随して添えられたものと言えるし、「猿神退治」の主題は、あくまでも(3)の「猿神退治」であって(2)の「旅人の身替り」はその前提としてあげられるものである。また、〈結末〉においては、両者とも、二人のめでたい結婚ということで一致するのであるが、この場合でも、『藤袋の草子』は狩人が連れ帰って妻としたとするのに対して、「猿神退治」は旅人〈狩人〉が村に留まって聟となったというのであり、やはり構造上からみれば逆方向を示していると言えよう。

二、昔話「狸の占い」の伝承位相

右の検討によれば、『藤袋の草子』と「猿神退治」とは、類似のモチーフを含みながらも、同じ話型に属するものとは言えないことになろう。それならば『藤袋の草子』は、どのような民間説話と話型を一致させていると言えるであろうか。次に示す例話は、昭和三五年頃、石川純一郎氏が、福島県南会津郡檜枝岐村屋平から採集されたものである。

ざっと昔あったと。

あるとこに、外から妻《め》もらった夫婦があったと。この夫婦が初泊りに行ぐ途中で、まけ猿にいきあってっか、妻《め》を連れて行がれ、御亭《ごてい》は木さ縄でつながれたと。そうしたれば、運良く按摩が通りかゝってっか、御亭《ごてい》がつながれていたのも知らねぇで、直ぐ側まで来て、声かけられてっか、大塊消《うゝたまげ》したと。

「われは突然話をしかけて……。その起りは、あんだだしゅう」

「まけ猿にいきあって、妻《め》を連れて行がれ、その上、わあはこの大木《うゝき》につながれて、あじょうも（どうも）できねぇ。妻が連れて行がれるのを見ながら、泣きの涙ででこうしているから、この縄ほどいてくうろ」

縄ほどいてもらってっか、按摩も一緒にその晩げは男の家さン寝たと。

朝げ、御亭《ごてい》は鉄砲を持ち、犬を連れて、まけ猿の跡を追って、だん〳〵山奥さ行っただと。犬は匂いを香ぐ事に慣れているから、まけ猿が通った跡を次々に尋《たん》ねてっか、山また山の間の平さ出ただと。平の中にちいせい家があって、人が住んでいるようだから、御亭《ごてい》は家さ寄って話しかけたと。面《つら》出したのは、我《わあ》の妻《め》だったから、わけんなし喜はったと。

「猿はどうした」

「今日は山さ狩りに出て、家には我《わあ》ばかりだから、今のうちに早く腹ごしれいして、われは二階さ隠れてくうろ。犬は湯を抜いた据風呂桶《こが》さ入れて置くから」

飯《まんま》食ってっか、男は急いで二階さ登って、時期を待ちていたと。そこさ、子猿が帰《けえ》って来て、

「今日、旦那様が急にこわくならってっか（病気になられて）、みんな疲れて帰《けえ》って来るから、どうか薬でむ飲

ませられるように、湯でも沸して置いてくうろ」

と云うと。そこさ大勢のまけ猿が、病気の親猿を担いで来たと。

大勢のまけ猿は、

「なにをくれたらいいがん。わあ達《てぃ》は判らねぇから、田のはたのコッキュウボウを頼んで来《こ》べぇ」

と相談して、その中の一匹が迎えに行ったと。二階で男は、コッキュウボウがんは、どんな生き物だべぇと思っていたと。コッキュウボウちゅうのは、年古蛙で、破れた本を二、三冊持って来たと。

「旦那様がこわくならったそうで、あんまあ気の毒だねみ」

と云ってっか、本をめくって、

「天にどうどう地にがんがん、長くいたならば、わあの身までも大事候。お湯かお茶でも、こしめせ」

と云って、大急ぎで本をしまって、びたびた帰《けぇ》って行ったと。大勢のまけ猿は、

「あんなこと云われたって、なにがなんだかさっぱり分らねぇ。仕様ねぇから、上の山のマンプクジンを頼んで来《こ》う」

と云って、一匹がまた頼みさ行ったと。二階の男は、どんながんが来るかと思って見ていると、今度《こんだ》は年古狸が来たと。前《めぇ》と同じように二、三冊古本を持って来て、それを見ながら、コッキュウボウと同じように、

「天にどうどう地にがんがん。長くいたならば、わあの身までも大事候。お湯かお茶でも、こしめせ」

と云って、本背負《しょ》って山さ逃げて行ったと。大勢のまけ猿が困っているから、妻《め》は用足しに出るふりしてっか、据風呂桶《こが》の蓋取って、隠して置いた犬を出したから、猿どもに食いかかり、二階から男が、鉄砲を撃《ぶ》ったと。そして、まけ猿をみんな退治したと。大《うう》喜びでっか、あたりをみたれば、囲炉裏《ゆるり》の鉤竹さ子猿が取りついていたと。

「仲間達《てい》の皮《かあ》背負《しょ》ってお供しますから、命は助けて下せい」

めて、頼んでっか、お供したと。したかあ、猿の子孫《あとえふ》も残り、鉤竹さつけてあるがんを〝さる〟ちゅうだと。

いちが栄《さけ》え申した。

（語り手・平野ミエ子）

きわめて採集例の少ない話型であり、先年、稲田浩二氏は、口承文芸協会の会報「口承文芸」第五号において、これを新話型と認定、「猟師と猿」と題して合計六例話を指摘されている。今、管見する同話型の採集例は、次の地域からのものである。

1、青森県西津軽郡鰺ヶ沢町一ツ森（國學院大学説話研究会『津軽百話』所収「猿神退治」）

2、福島県南会津郡檜枝岐村屋平（右掲例話、石川純一郎『河童火やろう』所収「女房奪還」）

3、福島県南会津郡只見町（國學院大学説話研究会『会津百話』所収「美女奪還」）

④、和歌山県熊野地方（高木敏雄『日本伝説集』所収「猿神退治」）

5、岡山県阿哲郡神郷町神代（岡山民話の会『なんと昔あったげな』上、所収「ひざる聟〈猿聟入〉」）

6、鳥取県東伯郡東伯町山田（稲田浩二・福田晃『大山北麓の昔話』所収「猿退治」）

7、鳥取県日野郡日野町舟場（立命館大学説話文学研究会『鳥取・日野地方昔話集』所収「兎の占い」）

8、鳥取県日野郡日南町（稲田和子『笑いころげた昔』所収「猿に盗られた嫁さん」）

9、山口県長門市旧俵山村木津（大谷女子大学説話文学研究会『日置・俵山昔話集』所収「猿退治」）

⑩、徳島県美馬郡西祖谷山村日比原（武田明『阿波祖谷山昔話集』所収「猿退治」）

⑪、長崎県壱岐郡鯨伏村（山口麻太郎『壱岐島昔話集』所収「狸の占ひ」）

⑫、長崎県壱岐郡渡良村（山口麻太郎、右掲書所収「狸のオンチョウ」）

ところで、右の採集例話を仔細にみるならば、この採集話群は、決して新話型でなかったことが理解される。それは、柳田國男氏が『日本昔話名彙』のなかで〈鳥獣草木譚〉に分類された「狸の占い」に属するものであり、その『名彙』では右に○印を付けた④和歌山、⑩徳島、⑪・⑫長崎の四例の昔話資料が収載されていたのである。しかし、その⑫長崎の例を除いては、欠落が激しいものであれば、稲田氏がこれらの話群を『名彙』のいう「狸の占い」と同話型のものと判ぜられなかったことは止むを得なかったと言えよう。

しかも、関敬吾氏の『日本昔話集成』では、この「狸の占い」を一話型と認めず、「猿神退治」に含められてしまっている。これが適切な分類でないことは、前節の『藤袋の草子』と「猿神退治」に示した両者を別話型と認める理由によって説明に代えるであろう。柳田國男氏が、これを〈鳥獣草木譚〉に分類されたことにはなお問題があるが、「猿神退治」と分別して「狸の占い」を一話型と認めた見解は、やはり勝れたものであったと言わねばならない。管見もれも少なくないであろうが、右の十二例のそれぞれの梗概を対照して示せば、およそ次の表のようになる。

構成	発端	展開					結末
採集地＼要素	Ⅰ妻女の受難	Ⅱ猟師の探索	Ⅲ猟師の隠伏	Ⅳ猿の病い	Ⅴ狸の占い	Ⅵ猿退治	Ⅶ猟師の幸い
1 青森 鰺ヶ沢町	マタギが出稼ぎに出て留守の折、妻が猿にさらわれる。	マタギは犬二匹を連れて山奥に妻を探す。猿の家に、猿は留守で妻だけがいる。	樽二つに、それぞれの犬をひそませ、猿の帰りを待つ。	帰って来た猿は腹病みで、妻をゴミソの所へやる。	ゴミソは二度とも「ちいじょいじ、ピカピカしたじ、ワンワン」と占う。	猿が逃げようとすると樽から犬が飛び出し、マタギは鉄砲で猿を打つ。	マタギ夫婦は猿の宝をいっぱい持って帰り大もうけする。
2 福島 檜枝岐村	夫婦が初泊りに行く途中、まけ猿に行き合い、妻がさらわれる。	夫は按摩に助けられ、犬を連れ、鉄砲をもって、山奥に妻を探す。猿の家に、猿は	据風呂桶に犬をひそませ、夫は二階に上って猿の帰りを待つ。	大勢のまけ猿が病気の親猿を担いで戻り、一匹の猿が占いを迎えに行	最初にコッキンボウという蛙、次にマンプクジンという狸の占いが本をめくっ	妻が桶の蓋を取ると犬が飛び出し、猿どもに食い付き、夫は鉄砲を打って猿を	囲炉裏の鉤竹に子猿が取り付いているが、この猿を助けて他の猿を背

		留守で妻だけがいる。		く。	て「天にどうどう地にがんがん、云々」と占って逃げ帰る。	退治する。	負わせて帰る。猿子孫。サルの由来。
3 〃 只見町	姉と弟が、後の山に栗拾いに行ったところ、姉が猿にさらわれる。	父親は息子と犬を連れ桶を負って山奥に娘を探す。娘は猿の家で、ひとり機を織っており、猿は留守。	桶に犬を隠し入れ、父親と息子は天井に上って猿の帰りを待つ。	夜になると猿が帰って来て、眠くて胸騒ぎがするとて占いを迎える。	最初にジイゴンボウ、次にトウコンボウという貉が来て「天井ブウジージウガーガー、云々」と占って去る。	父親が天井から弓を引き、娘が桶をひっかけると、犬が飛び出し猿におそいかかる。	猿を皆生け捕りにして猿料理にして食べる。
④ 和歌山 熊野地方		猟師が二匹の犬を連れて奥山に入り、古猿の化けの家とは知らずに宿を求める。	猟師が眠ると夢に神のお告げがあり、それに従って戸口に二つの盥を置き、それに犬をひそませる。	夜更けに、主の猿が苦しみ出し、牛鬼の医者、兎の巫を呼んでも駄目。栗鼠の山伏を招く。	栗鼠の山伏は、「チンとガン、大盥覆へは親猿に祟り、小盥覆へせば児猿に祟る、云々」と占う。	神様が囲炉裏の鍋をチンと叩くと、猟師が出て盥をひっくりかえす。犬が飛び出て猿どもに飛びかかり猟師は鉄砲で退治。	山小屋で鍋の番を叩くを忌む。
5 岡山 神郷町	猟師の父娘、狒狒猿があまりに悪いので、娘がいつわって猿に嫁入りをする。			猿が急に病み出して、太夫を迎えに娘をやる。	その太夫は兎で、「小戸がかやれば小猿のしまい、大戸かやれば親猿しまい、云々」と占って逃げる。	娘が戸をかえすと、隠れていた父が猿を一発ドンと打つ。	猟師は猿を退治して、たくさんの金もうけになる。
6 鳥取 東伯町	猟師が留守の間に妻が猿にさらわれる。	猟師は犬を連れて山中に妻を探す。猿の家に猿は留守で妻ひとりいる。	妻の手引で犬は戸棚に隠れ、猟師はアマダに隠れて猿を待つ。	猿が帰って来て腹痛を訴える。小猿が医者を迎えに行く。	医者は狸で、「天になるかめ、地に小僧、云々」と言って逃げる。	狸が逃げかけるところを猟師が鉄砲で打ち、犬が飛び出して猿を皆食い殺す。	猟師は狸を取り、猿を取って分限者になる。

7 〃 日野町		漁師が犬を連れて山中に入り、猿の家に行くが、猿は留守。	猟師は二階に隠れ、搗き臼を上にあげておく。	猿が帰って来て、人臭いとて、兎の太夫を迎える。	兎の太夫は「天気が降れば狒狒死ぬる、搗き臼かえれば子猿も死ぬる、云々」と二度とも同じく占う。	猟師が鉄砲で打つと親猿が死ぬ。搗き臼をかえすと、犬が飛び出して子猿を食い殺す。	猟師は猿をたくさん負って帰る。
8 〃 日南町	猟師が留守の間に妻が猿に奪われる。	猟師は犬を連れて山に入り、猿の家を探し当てる。猿は留守で妻だけがいる。	猟師はアマダに隠れ、搗き臼に犬をひそませ猿の帰りを待つ。	猿が帰って来て、人臭いとて、三本足の兎の占いを迎える。	兎の占いは、「ポン、と放せば親猿とられる、搗き臼かやせば子猿がとられる、云々」と言って去る。	猟師が親猿を打ち、妻が搗き臼を返すと、犬が飛び出し、子猿を食い殺す。	猟師夫婦は薬になるとて、大猿の肝を土産に持って家に戻る。
9 山口 長門市	猿がたびたび猟師の家にやって来て、その娘をくれと言い、娘を連れて逃げる。	猟師は犬を連れて山に娘を探す。猿の家に猿は留守で娘だけがいる。	猟師は娘を連れ帰ろうとするが、娘は無理だと言うので、天井に隠れる。娘は臼の下に入る。	猿が帰って来て、「蓮の花が一つ散っていておかしい」とて、易者をたのむ。	サンゴウコウという兎の易者が、「天秤落ちて大猿にあたり、搗き臼ころげて小猿にあたる、云々」と占って逃げる。		
⑩ 徳島 西祖谷山村	爺・婆が犬を飼って暮らしてる。あるとき婆が狒狒猿にさらわれる。	爺が犬に引かれて、山に婆を探して岩屋に猿の家をみる。猿は留守で婆だけがいる。	爺は二階に隠れ、犬はたて臼の中に伏せ、猿の帰りを待つ。	猿が帰って来て人臭いとて、もの知りの狸の所へ聞きに行く。	「天より火降り、たて臼かはりぢ猿どの命危い」と言うので、猿はいそいで家に帰る。	爺が二階から鉄砲で打ち、犬がたて臼から飛び出して猿を食い殺す。	爺は婆を連れて帰る。
		ある家で猿がふえて困るとて、犬を連れて猿退	自分は天井に隠れ、犬は盥の下にひそま	猿は十二匹の子猿を連れて帰ってくるが、	サンショウ坊という狸の易者で、「天火の騒		

⑪長崎 鯨伏村		治に出るが、猿の家に猿はいない。	せて猿の帰りを待つ。	家の内が変だとて易者を頼む。	動親猿に当る、ビョッコ出づれば子猿十二匹、云々」と占って逃げる。		
⑫〃渡良村	猟師が娘の忠告をきかずに殺生に出る。その留守中に娘が猿にさらわれる。	猟師が犬に引かれてゆくと、山の御堂があり、そこに娘ひとりがおり、猿の宿だと言う。	猟師は天井に隠れ、犬を床下にひそませ猿の帰りを待つ。	猿が大勢の子猿を連れて帰り、今日は変だとて占いを迎える。	オンチョウという狸の占いがやって来て、「天から火すれば親猿に当り、外にぐずぐずすれば子猿かまる」と占って逃げる。	猟師は親猿を打つと、娘は犬を出して子猿を食い殺させる。	親子は無事に帰る。

右の表によれば、およそこの話群がもっていた型を認定することができると思う。が、まず大雑把に言えば、⑪長崎の例話は、発端及び結末を欠いて、やや崩れが甚しいし、⑷和歌山・⑺鳥取の例話は発端を欠き、⑸岡山の例話は展開の前半の(Ⅱ)・(Ⅲ)を欠き、⑼山口の例話は結末を略してしまっている。したがって、ほぼ整った型を保持する例話は、⑴青森・⑵福島・⑶福島・⑹鳥取・⑻鳥取・⑽徳島・⑫長崎ということになろう。

まず発端の(1)「妻女の受難」。主人公は猟師とするのが一般であるが⑵・⑶福島、⑷徳島の例話は、それを限定してはいない。しかし、⑽徳島の例話でも、爺は犬を飼って暮らしていたと言い、⑵・⑶福島の例話でも、展開部分をみると、主人公は必ず犬を連れている。したがって、この話型では、主人公を猟師とすることは、必須の条件であったと言える。その主人公の猟師が、留守の間にやって来た猿に、妻または娘を奪われるというのが一般であるが、先に語りの全文を掲げた⑵福島の例話では、夫婦が初泊りに行く途中、⑶福島の例話では、姉弟が栗拾いをしている折などと特異な叙述をみせている。特に⑸岡山の例話では、「狒々猿があまりに悪いので娘がいつわって猿に嫁入りする」と叙べて、猿に奪われておらず、⑼山口の例話でも、「猿がたびたび猟師の家にやってその娘をくれと言い」と語って、いささか「猿聟入」のモチーフと類似の語り口をうかがわせて注目される。

展開⑴は、（Ⅱ）「猟師の探索」。これには、犬を連れて行くことが、先に述べたように必須の要件である。⑵福島の例話が按摩を登場させるのは、伝承者自身が語りの中に登場してしまったのかもしれない。ところで、この場面で、猟師は、猿の住居を容易に発見して、妻または娘を簡単に奪い返したこととなっている。おそらくこれは、語りの興味が、「妻女の奪還」よりも、「動物（兎・狸など）の占い」の方に移ってしまったがためと思われる。

展開⑵は、（Ⅲ）「猟師の隠伏」。猟師は、天井・アマダ・二階などに隠れ、犬を桶・樽・盥・臼などにひそませるというのが一般であるが、ここでは、各例話間の叙述の異同はほとんどみえない。

展開⑶は、（Ⅳ）「猿の病い」。帰って来た猿が、占い師を招くというもの。その理由を「猿が病いに罹って」というのが多いが、「胸騒ぎがする」「家の内が変だ」「花が散っておかしい」「人臭い」などとする例話もあり、この方が占い師を迎える理由としてほ妥当かも知れないが、両者の違いは大きいものではない。

展開⑷は、（Ⅴ）「狸の占い」。この昔話の聞かせどころ。ここに登場する占い師は、主に狸をもってするが、他に蛙・鼠・兎・貉などを登場させる例話もある。⑵福島の例話では、先にコッキンボウという蛙、次にマンプクジンという狸、⑶福島の例話では、まずジイゴンボウ、ついでトウコンボウという貉を登場させるという念の入れ方であり、⑺鳥取の例話では、兎の太夫が二度まで占っても、同じ結果の内容であったと語っている。⑷和歌山の例話では、牛鬼の医者・兎の巫を呼んだ後、栗鼠の山伏に占わせたとする。

展開⑸は、（Ⅵ）「猿退治」。猟師が天井から猿を打ち、犬が桶・樽・盥・臼などから飛び出して、猿を食い殺す、というもので、各地の伝承に異同はあまりない。⑵・⑶福島、⑸岡山、⑻鳥取などの例話では、犬を飛び出させる役を妻、娘につとめさせているのが注目される。⑷和歌山の例話では、最初に神様が登場して、囲炉裏の鍋をチンと叩いて猿退治のきっかけを作ったとしている点、伝説的臭いが強い。

結末は㈦「猟師の幸い」。猟師は、妻・娘を連れ戻し、かつ猿の獲物によって分限者になるというもの。⑵福島の例話では、囲炉裏に取り付いていた猿一匹の命を助けて連れ戻り、それの子孫が、今日の猿となったという叙述は注目される。また、この例話では、囲炉裏の鉤のサルの由来譚としての結びをもって終るのであるが、⑷和歌山の例話では、山小屋で鍋の縁を叩くことの禁忌の由来としての結びをもって、民間信仰的色合を深めている。

以上の検討をふまえながら、右の昔話「狸の占い」の話群の型を言えば、およそ次のようになるであろう。

㈠猟師が猿に妻（娘）を奪われる。〔発端・妻女への受難〕

㈡猟師は、犬を連れて妻（娘）を探しに山に入る。猿の家を見つけて行くと、猿は留守で、妻（娘）ばかりがいる。〔展開⑴・猟師の探索〕

㈢猟師は、犬を桶（樽・盥・臼）にひそませ、自分は天井に隠れて猿を待つ。〔展開⑵・猟師の隠伏〕

㈣猿が帰って来るが、気になることがあるとて、占い師を迎えにやる。〔展開⑶・猿の病い〕

㈤狸（蛙・鼠・兎・狢）の占い師がやって来て、猿たちの危険のあることを占って逃げ出すが、猿は気がつかない。〔展開⑷・狸の占い〕

㈥猟師が天井から鉄砲で猿を打ち、妻（娘）が、桶（樽・盥・臼）をあけると、犬が飛びだして猿どもを殺す。〔展開⑸・猿退治〕

㈦猟師は、妻（娘）を無事に連れ戻し、殺した猿を売って分限者になる。〔結末・猟師の幸い〕

右のように確認できるとすれば、これを派生昔話の〈鳥獣草木譚〉に分類された柳田國男案は、やや問題となるであろう。すなわちその構造は、人間と猿との葛藤によっており、猟師の妻女奪還を主題とする猿退治を描出するものということになり、その話型は、世間話的色合を含むとは言え、完形昔話の〈厄難克服〉の項に分類できるようにも思われる。ところが、この昔話の叙述の興味は、実際には、「厄難克服」よりも「動物の占い」に移行して語られている。柳田國男氏が、これを〈鳥獣草木譚〉に分類されたゆえんはそこにある。柳田氏は、おそらく、この昔話は、完形昔話としては不十分であり、その語りの中心は擬人化された動物社会にあると観じられたのにちがいない。やはり、見識ある分類の態度と言わねばならない。が、それにもかかわらず、この昔話を構造の上から検するとき、完形昔話としての未熟さを一応認めながらも、少なくとも、この昔話が、それによほど近づいていることは否めないと思うのである。そして、今、昔話「狸の占い」の話型・構造が確認されるとき、これが『藤袋の草子』のそれときわめて近いものであることを予測させられるのである。

三、昔話「狸の占い」の文芸的性格

(一)

昔話「狸の占い」は、室町時代物語『藤袋の草子』とその話型においてきわめて近いものと推され、その両者の関係が当然問題とされねばならないことになる。しかし、昔話「狸の占い」は、『藤袋の草子』と直接的関係があり、あるいはそれの素材的役割を担ったとしても、昔話「狸の占い」それ自体は、民間文芸としての独自の文芸的世界にはばたいていたことを忘れてはなるまい。国文学者の多くは、民間文芸を国文学の素材的意義によってしか認めようとされないが、民間文芸・口承文芸には、それなりの文芸的世界があり、その独自な文芸的性格・特質を明らかにしておかないと、民間文芸を素材としてなったと推される記載文芸の創造性をも明確には把握できないということになろう。

しかし、文芸的性格とか文芸性とかいうことばは、記載の文芸作品において用いられるものであって、これを民間文芸において言うときには、いささかの矛盾したもの言いが生ずると言わねばなるまい。すなわち、一般の文芸作品は、その文芸性によって文芸たり得るというものであるが、民間文芸は、その民俗性及び口承性によって、その存在の意義を有するのである。勿論、これもことばによる感動の表現であれば、一般の文字の文芸と相通じる文芸性を含むものではある。しかし、その民間の文芸は、あくまでも常民の生活に根ざした民俗に属して、その中で文学的感興を保有するものであるから、その特性は民俗性に求めねばなるまい。また、その民間の説話は、あくまでも口語りによって文学的感動を表出するものであるから、その特性は口承性に求めるべきものとなる。(10)

(二)

その民俗性は、まずは説話の伝承される、それぞれの地域のことばの固有性によって説明されるべきであるが、それについてはすでに述べたこともあるので、(11)今は深くふれないでおく。当面の話題である人間と猿との葛藤を叙述する「狸の占い」の昔話に限って民俗性を言うならば、それは、この昔話を伝えてきた山間聚落の人々が、猿をどのような動物と観念してきたかということに求められねばなるまい。勿論、その観念は単純なものではない。猿もまた奥山に住み、時折山里に降りて人間に姿をみせる他の鳥獣と同じく、聖なるものと観じられた一面がある。(12)「猿聟入」の昔話における猿には、そのような動物の一面の投影のあることは、はやくに言われていることである。(13)その観念の崩壊をみせるのが、猿神退治譚であることは言うまでもあるまい。しかし、猿を聖なる動物とみ、畏怖すべき獣とする観念は、現実の生活のなかにおいて、常に厳守されていたのではない。実は山間聚落の人々にとって猿どもは、忌避すべき動物でもあった。空模様の変りそうな時分に、幾度となく群れ来ては、栗や黍を荒らし回り、畑の耕作物を根こそぎ食い荒らす。[14] 家垣のなりものを盗み取り、家畜類まで手をつける。[15] あるいは、山へ仕事に行った人間をくすばす（くすぐる）して弱らせたりするもので、春、畑うないに行った女衆がくすばされたこともよくあったのである。[16] したがって、「狸の占い」において、猟師の妻女が、猿に奪われたという語り方は、時折、親分猿に率られた大群をもってひそかに村里を襲い、農作物その他に多大の被害を与え、あるいは人間どもを困らせてきた猿どもに対する現実的恐怖に応じたものなのである。これに対して、山間の村人は、しばしば猿狩を試みている。[17] あるいは、猟師に頼んで猿狩をやってもらう。それはまた大いなる収穫ともなるのであった。[18] 猿の肉は、勿論、煮て食べるものであったが、これを塩漬けにすれば、大事な保存食となった。また、その部分部分は、高価な薬とされてきた。たとえば、その脳の黒焼きは頭痛薬、手足の骨の黒焼きの粉は花柳病の薬、その胃は目薬、百腸は産婦の後腹《あと》の薬、その胎子は子宮病の薬、塩漬けの肉は赤痢の特効薬となった。[19]「狸の占い」の結末において、猿退治の結果として猟師一家は分限者となったという語り方も、猿狩などによる収入の多大さに応じたものである。つまり、昔話「狸の占い」は、猿どもの害に悩まされ続けていた山間聚落における人々の猿を忌避する観念、これを猿狩などによって防いできた常民の民俗によって支えられているということである。そして考えるべきは、このような猿に対する民俗の観念は、かつては山間聚落の人々にのみ存在したのではないということである。たとえば、国の文化の中心であった京都においても、一歩、山道をたどれば、猿の姿を見ることは珍しいことでなかったし、丹波や摂津の山々の猿どもが、京洛の地に姿を見せることもしばしばあったのである。勿論、それは山間聚落にある人々の観念とは、その深刻さにおいて大きな隔りがあったにちがいない。が、その観念が、京洛の地の人々にさえ、全く無縁ではなかったことを考慮しておかねばなるまい。

㈢

次にあげるべきは、口承性である。これは、口語りという聞き手に直接語りかける方法から、自ずと規定される性格である。それを積極的に評価すれば、芸能的機能とでも言えるものである。あるいは、それは、属性として音楽的性格を示すものである。たとえば、昔話には、叙述に一定の形式があった。発端の句を「ムカシ」「ムカシムカシ」とし、中間話法を「～ダトサ」「～ゲナ」の繰り返しで進め、結びの句を「ドットハレエ」「イチゴサカエタ」「ムカシコップリ」などと収める語りの形式は、それは口語りという方法から自ずと固定したものであり、これによって昔話が実際に語られるとき、それは聞き手に芸能的、かつ音楽的感動を及ぼすこととなる。また、民間説話は、その構造が比較的単純である。その叙述過程が、発端・展開・結末と簡潔である。その叙述には、「隣の爺」ふうの対照的構造が、しばしば見られる。あるいは、三段式漸層法ともいうべき叙述展開、変化を含んだことばの反復・繰り返し等々の叙述の方法が保持されている。これらは、いずれも聞き手に対する口語りという限定から生じた口承説話の有効な文学的方法であり、それは聞き手に芸能的感動をもたらし、音楽的効果を示すものであった。

その意味で、口承性をもっとも端的に示しているのは、語りや叙述の韻律的箇所である。[20]昔話は、しばしばこれによって、語りの展開を効果あらしめている。たとえば、岡山の「瓜子姫」の昔話において、瓜は、川上から、「ドンブリ、コンブリ、スッコンゴ、ドンブリ、コンブリ、スッコンゴ」と流れてくる。瓜子姫が機を織るときには、いつも、「爺さん、くうだがない。婆さん、さいがない。スットントン」と歌っていたという。あるいは、岩手の「雁取爺」の昔話において、(21) 犬の太郎は、山へ行く爺さんに向って、「おうらも行きてえやケンケンケン」「いいから行きてえやケンケンケン」と鳴き、山に行っては、「あっちの山さ蜂落ちろ、こっちの山さ鹿《しし》落ちろ」と叫んでいる。また、太郎を埋めた場所より生えた米の木で作った臼で、爺さん婆さんが餅を搗くと、どこからともなく、「爺前《じんじめえ》さ金落ちろ、婆前《ばんばめえ》さ銭《ぜに》落ちろ」という歌が聞えてくる。隣の爺さん婆さんが搗くと、「じんじ前《めえ》さベタ糞落ちろ、ばんば前《めえ》さキダ糞落ちろ」という歌声が聞えてくる、などと語られる。そして、この韻律的部分は、昔話の中心部分をなして聞き手に印象づけられ、昔話伝承の支えともなってきたものである。当面の昔話「狸の占い」をみると、やはりこの韻律的部分がきわめて重要な働きをなしているのであった。それは、柳田國男氏が、本話の題名とした（V）の「狸の占い」の部分であり、先にあげた例話(2)福島の報告例によれば、猿に招かれたコッキェウボウという蛙の占い師が、「天にどうどう、地にがんがん、云々」と唱える場面である。そして、これがマンプクジンという狸の占い師によって、再び「天にどうどう、云々」と繰り返されて、きわめて効果的な語りとなっている。また、その唱えの文句は、伝承される土地によって幾分かの変化をみせ、それぞれの地域の語りにふさわしいものとなっている。今、それを例示してみよう。その括弧内には、唱え言の発言者を示している。

(1)〔青森〕「ちいじょいじ、ピカピカしたじ、ワンワン」（ゴミソ）

(2)〔福島〕「天にどうどう、地にがんがん。長くいたならば、わあの身までも大事候。お湯かお茶でむ、こしめせ」（蛙のコッキュウボウ、狸のマンプクジン）

(3)〔福島〕「天井シージー、ブーガーガー、いればいるほど、おらが身の上、大事が侯。」（ジイゴンボウ、貉のトウコンボウ）

(4)〔和歌山〕「チンとガン、大盥覆へせば親猿に祟り、小盥覆へせば児猿に祟る」（栗鼠の山伏）

(5)〔岡山〕「小戸がかやれば、小猿のしまい。大戸かやれば、親猿しまい。いごいごしょれば、わが身も危うござる。しり切りかんのん」（兎の太夫）

(6)〔鳥取〕「天になるかめ、地に小僧。こうしておれば、命がないが、狸も生き身、削がにゃならん」（狸の医者）

(7)〔鳥取〕「天気が降れば、狒狒《ひひ》猿死ねる。搗き臼覆れば、子猿も死ねる。長居りすれば、吾も死ねる」（兎の太夫）

(8)〔鳥取〕「ボンと放せば、親猿とらる。搗き臼かやせば、子猿が取らる」（兎の占い）

(9)〔山口〕「天秤《てんぴ》落ちて、犬猿に当り、搗き臼ころげて、小猿に当り、サンゴウコウも命危うし」（兎のサンゴウコウ）

(10)〔徳島〕「天より火降り、たて臼かはりぢ、猿どの命あぶない」（狸の物知り）

(11)〔長崎〕「天火《てんぴ》の騒動、親猿に当る。ビョッコ出ずれば、子猿十二匹。サンショウ坊もお相伴」（サンショウ坊という狸の易者）

(12)〔長崎〕「天よりぴかっと火がすれば、親猿に当る。外にぐずぐずすると、子猿噛まるる。これは物騒、これは物騒」（サンショウ坊という狸の易者）

なぞなぞふうの唱え言、天上から地上から危険の迫っていることを知らせる文句が、韻律をもって語られるとき、この章句の示す意味を察知できない猿の愚かしさに応じて、聞き手に愉快なる感動を喚起せしめるものだったと言える。

(四)

さて、昔話「狸の占い」の一般的文芸性はあえて説く必要がないことかもしれない。記載説話にしろ民間説話にしろ、説話は意外性とでもいうべきもので成り立っていると言えよう。それは予想を越える事件・事柄を述べるものである。それゆえに、説話の中心となるものは、世間話なのであった。近年、身辺に起った事件（それは起った事件として伝えられるもの）こそ意外性をもっとも多く含んでいるからである。昔話「狸の占い」における意外性は、猟師の妻女が猿に奪われるということにある。それは想像できるものであるが、やはりしばしばあることではない。そのような事件が起る条件を備えている山間聚落の伝えであれば、それはきわめて現実性あるものとして語られ、なおさら意外な事件としての印象を強める。その意味で「狸の占い」は、猟師の妻女が猿に奪われたという意外な事件を伝える世間話的要素を強くもっていると言える。そして、その世間話は、説話の意外性によって、他の地域社会に伝播・伝承される。つまり、説話の意外性は、地域を越え、文学の次元を越える普遍的文芸性となるものである。一方、その世間話における意外性の強調は、説話を次第に空想的世界に導いてゆくようである。「狸の占い」においては、猿たちの社会にも、人間さまと同じく占い師があって、ことがあれば、彼等が招かれて将来を予見・予知するというものであった。こうなれば、もはや意外なる事実の叙述ということにはなり得まい。勿論、これは単なる空想とは言えないかもしれない。たとえば、猿たちは、人間社会よろしく親分猿の統率のもと、必ずや遠見の猿を配置しながら、一団となって整然と行動する。[22]そして、これらをしばしば見聞していた山間聚落の人々は、「奴等は人ぐらいの心している」と感嘆していたのである。[23]したがって、猿たちの社会に太夫・占い師がいたという叙述は、根拠のある空想とでもいうべきものである。しかし、その太夫や占い師が、同族の猿であることに留まらず、狸であり兎であり、あるいは蛙であり鼠であるということになれば、そこには、とうていあり得べからざる世界への空想のはばたきを認めないわけにはゆかなくなるであろう。そして、その空想は、動物社会を戯画化して表現する高邁な文芸に近づくものである。この諧謔的な滑稽を求める文学精神は、昔話の世界では比較的稀なるものである。その点において、「狸の占い」の文学性は、高く評価されてもよい。あるいは、その諧謔的趣向は、民間説話にほどよくおさまって伝承されてきているが、その発想の根源は、はたして山間の聚落にあったかどうかは、きわめて疑問とすべきところである。

㈤

以上、昔話「狸の占い」の文芸的性格をやや概括的に論じたのであるが、それならば、その文芸的性格は、いかなる過程において形成されたものであるかが問題となろう。しかし、それを実証的に論述することは容易ではない。が、今、そのおよそは、右の文芸的性格の検討を通して、推測できるように思う。すなわち、この昔話「狸の占い」の原型は、日常の暮らしの中で、たえず猿との葛藤を続けてきた山間聚落の人々の間に伝えられたものであり、それは、また、妻女を猿に取られて、これをみごとに奪い返した猟師の「妻女奪還」の世間話であったと思われる。この世間話が、山里を降って来たのであろう。そして、これが各地の村里をめぐり、やがて京洛の地にたどり着く頃には、それは世間話としてのリアリティをいささか後退させ、大分の空想を許すものに変容しつつあったかもしれない。その成長に加担した人々としては、猟師・薬売り、あるいは猿飼などの旅の者があげられよう。しかし、その猿どもの動物社会を擬人化して表現する「狸の占い」の叙述は、国の中央の文芸的風土の中で培われたものと決せねばなるまい。かくして、京洛の地で語りを一応完成させた昔話「狸の占い」は、再び国の中央を出て、各地方へ拡散されて行ったことであろうが、これが山間聚落の地に及べば、再び現実性をよび戻して、世間話的感覚によって伝えられたもののようである。しかしながら、一旦獲得した、猿どもを擬人化して表現する諧謔的叙述は、そのまま残存して、今日の採集話群となったと言えるであろう。

ところで、右に論じた昔話「狸の占い」の文芸的性格について、もう一つ問題となるのは、この文芸的性格が、どの程度、文字文芸において継承されるのかということである。具体的には後の章で述べることとして、それを一般的・概括的に述べるならば、およそ文字文芸が民間説話をほぼそのまま継承できるのは、やはり第三の一般的文芸性にあったと言わねばならない。そのような限界が、今日においても、昔話の再話・再創造への欲求となって現れていると言えるであろう。まず第一の民俗性は、文字文芸を享受する人々にはあまりなじめないものであった。すなわち、文字を通しての文学活動は、これを民間文芸と比すれば、特定の階層に属する人々のものであったれば、常民の観念を越えたところに関心が赴き、素材なる民間説話の民俗性は稀薄化されることは否めないものであった。あるいは、それは、猿を畏怖する常民の観念を猿をもてあそぶ文字文芸の享受者層の民俗的観念に移行して、その文学的意義を受け継いだというように理解できるかもしれない。第二の口承性の場合も、当然、そのままでは継承できないものである。しかし、これは、いささか形骸化するとは言え、それを文字にうつして効果あらしめることは、ある程度は可能である。あるいは、これを文学の制作方法に巧みに導入したのが説話文学である。あるいは、その口承性は、絵画を伴う文字文芸においては、一部、それが継承されているとみることもできよう。しかし、記載の文芸が、素材としての民間文芸からそのまま継承し、それを発展できるのは、やはり、第三の一般的文芸性であった。記載文芸の作者は、その普遍的文学性を継承・拡大してみせる、あるいは巧みにこれを改変・改作して読者に届けるもので、そこにこそ作者の創作の技倆が求められたのである。昔話「狸の占い」そのもの、あるいはこれにきわめて近い民間説話の一般的文芸性、つまり、猟師の妻女奪還という意外なストーリィ、そして、その中に猿たちを戯画化して叙述する諧謔的発想を継承・拡大してみせることが、『藤袋の草子』作者のもっとも得意とするものであったことは、後に詳述するところである。

注

（1）福田晃・岩瀬博・松山光秀・徳富重成編著、同朋社出版。

（2）その発端の句は、奄美・沖縄ともに「ムカシ」「ムカシムカシ」程度のものを固定させつつあるが、結末の句はやはり未発達で「ソレダケ」「コレッキリ」程度のごく簡単なものに過ぎない。これについて詳しくは、田畑英勝氏『奄美諸島の昔話』〈解説〉（日本放送出版協会、昭和四九年）、岩瀬博氏「沖縄の昔話」（日本口承文芸協会編、『日本で昔話研究入門』所収、三弥井書店、昭和五一年）

（3）その一部は、沖縄民話の会編『那覇の民話』(1)に収録されているが、那覇出身の国吉瑞枝翁がその一人で、すでにその語られるものは三〇〇話に及ぶ。さらに、同会の伊芸弘子氏は、首里出身の小橋川共寛翁から四〇〇話に及ぶ昔話類を聴取、記録されている。

（4）「犬聟入の位相と伝播」（拙著『昔話の伝播』弘文堂、昭和五一年）

（5）『書陵部紀要』、第十七号、石塚一雄氏「後崇光院廣筆・物語・説話断簡について」。

（6）横山重・太田武夫両氏編『室町時代物語』㈢（古典文庫、昭和三二年）〈解題〉。ただし題名は『藤ふくろ』とあるが、これまでの呼称に従って本書も『藤袋の草子』によって論じている。

（7）『今昔物語』巻二十六「美作国《ノ》神、依猟師謀止生贄語第七」、同巻二十六「飛騨国《ノ》猿神、止生贄語第八」。なお『宇治拾遺物語』巻十の六「吾妻人生贄をとゞむる事」もこれに類するものであり、これは『今昔物語集』の前者の第七と同材のものである。

（8）昭和一一年一〇月第一刷発行。

（9）臼田甚五郎氏監修『中世日本文学選』（三弥井書店、昭和四七年）

（10）（11）拙稿「鳥獣草木譚の義議——『時鳥と兄弟』をめぐって——」（拙著『昔話の伝播』所収、弘文堂、昭和五一年）

（12）千葉徳爾氏「日本人と野獣」（『続狩猟伝承研究』所収、風間書房、昭和四六年）

（13）角川源義氏「悲劇文学の発生」（『悲劇文学の発生』所収、青磁社、昭和一七年）、柳田國男氏「童話小考」（『定本柳田國男集』第八巻・筑摩書房、昭和三七年）、直江広治氏「民間文芸㈡——猴猿娘〈猿聟入り〉～」（『中国の民俗学』所収、岩崎美術社、昭和四二年）など。

(14) 早川孝太郎氏『三州横山話』（郷土研究社、大正一〇年）など。

(15) 昭和四五年、京都府竹野郡弥栄町の昔話採集調査にあたって、この方面の愚か村の一と擬される奥地の野間地区において、わたくしは、このことをさかんに聴取した。

(16) 浅川欽一氏『秋山物語』（スタジオゆにーく、昭和五二年）

(17) (18) 早川孝太郎氏『三州横山話』、武田明氏『祖谷山民俗誌』（古今書院、昭和三〇年）、高谷重夫氏「祖谷山村の民俗」（『ひだびと』8巻11・12号、9巻1号、『日本民俗学大系』第十巻再録、角川書店、昭和五一年）、武藤鉄城氏『秋田マタギ聞書』（慶友社、昭和四四年）

(19) 先にあげた⑽鳥取の例話の結末、「猟師夫婦は薬になるとて、大猿の肝を土産に持って家に戻る」の叙述は、その生活の反映と言える。

(20) 稲田浩二・福田晃編『蒜山盆地の昔話』（三弥井書店、昭和四三年）「瓜姫御寮」（八束村花園・池田たきの）。

(21) 森口多里氏『黄金の馬』（三弥井書店、昭和四六年）「小犬を拾って仕合せになった爺さんの話」。

(22) 右掲の注（17）（18）と同書。

(23) 武藤鉄城氏『秋田マタギ聞書』右掲註（17）同書〈楠木三次郎翁〉

「藤袋の草子」の生成〈その二〉

四、昔話「狸の占い」と『藤袋の草子』の話型

㈠

室町時代の物語『藤袋の草子』の文学的趣向については、故島津久基氏が、先にあげた岩波文庫『お伽草子』の解題において、次のように述べておられる。

唯、藤袋の囚と、それを救ふに扇の的に倣った弓術の使用と、下に述べる異類歌合物などから著想したらしい猿の歌会に宿直猿の准へ歌など、変った潤色が見られる。

これは『藤袋の草子』の話型を猿神退治譚にそっての解説ではあるが、その文学的潤色についての説明は、今日でもほぼ妥当なものと思われる。しかし、この『藤袋の草子』が「猿神退治」によったものでないことは勿論、その話型の近似する「狸の占い」の昔話が見出されるにしても、かの『藤袋の草子』のよった民間説話が、今日伝承されている昔話そのままとは容易に断じ得ぬものであるから、その潤色・脚色の説明はなお慎重でなければなるまい。あるいは、最近、この『藤袋の草子』伝本にも、異本が見出されていることでもあり、かつ当初から絵巻物として制作されていたことが、ほぼ明らかにされてきた現在、その拠った素材の話型の確認や物語絵巻の制作方法の検討を通して、

その趣向・潤色は、丁寧に論じられねばならないと思われる。

今、わたくしが知見する『藤袋の草子』諸本は、次の六本である。

〔甲種〕

若林正治氏蔵・室町末写・奈良絵巻「藤袋草紙」（仮称）一軸・首尾欠（昭和三六年、斯道文庫（松本隆信氏）複写。昭和五一年七月・佐竹昭広氏「御伽草子の位相――『藤袋草子』断簡――」紹介）

〔乙種・一類〕

(イ)麻生太賀吉氏蔵・室町末（天文・永録頃）・奈良絵巻一軸・土佐光久（光信の女）筆「藤ふくろ」（昭和三二年、横山重・太田武夫両氏編『室町時代物語』㈢〈古典文庫〉所収）

(ロ)国会図書館蔵・慶安二年住吉如慶模写絵巻一軸・原本土佐光信筆・「藤袋草子」

(ハ)実践女子大学蔵（黒川文庫）・写本（絵欠）一冊・「藤袋草紙」

(ニ)山岸徳平氏複写本・昭和八年写・原本尾州侯蔵・二巻（絵なし）・「藤袋物語」

〔乙種・二類〕

島津久基氏旧蔵・巻子写本（昭和一一年、岩波文庫『お伽草子』所収）

甲種・若林正治氏蔵本は、紙幅一七・四糎の小型の絵巻。長さは三六〇糎、料紙は鳥の子紙を用いて、淡彩の絵図五両をもっている。前半の四分の一程度が欠けており、最末をもごく一部欠いている。したがって、外題、内題はない。(1) その素朴な画法とともに全体的に古態をうかがわせており、室町を降らぬ時代の制作と推される。その内容については、昭和五一年、佐竹昭広氏が、鑑賞日本古典文学・第26巻『御伽草子・仮名草子』（角川書店）に掲げられた「御伽草子の位相――『藤袋草子』断簡――」と題する論文で全文紹介されており、従来の諸本とは相当にちがったもので、きわめて注目される。

乙種本は、第一類と第二類とに分別したが、第二類にやや省略がうかがえる程度のものであり、一類の四本は、ほとんど同文と言えるものである。従って、乙種系統については、横山重氏が『室町時代物語』㈢に掲げられた(イ)麻生太賀吉蔵本こそ最古の善本であれば、これをもって他本を代表させるべきものである。その麻生太賀吉氏蔵本は、紙幅一九・七糎の中型の絵巻で、表紙の「藤ふくろ」とある。本文の料紙は、鳥の子紙で、淡彩の絵画十三図面をもっている。横山重氏は、本書極札の「土佐光久筆」をほぼ認めて、天文・永禄の頃の作とされている。[2]

㈡

ここで、『藤袋の草子』甲種・乙種のストリー梗概を昔話「狸の占い」と対応して示してみることにする。

	昔話「狸の占い」	甲種・若林氏蔵絵巻	乙種・麻生氏蔵絵巻
発端	(I)〔妻女の受難〕 猟師が、猿に妻（娘）を奪われる。	（欠落）	(1)〔翁の拾い子〕 近江国の山里に住む翁が、都からの帰り道に、かわいい女の子を拾う。夫婦はその子を大事に育て、美しい女に成長する。 (2)〔猿との約束〕 ある時、翁が山で畑を打っていたが、あまりの苦しさに「畑を打ってくれた者に、猿であっても、娘の聟にとる」とひとり言をつぶやくと、大猿がやって来て、畑を打ち終え、明日を約して帰る。

(1) 開展

(Ⅱ)〔猟師の探索〕
猟師は犬を連れて妻（娘）を探しに山へ入る。猿の家を見つけて行くと、猿は留守で、妻（娘）ばかりがいる。

(5)〔猿の嫁迎え〕
嫁迎えの道中、喜びの口ずさみに、「縁はおかし」の題で、三匹の猿が歌を詠み、姫も一首添える。

(6)〔猿どもの歌舞〕
嫁迎えの祝宴とて、鼓・太鼓ではやし、聟猿もささらをもって舞う。姫はうらめしく「ふしくれの、云々」と一首詠むと、聟猿も「ささらする、云々」と詠み、飯炊きの与五郎も「我こひは、云々」と詠む。

(3)〔姫の隠匿〕
翁は、嫗と相談して、後の藪を掘り、櫃の中に娘を入れて埋め、二人は裏山から様子をうかがっている。

(4)〔こけ猿の占い〕
翌日、大猿がやって来て、娘を探すが見えないので、供の猿を使いにやって、こけ猿を連れてくる。この猿は陰陽師で、占いをして、後の藪を掘らせる。

(5)〔猿の嫁迎え〕
大猿は、娘を輿に乗せて、山へ行く。

(8)〔翁・嫗の追跡〕
翁・嫗は、大猿たちの跡を追って山に入る。

(6)〔猿どもの歌舞〕
猿どもは、姫を慰めるために酒宴して、さまざまに舞い歌う。

展

(Ⅲ)〔猟師の隠伏〕
猟師は、犬を桶(樽・盥・臼)にひ

---

(7)〔姫の籠絆〕
聟猿は、姫に食べさせるべく、木の実とりに行くこととなる。が、心配なので、姫を籠に入れ、険阻な岩の木枝に葛で括り付け、番の猿を置いて、山へ入る。

(8)〔翁・嫗の追跡〕
翁・嫗は、姫を探して跡を慕い、山奥へ入る。

(9)〔翁・嫗の嘆き〕
翁・嫗は、山奥で、思いがけぬ木の枝に括り付けられた籠の中に泣く姫を見つける。が、どうしようもなくて、親も子も悲しむばかりである。

(10)〔狩の殿御の救助〕
そこへ丹波国船井郡某のわくのとう殿が、鷹狩に清流をたどって通りがかり、高い木の籠の中で泣く美しい姫を見つけ、わけを尋ねる。姫は喜んで、これまでのことを語る。わくのとうは弓に矢をはげて、みごと籠の葛を射切って姫を助ける。

(11)〔犬の隠伏〕
わくのとうは、美しい袋に犬をひそ

---

(7)〔姫の籠絆〕
聟猿は困って、姫に珍しい果物を取って来ようと出かけることになる。が、心配なので、姫を藤袋に入れ、木の梢に括り付け、宿直猿を一匹置いて山へ入る。

(前出)

(8)〔翁・嫗の嘆き〕
翁・嫗は、かの姫をどうやって降ろそうかと、足摺りして悲しむばかりである。

(10)〔狩の殿御の救助〕
そこへ狩人が多数やって来たので、翁は狩人の主にわけを話して助けを乞う。狩人の主は、平次という弓の上手に、藤袋の吊り縄を射切れと命ずる。平次は、一旦はことわるが、たっての翁・嫗の頼みで引き受ける。心中に祈念して矢を放てば、あやまたず藤袋を雁股で射切って姫を助ける。

(11)〔犬の隠伏〕
狩人の主は、もとの藤袋に犬を入れ

(2) 開	そませ、自分は天井に隠れて猿を待つ。	ませて、猿たちの帰りを待つ。	宿直猿に、先と同じくそれを木に括らせて、猿たちの帰りを待つ。
(3) 開展	(Ⅳ)〔猿の病い〕猿が帰って来るが、気になることがあるとて、占い師を迎えにやる。	(12)〔猿の不審〕猿たちは、木の実を拾い集めて帰って来る。括りつけた姫も、番につけた小猿もいないので、不審に思っている。	(12)〔猿の不審〕猿たちは、いろいろな木の実を集めて帰って来る。そして藤袋を取り降ろさせ、姫を慰めるためとて「姫君」と題して、それぞれが、木の葉の短冊に歌を書く。
(4) 開展	(Ⅴ)〔狸の占い〕狸（蛙・鼠・兎・貉）の占い師がやって来て、猿たちの危険のあることを占って逃げ出すが、猿は気がつかない。		(13)〔宿直猿の知らせ〕宿直猿がひそかに知らせようとなぞらえ歌を詠むが、聟猿は気がつかず、下手な歌だとて、宿直猿を座敷から追い出す。
(5) 開展	(Ⅵ)〔猿退治〕猟師が天井から鉄砲で猿を打ち、妻（娘）が、桶（樽・盥・臼）をあけると、犬が飛び出して猿どもを食い殺す。	(14)〔猿退治〕美しい袋を見て、ここに姫が隠れていると思い、その口をあけると、犬が飛び出して逃げる猿を追い掛ける。	(14)〔猿退治〕作った歌を姫に見せようと袋の口をあげると、犬が飛び出して聟猿に食いつき、他の猿どもを食い殺す。
末結	(Ⅶ)〔猟師の幸せ〕猟師は、妻（娘）を無事に連れ戻し、殺した猿を売って分限者になる。	(15)〔姫の幸せ〕わくのとう殿は、姫君を連れて戻る。番に付いていた小猿ばかりは厩に繋いでおこうと、真先に引かせて行く。（欠）	(15)〔姫の幸せ〕狩人の主は、宿直猿だけ生き残し他の猿どもの皮をはぎ取らせる。そして、姫たちを連れて、わが家に帰り、姫を妻として幸せに暮らす。平次には、所領を与え、宿直猿は厩に置いて馬を飼わせる。

㈢

右の対照表で明らかなように、昔話「狸の占い」と『藤袋の草子』との話型は、ほぼ一致するものである。精粗の差はあるものの、一応、それぞれが対応するモチーフを含み、全体の構造も、ほぼ共通のものと認められる。かつて検討した「猿神退治」は勿論、「猿聟入」のそれも、これほどに『藤袋の草子』に対応するものではなかった。少なくとも昔話「狸の占い」と室町時代物語『藤袋の草子』は、同話型に類するものと決定できるであろう。

しかし、両者の対応を仔細にみてゆくと、そのモチーフの精粗が明らかであり、それが両者の構造にも微妙にかかわり、かつ、両者の主題・構想のちがいをも推測させるのである。

そこで、まずその構造上の異同を検してみると、昔話「狸の占い」が、主人公をひとりとする単純構造に類するものであるのに対して、絵巻『藤袋の草子』は、それを二人とする複合構造によっているというべきかと思われる。すなわち、「狸の占い」では、主人公の猟師が、妻（娘）を猿に奪われて、猟師自らがそれを奪い返し、猿どもを退治して裕福になるとしていたが、『藤袋の草子』では、主人公の爺・婆が大事に守り育てた姫君を猿に奪われ、そこにもう一人の主人公の狩の殿御が現われ、姫君を奪い返し、猿どもを退治して、その姫君を妻として幸せに暮らすというものであった。あるいは、語り手（作者）から言えば、前者は単眼的構造であり、後者は複眼的構造とでも称すべきものかもしれない。しかし、後者の『藤袋の草子』が、主人公を二人とする複合・複眼的構造であるとするのは、これを「狸の占い」と対照し、それの展開とみてのことと言える。実は、複合構造の『藤袋の草子』の主人公は、「狸の占い」の猟師の二分化たる翁・媼と狩の殿御の二者とすべきものではなく、これを脇役に追いやって、かの猿に奪われた姫君自身であると言うべきものであった。すなわち、両者の構造上のちがいは、だれを主人公とするかという説話・物語の構想のちがいともなっているわけである。その構想のちがいは、前者の「狸の占い」が、致富譚として話を終えるのに対して、後者の『藤袋の草子』が婚姻譚として物語を結ぶことからも考えられることであった。そして、その構想のちがいは、当然、それぞれの主題の異同となってあらわに示される。つまり、前者「狸の占い」の主題は、あくまでも、猟師の猿に奪われた〈妻女の奪還〉〈厄難克服〉にあったとすべきことであるのに対して、後者『藤袋の草子』は、それを猿に奪われた姫君の〈幸福なる婚姻〉に据えていると言える。

それならば、その構想・主題のちがいは、物語草子作者の創造力に求められることになろうが、それほ、もう少し丁寧な検討によって、決せられねばならないであろう。

㈣

ここで再び昔話「狸の占い」の採集例にもどってみる。そして、注目したいのは、⑸岡山・神郷町、及び、⑼山口・長門市の例話である。すなわち、この二例は、その発端の場において、猟師の妻女がはからずも猿に奪われたというよりも、猟師の娘との婚姻を求める猿に従うという語り口によっているのである。

〈例話⑸〉

むかし、猟師が親子、貧しい暮らしをしていたそうな。そのころ、山の奥へ狒狒猿がこもって、里へ出て、悪いことばあ、しようたそうな。せえでお父さんとはかって、娘がお猿のとこへ行くふりをしたそうな。（後略）

〔語り手・横山幸子媼〕

〈例話⑼〉

むかし、山奥の大猿が来て、化けて来て、「娘をくれ」言うて、「くれ、くれ」言うて、連れて行って逃げたってね。（後略）

〔語り手・福永ちさ媼〕

この山の猿の求婚の語り口は、昔話「猿聟入」の発端部のそれにきわめて近いと言えよう。すなわち、「猿聟入」の多くの例話では、娘の嫁入は、田畑、その他の労働などの援助にもとづく猿への報酬とて、父親の約束するものであるが、猿の強引な要求にもとづくものとする例話も、しばしば見られるのである。(3)したがって、右の例話は、昔話「猿聟入」のモチーフが混入したものと言えるであろう。それならば、当然、一般の「猿聟入」がもつ発端のモチーフ、つまり、猿のもとへの嫁入は、田畑の労働を援助した聟猿と父親なる爺との間に交わされた約束にもとづくとする語り口を混入する「狸の占い」の昔話の伝承も予想されることである。はたして近年、そのような「狸の占い」の例話が報告された。大谷女子大学説話文学研究会、昭和五一年度探訪報告『長崎県平戸市昔話集』に「猿聟入」として掲げられたものがそれである。

むかしむかしですね、お爺さんとお婆さんが、三人の娘を持っとって。そしたところが、田圃をたくさん持っとって、ある年、旱天でね、日が照って、そうして水が田園になくなって。そうしたところがそのお爺さんが、

「三人持っとる娘の子一人や、嫁にやる」はってね、「この間に水いっぱい水は溜めてやんぬりゃ」って言ったって。そしたところが、あくる朝いたら、その田園にいっぱい溜っとたですって。そうしたところがね、お猿さんが来てね、そうして、

「私にその一人のその娘をくれて下さい」って、「私がその水を溜めてやった」とって。

そしてたところが、一番上の娘に言ったら、

「ぜんぜん嫌《いや》」って。そしてまた二番目の娘に言ったところが、「嫌」って言うことんなって。今度《こんだ》三番目の娘だとが、

「まあ親の言うことなりゃ、わしが行ってみよ」ていうことに決ったたって、話が。

そして、お駕籠が連れに来たって、お猿さんがね。そして、

「菜種のね、種を一升下さい」って、そのなにがですたいね。そして、

「その種はずっと蒔いて行くせん。この花の、この菜種の花の咲く時、お父さんが来い」ってですね、言って行ったたって。

したところが、その花がね、咲いた時分に、そのわがお父さんが行ったたってね。ずうっと、道に見えていとるせん。そしたところが、あいにくそのお猿さんの大将はおらんじゃったって。そしたところが、娘さんがおってね、そうして、

「よう来た」って。

その何の下に、――昔は、その臼ってあったでしょう、ね。昔は餅搗く。今は搗かんですばってん。臼あったですたい。――木の目のあれが下に、お父さんは隠したですたい。

そしたところが、そのお猿の大将が帰って来て。

「まあ、ここは人間臭い」って、そう言ったってね。そしたら、「うんにゃ、そりゃ私があの人間せん、私が臭かとじゃろ」って、その娘さんが言うたってね。そしたところが、――昔は、その兎さんが今年しゃったですちゅうたい。そのまあ、今言えば、まあ、もの知りのその人に、――その兎さんに聞き付けてみるってことになったたって。

そしたところが、兎さんが来たところが、

「ドンと鳴れば、親猿の身にあたる。臼ころりと転がせば、子猿千匹のなにあたる」。その犬連れて行っとるで

す。――私の申し遅ればってん、犬一匹連れて行っとるると、ですね。――そしたところが、「長々おれば、自分の身にもあたる」って。「さあ逃げる」って、その兎さんが帰ったってね。そうしたところが、お爺さんがやっぱ持って行っとったでしょうかい、鉄砲をね。そうして、その打ったところが、臼がころりと転げたところが、その犬が、その側のお猿さんは、その食べてね、その退治してわが家《うち》に帰ったっていう。

その私《あたし》やあ話を聞いたことがありますな。

（語り手、堤・杉村ツギ・大正二年三月二十八日生）

この「狸の占い」（兎の占い）の例話となると、いちだんと『藤袋の草子』に近いと言えるであろう。そして、この地方では、次のような昔話の伝承もみられて注目される。(4) それは「鬼聟入」と題されている。

三人娘おっとせ。一人は嫁げに、あの雨降るきゃあたもんな。（中略）どっか山におる鬼の、そいで、「仕方なかあ、お嫁にゃやれえん」「ばってん、おいが水は降らせたせん、田はできたがろう」ちゅうて、そいでやかましい鬼が言う。「そいで、（中略）お父さんの親孝行に行てくるはな」って嫁さん、娘さん言う。そして、お母さんが、たいそう種ばですな、菜種の種は袋いっぱい入れたっとですな。「お母さん、この菜種は何すっとね」「ん、よかな。お前の嫁入りこいは、蒔《みや》あとって、咲《さき》ゃあた時にゃ来いよ」言うて、行く時にゃ、菜種はずうっと野ん中、山奥、野ん中、山奥連れて行かるっ時、じょうわきにふっとったと。

やがて、娘は鬼の嫁となって春を待ち、その菜種の花が咲く折、お母さんの言い付けだと言って家に戻る。聟は、花が散っても戻ってこない娘を慕い、こがれ死にしてしまった、というのである。この昔話は、岩瀬博氏が、その解説の項でふれられているように、(5) 柳田國男氏の『日本昔話名彙』に、「鬼聟入」の例話として引用される青森・八戸地方の伝承と確かに一致する。(6)しかし、これらの例話をもって「鬼聟入」の話型を認めることに問題のあることは、関敬吾氏の『日本昔話集成』(大成)が、これをとらず、異なる例話によって、あらたなる「鬼聟入」の話型をあげていることからも理解される。たとえば、熊本・阿蘇地方の伝承には、(7)

田の水かけ、嫁入りすれば、娘に後日千両前田千両やると約束、末娘、猿とつれ立って橋まで行くときに、豆を蒔きつつ赴き、帰途、それをつたって帰り約束の田をもらう。

などという「猿聟入」がある。これによれば、平戸の「鬼聟入」も、「猿聟入」の類語の一とすべきことが理解される。しかし、いずれの例話も、その結末が、いささか不安定である。それは、結末が、元来、「お月お星」のモチーフである「菜種を蒔きながら」「豆を蒔きながら」のそれによって導かれているからである。およそ、このモチーフは、親しき者の追跡・救助を期して用意されるものであった。その点において、最初の平戸の例話「狸の占い」は、これが「猿聟入」を「狸の占い」に導くモチーフとして、うまく機能していると言える。されば、このモチーフを含む「猿聟入」の伝承世界と相接して、このモチーフによって「猿聟入」を導入した「狸の占い」の伝承群の存したことが、察せられるのである。

ところで、右の「猿聟入」の冒頭モチーフ〈猿との婚約〉を含む「狸の占い」が、物語草子『藤袋の草子』にいちだんと接近することは、叙述の展開のみならず、その主題からも考えられることである。既に論じたように、「狸の占い」の主題は、〈美女奪還〉〈厄難克服〉にあるにもかかわらず、『藤袋の草子』のそれは、〈美女の幸福なる婚姻〉にあったと言えるものであるが、昔話「猿聟入」の主題は、嫌悪すべき猿聟を追伏した〈厄難克服〉、あるいはその才智によって猿聟を退治する〈美女の智恵〉とすべきであるのにもかかわらず、その才智の結果としての〈幸福なる婚姻〉をもひそませるものであった。たとえば、「猿聟入」の多くの採集例話は、猿を退治して帰った末娘は、その後めでたい結婚によって、幸福なる生涯を送ったとして結ぶものであり、あるいはさらに継子話「姥皮」「火焚き娘」に接合して、その末娘の〈幸福なる婚姻〉をあらわに叙述するものも少なくない。つまり、「狸の占い」は、「猿聟入」を導入することで、その主題を〈幸福なる婚姻〉にずらしてゆく可能性をもつというのである。

㈤

しかし、今日も伝承例話の見られる「猿聟入」の一部と複合した「狸の占い」の昔話によって、かの『藤袋の草子』が成ったとすることは、いまだ速断に過ぎるであろう。依然として両者には、構造上の異同がある。すなわち、『藤袋の草子』においては、受難の姫君を救助する第三者なる貴公子を登場せしめていた。ところが、「猿聟入」の一部と複合する昔話「狸の占い」は、あるいは将来において、娘の幸福な婚姻を予想させるものの、直接に自らを助けてくれた貴公子との結婚を語ることはない。そして、今日、採集される「狸の占い」の例話には、これを言う伝承はうかがえない。それならば、父親なる猟師自らの娘の救助・奪還を第三者の貴公子のそれとして、姫君の幸福なる婚姻の自然なる展開を構想したのは、『藤袋の草子』作者の創作力にもとづくものと言わねばなるまい。

今日、その伝承資料が見えぬ限り、わたくしの方法で、これを実証的に反論することはできない。しかし、この時代の物語草子作者は、原話の話型を改変することには、あまり意を用いていなかったようである。あるいは、それは昔話を原型として成ったと推される他の物語草子類によって理解されることであり(8)、この『藤袋の草子』でも、既に少しく検してきたことでもある。つまり、この種の物語草子の作者は、他の物語・説話などから、あらたなモチーフを持ち込むことには、あまり関心を示さず、多くは原拠のタイプに従いながら、そのモチーフに新たな趣向・脚色を付与して、物語の生命を保持させるという方法によっているということである。

それならば、『藤袋の草子』は、狩の貴公子が受難の姫君を救助するというモチーフを含む「狸の占い」異伝を原話として成ったと考えねばならぬことになろうが、そのような原話の存在を予測させるものが全くないわけではない。すなわち、「猿聟入」のモチーフを含む昔話「狸の占い」ならば、その娘の将来は、幸福なる婚姻が期待できるものであり、あるいは継子話「姥皮」「火焚き娘」へと展開して、その娘の幸福をあらわに示す可能性を含むものであったが、一方、平戸の例話などでみたように、「猿聟入」の一部のモチーフを複合する昔話「狸の占い」には、継子話「お月お星」との複合の可能性が隠されており、それによれば、狩の貴公子の救助モチーフの導入も予想できるのである。

それをもう少し説明するなら、昔話「お月お星」の典型話(9)にあっては、「菜種の花をたより」として、柿を山中に探し求める妹のお星は、ついに奥山の土中に埋められたお月を見出し、やがて二人は、鹿狩に来た貴公子に助けられたと語られており、このモチーフの複合があれば、「狸の占い」の伝承は、いちだんと『藤袋の草子』の構造に近づくものとなるというのである。ちなみに「お月お星」の昔話は、早く文献にうかがえるものであり、『神道集』巻二「二所権現事」がそれであることは、よく知られている。今は、その『神道集』の記事とほぼ一致しながら、絵巻によった鎌倉末期成立の『箱根権現絵巻』(10)にしたがって、そのあたりの叙述をみてみよう。

この姫君《ひめきみ》、檜《ひのき》を削《けつ》りつけて、擅特山《たんとくせん》にいたり給ぬ。さて、土《つち》のしやうにおとし入、おはせあるやう、「今《いま》心やすけれ」とて、よろこひ給てかへり給けり。霊鷲《りやうしゆ》御前、このしるしについて尋《たつ》ねおほしけるに、(中略)ようやく擅特山《たんとくせん》の麓《ふもと》にのほり給て、土《つち》のしやうの端《はた》にておはせあるやう、「いかに常在《りやうさい》御前みつからこそまいり候へ。いまた生きておはしますやらん」とて伏しまろひ、焦《こか》れ給なから、かくなん。(中略)

渡羅奈国《はらなゐこく》の帝《みかと》、太郎の王子《わうし》・二郎の王子遠狩《わうしとうかり》せさせ給けるか、この御声《こゑ》をきゝつけさせ給て、おはせあるやうは、「けたかくやさしき女人のこゑこそすれ。これはあまりに狩《かり》をすれは、山《やま》の神《かみ》の荒《あ》れ給へるやらん」。五百人の狩人《かりうど》、おの〳〵矢をはけて、ちかく寄りて御覧《らん》すれは、いみしき姫君《ひめきみ》一人、あわれなる気色《けしき》してましませは、「いかなる人そ。又物ゝ変化《へんけ》にてやおはしますらん」とて、弓を引きて向《むか》ひ給へは、霊鷲《りやうしゆ》御前おはせあるやう、「しはらく助け給へ。中へき事さふらふ。みつからは、これ斯羅奈国《しらなゐこく》の貞家《さたいゑ》の中将殿と申さふらふ人の子《こ》にてさふらふか、わらわか姉《あね》にて候人の、この十丈《ちやう》の土《つち》のしやうにおとし入《い》れまいらせてまします。（中略）おなしくは、みつからも一ところにて、消《き》へも失《う》せなんと思ひて、この穴《あな》の端《はた》にて伏《ふ》しまろひさふらふなり」と申給へは、そのとき、「さてはいとおしき御事なり」とて、五百人の馬《むま》の手綱《たつな》はらひを結《むす》ひ合《あは》せ続《つゝ》けて、形見《かたみ》の箱《はこ》おそへつゝ、おとし入《い》れたりけれは、響《ひゝ》きはかりありて、縄《なわ》をはたらかさせ給けれは、姫君《ひめぎみ》上《あ》けまいらせつ。さておはせあるやう、「この上《かみ》におはします姫君《ひめぎみ》をありかたく思ひまいらせつるに、この姫君《ひめぎみ》はまさりておはしけり」。

（中略）

いよ〳〵あわれにおほしめして、姫君《ひめぎみ》二人を玉《たま》の輿《こし》に乗《の》せまいらせて、渡羅奈国《はらなゐこく》ゑまし〳〵て、常在御前《りやうさいこせん》おは太郎の王子《わうし》の妃《きさき》とさためまいらせ、霊鷲御前おは二郎の王子《わうし》の妃《きさき》にさためまいらせぬ。（後略）

継母の実子が訪ねる目印は、菜の花や芥子の花ではなく、継子の落した檜の削り掛けである。そして、これを『藤袋の草子』に符号させて言えば、檜の削り掛けを印に姉を訪ねる実子は、奪われた姫君を山中に探し求める翁・媼ということになり、姫君を山奥に隠した継母は、姫君を山中に奪った山猿、その姫君を籠める土中の深い土穴は、姫君を封じ込めて高樹に括り付けた藤袋（葛籠）、そしてその姫君を土中より助けて、これを妻とした太郎王子は、藤袋の姫君を助けて、これを妻に迎えた狩の殿御に対応するとみることもできよう。

勿論、今は、『藤袋の草子』が、右の『箱根縁起絵巻』や『神道集』の「二所権現事」に直接に拠っているというのではしない。「猿聟入」のモチーフを含んだ昔話「狸の占い」が、もし「お月お星」のモチーフを複合するなら、その構造は、きわめて『藤袋の草子』に近づくことを想定しているのである。すなわち、その複合された「狸の占い」の昔話は、もはや単純構造ではなく受難の姫君と狩の貴公子との婚姻を言う複合構造によるそれということになるからである。

㈥

いささか憶測を重ねながら、『藤袋の草子』の根拠とした「狸の占い」の昔話の原像を想定してきたのであるが、〈幸福なる婚姻〉を主題とする複合構造の『藤袋の草子』を支える重要モチーフで、昔話「狸の占い」には全くうかがえないものが、実はもう一つ残されている。それは、物語発端の(1)〈翁の拾い子〉のモチーフである。

思うに、このモチーフは、およそ〈美女奪還〉〈厄難克服〉を主題とする昔話「狸の占い」においては勿論、「猿聟入」の一部を混入するそれも、あるいは「お月お星」を複合する「狸の占い」であっても、不可欠なものではあり得まい。ところが、『藤袋の草子』にそってこれをみると、その〈幸福なる婚姻〉の主題に対して、〈捨て子・拾い子〉のモチーフは、不可欠なものと判じられる。つまり、姫君の結末における〈異常なる幸福〉は、その姫君の〈異常なる苦難〉によって導かれるのであり、それはまた姫君の〈異常なる誕生〉によって決定づけられたというべきだからである。そして、この異常なる誕生・苦難・幸福こそは、本格昔話の中心思想というべきものであった。されば、このモチーフをかならずしも必要とはしない「狸の占い」の昔話との間の異同・矛盾は、いかに説明すべきであろうか。

先にわたくしは、昔話「狸の占い」が、「猿聟入」の一部を導入し、あるいは「お月お星」の一部を複合させるとき、その構造が複雑化すると同時に、主題が〈幸福なる婚姻〉へずれてゆくことを説いた。それは、「猿聟入」や

「お月お星」などが含む主題に従うことになるからである。しかし、考えてみることは、「猿聟入」の主題が、はたして〈幸福なる婚姻〉にあるのかどうか。柳田國男氏の分類案なるそれは、(11) むしろテーマとして認めるべきもののように思われる。あるいは、柳田氏の分類は、昔話以前の神話を想定しての分類案であり、テーマ設定であれば、それは現実の昔話伝承には、そのままあてはまらないとも言えよう。所詮、本格昔話は、人間の幸福をめざすものである。したがって、娘が主人公となれば、その婚姻が問題にならぬはずはない。「猿聟入」も題名通り、娘と猿との婚姻を内容とするものである。しかし、昔話「猿聟入」の実際の伝承は、女主人公の〈厄難克服〉を説くものであり、それをこそ主題として叙述するものである。あるいは、猿聟入という厄難が、女主人公自らの才覚によって克服されるものであるから、そこには〈知恵の働き〉のテーマも含まれていると言えるし、厄難克服の結果としては、女主人公の幸福が期待されるであろうから、〈幸福なる婚姻〉のテーマが当然用意されることになるのである。実は、「お月お星」などの継子話も同じように説明すべきものであった。すなわち、それは、継子の〈苦難克服〉に主題があるのであって、その結果として〈幸福なる婚姻〉が用意されるのである。つまり、昔話「狸の占い」は、「猿聟入」あるいは「お月お星」を複合させたとしても、これによって、〈厄難克服〉の主題がすぐに替り得るものではなく、それは〈幸福なる婚姻〉のテーマを抱きかかえたということに留まるものと言わねばなるまい。

それならば、『藤袋の草子』の主題はなにかと言えば、文句なく〈幸福なる婚姻〉と答え得るであろう。あきらかに昔話「狸の占い」とは主題を異にしている。すなわち、そこには主題の転換がある。その転換は、時代に応じた物語作者の創意かとも考えられるが、すでにしばしば触れたごとく、当時の物語作者にはそのような技倆は、容易には認め得ないであろう。されば、それは、『藤袋の草子』の拠った昔話にあったとせねばならない。つまり、その昔話は、「猿聟入」「お月お星」の一部を複合する「狸の占い」に触発されながら、主題を美しい娘の〈幸福なる婚姻〉に

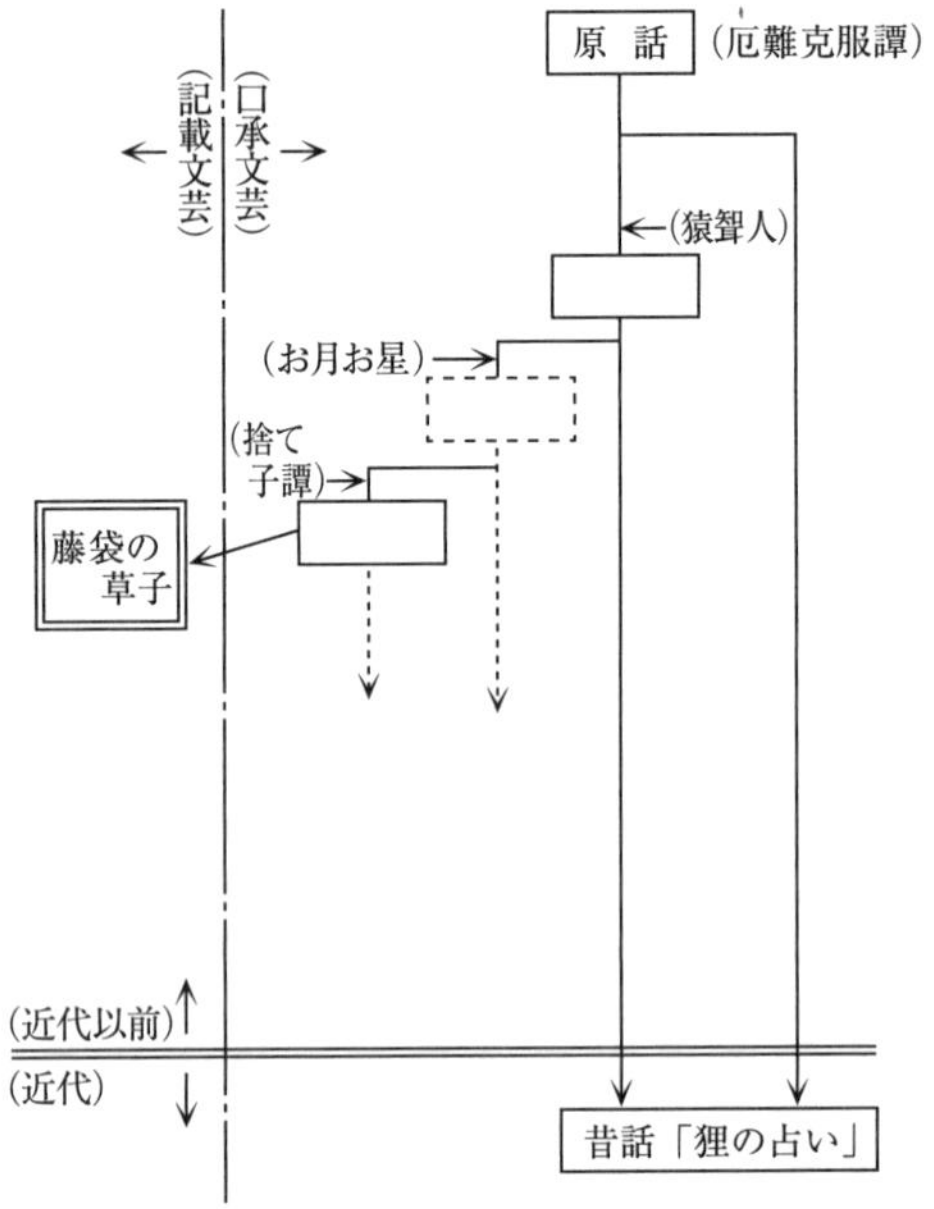

求め、それゆえに娘の〈苦難〉に加えて、〈誕生〉の異常さにつながる〔捨て子・拾い子〕のモチーフを導入し、説話としての形を整えたということになる。そして、それはまさしく〈幸福なる婚姻〉を主題とする完形昔話であり本格昔話であったと言えよう。あるいはそれは、ひたすら〈幸福なる婚姻〉を求めつつあった京洛の思想に応じて花開いた本格昔話であったと言うべきかもしれぬ。

　こうして『藤袋の草子』の原話として、〈幸福なる婚姻〉を主題とする複合昔話「狸の占い」を想定し、〈厄難克服〉を主題としながら、動物社会に関心をうつした単純昔話「狸の占い」とを比較するとき、あるいは柳田國男氏が判ぜられるごとく、前者の完形昔話の派生として後者の「狸の占い」を断じたくなるであろう。勿論、今日の伝承例話たる「狸の占い」は、まさに柳田氏が題名を付されたごとく、動物の占いに興味の中心を据えていることは確かである。しかしながら、その話型は、〈厄難克服〉を主題とする本格的昔話の構造を示している。そして、これが、かならずしも『藤袋の草子』の原話の派生でないことは、『藤袋』の話型が、大略、「狸の占い」の枠に収まることからも断じ得ることである。むしろ『藤袋の草子』の原話は、右で論述したように、昔話「狸の占い」の複合的叙述であり、二次的展開であると言えるものであった。あるいは、それは、「炭焼長者」の昔話に、初婚型と再婚型との伝承の二タイプが存するごとく、今日の「狸の占い」との二元的伝承が認められるものかもしれぬ。今、昔話「狸の占い」と『藤袋の草子』の原話、および『藤袋の草子』の関係を図式すれば、およそ右のようになると思う。

(七)

右で論じたように近代の伝承資料たる昔話「狸の占い」と『藤袋の草子』とは、その話型においてほぼ一致するものの、その主題・構造においていささか異同するものであり、その関係は右の図に示したものである。されば、右の状況を考慮しつつ、昔話「狸の占い」と物語絵巻『藤袋の草子』の異同をあらためて具体的に検してみたい。

まず昔話「狸の占い」発端の(I)〔妻女の受難〕に対応する部分は、『藤袋の草子』の(1)〔翁の拾い子〕から(5)〔猿の嫁迎え〕までであるが、その対応で理解できるように、物語草子は、昔話とちがって、随分と複雑なモチーフを含んで奴述している。そして、そのモチーフのおよそは、右で論じたように物語作者の創出したものではなく、原拠の昔話伝承に含まれていたものと判じられるのであった。しかし、(3)〔姫の隠匿〕・(4)〔こけ猿の占い〕は、原拠の昔話にそのまま内在していたかどうかは判じられない。が、少なくとも、このモチーフは、現今の昔話「狸の占い」の(V)〔狸の占い〕に応ずるものであることは理解される。

なお甲種・若林本は、残念ながら、冒頭(1)~(4)を欠落しているが、(9)〔翁・媼の嘆き〕の場面に、「もっともおやのぐちゆへに、かくはなりはて候へど、云々」とあり、その絵詞の媼の訴える文句の中に、

そなたのいらざるひとりごとをはたけでいはれてかくはなりはてたぞ

とあって、この若林本にも、(2)〔猿との約束〕の部分の存したことを明らかにしている。したがって、甲種・若林本は、乙本麻生本とは違った趣向を含むものではあるが、その後の展開部から結末部まで、そのモチーフにおいては、ほとんどそのまま対応するものであるから、一応(2)の部分に限らず、(1)~(4)のそれぞれを保有していたと考えてよい

かと思う。

次の昔話「狸の占い」展開(1)のⅡ〔猟師の探索〕に対応する部分は、『藤袋の草子』の(6)〔猿どもの歌舞〕から(10)〔狩の殿御の救助〕までであるが、この場面でも、物語草子は、やや複雑なモチーフを含んでいる。そして、これも原拠の伝承に含まれていたらしきことは、右の章で論述した。しかし、その原拠の伝承は、昔話「お月お星」の一部と類似するものと推されるのみであれば、その間の異同を明確に論ずることはできない。

昔話「狸の占い」展開(2)のⅢ〔猟師の隠伏〕に対する部分は、『藤袋の草子』の(11)〔犬の隠伏〕のそれである。そして、ここでは両者が、ほぼそのまま対応していると言える。が、その異同は、昔話が、常民の暮らしに従って、犬の隠伏の場所を桶・樽・盥・臼などとしているのに対して、絵巻が、都人の感覚に応じて、「美しい袋」(甲本)「藤袋」(乙本)としているというものである。当然、この趣向は、次の〔猿退治〕の場面にも受け継がれるもので、山間の聚落に伝えられる説話が、京洛の地で叙述されるとき、そのリアリティが失われて、『藤袋の草子』のようなものとなることは、想像できることである。また、この場面における叙述の違いをあえて言えば、「狸の占い」では、猟師自身が「猿退治」を構えるのに対し、『藤袋の草子』では、もっぱらそれを犬どもにまかせきっている、という点がある。

昔話「狸の占い」展開(3)のⅣ〔猿の病い〕、展開(4)のⅤ〔狸の占い〕のモチーフに、十分に対応するものは、『藤袋の草子』には見えないと言うべきである。しかし、Ⅴ〔狸の占い〕のモチーフは、『藤袋の草子』では、はやく発端の(4)〔こけ猿の占い〕に先出させてしまっていると言えるもので、『藤袋の草子』作者は、この部分では、もはや〔狸の占い〕を用いず、ひたすら素材の諧謔的趣向を拡大して叙述したとみることができるだろう。その意味で対応する部分をあげれば対照表に示すように、Ⅳ〔猿の病い〕には(12)〔猿の不審〕、Ⅴ〔狸の占い〕には乙本のみ見える

⒀〔宿直猿の知らせ〕ということになる。

昔話「狸の占い」展開⑷の(Ⅵ)〔猿退治〕に対するものは、言うまでもなく、⒁〔猿退治〕である。これは、両者がほぼそのまま対応して、展開⑵の叙述を引き継ぐものである。したがって、猿を退治する主役は、昔話ではあくまでも猟師自身であり、絵巻ではむしろ犬どもたちとなっている、言うならば、昔話では、猟師は、妻女と犬どもの援助のもとに〔猿退治〕を完成させているのに対して、絵巻では、〔猿退治〕を犬どもにまかせ、その逃げまどう猿の滑稽あふれるさまを人間どもが観賞するという方法をとっている。

さて、最後の昔話「狸の占い」結末の(Ⅶ)〔猟師の幸せ〕に対応するものは、『藤袋の草子』の⒂〔姫の幸せ〕である。そして、両者の相違は、昔話では、多くの猿を獲物として分限者となったという猟師の致富譚としての結びをもつのに対して、絵巻では、すばらしい夫を得て、幸せな生涯を送ったとする姫君の婚姻譚としての終末をもつというものであった。そして、その異同は物語草子の拠った伝承が、〈幸福なる婚姻〉を主題とする二次的展開の昔話「狸の占い」であったがためのものであることは、既に再三言挙げしてきたことである。

ところで、『藤袋の草子』に見える「宿直猿の厩番」の語り口については、今日の昔話「狸の占い」の採集例話に、これと近似した伝承がみえ、今日の民俗例に、その語り口をしのばせる習俗が留められていることとかかわり、少しく注目される。その昔話の採集例話は、すでに第二章に全文掲げたものであるが、念のために再掲してみる。

大喜びでっか、あたりを見たれば、囲炉裏の鉤竹さ子猿が取りついていたと。「仲間達の皮背負ってお供しますから、命は助けて下さい」めて、頼んでっか、お供したと、したかあ、猿の子孫《あとえふ》も残り、鉤竹つけてあるがんを〝さる〟ちゅたと。

（例話2・福島県南会津郡只見町屋平、石川純一郎氏『河童火やろう』所収「女房奪還」）

つまり、これでは、鉤竹のサルの由来譚として結んでいるのであるが、その説明を鉤竹に取り付いた一匹の子猿の命を助けて、それが今日の猿の先祖となったとしている点に、宿直猿一匹のみを助けて厩番としたとする『藤袋の草子』の叙述に通じるところがうかがえる。この子猿に他の猿どもの皮を背負わせて戻ったらしい伝えも、『藤袋の草子』の叙述とほぼ一致する。勿論、南会津の伝承には、その猿を厩番とした語りは見えない。しかし、近年まで、各地の農家の厩の柱には、猿のしゃれこうべが、その守りとして打ちつけられていたし、[12]これを里の農家に売り歩いていた人々が、山中で猿を狩したマタギ・猟師たちであることから推すれば、[13]この叙述の源流は、あるいは、『藤袋の草子』の素材となった民間説話に内在していたことを認めねばならないかもしれぬ。一方、京洛の貴族邸宅の厩に、猿の繋がれていたことは、平安以来の文献にすでに見えている。すなわち、『梁塵秘抄』巻十二の雑には、「御厩の隅なる飼ひ猿は、絆離れてさぞ遊ぶ、云々」の歌が収められているし、『石山寺縁起』第五巻の中の藤原国能の邸宅図には、その厩の柱に繋がれた一匹の猿が描かれている。[14]そして、これはおそらく、物語絵巻成立期の室町時代の上層階級の人々の邸宅にまで受け継がれていたにちがいない。したがって、そのような京洛の現実の習俗と生き残りの猿の消息を伝える素材との語りが応じて、『藤袋の草子』の叙述が生み出されたと考えられるのである。

以上の検討によって、物語絵巻『藤袋の草子』は、話型において昔話「狸の占い」に一致するものであり、おそらくそれぞれのモチーフにおいても、多くは原拠とした二次的展開の「狸の占い」を受け継ぐものであったと判じられるのである。

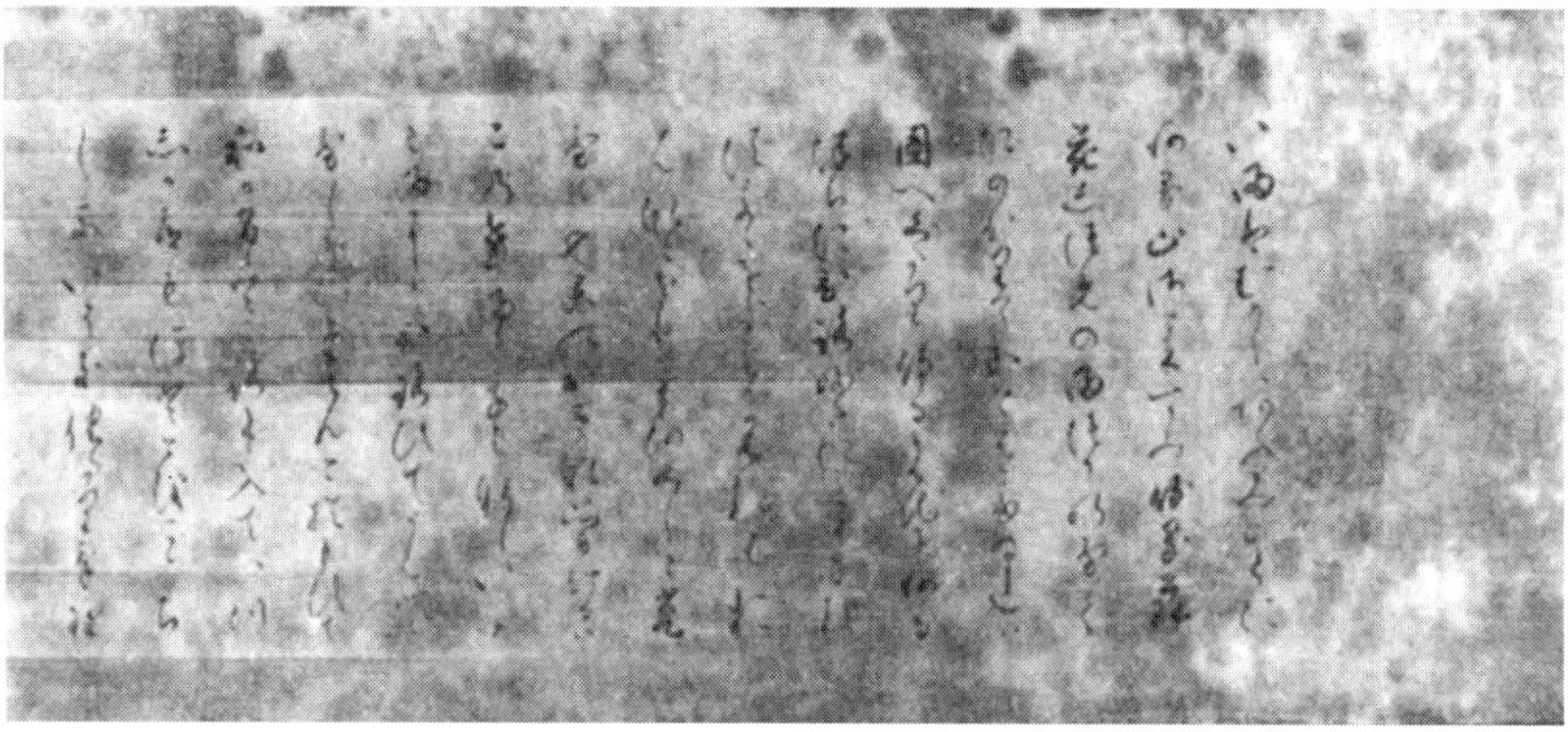

麻生太賀吉蔵「藤ふくろ」冒頭

五、『藤袋の草子』甲種・若林本と乙種・麻生本の文芸趣向

(一)

前章によれば、『藤袋の草子』は、〈幸福なる婚姻〉を主題とする二次的展開の昔話「狸の占い」を素材としてなったということであるが、それだからと言ってわれわれは、その物語草子作者の果した力倆を軽く評価してはなるまい。およそ話型において受け継ぐということは、作品の構想にかかわるものである。しかし、室町時代物語の作者の創造性は、実は、その構想力というよりも、その素材をふくらませる文学的趣向や具体的な文章表現の中に見出されるものである。あるいは、それは、当初より絵巻物として制作されたものである以上、絵との関連の上で、それがどれほど文学的・芸能的・絵画的な感動を生み出し得たかということが、具体的に証されねばならないだろう。したがって、その検討は、具体的な作品によっておこなわれねばならないし、今は、甲種本の若林氏蔵奈良絵巻と乙種本の麻生氏蔵奈良絵巻とによってなさるべきものであり、その両本の比較を通して、それぞれが、かの素材の民間説話とかかわりながら、いかなる絵巻物語を制作したかを明らめるという方法によらねばならないであろう。が、

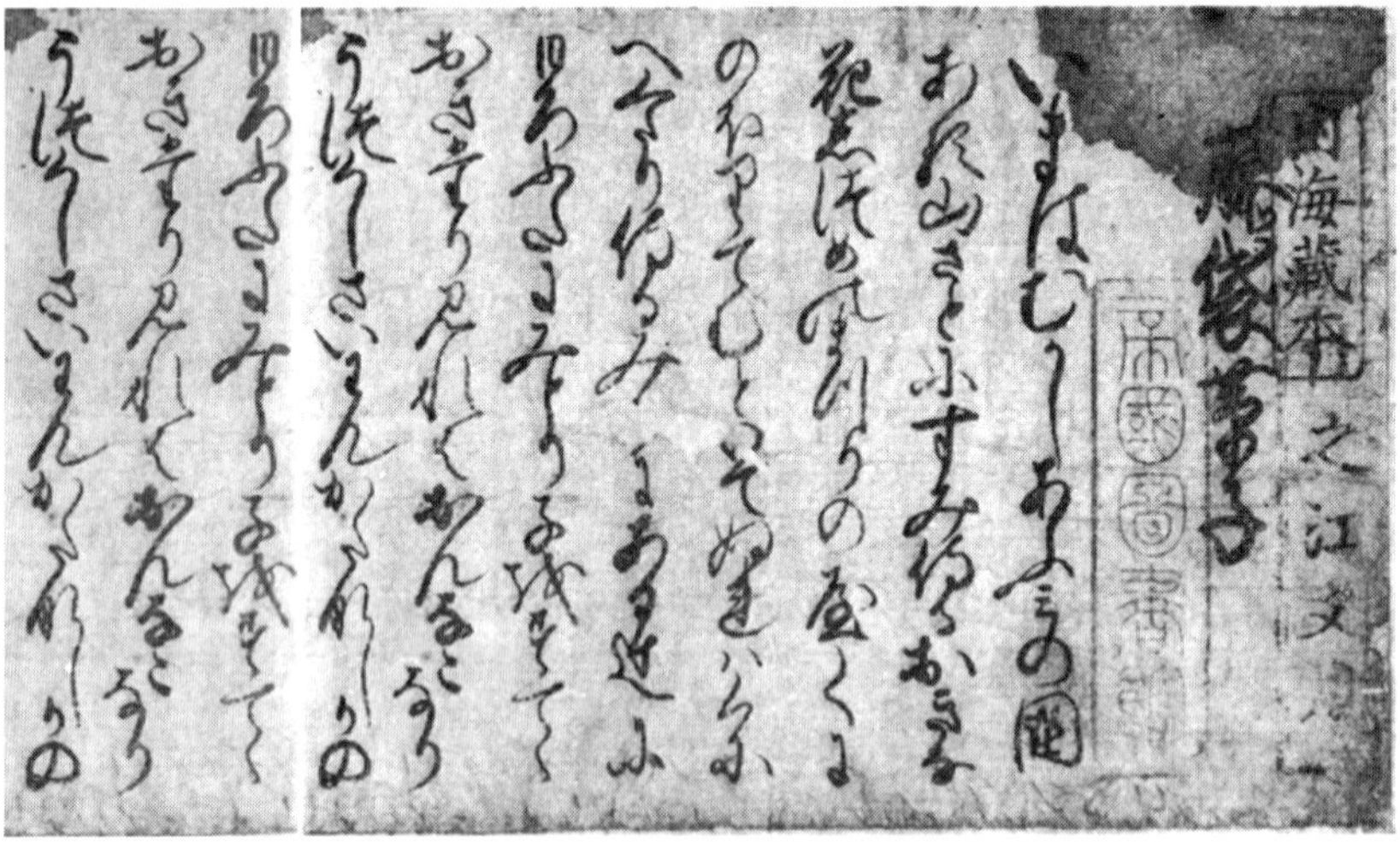
「藤袋草紙」冒頭

まずは甲種・若林本と乙種・麻生本との文芸趣向の異同から検してゆくこととしたい。(15)

(二)

最初は、昔話「狸の占い」発端の(I)〔妻女の受難〕に対応する(1)~(5)の部分からみてゆく。この部分については、甲種・若林本が(1)~(4)を欠いて、その異同を十分に検することはできない。が、ほぼ乙種本に準じていた可能性については前章で述べた。しかし、その叙述の内容が、(1)~(4)の各モチーフすべてにわたって、乙種本そのままの趣向潤色によったとは、これ以後における両種本の異同の大きさから言って、考えられない。たとえば、冒頭(1)〔翁の拾い子〕の場面で紹介される物語の舞台は、乙種本の叙述通りであったのかどうかが疑問である。すなわち、乙種・麻生本の冒頭は、次のような章句によっている。

いまはむかし、あふみのくに、あるやまさとに、すみ侍る翁、花しつめの、まつりのやくに、のほりて、ことはてぬれは、国へくたり侍るみちに、あるつちに、ひろふたに、みとり子をすて丶をきたり、見れは、おんなこなり、うつ

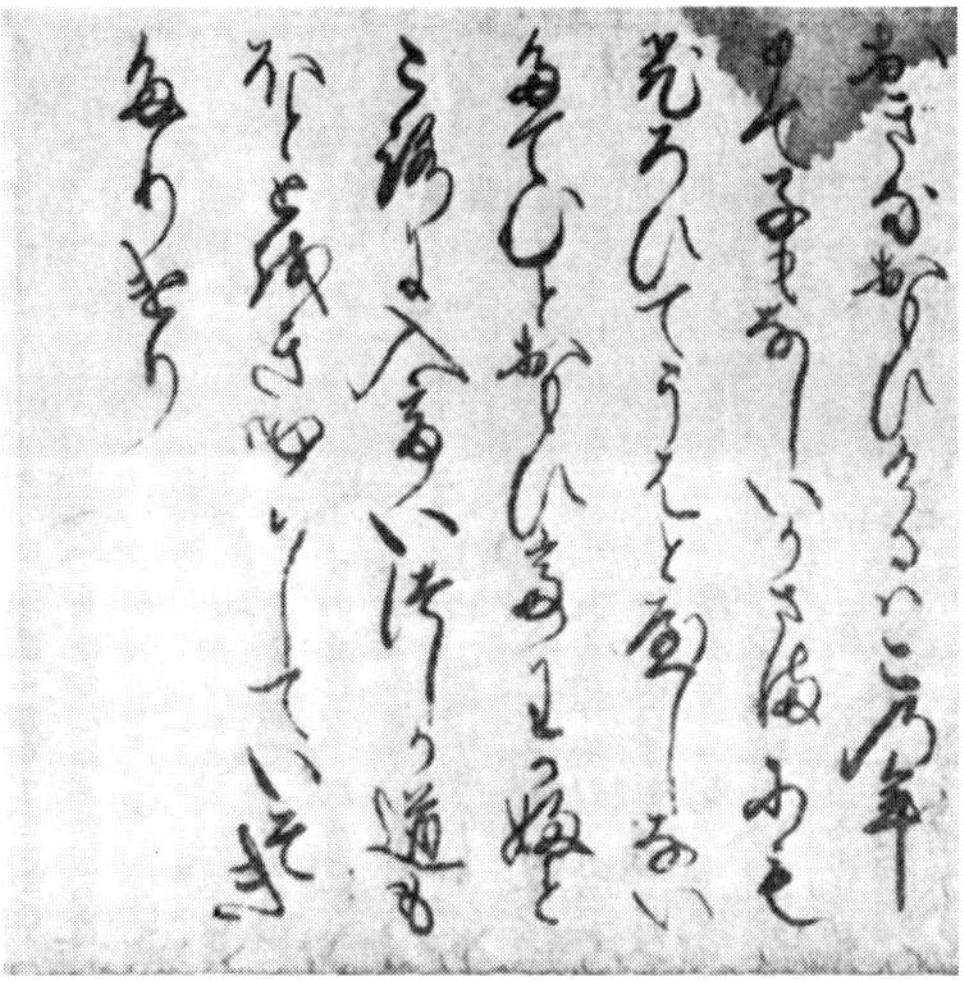

国会図書館蔵

くしさ、光やう也、

翁の拾い子が、京の鎮花祭の役の帰りというのも、いかにも都人の洗錬された文芸的発想であるとわたくしには思えるが、翁・媼の住む所を近江の国の山里とする趣向にも、京洛の地における発想がうかがえる。[16]徐々に説くところであるが、甲種本には、そのような発想が、いまだ稀薄なのである。そして、甲種・若林本では、後の⑽〔狩の殿御の救助〕において、この山里の奥山に入り込んだ人物は、乙種本とはちがえて、丹波国船井郡某のわくのとう殿[17]としており、「鷹狩に出でられ、清き流れの水にたより」て、奥山をたどったとしている。仮にこれが、在地的発想に従ったものであるとすれば、その奥山は近江の国よりも、同じ丹波か、あるいは西隣の但馬のそれがふさわしい。勿論、それは、船井郡を基点として清流を遡った場合のことである。

そして、この発端部の⑸〔猿の嫁迎え〕の場面でも、両種本には、大分の異同が見えている。すなわち、甲種・若林本では、この場面において、「かほどめでたき事もなし、いざやくちずさみ申さん」「もっともしかるべし」ということで、「ゑんはおかし」という題で、猿どもが、嫁迎えの道行で、次々と歌を吟ずるわけである。おそらく、その題は、「縁はおかし」と「猿はおかし」とを掛けてのものと思われるが、そのそれぞれの歌も腰折の面白さをねらった歌ぐさを提示している。

甲種・若林本・第二図　姫の前で謡い舞う猿

乙種・麻生本・第七図

ゑんはおかし人はよめごにとりてゆくさるの手がらなしうげんの道

ゑんはおかしとればとらる丶ひめ君にうたをよめりのみちをにぎめく

ゑんはおかしふりよになれそふひめとさるのつらのかわつたよめいりのてい

そこで、姫君も、「さるの身さへもこ丶ろ（中略）やさしき事なれは」「人げんの身として、一しゅよまぬもくちをし」とて、とりあえず、輿の中から、

めいわくを四こくざるにぞうばはれておかしきゑんのみちゆきのうた

と詠んだとしている。乙種・麻生

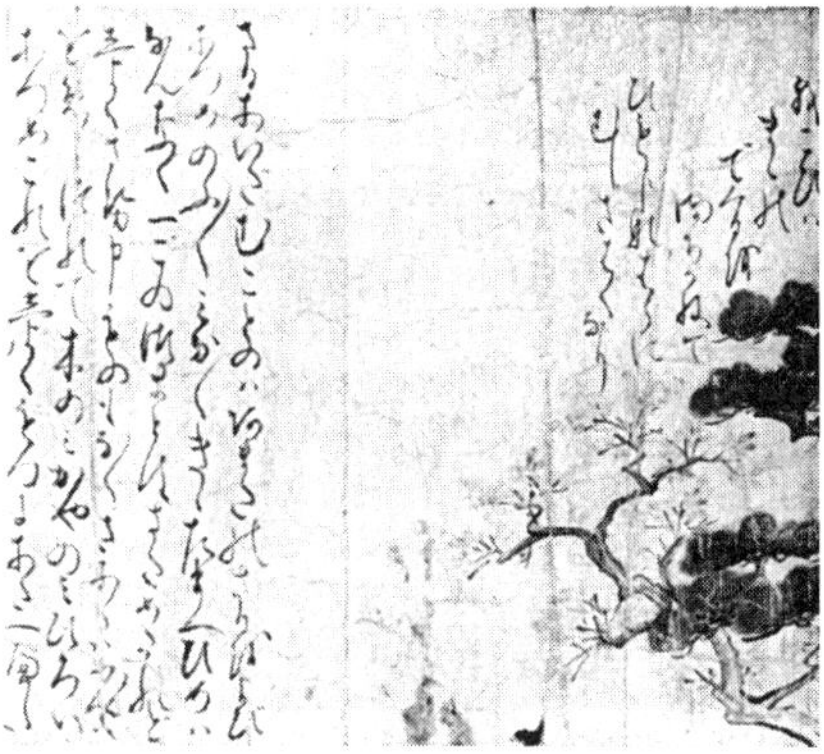

本では、この場面は、さるは、むすめ、はりいたしつゝ、よろこへるさまにて、わかのりたる、こしに、かきのせて、鳥のとふことくに、かへりけれは、（中略）むすめのこゝろ、さそ、をそろしくも、かなしくも、侍らんと、をしはかられて、あはれなり、と叙するのみで、その猿どもの歌会の趣向は、後の⑿〔猿の不審〕の場面に譲っているというべきものである。

㈢

次に、昔話「狸の占い」展開⑴の（Ⅱ）〔猟師の探索〕に対応する⑸～⑽の部分をみる。

まずこの部分では、叙述の構成順序に、両種本間には、いささかの異同がある。すなわち、甲種本では、⑻〔翁・嫗の追跡〕のモチーフが⑺〔姫の籠絆〕の次に配されているのに対して、乙種本では、⑹〔猿の嫁迎え〕に続けて述べられている。時間の経過からみれば、乙種本の叙述が、自然的流れであると言えるし、これによれば、翁・嫗の視覚には、⑹〔猿どもの歌舞〕⑺〔姫の籠絆〕のさまが入っていることになり、二人の不安げな心ざまがよく叙述されていることとなる。その反面、この叙述に従えば、翁・媼は猿どもの一行に、すぐさま付き添って、猿の家にたどり着いたことになり、猿どもならば、住み得る山の奥のまた奥の険阻な岩場という甲種本のリアリティは叙されないことになる。実は、これは、絵（甲種本・第三図）においても確認されることであるが、甲種本の叙述に従えば、それのみならず、翁と媼は、猿の留守の場にたどり着いたこととなり、その点では、昔話の叙述に近づいていることも注目される。

ところで、(6)〔猿どもの歌舞〕(7)〔姫の籠絆〕(9)〔翁・媼の嘆き〕(10)〔狩の殿御の救助〕などの場面は、そのモチーフとしては、両種本は一致するのであったが、その趣向となると、大分の異同かうかがえる。

たとえば、(6)〔猿どもの歌舞〕の場面（絵・甲種本・第二図）においては、甲種・若林本は、次のように述べる。

さるほどに、なんなくひめをむかひとり、ことぶくていこそおかしけれ、まづさかづきをいたすよりしも、はやそれ〳〵のやくしやをそなへ、つゞみたいこにてはやしける、むこもさゝらを手にもちて、たちてまふこそおかしけれ、

次いで、座敷に並ぶ供猿どもの催促で、姫御前は、

ふしくれしさゝらの竹のやらずたてよ見ざるきかざるものもいわれず

と、庚申の三猿のことわざにことよせて、自らの心情を述べるおかしみのこもった歌を詠ずる。「さあらはむこどのもとりあへず、一しゆあそばされ候へ」と勧められて、聟の猿殿も、

さゝらする竹の一よに千代かけてひめとちぎりはばんぜい〳〵

と付ける。祝言にふさわしい歌ぶりであると言えるが、姫御前の心情に反して、いい気な者の聟猿の喜びが、ユーモラスに表現されているとも言えよう。すると、傍らの竃のそばにいた飯炊きの与五郎も、「たとへば食たきにこそは

なりたりとも、一しゆよまぬはくちをし」とて、

我こひはま丶のでくるをまちかねてひもじなはらにむしさはぐなり

と詠んだとする。飯炊き風情が歌を詠むというだけで滑稽さが表出されるのであるが、「我こひは松をしぐれのそめかねて」の恋歌を飯を恋い慕う恋歌に落して、笑いをさそうのであった。

これに対して、乙種本は、このような滑稽な歌ぐさはあげないで、次のように叙述しているだけである。

道もなく、けはしき山の中へ、行ほとに、柴にてふきたる、いほりあり、その中に、ひめをは、おろしをきて、むこさるは、そはによりゐて、とかくたはふれけれとも、かほをも、もちあけす、こゑをたて丶なき給へは、御なくさめにとて、さかもりしてそ、まゐうたひける、

後に述べるごとく、これは絵（乙種本・第七図）とのかかわりがあってのことであるが、きわめて簡潔な文章を綴ることでおさめている。

(7)〔姫の籠絆〕の場面においては、両種本とも、ほぼ共通の語り口をみせるのであるが、姫君を押し込めるあたりの状況がいささか違っている。

されどもひめはうい〳〵し、もしふるさとへにげもやせん、いざ〳〵かごにいれ、とりもかよはぬ山のをく、けんそないわの木のえだに、かづらをもってく丶りつけ、かたくばんをおくならば、ふたりのおやにはわたすまじ、いかに〳〵と申ければ、けらいのさるどもこれをき丶、御もっとも〳〵とばかりにて、

（甲種・若林本）

そのあと、もしや、いかなる物にも、あた心や、ましまさむすらむとて、藤ふくろに、入たてまつりて、木のこすゑに、く丶りさけて、とのゐさる一ひき、つけてそ、さるは山へ行ける、

（乙種・麻生本）

甲種・若林本・第三図　木に吊された姫を見つけて悲しむ翁と姥

乙種・麻生本・第八図

すなわち、⑻〔翁・媼の追跡〕のモチーフの配置順序について論じた折にも、すでにふれたことであるが、甲種本では、姫君を括り付けられる所を山の奥の険阻な岩場の木の枝とするのに、乙種本では、険阻な山奥の感は叙述されていない。そして、この異同は、絵（甲種本第三国・乙種本第八図）の上ではっきりとうかがえる。また、甲種本では、姫君を押し込めるものを「かご」としているのに対して、乙種本では「藤ふくろ」としている。これは、後の⑽〔犬の隠伏〕の場面とかかわっているのであるが、乙種本の作者は、この「藤ふくろ」に山家の暮らしの優雅さを感得していたのではないかと思われる。それゆえ本書の題名ともされていたのであろうが、作者は、はたして山間の生活に用いられていた藤袋を知っていたのかどうか疑わしい。乙種の麻生本の絵によれば、それは藤づるで編まれた籠《かご》ふうに画かれている。

⑼〔翁・媼の嘆き〕の場面も、いささかの違いがある。すなわち、甲種本では、前段⑻〔翁・媼の追跡〕において、「さるほどにふたりのおやは、あまりの事のかなしさに、たどり〳〵とあとをしたいてゆくほどに」と叙し、「ひめはいづくにゐたまふぞ、もはやころうやかんに身をへんじ、何とかならせたまふやと、（中略）子ゆへにまよふおやのあはれなるこそふびんなれ」と翁・媼の哀れな心情を語った後に、この⑼の場面となっている。

やう〳〵山ぢにふみよせて、おちこちのたつ木のそらを見やりければ、おもひもよらぬ木のえだに、かづらをもちてくゝりつけ、かごの内にてさめ〴〵となきいたり、ひめのありしよを見つけより、ふたりのおやももろともに、これは〳〵とばかり也。（中略）てんにあこがれ地にふして、ふたりのおやもひめぎみも、たゞさめ〴〵となきゐたり、

ところが、乙種本では、この場面は、

おうち、うはは、いかにして、かのひめ、とりおろさんと、あしすりをして、もたへける所に、

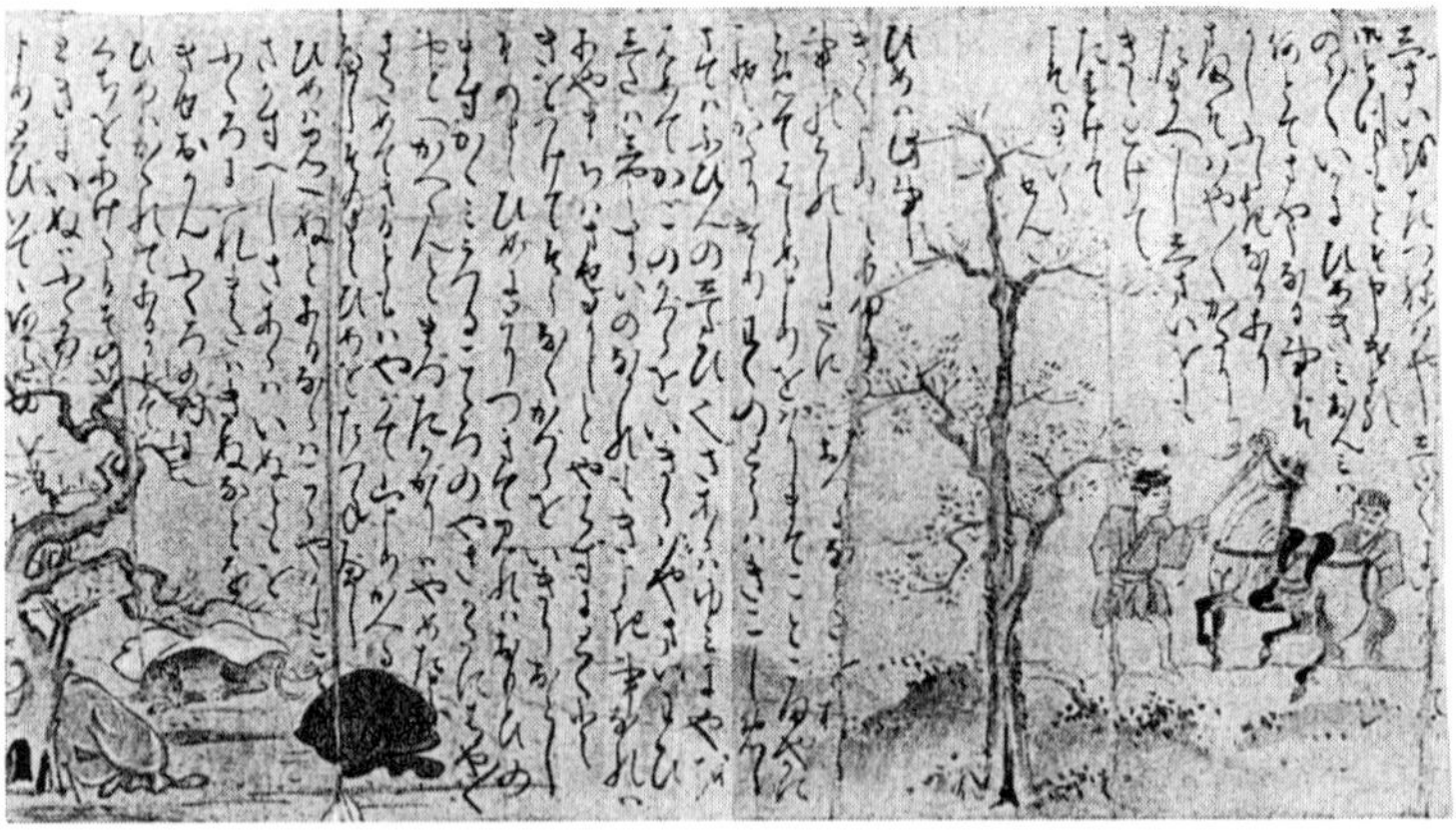

甲種・若林本・第五図の右　狩りに来たわくのとうが姫を見つけて助ける②

乙種本・第九図の(2)(3)(4)

乙種・麻生本・第十一図(1)・(2)

と述べるだけである。先にあげた絵（甲種本第三図・乙種本第八図）をみると、甲種本では、籠に入れられた姫君は、半身を籠から乗り出して泣くばかりであるが、乙種本では、姫はすっぽりと籠の中に込められて姿は見えない、甲種本では、翁・媼は、籠に入れられた姫君を見つけて嘆き、姫君は、その翁・媼を認めて泣くばかりという風情である。昔話「狸の占い」では、この場面は、猟師はとらわれている妻女を猿の家に見つけ出し、妻女は夫の猟師を猿の家に招き入れるというものであれば、ひたすら、翁・媼が悲しむとする乙種本よりは、翁・媼と姫君とが相認めながら悲しむとする甲種本が、より昔話に近い叙述であると言えそうである。

次の⑽〔狩の殿御の救助〕の場面においても、両種本には、大分の異同が見える。すなわち、甲種本では、

さるあいだ、たんばのくにふないのこほり何かしわくのとうどのと申人、折ふし此あたりへたかかりにいでられ、きよきながれの水にたより、たかのゑがいなどせしとて、川のほとりにたちより、あたりのけいきを見られけるに、まことに鳥もかよはぬたかき木のそらに、いかにもうつくしきひめ君をかごにいれ、かづらをもちてくゝりつけ、やうがんびれいのすがたにて、たゞさめざめとなきたまふ、これいかなる事やらんと見れば心もひかされて、……

ということで、わくのとう殿は、籠のなかの姫君にことの経緯《いきさつ》を聞いて、「さあらば弓に矢をはめて、かごのかづらをいきらはや」とて、自ら矢をつがえて、籠の葛を射切り姫を助けている。ところが、乙種本では、この場面は、次のように叙されている。

おうぢ、みるより、よろこひて、馬にのりたる者の前にかしこまりて、初よりの事とも、ありのまゝに、かたりけれは、（中略）ともに侍る、へいしといふもの、弓のしやうすにて有けれは、つりなはを、いきれといふ、いはつす物ならは、女にあたるへしとて、かたく、したゐしけれとも、（中略）たゝいさせ給へと、しきりに、い

ひけるうへ、しうも、かさねて、いひけれは、ちからなく、りやうしやうして、へいしも、こゝをせんと、ゝ、思ひけれは、心中にきねんをそ、いたしける、なすの与一か、扇いけるも、かくやこそ、おほえける、みな〳〵、きねんして、みゐたるに、ふちふくろを、あやまたす、かりまたにていきりけり、

狩の殿御への嘆願が、翁・媼によっておこなわれるのは、乙種本の「藤ふくろ」の想定からは当然のなりゆきとなる。そして、狩の殿御の身元には全く触れないところも甲種本と違っており、平次の叙述も、島津久基氏の言われる「扇の的に倣った」もので、乙種本だけのものであるが、きわめて概念的な趣向によっていると言えるであろう。

㈣

さて、次は、昔話「狸の占い」展開⑵の〔Ⅲ〕〔猟師の隠伏〕・展開⑶の〔Ⅳ〕〔猿の病い〕・展開⑷の〔Ⅴ〕〔狸の占い〕・展開⑸の〔Ⅵ〕〔猿退治〕に対応する⑾〜⒁の場面であるが、ここでもやはり甲種本と乙種本とにはそれなりの異同がある。

まず⑾〔犬の隠伏〕の場面においては、叙述の概要にはほとんど異同はないが、⑼〔姫の籠絆〕の場面でふれたように、犬をひそませる所が甲種本と乙種本とは違えているのである。すなわち、甲種・若林本では、

さだめてさるどもは、やがて山よりかへるべし、そのままひめをたづねべし、ひめは見へぬとあるならば、こゝやかしこをさがすべし、さあらばいぬどもをふくろにいれ、またはきぬなどをきせおかん、（中略）そのまゝいぬどもをふくろにいれてぞおきにける、

と叙述する。この犬を入れた袋は、決して姫君を入れた籠ではなかった。このことは、絵（甲種本第五図の右）を見れば、はっきりと示されている。この美しい袋は、大木の裾近い所に置かれているのである。ところが、乙種・麻生本

によれば、

さる、かへるならは、又わつらはしことも、侍りなんとて、ひかせたる、たのきくひの、ひさうの犬を、もとのかこに入れ、かのとのゐさるに、初のやうに、くゝりてをくへし、（中略）いひふくめけれは、かほをあかく、なしなから、木にのほりて、くゝりつけつ、

とある。その犬を入れたものは、「もとのかこ」である。「もとのかこ」とは、姫君を入れた「藤ふくろ」の謂いであり、絵（乙種本第九図⑵・⑶・⑷）によればまさしく前のごとき籠を宿直猿に吊させている。先に「藤ふくろ」と言いながら、ここでは「もとのかこ」と言い、実際の絵は、当初から、藤袋というよりは藤の籠とでも言うべきものであり、乙種本には、このあたり、いささか落ち着かぬ叙述がうかがえる。あるいはそれは、改変の浅さを物語っているのかもしれない。また、この場面の趣向を昔話と比べてみると、昔話「狸の占い」では、犬を伏せる所は、地上の桶・樽・盥・臼などであったとしており、これを樹上に吊した藤袋とする乙種本よりは、樹下の地面の美しい袋とする甲種本が昔話に近い趣向ということにもなる。

ところが、⑿〔猿どもの不審〕・⒀〔宿直猿の知らせ〕の場面では、むしろ乙種本が昔話「狸の占い」に近いようにみえる。すなわち、乙種本では、⑿の場面において、

さるほとに、さるとも、やかてふちふくろをは、とりおろさせて、姫君を題にて、哥よみて、なくさめ、まいらせよとて、きの葉の、たんさく、すゝり、とりいたして、めん〳〵に、うめきいたるさま、をかし、

と叙しているが、この人間に擬した猿どもの歌詠みは、すでに⑸〔猿の嫁迎え〕の場面において、甲種本がみせた趣向であり、それをここに導入したものとも思われた。それを絵（乙種本第十一図⑴・⑵）によって見ると、藤袋を吊した樹下に、聟猿は立烏帽子・直衣姿に扇子を持ち、木の葉の短冊、硯を前に坐り、「うたとも、よくよめ、おもしろ

くは、ひきいて物、せうそ」とて、自らも、

木のすゑに、さかりてみゆる、藤ふくろ、いつくしかほの、つまやましま す

と、あまり上手でもない歌を詠んでいる。その前には、供猿の一匹が、手を腰に当ててしゃがんで、

木の枝に、くゝりさけたる、ふくろには、との、心の、ひく人そある

と、聟猿に対するおべっかめいた歌を詠むさまが画かれている。

そして、次の⒀〔宿直猿の知らせ〕の場面は、甲種本には全く見えず、乙種本のみに見える独自の趣向であった。

とのゐさる、ちとしらせんとや、おもひけん、なすらへうたを、よみけれは、あしきうたを、よみたりとて、さ

しきをおい出しけり、

その悪しき歌は、絵（乙種本第十一図⑵）によれば、「をろかなり枝にさかれる袋にはいかみつらなる物そいりたる」

というものである。ひそかに歌によって、聟猿の身の危険を知らせるという叙述は、あるいは、昔話「狸の占い」

において、狸・兎・鼠・貉・蛙などの占い師が、「天にどうどう、地にがんがん、云々」という韻律的文句によって、

聟猿の身の危険を予知するという語り口を引き継いだものと言えるかもしれない。

続く⒁〔猿退治〕においては、もはや叙述内容に異同はないが、その語り口には相当の違いがある。すなわち、甲

種・若林本は、

さてはふるさとへにげたるやと、あたりのたに□□□かこち、あなたこなたを見るところに、さもうつくしきふ

くろを見つけ、さてはこゝにひめこそかくれたるぞやと、われも〳〵とくちをとき見れば、つねにかたきのいぬ

のゐて、そのまゝいでておいつけける、あらおそろしや〳〵、いのちこそはものだねよ、たゞにげよ〳〵と、み

やまをさしてにげにける、

とある。さらには、

いんぐわのめぐるくるまざか、のぼればくだるいなふねの、いた事をしでかして、おもひもよらぬきもつぶし、何事もさるぢゑのなす事よと、うろたへることおかしけれ、

と、逃げ惑う猿どものおかしさ、滑稽さを口調子よい慣用句や掛詞を駆使して叙述するのであった。これに対して、乙種・麻生本は、次のような叙述をみせている。

哥ともそろひぬとて、かのひめ、とりおろして、ふたをあけゝれは、犬、とひいてゝ、あやまたす、むこさるのゝとふえに、くひつきぬ、これを見て、さるとも、にけまとひけるに、へちの犬をも、木陰よりはなちかけゝれは、あそこゝにて、くひふせられぬ、あるいは、うちころしなと、しけり、

右の乙種本の〔猿退治〕の叙述は、甲種本に比べるとき、残酷でさえある。犬は、聟猿の喉笛に食いつき、他の猿どもをあるいは食い伏せ、あるいは打ち殺したりしたというは、昔話「狸の占い」の〔猿退治〕の語りに近づいているとも言えよう。さらには、乙種本の、藤袋から犬を飛び出させるばかりではなく、木陰からもまた犬を放ち出させるという趣向は、桶（樽・盥・臼）から犬が飛び出すばかりか、天井からも猟師が鉄砲で打ちかけるという昔話のそれを思い起させるものである。

㈤

さて、最後の昔話「狸の占い」結末の（Ⅶ）〔猟師の幸せ〕に対応する部分⒂〔姫の幸せ〕をみると、この場面における甲種本と乙種本との異同もやはりそれぞれの文章表現のユニークさに求められる。

すなわち、甲種本では、この結末の場面において、わくのとう殿は、姫君を伴い、番の小猿を厩番とすべく引立て

て、わが宿所へ帰るのであったが、その途次、

とのさまはむまの上よりも、とものものどもに御はなしこそもっともなれ、世の中はそのぶんげんほどに身をもつべし、なんぞや、けだもののぶんにて、人げんをつまにもつ、とかくつねぐ〳〵のこころへこそ大事なるべし、すぎたるはおよばざるにしかじ、ものごとのいんぐわも、そのどうりにしたがふ……

と述べている。つまり、ここでは、「世の中は、分限ほどに身をもつべし」との通俗的な思想が紹介されている。その思想が、異類物の草子作者一般のものであったことは、『鼠の草子』において田中英道氏が説かれている。[18] しかし、それがそのまま、作者自身の思想であるとは言えない。思想の類型は、時代の流れに従う享受者の求めに応じたものと言えるからである。

これに対して、乙種・麻生本は、この結末の場面を次のように叙している。

かり人、いひける、昔、周のふわうほ、たいこうはうを、かりにえたり、今われらは、はからさるに、うつくしき女をえたるよろこふ事、なのめならす、（中略）かように、ひめ、おもひのまゝにさかへける事、ひたすら、くわんおんの、御りしやうにてそ侍ける、

狩の殿御のことばには、もはや因果の思想はみられない。そして、結びの句は、「観音の御利生」であった。この結句が、甲種本にもあったかどうかは、最末を欠いて分明ではない。しかし、乙種本が、先に、(4)〔こけ猿の占い〕においで言たてていた章句、つまり、「せめての事に、としころ、たのみたてまつりける、清水寺のかたを、ふしおかみて、やしないむすめ、つゝかなきやうに、まもらせ給へとそ、きせいしける」は、ともかくとして、(10)〔猟の殿御の救助〕の場面において叙していた「観音の御はからいや」の章句は、甲種本には全く見えない。したがって、甲種本には、この「観音の御利生」の結句は含まれていなかったにちがいない。つまり、乙種本は、先に島津氏が、「此

は童話的で、そして終始観音信仰を基調としてゐる」と述べられたように、清水観音という室町時代における京洛の庶民信仰を巧みに導入して、当代の享受者層を満足させ得る物語草子につくりたてているのであった。

㈥

以上、わたくしは、甲種・若林本と乙種・麻生本との文芸趣向の異同をみてきた。すでに、これを話型としてとらえたときには、構造・主題は勿論、その各モチーフについても、ほぼ一致をみていた甲種本・乙種本であるが、これを具体的作品として、その文芸的趣向・叙述の文体などの異同を検討するときには、その両者に相当の違いのあることが明らかとなった。あるいは、それは文芸的趣向や文体にのみとどまらず、一部、モチーフの変化にも及ぶものであり、素材たる昔話「狸の占い」との遠近関係にもかかわるものであった。

ところで、その甲種・若林本の文芸趣向の傾向は、腰折歌などによって、さらなる諧謔を創出しながらも、土俗的リアリズムとでもいうべき精神で、人間の悲喜を表出するものであった。これに対して、乙種・麻生本の文芸趣向は、諧謔の精神を全体の文章にひそめて、それを優雅に表現しながら、人間の浪漫を求めて、概念的叙述によるという傾向を示していた。詳しくは、後の章で論ずるが、ともあれ、両本は、その文学としての作り立て方を大きく違えていたのである。しかも、その文学とは、絵を伴う絵巻文学の謂いであることも忘れてはなるまい。甲種本・乙種本の文芸趣向の異同も、それぞれが志す絵巻文学の方法のそれによっていることが多いのであった。したがって、甲種本と乙種本との文学的性格は、それぞれの絵巻文学の方法を通して把握しなければならぬところが少なくない。

六、『藤袋の草子』甲種本・乙種本の絵巻文学としての方法

(一)

さて、『藤袋の草子』甲種・若林本も乙種・麻生本も、ともに絵巻物として制作されたものであるが、両種本における絵巻としての制作方法、ひいては享受の方法は、大分、相異するものであった。つまり、若林本と麻生本とは、ともに文と絵との相関関係において、絵巻物として成立しているにもかかわらず、その地の文の詞章と描かれる図絵とのかかわり方を異にしており、そのそれぞれの方法によって、それぞれの文芸的・芸能的感動を生み出そうと意図していたのであった。

(二)

まず甲種絵巻の若林本は、現存部分に五つの場面を配している。すなわち、第一図は、(5)〔猿の嫁迎え〕の場面、第二図は(6)〔猿どもの歌舞〕の場面、第三図は(9)〔翁・媼の嘆き〕の場面、第四図は(10)〔狩の殿御の救助〕の場面、第五図は(14)〔猿退治〕の場面を描いている。

その第一図（122頁、123頁）は、姫君を乗せた輿、馬にまたがった聟猿を中心に、嫁迎えの長々しい猿どもの一行の絵を絵巻の中・下部に描き、その上部に猿どもと姫君との腰折歌を中心とする(5)の詞章を配している。それは絵を見ながら詞章を読んでゆくもので、滑稽な歌ぐさが、まさに嫁迎えの道中唄ふうに感得されるものである。

第二図（前章106頁、107頁掲載）は、聟猿が、姫君の前で、太鼓・鼓・笛・地唄いの面々のはやしに合せて、ささらを

摺りながら舞を舞う図絵である。その左横の竃には、飯炊きの与五郎が見えており、続いてめでたい祝言にふさわしい松の枝ぶりが描かれる。そして、この図絵が、(6)の詞章の真ん中に割り込んだ形で配されている。すなわち、この絵の前に、「さゝらする、云々」の聟猿の喜びの歌がおかれ、この絵の後の上部、つまり、松の木の枝の上部に、飯炊き与五郎の歌ぶりが書きつらねてある。言うならば、(6)〔猿どもの歌舞〕の詞章は、中心の図絵を視点に据えながら読まれるものとなっているのである。

第三図（前章110頁掲載）は、(7)〔姫の籠絆〕・(8)〔翁・媼の追跡〕、そして、(9)〔翁・媼の嘆き〕の詞章に続けて配されている。奥山の岩山をはさんで、右に翁・媼の嘆きの姿をみせ、左上に籠に泣く姫君の様子を画いており、右下に翁と媼との嘆きの問答の絵詞を叙している。が、これとても、絵は詞章の中に埋められた感じであり、図絵に従って詞章が読み進められるというものである。

第四図（124頁）は、狩の殿御の一行が、籠に泣く姫君を発見した図絵であるが、その絵はまさに(10)〔狩の殿御の救助〕の詞章の中に埋まっている趣きである。これは、その絵を見るともなしに見ながら、詞章を読み進める趣向であって、その詞章と図絵とはわかちがたい形となっている。

第五図は、大木のたもとに美しい袋の用意された右絵（前章112頁掲載）と猿どもの岩山を逃げ惑う左絵（125頁）が、連結して描かれているが、その図絵の上部に、(11)〔犬の隠伏〕、(12)〔猿の不審〕(14)〔猿退治〕の詞章が続けて書かれている。ここでも読者は、必然的に絵に視点をやりながら、物語を読み続けることとなる。

すなわち、甲種・若林本にあっては、絵と文とは全く分かち難く、場面場面の図絵が、それぞれの詞章で埋められ、その絵と文とが相助けて作品を形成しているというものであった。したがって、読者は、その場面の絵に視点を据えつつ、詞章を読んでゆくものとなっており、その叙述は、いきおい場面中心のものとなっている。そして、それは、

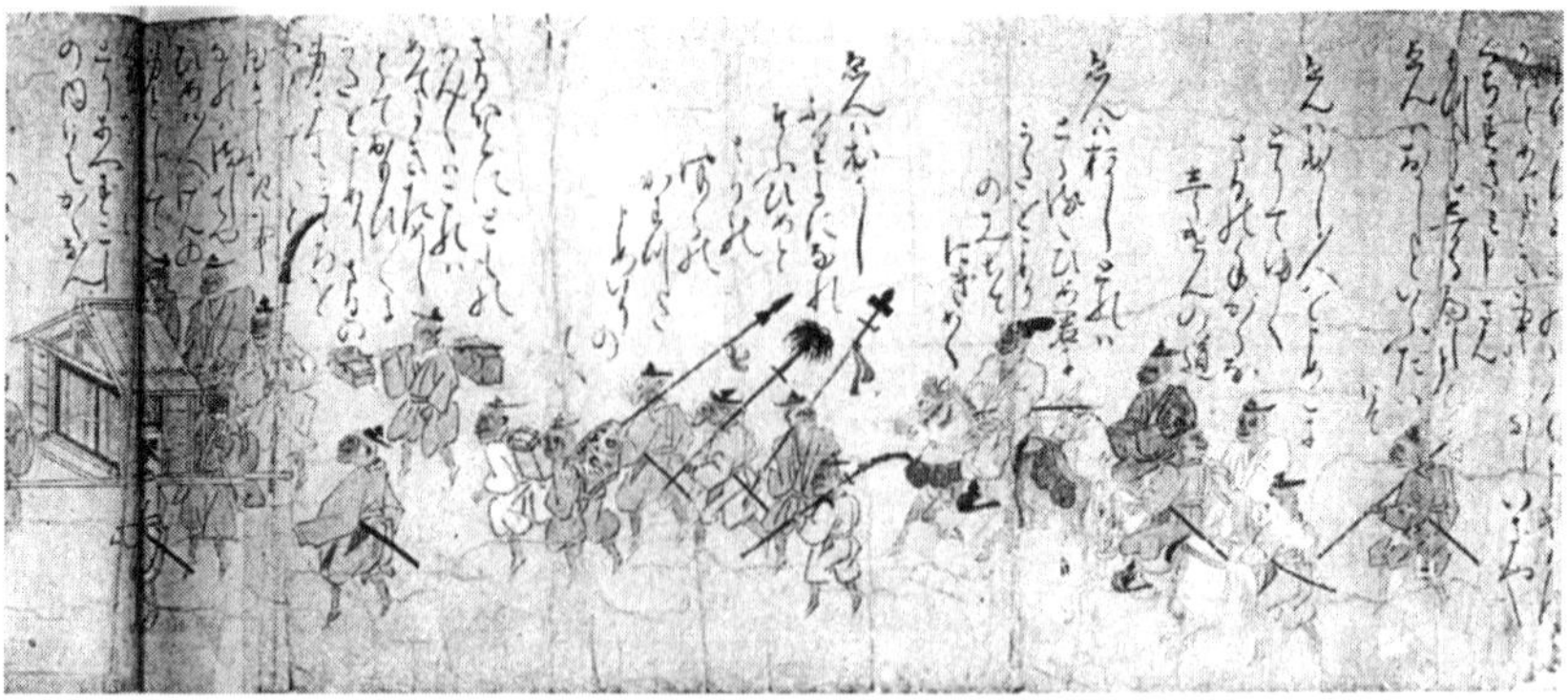

甲種・若林本・第一図の(1)　姫をさらって山へ帰る猿の行列

乙種本の概括的な叙述とは違って、それぞれの場面に登場する人物の心情にまで及んで、その場面の状況を丁寧に叙述するのである。

(三)

その甲種絵巻の若林本は、その場面ごとにおける登場人物の心情をいかなる方法で叙述しているのであろうか。

第一図の(5)〔猿の嫁迎え〕の場面、第二図の(6)〔猿どもの歌舞〕の場面は、すでに引用して示したように、登場する者どもが、自らの心情を腰折歌を通して、ユーモラスに表現するところである。しかも、注目すべきは、これらの腰折歌が、それぞれ芸能的・音楽的世界を背景にして表現されていることである。すなわち、第一図の(5)〔猿の嫁迎え〕は、おのずから嫁入りの道中唄に応ずるものであり、第二図の(6)〔猿どもの歌舞〕は、祝言の田楽芸などに応ずるものと思われる。それならば、当然、これらの腰折歌には、歌謡的気分が込められ、文章の流れに、より韻律的・音楽的気分をもたらすこととなろう。そして、その韻律的文体こそは、かつては絵をともなう文学の一つの要件であった。すなわち、古くは絵巻物や奈良絵本の文学は、音読によって享受されるものであったため、それは、しばしば韻律的文体によっていたのである。いうならば、若林本は、その絵巻文学

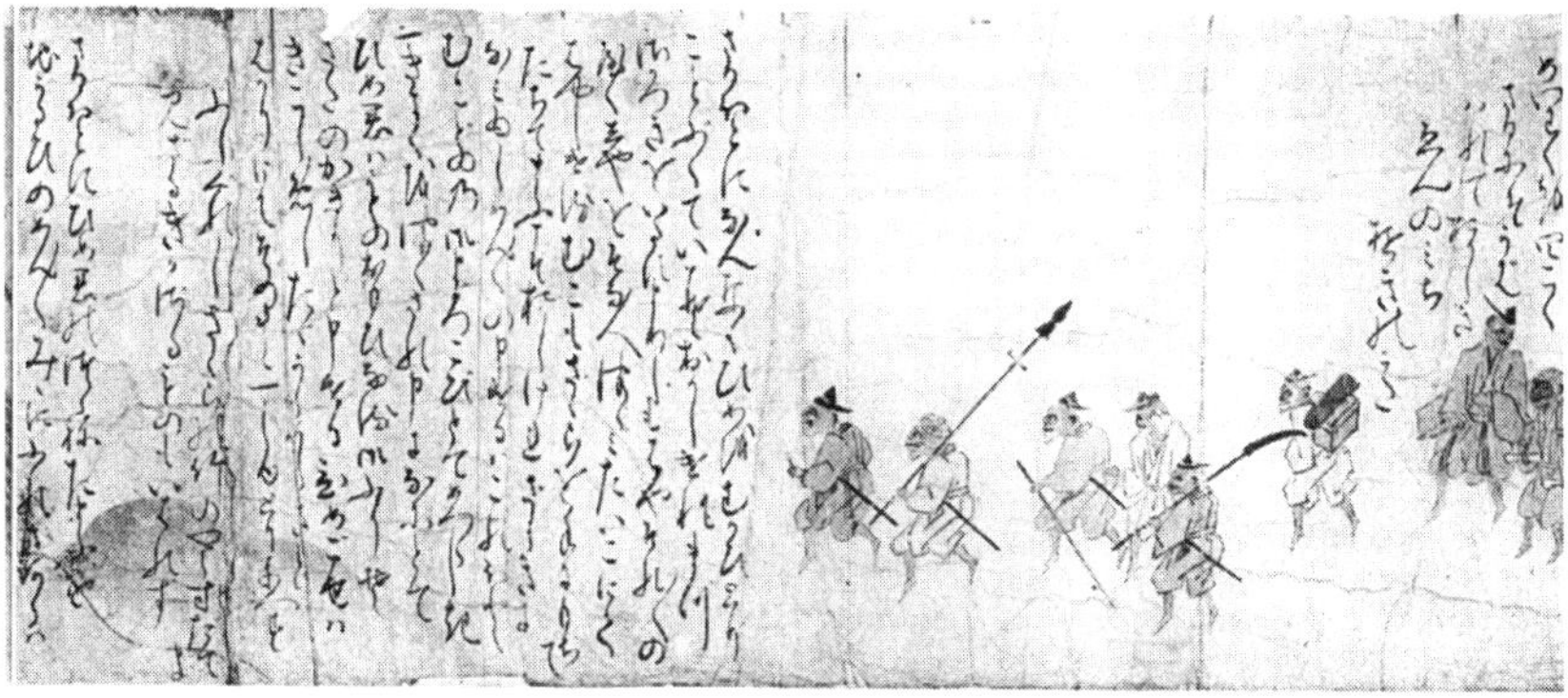

甲種・若林本・第一図の(2)

の韻律的文体をさらに歌謡的文体へ推移せしめて、より諧謔的気分を表出させているのであった。

ところで、第三図・第四図・第五図の場面では、右の芸能的雰囲気は失われ、腰折歌も姿を消す。しかし、それにかわって、叙事文の中に韻律的文体が登場するのである。それは、主に道行ふうの場面において、登場する者の心情を叙述する折にあらわれる。たとえば、第三図に集約される(7)〔姫の籠絆〕の場面では、聟猿の心情について、作者は次のような表現をとるのである。

さるあいだ、むこどのは、あまたのさるをよびあつめ、（中略）[7]されどもひめは[5]ういういし、[7]もしふるさとへ[6]にげもやせん、いざいざかごにいれ、[7]とりもかよはぬ[5]山のをく、[7]けんそないわの[5]木のえだに、[7]かづらをもって[5]くゝりつけ、[6]かたくばんを[5]おくならば、[8]ふたりのおやには[5]わたすまじ（中略）げじをするこそおかしけれ、

この韻律的文体については、すでに佐竹昭広氏が、先に紹介した論攷に(19)おいて、

句読点を打ちながら、七五調の句が非常に多いと気づいた。目読する文章ではなく、音読する文章である。音読を聞く文章だといった方がさらに適切かもしれない。

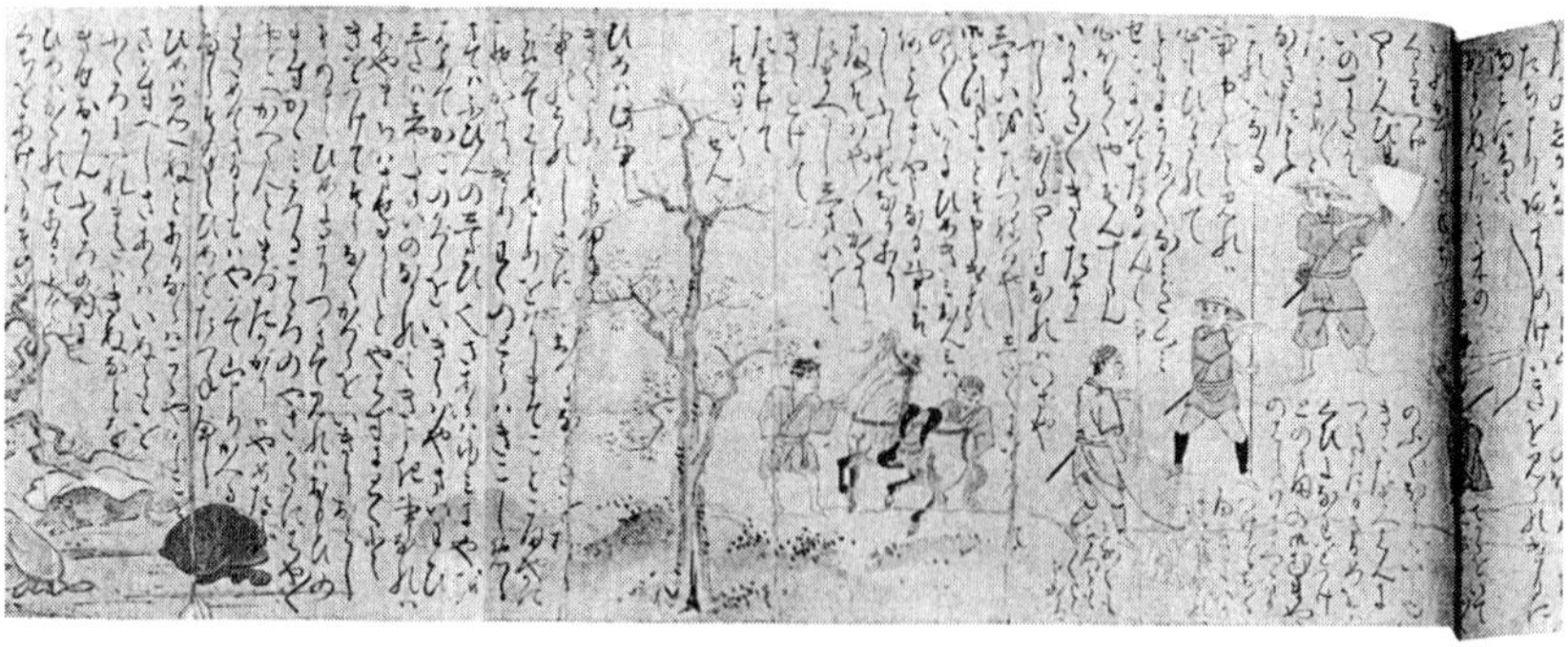

甲種・若林本・第四図　狩りに来たわくのとうが姫を見つけて助ける①

と述べておられる。七五調の韻律の文体をそのままに「音読する文章」とは断じ得ないが、音読的文章・文体であることは認められよう。そして、この音読的文体が、絵巻物語の伝統であったことは、右でふれている。問題は、甲種・若林本が、絵巻文学の音読的文体をさらに展開して、これをきわめて有効に駆使していることである。右の例文で言えば、作者があえて、その最後に、「げじをすることそおかしけれ」と評するように、実はそのはずんだ七五調の文体が、翟猿の下知のおかしさを際立たせているのである。

同じく第三図に集約される(8)〔翁・媼の追跡〕の場面をあげてみる。

さるほどに、ふたりのおやは、（中略）あとをしたいてゆくほどに、ひめはいづくにゐたまふぞ、もはやころうやかんに身をへんじ、何とかならせたまふやと、あゝなつかしのひめぎみや、あゝこいしやなゆかしやな、こゝろのやみにまよひして、子ゆへにまよふおやのあはれなるこそふびんなれ、

とある。この七五調の文体は、「おやのあはれなるこそふびんなれ」とあるように、その悲哀を強調する効果があり、あるいはこれを聞くものの悲しみを誘うことができたかもしれない。しかし、それは逆説的効果をねらっているもののようにも思える。読者は、この物語の結末のめでたさを十二分に予知している。しかも、終始、おかしの世界にあそばされた読者である。それ

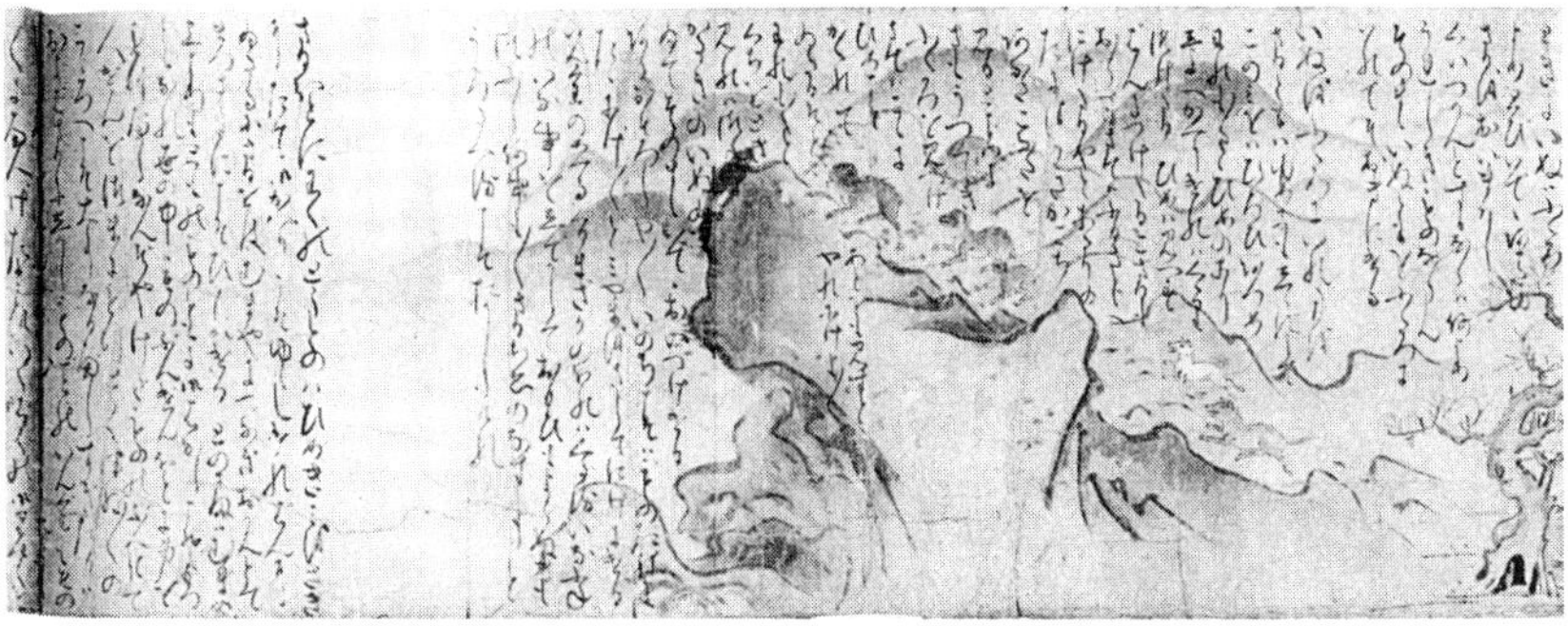

甲種・若林本・五図の(2)　犬に追われる猿たち

でも、あわれの世界に導かれないはずはないが、その誇張された韻律的文体が、それを拒絶してしまう。その大仰《おおぎょう》な悲哀の叙述が、読者をおかしの世界に踏みとどまらせ、あるいはおかしの文芸のアクセント的役割をつとめることとなっている。そして、この論理は、右に続く第三図の(9)〔翁・媼の嘆き〕の場面では、よりあらわに展開していると言える。

やうやう山ぢにふみよせて、（中略）何のゐんぐわぞかなしやな、もつともおやのぐちゆへに、かくはなりはて候へど、今はむねんのしだひかな、うき世にかみはましまさぬか、ほとけぼさつは世になしや、ひめをたすけてたまひかし、あゝなさけなや〳〵と、てんにあこがれ地にふして、ふたりのおやもひめぎみも、たゞさめざめとなきゐたり、むせぶなみだのそのひまに、いわのはざまを見やりければ、小ざるをばんにつけおきたり。なさけなや〳〵、

このように翁・媼の悲しみを七五調で大仰に語れば語るほどに、翁・媼へ寄せる作者の同情は遠くなるようである。そして、そこには、作者のおどけさえ感得されてくるであろう。その作者の姿勢は、第五図の⒁〔猿退治〕の場面によれば、さらに明らかになるであろう。

さてはふるさとへにげたるやと、（中略）つねにかたきのいぬのゐて、そのまゝいでておいつける、あらおそろしや〳〵、いのちこそはもの

だねよ、たゞにげ〳〵と、[7]みやまをさして[5]にげにける、[7]いんぐわのめぐる[5]くるまざか、[7]のぼればくだる[5]いなふねの、[5]いな事を[5]しでかして、[7]おもひもよらぬ[5]きもつぶし、何事もさるぢゑのなす事よと、うろたへけるこそおかしけれ、

これでも「うろたへけるこそおかしけれ」とことわっている。つまり、七五調の文体は、猿どものあわてふためいて逃げる滑稽なさまを叙述するにふさわしいものとして用いられているのである。それは、「因果の廻る車坂」「上れば下る稲舟の」などと口調子のよい慣用句や「稲舟の、いな事を」などの縁語・掛詞によってかもし出すおかしみでもあるが、作者が、この七五調のはずむ文体で、滑稽味あふれる気分をつくりあげていたことは否めない。

右のように、若林本は、絵巻文学の伝統である音読的文体を巧みに利用して、諧謔にみちた文学を創出したのである。しかし、わたくしは、右において、佐竹氏の「音読する文章」のお考えをそのままとらずに「音読的文体」とことわって論じた。それは、右の七五調のはずむ文体は、黙読によっても感得できる可能性があるからである。それは、口承性を記載文芸の内部に利用するということで、説話文学や民話文学で試みられていることである。勿論、それは音読によれば、きわめて効果的であるが、黙読によっても、心のリズムとして把握できるものである。ところで、もともと絵巻・絵本の音読の文体は、読んで聞かせるためにおこったことである。佐竹氏は、これを「音読を聞く文章」と言われている。また、その絵巻類の音読の文体は、元来聞き手の複数を予想してのものであった。しかし、乙種・若林本は、小型の絵巻物語であり、その大きさからみれば、複数の享受はいささか無理のように思われる。それが大きな絵巻であれば、ある者どもが絵巻を広げ、それを読んで聞かせる者があり、複数の者どもが絵を注目しながらこれを聞くということになる。そこで音読の文体が要求されるのである。ところが、これが小型の絵巻・絵本となると、やや事情か違ってくる。それは、小人数というよりも、ひとりで読むことを原則にして制作されることになる。

ひとりで読むにしても音読は可能である。しかし、それはむしろ、音読の文体の音律を心に響かせて黙読するというものであったろう。それゆえに、わたくしは、若林本は音読的文体によっていると限定してみたのである。

佐竹昭広氏は、さらに先の論述に続けて、「音読を聞くということは、読んでもらうことにほかならない。そして、これを読んでもらったのは、きっとまだ幼い子どもだったに違いない」と言われ、その証拠として、第二図の(6)〔猿どもの歌舞〕の場面における飯炊の与五郎の腰折歌に含まれた幼児語をあげておられる。中世語に詳しい佐竹氏一流の魅力ある論述である。が、わたくしは、いささか違った見解をもつのである。佐竹氏は、与五郎の歌に含まれる「まま」「ひもじ」が当代の幼児語であれば、その聞き手は幼ない子どもたちだったろうと予想される。しかし、わたくしは、この幼児語は、幼ない聞き手のためというよりは、そのおかしみを際立たせる趣向として作者は用いているのだとみる。大体、猿どもが歌をうなるということが、おかしきことであるが、下衆の飯炊き風情が、歌を添えることで、そのおかしみは倍加する。が、その飯炊きの与五郎が、「女への恋」を「飯への恋」にすりかえ、「まま」「ひもじ」の幼児語を交えて歌を詠みあげるとき、与五郎のおどけた風情が際立って表現され、諧謔あふれる気分を創出するのである。そして、その諧謔の理解は、女子や子供の不得意とするところであった。『藤袋の草子』甲本の享受者として、女房・子どもを全く否定するものではないが、やはり、その享受の中心は、立派な大人であり、男性たちであったとすべきものである。つまり、若林本は、民謡的腰折歌や七五調の韻律的語り口の音読的文体により、男衆たちに、「ひそかなる哄笑」を誘いながら享受された絵巻文学だったというのである。

(四)

一方、乙種絵巻の麻生本は、横山重氏が詳細に翻刻紹介されたように、およそ十三の図が、それぞれの地の文に従って配されている。それを順序に従ってあげれば、次のようになるであろう。

文〔いまはむかし〜いそきくたりける〕 ⇐ (1)拾い子〔イ〕

絵 路上、広蓋ニ捨子。人々寄り合ッテイル。 ⇐ (第一図(1)

〃 翁、幼児ヲ懐ニ、古里へ急グ。 ⇐ (〃 (2)

文〔さるほとに、〜とくおとなしく、ならんことをそ、まちける〕 ⇐ (1)拾い子〔ロ〕

絵 翁嫗ノ家。翁、拾イ子を懐ニシテ、ワケヲ嫗ニ語ル ⇐ (第二図)

文〔かくて、年月も、〜こうくわい、かきりなし〕 ⇐ (2)猿との約束

絵 翁、山ニ疲レテ休ム。猿、畑ヲ打ツ。 ⇐ (第三図(1)

〃 遠、翁ニ約シテ帰ル。 ⇐ (〃 (2)

文〔おうち、家にかへりけれは、〜さるのきたるをそ、うかゝひける〕 ⇐ (3)姫の隠匿)

絵 翁ノ家。嫗、食ヲススメルガ、翁食ワズ。 ⇐ (第四図(1)

〃 翁、竹藪ヲ掘ル ⇐ (〃 (2)

文〔かのさる、さるの時はかりに〜まもらせ給へとそ、きせいしける〕 ⇐ (4)こけ猿の占い)

絵 翁ノ家。聟猿、陰陽師ノコケ猿ニ占イヲ命ズル。 ⇐ (第五図(1))

〃 二匹ノ猿、竹藪ヲ掘ル。猪ニモコレヲ手伝ワセル。 ⇐ (〃 (2))

文〔さるは、むすめほりいたしつゝ、〜あはれなり〕 ⇐ (5)猿どもの嫁迎え)

絵 翁嫗、猿ノ後ヲ追ウ。聟猿、姫ヲ抱イテ輿ニ乗ル。 ⇐ (第六図)

文〔道もなく、けはしき山の中へ〜まゐうたひける〕 ⇐ (6)猿どもの歌舞)

絵 猿ノ棲家ノ酒宴。聟猿ト姫トヲ、酒・歌舞・肴デモテナス。 ⇐ (第七図)

文〔そののち、ひめは猶をおそろしく、〜さるは、山へ行ける〕 ⇐ (7)姫の籠絆)

絵 宿直猿、藤袋ヲ守ル。聟猿、猪ニ乗ッテ山へ行ク。 ⇐ (第八図)

文〔おうち、うはは〜さるのかへるをそ侍ける〕 ⇐ (9)爺婆の嘆き、(10)狩の殿御の救助、(11)犬の隠伏)

絵 平次、藤袋ヲ射落ス。狩の殿御、コレヲ賞メル。 ⇐ (第九図(1))

〃 殿御、籠中ノ姫ヲ見ル。 ⇐ (〃 (2))

〃 従者籠ノ中ニ犬ヲ入レル。 ⇐ （〃 (3)）

〃 平次、宿直猿ヲ矢ニテ追イ、籠ヲモトノ木ニ括ラセル。 ⇐ （〃 (4)）

文〔かの狩人は～かくれゐてそ、見ける〕 ⇐ ⑿猿の不審〔イ〕

絵 聟猿、猪ニ乗ッテ帰ル。 ⇐ （第十図）

文〔さるほどに、さるとも～ちうせつの春とて、たすけ侍りぬ〕 ⇐ ⑿猿の不審〔ロ〕、⒀宿直猿の知らせ、⒁「猿退治」

絵 猿ドモノ歌会。 ⇐ （第十一図(1)）

〃 宿直猿、笞ニテ打タレル。 ⇐ （〃 (2)）

〃 二匹ノ猿、藤袋ヲ開カントスル。 ⇐ （〃 (3)）

〃 藤袋ヨリ犬飛ビ出シテ、猿ドモニ食イツク。 ⇐ （〃 (4)）

文〔かり人、いひける～我家ちにそいそきける〕 ⇐ ⒂姫の幸せ〔イ〕

絵 狩ノ殿御、姫ヲ輿ニ入レ、馬ニ乗ッテ帰ル。前駆ニ宿直猿。 ⇐ （第十二図）

文〔その、ち、かり人は～御りしやうにてそ侍ける〕 ⇐ ⒂姫の幸せ〔ロ〕

絵　殿御ノ家。宿直猿ハ厩番、殿御・姫・爺婆、酒宴。従者侍ル。　（第十三図）

右のように、十三の図は、二十三の場面を設定し、その絵もきわめて克明に画かれている。そして、その絵には、それぞれの登場人物のことば（絵詞）が、いわゆる絵解きふうに書き入れられており、物語を進行させる地の文は、図絵の前後に、きわめて簡潔に概括的に掲げられるに過ぎない。つまり、乙種本絵巻は、甲種本のように地の文と図絵とが相関・補完の関係によって成り立っているのではなく、図絵が享受の中心となり、地の文が物語絵の背景となって、絵巻の補助的役割をつとめているのである。

たとえば、冒頭の第一図の(1)〔拾い子〕の場面を見てみよう。まず読者になって絵巻を広げるならば、第一番には、前章にも掲げた冒頭文、

　いまはむかし、あふみのくに、あるやまさとに、すみ侍る翁、花しつめの、まつりのやくに、のほりて、ことはてぬれは、云々

がとび込んでくる。しかし、読者の目は、この地の文を十分に読み切らぬままに、絵の部分に移ってゆく。その第一図の第一面、道を急ぐ旅姿の翁を見ると、絵詞は、「あそこに、人おほきは、なにことそ、とく行て見ん」とある。読者は、路上の広蓋の捨て子の場面に目をずらしてゆく。一人目の女の「むめこよ、あのすてこ、いたゐけなるそ、となりにや、ひろはれんすらん、よく見て、つけよ」との絵詞を読むと、読者は「むめこ」と呼ばれた童女の絵姿を右に戻って見つけ、その童女の「いまは、さけくわいにて候ほとに、中〳〵御《ひ》ろい候ましく候」の絵詞を読む。続けて、読者は、捨て子のすぐ近くにある二人目の女の「あらいとをしや、いかなる人か、すてつらん、かほとうつくしさよ、いかさまにも、けすにてはなきそ」の絵詞に従うであろう。すると、女たちとは逆の方向から捨て子に寄る男

一人、童一人の姿が目に入り、男の絵詞の「ふひんなる事かな、をのこゝか、ひめこせか、こそてを、のけてみよ」を読み、童の「見るまでも候はぬ、ひめこせにて候」の絵詞を読む。左下手には、築地の屋根に烏が「こか〳〵」と鳴くのを見て、読者は、夕やみ迫る一時の情景を理解する。そして、第二面を見ると、川の流れに沿った田圃道を急ぐ翁が描かれている。懐には、先ほどの捨て子の「ひめごぜ」が抱かれている。絵詞に、「なゝきそ、〳〵、しけか、ふところをきらうか」とあれば、拾い子した翁が、家路を急ぐことが自ら理解される。これならば、いちいち地の文によらずして、図絵と絵詞とで、物語は十分に鑑賞できる。地の文の叙述が概括的になるのは当然であり、しかもそれは必要を認める読者によってのみ読まれることとなっている。したがって、物語の進行は、一般には地の文の叙述によるものであるが、乙種本絵巻では、かならずしも、これによらない。それは、また、甲種本のような場面集中の叙述と違った方法によっているということである。

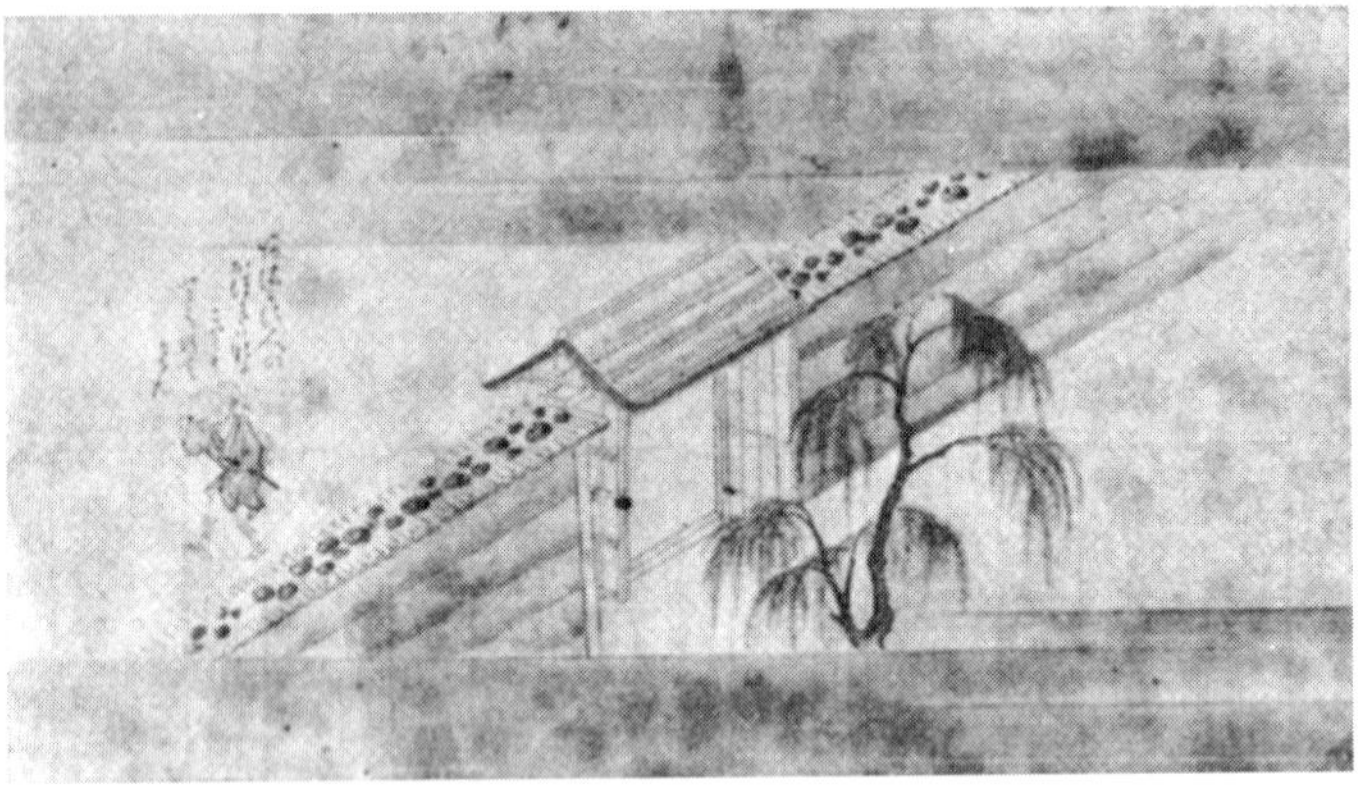

㈤

さて、甲種・若林本の絵巻文学としての方法の一つに、七五調の韻律的文体をあげた。そして、それは、絵巻文学の伝統たる音読的文体に属するものであり、その七五調のはずんだ文体は、若林本に諧謔性をいち

乙種・麻生本・第一図(1)

乙種・麻生本・第一図(2)

だんと付与する効力をもつというものであった。今、乙種本絵巻に、甲種本のごとき韻律的文体を探しても、概略的叙述の地の文には、それは容易に見出せない。しかし、絵巻文学の伝統ともいうべき音読的文体が、乙種本にはもはや見えないのかというと、それは違ったこととなろう。その音読的文体は、実は十三の図絵の中に見出されるのだし、二十三面の中の登場人物の絵詞こそがそれだと言えよう。つまり、この絵詞は、元来、絵解きふうに音読すべきものであった。あ

乙種・麻生本・第五図(1)

るいは、乙種本絵巻の大きさから言えば、実際に音読して聞かせることも不可能ではない。そして、それは、甲種本が、音読的文体を地の文に含み、七五調の韻律的カタリの文体によっているのに対して、絵詞としての韻律のない日常会話のハナシの文体に従う方法をとっているということである。[20]

ところで、甲種本では、韻律ある音読的カタリの文体によって、諧謔性を創出してみせるものであったが、乙本の絵詞なるハナシの文体そのものは、その諧謔性を付与する役割は担っていない。それならば、乙種本絵巻は、その諧謔性をいかなる方法で創出しているのであろうか。乙種本にあっては、実は、それは、絵詞を添える二十三面に及ぶ画中そのものに含まれるというものであり、甲種本のように地の文や音読的文体に直接には頼っていないのである。すなわち、乙種絵巻の麻生本においては、その描かれた絵の二十三両は、どの一齣をとっても、諧謔味あふれるものであり、読者の笑いを誘うものであると言える。たとえば、第五図の(1)〔こけ猿の占い〕の場面（上段の図絵）を見よ。あるいは、第七図の(6)〔猿どもの歌舞〕（前出106頁、107頁掲載）の場面を、その絵と絵詞によって理解され

乙種・麻生本・第五図(2)

よ。人間さまよろしく占いを求め、和歌を試みる猿どもの図絵は、おおどかな笑いを読者にもたらさずにはおくまい。あるいは、甲本においては表現されなかった諧謔性も絵を通してあらわに示されているところもある。たとえば、第五図の第一面の、「コケ猿ノ占イ」の場面には、聟猿・陰陽師猿・その他の供猿などとともに、一匹の猿に使われる川獺ふうの動物が描かれており、同図の第二面の「猿ドモノ竹薮掘リ」の場面には、これを手伝いさせられる猪が描かれている。また、次の第六図の「聟猿ノ姫迎エ」の場面には、供猿のあやつる動物に川獺らしきもの以外に鹿の姿が描かれている。あるいは第八図の「聟猿ノ山行キ」や第十図の「聟猿ノ帰宅」の場面には、聟猿を背に乗せる猪が描かれている。先の甲種本にあっては、猿の社会はあくまでも猿どもだけが住むところであり、その社会に人間さまふうの生活をもち込んでそれを笑うものであったが、この乙種本では、猿の社会に人間さまふうの暮らしを持ち込むのみならず、猿以外のさまざまな動物を隷属させる猿中心の動物社会が描かれる。そして、このような叙述の芽生えは、すでに昔話「狸の占い」にも見えたものであったが、甲種本絵巻には十分

乙種本・第九図(1)

にうかがえぬ諧謔であると言える。あるいは、それは動物社会を戯画化して描いてみせる『鳥獣戯画』に通じる諧謔性であり、その精神は、連歌・俳諧を好んだ当代の上流文化人の追い求めたものでもあった。
乙種・麻生本の絵巻文学としての方法として、もう一つあげるべきことは、物語絵の叙事性についてである。これは、まさに乙種本の地の文と図絵との相関した場面中心の叙述方法と対蹠するものである。すでに例示したことであるが、乙種本絵巻では、十三の図を掲げるとは言え、同図に幾面かの絵を連結して描くことがしばしばある。例えば、第一図では、第一面に「翁ノ広蓋ノ捨テ子ヲ見ル」絵、第二面に「翁、幼児ヲ懐ニ、古里ニ急グ」絵が配されている。また、第三図では、第一面に「翁、疲レテ休ミ、猿、畑ヲ打ツ」絵、第二面に「猿、翁ニ約シテ帰ル」絵が置かれている。そして、その場面変化は時間の推移を意味して物語の叙述展開を示すのである。先に、わたくしは、登場人物に添えられた絵詞によれば、その場面における物語の進行の読みとれることを見た。されば、絵詞により、図絵の展開に従えば、読者は物語の叙述をたどることができる。あるいは第九図、および第十一図などでは、第一面から第四面までパノラマふうに物語が展開して、今日の映画よろしく、それを愉しむことができるのであった。つまり、これが物語絵の叙事性である。[21] 物語絵に叙事性があれば、当然、地の文は簡略化されて脇役にまわることとなるわけで、ここにまた、乙種本絵巻の図絵中心の方法をうかがうのである。

七、『藤袋の草子』甲種本・乙種本の文芸的特性

先にわたくしは、昔話の文芸的特性は、民俗性および口承性にあるとして、「狸の占い」のそれをやや具体的に論述した。そして、今、絵巻物語『藤袋の草子』の文芸的特性を言おうとすると、昔話「狸の占い」のそれと同じく、それは絵巻性にあると、きわめて月並な説明をすることとなる。つまり、わたくしは、かつての文芸的作品を論究するのに、作品の実態を抜きにして、言語芸術・文学芸術の面のみ切り取る方法に対し、その実態にこそそれぞれの文芸的特性の含まれていることを主張するのである。そして、右の章では、『藤袋の草子』の文芸的特性は、絵巻性にあるものの、その絵巻の性格が、甲種・若林本と乙種・麻生本とでそれぞれ異同しているゆえに、その文芸的特性もおのずから相違することを「方法」の異同として論述したのである。

すなわち、『藤袋の草子』甲種本・乙種本の文芸的特性は、それぞれの絵巻制作の意図、方法のうちに見出されるものであった。しかしそのそれぞれの絵巻文学の制作は、これを享受する者とのかかわりの中でおこなわれるものであることをも忘れてはなるまい。およそわが国の文学は、多く享受者とのかかわりの上で達成されるものであり、[22] 室町時代物語草子の意義もそこに求められるのである。したがって、『藤袋の草子』の文学的特性も、実は、その享受者とのかかわりで構築される一面をもっているのである。そして、普遍的文芸性を志向する文芸趣向の異同もまた、多くその折に生ずるものであった。されば、その享受者に視点をおいて、もう一度、甲種本・乙種本の性格の異同を

乙種・麻生本・第十三図

考えてみたい。

まずわたくしが、甲種絵巻の若林本で指摘したいのは、この絵巻には、京洛周辺の在地的リアリズムがうかがえるということである。そして、それは、粗野とも見える絵巻の描法にも感じられるのであるが、(5)〔猿の嫁迎え〕(第一図・前掲122頁・123頁)(6)〔猿どもの歌舞〕(第二図・前掲106頁・107頁)(10)〔狩の殿御の救助〕(第四図・前掲124頁)の図柄には、それがあらわに見えるようである。すなわち、先導の侍にはじまり、槍持・長刀持・挟み箱等々の供人にまもられた〔猿の嫁迎え〕の図は、当代の京洛周辺の土豪の道行をうつし取ったものと思われるし、鼓・太鼓・笛の囃し方、地唄いの面々をそなえた〔猿どもの歌舞〕の図は、当時の京洛周辺の新興武家における祝宴のさまを投影したものにちがいない。あるいは、弓矢持つ狩の殿御に、菅笠・単衣・むかばき姿の供人を配する〔狩の殿御の救助〕の絵は、当代の武人の鷹狩の風情を簡潔に描出したものと思われる。そして、かの籠絆の姫君を救い出し、やがてこれを妻とした幸せな狩の殿御を丹波国船井郡の「わくのとうどの」としていることは、とりもなおさす、若林本が京洛近郊の新興武士たちの欲求にこたえて制作されたものであることを示しているようである。彼等

は、ことがあれば京洛の地に上り、あるいは担当の年月を滞在して、その都の文化を大いに吸収していたのである。たとえば彼等は進んで、当代流行の連歌の席に列し、田楽や風流に遊ぶことをよくしていたのである。[23] そのような京洛近郊における成り上がり土豪・武人の文化的エネルギーが、『藤袋の草子』若林本には、あふれ出ているように思われる。されば、若林本の享受者層は、その成り上がり土豪・武人に象徴される人々ということになるであろうか。あるいは、その享受者には、右の土豪たちに準じた田舎出身の成り上がりの町人をも含むべきかもしれぬ。そして、この人々に、本書を提示した作者グループはいかなる連中であったかが問われるが、あえて言うならば、それは、右の享受者層と交渉の深かった者ども、それも誹諧を得意とする地下の連歌師仲間あたりということになろう。かの腰折歌をよくし、韻律的文体に滑稽をひそませ、かつ猿の社会を戯画化して、誹諧あふれる絵巻物語を創出する力倆を勘案すれば、そのような推測が生ずるのである。

　これに対して、乙種絵巻の麻生本で感得される性格は、上層町衆的文化性ともいうべきものである。それは、やや豪華な絵巻の作り立て方、洗錬された画法、鳥獣戯画に通じた高踏な誹諧性などからも推測されることであった。あるいは、(7)〔姫の籠絆〕において、その姫を押し込める籠を洛中に住居する者なればこそ美しく幻想される「藤袋」の名によったりする趣向や、(10)〔狩の殿御の救助〕において、藤袋を射切る者を那須の余一になぞらえて、弓の上手の平次とするなど、当代武人のリアリズムを概念化する方法などからも、それは想定される。特に藤袋の姫君を救い出し、これを娶《めと》った幸せな狩の殿御は、もはや京洛周辺に住する土豪的存在ではなくなっていることが注目される。第九図（136頁掲載）の絵によって言えば、その殿御は、立派な鞍の馬を供の馬曳きに引かせ、福阿弥なるお伽衆らしき者を含めた供人を大勢従えた大名であり、第十三図の大団円（上段掲載）の絵によって見れば、それは京洛の地に御殿ふうの屋敷を構え、多くの家臣を侍らせた高級大名の風情であった。おそらくは、乙種絵巻の麻生本の享受者層は、このような高級大名に象徴される上層の文化グループだったのではないか。つまり、麻生本には、そのような上層町衆的文化人の趣向がすみずみにまで及んでいるように思われる。されば、その筆者に「土佐光久」が擬されるのもうなずけよう。すなわち、乙種絵巻の麻生本は、甲種・若林本とちがって、安土・桃山期の高級大名や特権階級化した上層町衆などの文化グループ[25]のなかにあったということである。

結び　昔話と御伽草子の間――『藤袋の草子』の系譜――

本稿の〈序〉において、わたくしは、わが国における本格的な昔話の形成は、多くは中世小説・御伽草子を盛行せしめた室町時代、その物語絵巻・奈良絵本の類を続々と生み出した京洛の地においてであったろうことを提案した。そして、本論では、『藤袋の草子』絵巻も、そのような京洛の状況において、昔話「狸の占い」と近接する民間説話、つまり、その二次的展開たる「狸の占い」の昔話とかかわって成立したことを両者の異同を通して検討してきた。今、その『藤袋の草子』の形成過程の系譜を図式して示せば、およそ次頁のようになるであろう。

すでにやや詳しく論じたように、『藤袋の草子』の遠い故郷は、山間聚落における世間話「猟師の妻女奪還」にあったと推される。これが、やがて昔話の形成期に入った京洛地にたどり着き、昔話「狸の占い」を生んだのである。それは、京洛の文化の中で形成された証拠として、諧謔味あふれる〈狸の占い〉のモチーフを内包するものであり、かつ本格昔話に近い話型によるものであって、これが再び除々に各地方へ拡散し、また山間聚落の伝承と化するときは、もとの世間話的感覚を持する昔話例話群となったもののようである。が、それは、昔話としての文芸性をそれなりに保有して、今日なお各地に根強い伝承をみせているのであった。

一方、京洛の地で、世間話を昔話という衣に着替えて成人した「狸の占い」は、さらに〈幸福なる婚姻〉を求めつつあった都の時代思想に応じて、主題をそれに変じた複合昔話「狸の占い」を形成していたのであるが、その二次的展開の「狸の占い」が、やがて庶民の間に物語のネタを求めていた京洛の物語草子作者のとらえるところとなったのである。おそらく当代の文化人好みの俳諧的趣向を含み、かつ当代の享受者の思想に応じた〈幸福なる婚姻〉を求める昔話「狸の占い」は、民間の説話に素材を求め出していた物語作者にとって、恰好の素材だったのであろう。その最初の物語絵巻『藤袋の草子』がどのようなものであったかは不明としなければなるまい。ただし、今日に残る古本絵巻の甲種・若林本と乙種・麻生本と比較するとき、昔話「狸の占い」との近似が、相補う形で両本それぞれに見えるゆえに、この昔話によって成立した甲種本・乙種本の祖本たる『原・藤袋の草子』を認めねばならないようである。しかし、その『藤袋の草子』原本が、甲種本に近いものであったか、乙種本に近いものであったかは、やはり明らかではないし、それゆえに甲種本・乙種本それぞれの創作技倆のほどは、明確には判明できない。従って、今は、便宜的に、祖本・原本は、甲種本・乙種本の共通項をもって想定し、一方のみに存在する趣向・方法・特性などをもって、

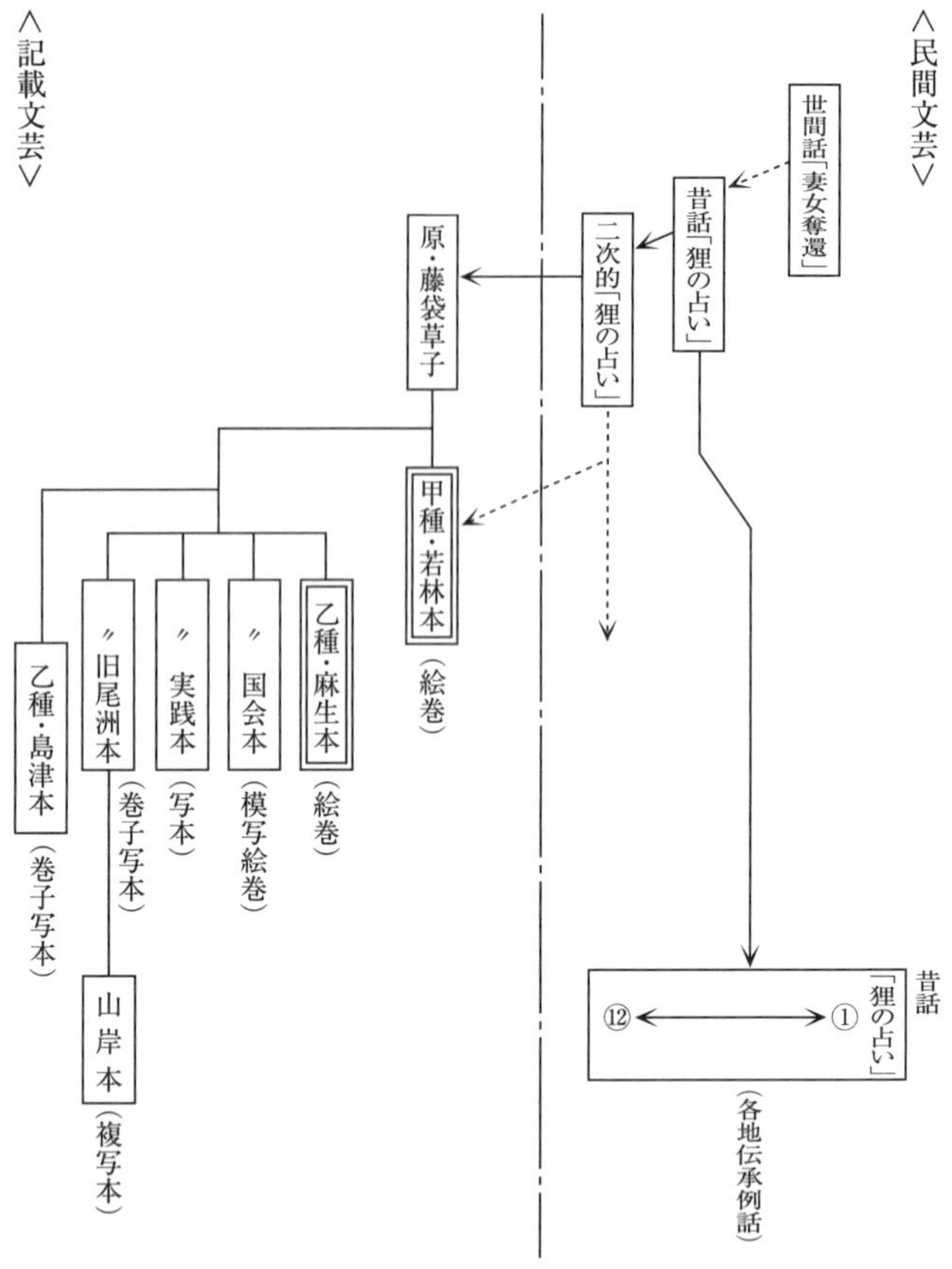

甲種本・乙種本の創作過程を考察するほかない、ということであった。

されば、その『藤袋の草子』原本を考えるならば、これは、今日の昔話「狸の占い」の二次的展開なる昔話を素材として成ったものであり、それは、絵と地の文とによりながら、原昔話の諧謔性をより発展させて作品の形成を試みたものであったと思われよう。また、その『藤袋の草子』原本の享受者は、その作者ともども、昔話「狸の占い」を知る人々であったろうから、彼等は一種の本歌取り的鑑賞法によって、昔話「狸の占い」を心に反趨しながら、他方で物語の改作の妙に共感していたことが思われる。

甲種絵巻の若林本は、右の『藤袋の草子』原本によりながら、絵と地の文とが、相補い補完する絵巻の方法により、巧みに腰折歌を配し、韻律的文体に滑稽をひそませ、土豪的・在地的文化エネルギーのもと、原本の諧謔精神をよりあらわに展開させたと言えるであろうか。その享受者は、成り上がり土豪・武人に象徴される人々であったが、その原本を知る者はそれなりに、また原本を知らぬ者なら、かの昔話「狸の占い」によってのみ、それぞれが、二重・三重の鑑賞法に従って、甲本作者のみごとな改作の技倆を堪能していたと思われる。

この甲種絵巻に対して、乙種絵巻の麻生本は、やや時間がくだって成立したものと考えられる。そして、それは、甲種本とは違って、物語絵を中心に、地の文を補助的役割とする絵巻の方法によりながら、物語絵の叙事性を含み、かつ安土・桃山期の高級大名や上級町衆層の浪漫的文化エネルギーを背景に、鳥獣戯画に通じた高邁な諧謔性を創出するものであった。勿論、その創造は、かの『藤袋の草子』原本によったものにちがいないが、乙本の享受者たる高級文化人が、先のように原本との本歌取り的鑑賞法によったかどうかは疑わしい。まして、それが遙かな原話「狸の占い」とのかかわりということになれば、享受者らに意識されることはほとんどなくなっていたであろう。つまり、乙種本絵巻は、他の力を借りずして、絵巻文学として立派に自立できる作品となっていたというのである。が、言いかえれば、乙種本は、原話「狸の占い」に回帰する心を失ってしまったということでもある。文学としていずれを高く評価すべきかは、今後にまつほかないが、かつての記載文芸には、民間文芸に補われて、文学の鑑賞を達成せしめるという方法の保有されていたことを今は銘記しておくにとどめる。

さて、国文学史において、口承文芸は、実に母なる大地とでもいうべきものであった。すなわち、国文学は、かつて、その民間文芸を母として、この世に誕生し、やがてその独立の道を歩んだものと言える。が、その民間文芸の若《わく》子《ご》たる記載文芸は、しばしば文芸としての挫折をくり返した。彼は、そのたびごとに、母なる民間文芸に立ち戻り、その乳房から文学的エネルギーを吸い込んでは、時代における記載文芸の創造に立ち向ったのである。本稿が直接かかわった室町物語・御伽草子の多くも、そのような作品群であったと思われる。

ところで、民間文芸は、記載文芸に文学の滋養分を提供しながら、長い年月を生き続けてきた。それは、実は、民間文芸もまた自らの努力でそれなりの創造力を養い続けていたからであった。民俗学では、これを伝承と呼んでいる。しかし、この伝承とは、単なる甲から乙への伝達を意味するものではない。それは、それぞれが属する時代・歴史における創造的営為にほかならなかった。あるいは、無名の人々のささやかな芸術的活動とも言えるものであった。さればこそ民間文芸は、長く記載文芸の母たり得たのである。

本稿は、不十分ながらそのような民間文芸と記載文芸との迫めぎ合いとその自立性を『藤袋の草子』によって論究しようと試みたものである。

注

(1) 本書には「藤袋」そのもののモチーフはないが、『藤袋の草子』の一類に属するものであることは確かなので、一応その呼称に従って論じている。

(2) 『室町時代物語』㊂「藤ふくろ」の解題。これによると、土佐光久は、土佐光信の女であるという。さすれば、国会図書館蔵・住吉加藤摸写絵巻の原本は、土佐光信の筆とあったゆえに、両者の詞章・図絵の一致も首肯されるところである。

(3) 拙稿「猿聟入の地域的類型」(『昔話—研究と資料—』第八号、三弥井書店、昭和五四年)参照。

(4)(5) 大谷女子大学説話文学研究会『平戸市昔話集』(私家版、平成一〇年)所収。

(6) 『昔話研究』第二巻・三号(昭和一一年七月)「八戸地方の昔話」の「蛇聟入」(ロ・芥子の種)には、次のようにある。

むがしアあったぢあ。あるどこね、あやとあっぱと娘あ八人あったぢあ。そごね、いっぱい田アあったぢあ。あやあ田さ行って見だぢば、大きだ鬼ア其田さ、水よごしねアやうにしてらっぢあ。あやア「おらいねあ、八人娘アあるすかいに、一人いがさけるあ。其代り田さ水かげてけろ」とへたぢば、ほんに晩方、水アずっぽりかがったぢあ。その次の朝まあ、あやアいったい起ぎでままよかアながったぢあ、一番娘あ、「あやま、ま、けい」「わの言ふごと聴けばままよくあ」「何でも言ふごと聴ぐあ」「鬼さ嫁ね行ってけろ」したけあ、次のも、次のも皆遁げだぢあ。八番目の娘あ「わア嫁ね行ぐあ」てへたぢあ。娘ア鬼さ嫁ね行ぐごとねなったぢあ。あやア娘さ芥子の種よけで「行ぐ時ア是よ蒔いて行ぐんだあ。へば、鬼のどこから逃げて来る時ア、けしの花あ咲いで居るごったすかいに、其花の通りくんだね」て教へだぢあ。ぢきど鬼あ来て、其娘よっで行ったぢあ。一番大ぎだ鬼さ行ったぢあ。その娘ア、けしの花の咲ぐ頃、「いつどきま、あちこらさ行って来るあ」と来たぢば、鬼どアあとがらぽっかけで、取っつかまへべとしたぢあ。娘ア踊よをどったぢあ。したけア、鬼どア水よ呑んで死んたぢあ。

(7)『昔話研究』第一巻・六号（昭和一〇年一〇日）「阿蘇郡昔話㈡」

(8) たとえば『瓜姫物語』など。これは、今日の伝承例話「瓜子姫」の西南型そのままの構造を保有している。

(9) たとえば、柳田國男氏『日本昔話名彙』（日本放送出版協会、昭和二三年）の「お月お星」の本文例話（秋田県平鹿郡）も、関敬吾氏『日本昔話大成』第五巻（角川書店、昭和五三年）の「お銀小銀」の本文例話（岩手県花巻市）も、いずれもこのモチーフによっている。

(10) 横山重氏『室町時代物語集』第三（大岡山書店、昭和四四年）、所収。ただし、理解の便のために『神道集』を参照して、漢字を宛て、また、わたくしに会話文に「　」（カギ括弧）を添えた。

(11)『口承文芸史考』（『柳田國男集』第六巻、筑摩書房、昭和三八年）及び『日本昔話名彙』（右掲註（9）同書）

(12)(13) 全国各地に報告例があるが、わたくし自身の体験では、中国山地の各地あるいは、信州方面でしばしば見聞した（稲田浩二・福田晃編著『蒜山盆地の昔話』（解説）など参照）。一般には猿の絵札を厩柱に張っている。

(14)『民間伝承』第十四巻・第八号（昭和二二年八月）、近藤喜博氏「河童童駒曳」。その指摘の『石山寺縁起』第五巻は、鎌倉末・延慶年間の書写とされている。

(15) 本文には、若林本・麻生本ともに原本によっているが、若林本の判読には、佐竹昭広氏の前掲論文「御伽草子の位相——

『藤袋草子』断簡――」を参照させていただいたし、麻生本の場合は、横山重氏の『室町時代物語』(三)「藤ふくろ」の翻刻が、一部、図面の入れ替えを除いては、きわめて正確なので引用文には、これをそのまま使わせていただいた。

(16) たとえば、『神道集』巻八「鏡宮事」は、昔話「松山鏡」による奥州在地の伝承によったと思われるものであり、その主人公の翁は、奥州浅香郡の山形という山里の者として叙述されているが、京洛で制作されたらしき同材の物語『鏡男絵巻』では、その主人公は、近江の国の片山里の賤の翁ということになっている。近江河内の国をもち出す発想は京洛の地で制作される物語の常套というべきものである。遠くて近いゆえに、真実性を主張するのに、きわめて都合がよかったとも言えよう。

(17) 若子殿《わくこ》の意か。あるいは若の党殿の意か。いずれにしても若君殿の意であろう。

(18) 『国文学　解釈と鑑賞』、昭和五二年一二月号「御伽草子の絵と文章」

(19) 「御伽草子の位相――『藤袋草子』断簡――」(鑑賞日本文典文学26巻)

(20) ただし、その絵詞の中に、歌謡的言辞がうかがえることはある。すなわち、真鍋昌弘氏は「室町期物語に見える歌謡」(『文学語学』80・81合併号)において、乙本麻生本の第三図の(1)の場面で猿が畑を打つときの詞としてある「かた山のくすは、風にもまれたり、云々」は『松の葉』などにもみえる畑打歌の歌謡であり、同じく第七図の場面で、姫を迎えた祝宴に猿の舞うときの詞としてある「けた物のその中に、さるこそすくれたりけれ、云々」は、当時の猿引芸においてうたわれた歌謡そのままであると指摘されている。むしろ、この場合も、絵に感興ある詞が添えられる興趣あふれる物語・絵を形成していると言えよう。

(21) この絵巻の方法については、奥平英雄氏の「信貴山縁起の概観」で示されている(日本絵巻物全集3『信貴山縁起』角川書店、昭和五一年、解説篇)。

(22) この稿を清書する段階で、山崎正和氏の『室町記』(朝日選書、昭和五一年)を拝読した。同氏は、その中の「日本文化の底を流れるもの――室町期の芸術と社交を中心に――」で、このことをみごとに論述しておられるのに驚かされた。同氏は、西洋の伝達を二次的に考える芸術観に対して「日本のばあいは、芸術というものはあくまでも自分と他人との人間的関係――一言でいえば自他関係のなかではじめて完結するものであって、自他関係がなければ、表現そのものが実はまだ完結していないのだという考え方が有力であった、云々」と説かれていた。

(23) その雄なる人物としては、婆沙羅大名として名を馳せた近江守護大名佐々木道誉などがあげられるであろう。

(24) 鞍の馬を曳く供人が、福阿弥という人物であることは、次の第九図の(2)の絵(112頁)に、その人物に対して狩の殿御が「ふくあみよ、ふこつになく、いたきたて申せ」とあることからわかる。ところが国会図書館蔵摸本絵巻では、この福阿弥は沙弥姿(僧形)に描かれている。

(25) 『日本文学の歴史』第6巻(角川書店、昭和四二年)(文学の下剋上)所収、岡見正雄氏「町衆の文学御伽草子」参照。岡見氏は、この稿において、嘉吉乱後の成り上がりの町人層によった町衆前期文化と安土桃山時代の上層の特権階級に属することとなった町衆後期文化とに分別されている。

『真名野長者物語』以前——京太郎譚の展開——

はじめに

柳田國男氏の豊後訪問

柳田國男氏は、大正九年（一九二〇）から翌年二月上旬まで、およそ二カ月にわたって、九州東海岸から琉球の島々を巡っている。それによって成ったのが『海南小記』である。この折に柳田氏が記したナマの手帳が、近年、酒井卯作氏によって『南島旅行見聞記』と題して公刊されている。

それによると、柳田國男氏は、十二月十五日に上海行の春日丸で神戸より出航、翌日門司港下船、十七日の福岡泊、十八日に福岡から列車で大分へ移動して一泊。翌十九日に同じく列車で臼杵に向かい、さらに保戸島へ赴いている。その〈保戸島〉の項に、臼杵における見聞にふれて、次のような記録が見出される。

○北海部臼杵町深田（元は下南津留村字）足刈俊蔵、炭焼小五郎後裔、俵のまゝ焼けた炭二俵、なた等を蔵す。一年一度の先祖祭のとき陳列す。石仏の附近に炭竃のあととてあり。炭のくずれより今も炭の屑の化石無数に出づ。

○三重では内山観音の附近アシカリといふ所あり。鷺谷にては炭を焼く。此辺山の石皆小判なりしといふ。アシカリには小五郎住めりといひ鴨渕といふっゝみあり、炭焼の往来に鴨に石を打ちてたのしみつゝありしと云へり。

○千体薬師「石仏」の事をかくいへりき。之より少しはなれて小五郎夫妻の石体もきざみつけてあり。参詣の者ありて、はた・線香などあげてあり。
○深田の辺より姫見嶽へかけて一帯に金銅鉱試掘地なり。臼杵の署長たりし佃辰次郎（大分銀行支配人）、此伝説より思ひつきて出願せしものなり。今大阪人の所有となる。
○朝日夕日の話ありし為、内山附近を盛にほりくりかえしたる人、三重町にもありき。

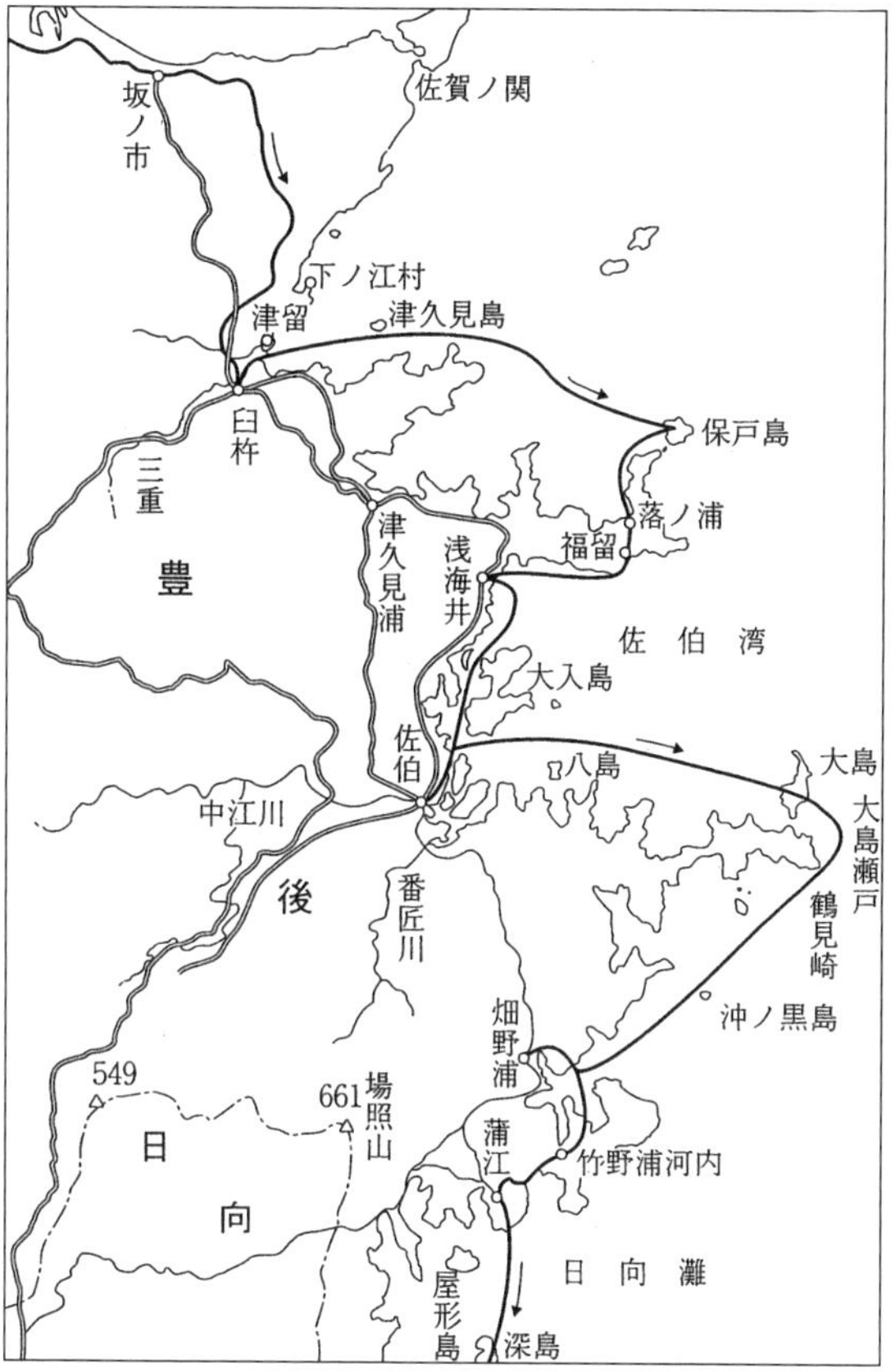

柳田國男氏の豊後訪問地図（酒井卯作氏『柳田国男・南島旅行見聞録』により、一部補正）

これによると、柳田國男氏は、臼杵の深田に、炭焼小五郎の子孫を称する足刈俊蔵氏を訪ね、その炭屑を見聞している。また三重の内山観音にも足を伸ばして、その附近で、小五郎の「炭焼長者」の言い伝えを聞き、蓮城寺北側の千体薬師を拝し、その右側の小五郎夫妻の石体（二基の宝塔）をも認めていたのである。――実際に内山観音に詣でたか

蓮城寺の千体薬師

どうかは不明とすべきであろう――ちなみに柳田氏は、すでに「炭焼長者」の伝説に関心をもって、各地の伝承事例を収集し、この旅の途中の大正十年一月、朝日新聞紙上に七回にわたって「炭焼長者譚」を連載していたのである。

さて柳田國男氏は、大正十三年に『海南小記』を公刊するが、それには、「炭焼小五郎が事」が収載されている。そしてその冒頭部には、右の見聞記にしたがったと推される次のような文が掲げられている。

自分は尻尾外南部の旅を終つてから、船で青森湾を横ぎつて津軽に入り、弘前の町に於て始めて此地方の炭焼長者の話を知つた。豊後に起つたことは疑ひが無い炭焼の出世譚が、ほんの僅かな変更を以て、本土の北の端までも流布するのは如何なる理由であるかを訝《いぶか》るの余り、稍長い一篇の文を新聞に書いて置いて、九州の旅行には出て来たのであつた。豊後をあるいて見ると考へねばならぬことが愈々《いよいよ》多かつた。（中略）自分の想像で

蓮城寺境内の小五郎夫妻宝塔

は、豊後の国人は今でも炭焼を以て、微賤にして恥づべき職業とは思つては居らぬやうである。（中略）近年石仏を以て一層有名になつたが、臼杵の城下に近い深田の里には、小五郎が焼いたと云ふ炭竈の址あり、（中略）或は又家伝の花炭と称して七十八代の間連綿として之を製したと云ふ由緒書も伝はつて居る。即ち或特定の家族に於ては、此物語は今も決して単純なる文学では無いのである。大昔小五郎の炭を焼いたのは、別に重要なる目的のあつたものと、推測する人は近年は既に多かつた。（中略）姫見嶽から、この深田の村近くまで、現に皆金銅鉱の試掘地に登録せられて居る。（中略）夏から七八里離れた大野郡三重町の内山も、内山観音の縁起に依れば、小五郎の初の在所であつて、炭を焼いて居た故迹は、程近い神野《かうの》の山家であつたと伝へる。（中略）長者の宝を埋めた地を見付けようと、そこらを掘返した人が幾らもあつた。

それは、その後に得た資料を含んではいるが、たしかに実地見聞の体験をもとに、まずは「炭焼小五郎が事」を執筆する動機を披瀝したものであるにちがいない。

柳田氏の「炭焼長者」論

柳田國男氏の「炭焼小五郎が事」は、右にあげたように、この物語が、「豊後に起ったこと」を明らかにすることであった。すなわち、その伝承の広がりを東北から沖縄に及ぶ事例をもってあげ、その叙述の一致のなかに、「炭焼長者」の源が豊後にあったとする。そしてその豊後における炭焼長者の発源地を蓮城寺・満月寺を擁する深田・三重に求め、それを脚色した縁起類（『真名野長者物語』）をあげ、その原拠となった幸若舞曲「烏帽子折」が収める山路《さんろ》童の物語（草刈笛由来）をもって、その古さを明らめようとする。そしてその炭焼長者譚の各地への伝播は、鍛冶のわざにかかわった金屋・炭焼にあるとし、その伝承の始原は、鍛冶の翁と示現した宇佐八幡の「古い神話」にあったと推されている。しかも柳田氏の「炭焼長者」論は、この「炭焼小五郎が事」にとどまらず、その後もしばしばこれにふれるが、特に昭和五年に執筆した「絵姿女房」では、「般若寺の般若姫」「六十六本の扇」の項に、真名野長者物語から『烏帽子折』の山路童の物語に及んで、その伝承の意義と広がりを再検証されている。ちなみにこの「絵姿女房」の論は、昭和八年刊の『桃太郎の誕生』に収められている。

さて、この柳田氏の「炭焼長者」論は、今日でも、多くの示唆を与えるものであるにちがいない。しかしそれは大いなる仮説と言うべき所も少なくない。特にこの「炭焼長者」が、近隣の国々、韓国、中国において、早くより伝承されていたことが知られた今日、その伝承・伝播の源を一元的に豊後に求めることには無理があり、再検討の余地があるであろう。それのみならず、豊後における真名野長者物語の原拠となったとされる『烏帽子折』の山路童の物語についても、室町期の物語草子などの出現によって再検討すべき所が見出されるのである。本稿は、後者について、その考察を試みるものである。

一　物語草子『京太郎物語』

用明天皇都下りの物語

室町時代から江戸初期に流行した物語草子、一般に御伽草子と称される一群に、『京太郎物語』と題する短篇の物語が見出される。その諸本の数は少ないが、慶長ごろの古奈良絵本『浄瑠璃十二段草子』（大東急文庫本）に、「よみけるさうしは、なに〱そ、けんし、さころも、しゝら、おち雲、きやうたらふ、……」と出てくるのが古く、芭蕉に、「梅かゝや　しらゝおちくほ　京太郎」の句があることは、よく知られている。つまりこの物語草子は、室町後期には成立しており、意外とよく読まれていたのである。そしてその物語は、

用明天皇記。自神武天皇廿代、欽明天皇第四皇子、橘豊日尊、東宮にておはしましける頃、筑紫より、官事の夫男等、宮闕に参て、掃除の役をつとめけるか、をの〱申けるは、九重花洛の中にて、おほくの后妃采女を、見たてまつらすと、申あひけるを、王子聞食て、見ぬ恋にしつみ、たえぬおもひに、誘引て、たちまちに、九重の華闕をのかれ、八重の塩路にそ、むかひ給ひける。

と始める。それは用明天皇が東宮の時代、「見ぬ恋」に誘われ、京太郎と身をやつして筑紫に下り、その思ひを果たしたとする短篇の物語である。その梗概をモチーフごとに示すと次のようになる。

I．欽明天皇の皇太子、橘豊日尊が、たまたま筑紫の掃除役が語る大宰大弐の乙姫の美しさに憧れ、花の都を下る。

Ⅱ．王子は身をやつして渡辺から筑紫舟に乗り、その使用人となって船人たちの折檻に耐え、周防、室積を経て、泣く泣く筑紫に着く。やがて太宰府に赴き、京太郎と名告って、賤の伏屋に宿を取る。〈やつしの太宰府下り〉

Ⅲ．笛の上手の王子が、賤の男の笛を借りて、夜もすがら笛を吹くとき、その笛の音に誘われて、大弐殿の姫君が隣の藁屋に入り、笛に合わせて琴を引く。やがて二人は契りを込める。〈笛の力の結び〉

Ⅳ．都では王子の失踪に驚き、全国の主な神社に祈念をさせるが、宇佐宮では流鏑馬の神事がおこなわれることとなる。その勅命を受け、大宰大弐は九州国役の輩にその射手を求めるが、その任に耐える者がいない。京太郎がその役を買って馬場に入るとき、俄に風が吹いて、王子の竜顔があらわとなり、都からの勅使、官人があわて騒ぐ。〈京太郎の本体露見〉

Ⅴ．王子は姫君を連れて都へ還幸なる。その途次、姫君は二上山のほとりで産気を催され、竹林樹下をご産所として麻呂子《まろこ》皇子をお生みになる。〈麻呂子皇子の誕生〉

Ⅵ．麻呂子皇子は成長して、聖徳太子と相談され、氏寺として禅林寺を建立、それは今に当麻寺の内にあり、百済からの四天王の尊像を安置する。〈禅林寺の建立由来〉

麻呂子親王の物語

さて右の『京太郎物語』は、用明天皇の皇子時代の「見ぬ恋」の物語であるが、それは麻呂子皇子誕生譚であり、当麻の禅林寺建立譚ともなっている。ちなみにその最後は、

彼后妃は、御歳廿八にて薨御なる。そののち、麻呂子親王の御すゑ、よゝにさかえます。真にめでたき御事な

り。

と結んでいる。

その麻呂子親王は、用明天皇の第三皇子で聖徳太子の兄に当たる方であり、『日本書紀』では葛城直磐村の女広子の生んだ御子とし、『古事記』では当麻之倉首名比里子の女子伊比古郎女の生んだ御子と伝える。およそ当麻皇子と称されており、葛城氏一族の所生で、当麻氏の祖と仰がれた方である。『日本書紀』によれば、推古天皇十一年(六〇三)四月の条に、兄の来目皇子の病没によって、それに代わり征新羅将軍に任ぜられたとある。しかし皇子は、難波から播磨の赤石まで船で来たが、同行の妻の死によって京に帰り、新羅征討の任を果さなかったという。

この麻呂子親王は、右の『京太郎物語』が語るように、聖徳太子の勧めによって、当麻寺の前身なる禅林寺を建立した人物として著名であるが、他方、丹後の鬼賊を退治した英雄としても伝承されている。頼光の酒呑童子退治譚と接するものであるが、大江山周縁に薬師仏を祀る七つの寺院に伝えられている。その一つに、京都府加佐郡大江町字河守の清園寺《せいおんじ》(高野山真言宗)があるが、当寺所蔵の『清園寺縁起』をあげてみる。それは室町時代の制作で、三枚の掛幅絵をともなっている。

人皇三十二代用明天皇の御代に、当国の三上の嶽に、奠胡、迦楼夜叉、槌熊という三つの悪鬼が住んでいて、人々を苦しめている。天皇は評定の上、悪鬼退治の大将軍として、第三の皇子、麻呂子親王に勅命をくだされる。親王が当国に到るとき、地中に馬の嘶く声を聞き、そこから栗毛の竜馬が躍り出る。これに乗って三上の嶽に至り、悪鬼を攻めるが、悪鬼は妖術自在で、容易に討つことができない。この時親王が、伊勢神宮、並びに薬師如来に祈願をこめると、額に鏡をいただいた犬が、御前に跪《ひざまづ》く。この犬を先頭にして進むと、悪鬼どもは犬の鏡の光で通力を失い、奠胡、迦楼夜叉の二首領を討取ることができる。命乞いする槌熊に対し七堂伽藍を建立する土地を切り拓くことを命じると、槌熊は一夜で広大な土地を平らに引きならす。そこで槌熊の命を助け、竹野村にある斎の宮の巌窟に封じ込める。

親王は多くの工匠を集め、丹後の七ケ所に伽藍を建立し、それぞれに七仏薬師の内の一仏を本尊として安置される。その寺院の一つが、当寺の清園寺であると伝えている。

その叙述は、それぞれの寺院によって、いささかの異同があり、この折に麻呂子親王に従って当地に土着したとする家筋によって、それぞれに特異な伝承を維持している。が、それについては、小林健二氏の「鬼退治の後裔――鞭家伝来資料をめぐって――」(『伝承文学研究』第五十四号)に詳しい。またそれによると、この物語は観世弥次郎長俊(長享二年~天文一〇年〈一四八八~一五四一〉)の目にとまり、能「丸子」と制作されたという。先の『京太郎物語』と能「丸子」が、直接かかわるものではないが、麻呂子親王をめぐる物語が、それぞれに響き合って、人口に膾炙《かいしゃ》していたことが思われるのである。

二　幸若舞曲『烏帽子折』の草刈笛の由来

「舞の本」の『烏帽子折』

室町後期から江戸初期までに流行した芸能に、幸若舞曲がある。それは室町中期頃には、寺社縁起物や慶祝、短い謡い物などを内容とするものであったが、後期に至ると判官物、曽我物、源平物など、軍記物を中心とした叙事的語り物を演ずることとなった。そして江戸時代の初期には、その本拠の越前を中心とする幸若流と元は素人筋で京都より起こった大頭流の二派をもって、日本各地に流行したのである。そしてその語りの台本は、およそ三十六編の揃い本として整えられ、江戸の中頃には、その板本「舞の本」が刊行され、世の人々によく読まれることにもなっている。その「舞の本」に含まれる一曲に『烏帽子折』がある。いわゆる判官物で、『義経記』や物語草子の御曹子物語、あるいは「浄瑠璃物語」などとも響き合う題材である。またそれは、同じく「舞の本」に含まれる「鞍馬出《くらまいで》」の続篇となるものである。すなわち、鞍馬を出た牛若は、金商人吉次の下人となって東海道を下る。その途次、鏡の宿で元服を志し、源氏正統のものが着用する左折りの烏帽子を誂えると、その烏帽子折が源氏ゆかりの者であることが分り、烏帽子折夫妻を烏帽子親とみなし、仮名を源九郎、実名を義経と称して、元服の式を遂げる。これが前場となる。後場は元服した義経に対して、京藤太と名付けられることから始まる。それは、以後に紹介される「草刈笛の由来」が、『京太郎物語』に準拠したことを隠しているものと推させているのである。すなわち吉次に伴われた義経は、青墓の長者の宿所に着くと、吉次は「今参りの京藤太」と呼び立てて、遊君の長に酌をさせる。一人の遊君が京藤太の腰に差した横笛を見付けて嘲笑すると、長者はそれをいさめて、京藤太に笛を吹くように頼む。京藤太は自分の笛は草刈り笛に過ぎないと辞退するが、長者のたっての望みにことわれず、一曲をみごとに吹く。長者は「面白の笛の音」と絶讃するが、先の遊君が、笛で草を刈るから草刈笛と申すのかと笑うので、長者はそれならば、その謂れを語って聞かせようということになる。つまりここで「草刈笛の由来」として、用明天皇の都下りの恋物語が紹介されるのである。

もう一つの用明天皇都下りの物語

ここでは、その『烏帽子折』で語られる「草刈笛の由来」の梗概をモチーフごとに示してみる。

（一）　わが朝の用明天皇は、十六歳になるまで后がないが、扇に絵女房を書かせて、それに似た女房を求めなさっ

たが、それは見出せない。〈絵女房探し〉

（二）たまたま豊後の国内山に、真野長者と称される者に、内山の観音の申し子として誕生した玉世の姫があり、それが扇の絵女房にも劣らぬ女房であることを知る。〈絵女房発見〉

（三）天皇は玉世の姫の参内を命ずるが、長者は応じない。帝は次々と難題を出し、それにこたえられないならば姫を参内させよと迫る。が、長者は内山の観音に助けられ、その難題のすべてに応じて、姫の参内を拒む。〈長者の姫、参内拒否〉

（四）用明天皇は、姫の参内が無理であることを知り、十善の位を降り、身をやつして豊後に下り内山に着く。〈やつしの豊後下り〉

（五）天皇は、長者の執事をつとめる家に、一夜の宿を借りるが、求められて宿の夫妻の養子となり、〈山路《さんろ》〉と名告って、長者に奉公する。その長者の命で、大勢の牛飼とともに、草刈りに野辺に出る。草の刈り方を知らない天皇は、笛ばかりを吹くが、牛飼たちは笛の音に感動して草刈りに精を出す。これこそが用明天皇の恋ゆえに遊ばす草刈笛のことである。〈草刈笛の力〉

（六）都では天皇の行方を探すため、博士を召して占わせると、宇佐八幡の宝前で、八月十五日に放生会をおこない、内山の長者に流鏑馬の神事をつとめさせることと出る。朝廷から放生会の執行を命じられた長者は、流鏑馬の神事を知る者がなく、やむなく都の者と聞く山路を呼び、「長者が婿」を約してその役を引き受けさせる。当日、八幡の馬場で、山路が流鏑馬を執行するとき、八幡の大神が示現して、天皇の還御を訴える。長者は山路が天皇であることを知って恐懼する。〈山路の本体露見〉

（七）天皇は長者から玉世の姫を貰い受け、都に戻る。後に、二人の間に聖徳太子が誕生する。〈聖徳太子の誕生〉

（八）玉世の姫は聖観音、用明天皇は阿弥陀如来、聖徳太子は救世観音の化身である。〈天皇夫妻の本地〉

さて、この青墓の長者の語りは、「用明天皇恋ゆへ遊ばす笛をこそ、草刈笛と申すなれ」とあり、それを笑った遊君には、「知らぬ事をば和御前たら笑はぬ事であるぞとよ」とたしなめて終わる。その後の『烏帽子折』は、義朝の妾であった青墓の長者の案内で、義朝を弔う持仏堂に詣った義経が、その素姓をあかし、そこでの仮寝に義朝の夢告を受けて、やがて盗賊の熊坂長範を討ち取ることとなるのである。

『京太郎物語』と「草刈笛の由来」

両者は、用明天皇の都下りの恋物語として大枠は共通する。また「笛の力」による恋の成就とする主題も一致するものである。勿論それぞれの叙述は大きく違い、構成要素も違っている。特に「草刈笛の由来」は、冒頭に〈絵女房〉のモチーフを用意し、豊後・内山の在地色を強く主張するものである。しかし両者の構成は、次のように対応する。

『京太郎物語』	「草刈笛の由来」
Ⅰ〈「見ぬ恋」の憧れ〉	（一）〈絵女房探し〉 （二）〈絵女房発見〉 （三）〈長者の姫、参内拒否〉
Ⅱ〈やつしの太宰府下り〉	（四）〈やつしの豊後下り〉
Ⅲ〈笛の力の結び〉	（五）〈草刈笛の力〉
Ⅳ〈京太郎の本体露見〉	（六）〈山路の本体露見〉

Ⅴ〈麻呂子皇子の誕生〉　（七）〈聖徳太子の誕生〉

Ⅵ〈禅林寺の建立由来〉　（八）〈天皇夫妻の本地〉

右のように対応する両者は、同源に発するものと言えよう。都下りの京太郎、その京太郎に準ずる山路のそれぞれ

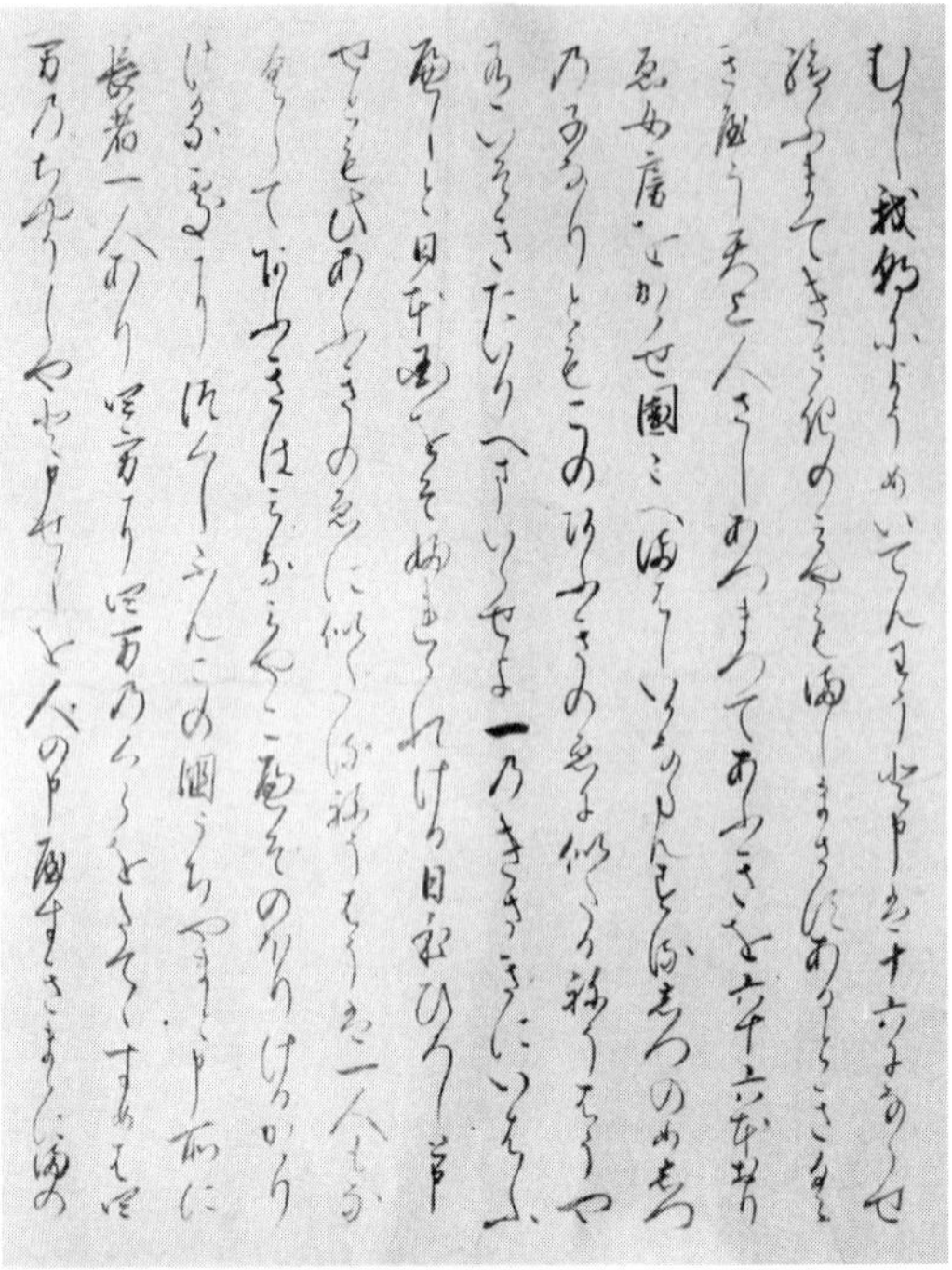

石川透氏蔵『真野の長者物語』冒頭

石川透氏蔵『真野の長者物語』絵部分

が、本体を露見する場面を宇佐八幡の宝前とし、その流鏑馬の神事の折とする点においても共通する。それならば、いずれを先行する作品と判じ得るであろうか。勿論、それを判ずるのは容易ではない。あるいは「絵女房」の美人を求める趣向は、室町物語草子にはしばしば用いられるもので、『京太郎物語』にそれを含む異本も予想される。が、あえて言えば、京またはその周縁で制作された『京太郎物語』が先行したと判じられよう。それに豊後の在地色を導入して成ったのが「草刈笛の由来」であろうか。その逆は、『京太郎物語』に「草刈笛の由来」の在地色をうかがわせる叙述が見出せない以上成り立ち得ないであろう。その「草刈笛の由来」が、在地で制作されたものか、あるいは京洛の地によるものかは、勿論、判じ得ない。が、元来、「草刈笛の由来」は、独立する物語が、幸若舞曲に挿入されたものであることは否定できない。ちなみに、この幸若舞曲の「草刈笛の由来」が、絵巻物に仕立てられて流布してもいる。江戸中期の制作で、石川透氏蔵『真野の長者物語』がそれである。

三　芸能の由来を語る京太郎譚

みちのくの黒川能由来

幸若舞曲『烏帽子折』の「草刈笛の由来」は、京太郎とも称すべき京下りの山路《さんろ》に由来して「草刈笛」が始められたことを語ってはいるが、その京太郎が土着して、それを在地に残したと叙するものではなかった。しかし、山形の櫛引村に伝えられる古風な能楽「黒川能」は、高貴な方の都下りによって起ったものと伝えている。三隅治雄氏らの『民俗芸能辞典』の「黒川能」の項には、その由来として、「平安初期の貞観年間に清和天皇が当地に下り、その供奉の者が村人に教えた」、あるいは「後小松天皇の第三皇子小川恒雲法親王が当地に隠棲し、付き添ってきた剣持勘解由、藤原房忠の両人が教えた」という二つの説があげられている。

一方、柳田國男氏は、昭和五年（一九三〇）の『旅と伝説』に掲げた「絵姿女房」に、右とはやや違った「黒川能由来」を紹介している。それを要約してあげてみる。

(1)昔、黒川村の孫在家《まございけ》という処に、孫三郎という百姓がいる。ある時、川上から流れて来た瓜を拾って、食べようとすると、その中から可愛い女の児が生まれる。〈瓜子姫誕生〉

(2)その児は忽ちに成長して、美しい女房となる。孫三郎は余りの美しさに、その姿を見て仕事をしないので、女房は自分の姿を絵に書き、それを孫三郎に渡して仕事に行かせる。〈絵姿女房〉

(3)孫三郎が、その絵を畑のそばに引掛けておいて仕事をしていると、その絵が風に飛ばされて、お城の殿さまの庭の松に引っ掛かる。その絵を見た殿さまは、この絵の女房を探し出せと家来に命ずる。〈絵姿女房探し〉

(4)孫三郎の女房は探し出されて、殿さまの許に連れて行かれる。女房は家を出るとき桃の種を三つ渡し、これに実がなったら、御殿に桃売りにやってきなさいと言って去る。〈絵姿女房の離別〉

(5)三年経って孫三郎は、桃の実を持って御殿に桃売りに出かける。御殿に入った女房は、三年の間、一度も笑わなかったが、この桃売りの声を聞くと、にこにこと笑う。〈孫三郎の桃売り〉

(6)殿さまは孫三郎をお城に入れ、その着物を取り替えて、物売りを真似る。門番は物売りの姿の殿さまをお城から追い立てる。〈殿さまの追放〉

(7)翌日、孫三郎は女房ともども、いろいろな宝物をもって城を出る。黒川明神の宝物や能面などの道具類は、このとき城から持ち出したものという。孫三郎は、それから明神の社家となり能楽の座頭をつとめ、その子孫が今に続いている。〈黒川能の始まり〉

これは、冒頭に「瓜子姫」の発端を含む「桃売り型・絵姿女房」の昔話に拠った「黒川能由来」である。ちなみに、先の「草刈笛の由来」の冒頭は、「絵姿女房」の難題型に準ずるものであった。

沖縄の京太郎《チョンダラー》由来

沖縄地方には、かってニンブチャーと呼ばれる有髪《うはつ》（髪を剃らない）の念仏者があって、各地の葬葬儀礼にかかわっていたのであるが、一方でこのニンブチャーは、チョンダラーとも称されて、春になると人形を首にかけて、沖縄各地を言寿《ことほ》ぎに歩いていたのである。その万歳・祝福の芸は「御知行の歌」（升斗舞）、「唱門の詞」（京太郎ののぞきからくり）、「念仏の文句」「京下り」（扇子舞）、「馬舞者」、「鳥刺舞」などであったが、その京太郎《チョンダラー》の名は、京下りの芸能者の謂いであると伝える。そのチョンダラーの伝える京太郎由来は次のようである。大正十四年（一九二五）刊の宮良当壮氏『沖縄の人形芝居』によって、その梗概をあげる。

①京の町近くに岩窟があり、そこに貧乏な夫婦が子ども一人と暮らしていた。その女房はたいへんな美人なので、夫はその側を離れて、野良仕事をするのを嫌がっている。女房は自分の姿を絵に書き、それを夫に渡して、畑に行かせる。〈絵姿女房〉

②夫はその絵を仕事をする前に、棒を立てて掲げ、それを見ながら仕事を励んでいたが、ある日、突然にその絵が風に飛ばされて、京のお城の庭前に落ちた。役人はそれを拾って喜ぶが、それがお上《かみ》に知られる。お上はその絵を見て、この絵の女房を探し出せと家来に命じる。〈絵姿女房探し〉

③お上の家来たちは、やがて岩窟に住む女房を見付け出し、お城へ連れて行く。男はお上の仰せとあって、どうしょうもできない。〈絵姿女房の離別〉

④夫はもう一度女房の顔を見たいと思い、日夜苦心して人形芝居と万歳を考え出し、これを子どもにも仕込む。正月、父子ともどもお城に乗り込み、めでたくその芸を披露して、拍手喝采を得る。〈父子の言寿ぎ芸披露〉
⑤このとき女房は、その芸人の男が夫であることに気付き、角袋を作ってたくさんの小判を米の中に入れて渡す。が、男は天女のように着飾った女房をかつての妻とは気づかない。〈先夫と再会〉
⑥その後も、父子はしばしばお城に出かけたが、やがて父子の身元が発覚して、お上のため、島流しになった。〈父子の追放〉
⑦その島が沖縄島で、父子はチョートゥ・タラー（京都太郎）といわれ、人形芝居や万歳、念仏、鉦叩きなどをして各地を廻り歩いた。〈チョンダラーの始まり〉

それは京下りの言寿ぎ芸人・京太郎《チョウダラー》の由来譚であり、『京太郎物語』の変容とも言えよう。その冒頭の①〈絵姿女房〉②〈絵姿女房探し〉③〈絵姿女房の離別〉④〈父子の言寿ぎ芸披露〉の叙述は「黒川能由来」に準じて、「桃売り型・絵姿女房」によるものである。しかし後半の⑤〈先夫と再会〉⑥〈父子の追放〉は、「竈神由来」に拠った「炭焼長者・再婚型」の昔話の叙述に近づいている。

この沖縄のチョンダラーについて、三隅治雄氏は、「日本の中の沖縄の芸能」（『文学』第五十二巻・六号）において、それが九州の念仏集団の流れを汲むものと論じられている。そしてそれは、特に北九州の豊前・豊後方面で活動した空也念仏を唱導する人々で、祈祷・卜占をもおこないながら、傀儡《くぐつ》・歌舞を演じて廻る念仏集団であったと説かれる。それならば、京太郎を称する念仏集団の活動拠点が、豊前の宇佐八幡宮の周縁にあり、それが豊後の臼杵方面にまで及んでいたことをも推察させるであろう。

蓮城寺長者堂の長者夫妻と般若姫（佐藤芳延氏撮影）

おわりに

柳田國男氏の「真名野長者物語」論

柳田國男氏は、先にあげた「絵姿女房」の論考のなかで、『真名野長者』の生成について次のように述べている。

真野長者の物語は、無論追々に語り添へられたものに相違ないが、大別して之を前後の二期とすることが出来る。前半は即ち貧しい炭焼青年の婚姻を中心として、長者発祥の周縁を語るのであり、後半はその長者のまな娘、後の玉世の娘の都登りを、専ら叙述せんとして居たものである。此両部はもと同型の神話の二様の説き方であつて、共に女性の力を以て能く尊神を顕はし祀つたことを伝へたものらしいが、それが重複して何人も異としたかつたのは、つまり一方が既に廃れて後に、他の一方が嗣いで起つたからで、その発生の順序と

蓮城寺本堂の本尊・千手観音（現像）
左は毘沙門天・右は不動明王

しては、前の炭焼小五郎が一つ古いから思はれる……。

つまり柳田氏は、第一部の炭焼小五郎譚を前半、幸若舞曲『烏帽子折』によった第二部・第三部・第四部を後半に分別し、これは「もと同系の神話の二様の説き方」と説く。柳田氏にとって伝説は、神話の元にもとづくとするもので、その考えによる説明である。しかもその炭焼小五郎譚は、『烏帽子折』の草刈笛由来譚よりも、元来は古いと推されるという。これに続けて柳田氏は、

> 近世の民間説話に於ては、此方が分布が弘く、国の南北の果にまで行亙つて居るに反して、記録の上に於ては新しい。第二の部分即ち用明天皇が草刈童となつて、姫を迎へに御下りなられたといふ話は、是よりずつと古くから有るのであつて、即ち同じ一つの故郷を前後して旅立つたかと思ふ説話が、一度も廻り合はずに離れ〴〵の境遇に飄泊して居たのである。

と説く。つまり炭焼小五郎譚は、日本の各地に伝播していながら、文献記録では新しく、草刈笛由来譚の流布は限ら

れているが、文献の上ではいちだんと古いとする。そしてこの「同系の神話の二様の説き方」の炭焼小五郎譚と草刈笛由来譚は、別々に各地に飄泊して流布・伝播したというのである。

「炭焼長者」豊後出自再考

柳田國男氏の右の説は、きわめて示唆的である。しかし、この炭焼小五郎譚の「炭焼長者・初婚型」の伝説が、日本の本土のみならず、近隣の国々においても古くより伝承されていたとすれば、一元的に豊後を出自とする説はもはや成り立たないと思う。また草刈笛由来譚も——芦刈政治氏が「真名野長者近世物語本の成立」（福田晃・金賛会・百田弥栄子共編『鉄文化を拓く　炭焼長者』所収、三弥井書店）にあげられた「太山寺本堂厨子側板墨書写」の叙述が確かなものとすれば、「真名野長者」の伝説は、文明年間以前と言うことになるが、——かならずしも豊後根生いのものと断じ得ないことは、拙稿「日本の「炭焼長者」——昔話と伝説との間——」（右掲『鉄文化を拓く　炭焼長者』所収）の説くところである。

しかも柳田氏は、大正九年に臼杵の深田を訪ね、そこに炭焼小五郎の後裔としての足刈氏を認め、それが草刈とも称して、今に花炭を伝えていることに強い感動を受けたのであった。しかし、『真名野長者物語』のあげる草刈氏の叙述はまことに怪しい。般若姫が在地に女子の玉絵姫を残したことは、『烏帽子折』にはないことであるが、それは在地の伝承として認めるとしても、都からの伊利大臣の第三子、金政を玉絵姫の婿とし、長者の家を継がせて草刈氏を称したとする叙述には無理がある。しかもこれは、『真名野長者物語』に先行する『豊府紀聞』には見えないのである。およそ「草刈笛の由来」にもとづく、用明天皇の末裔であるならば、拙稿があげたごとく、笛をよくする芸能の家筋でなければなるまい。菊田徹氏の「豊後の「炭焼長者」と草刈氏」（右掲『鉄文化を拓く　炭焼長者』所収）によれば、草刈氏の称揚は、臼杵藩による木炭販売政策と響き合うように思われる。なお在地の研究者の調査にまたねばなるまい。

しかし、豊後の炭焼小五郎譚・草刈笛由来譚を支えたのが、豊後の名刹・有智山蓮城寺（高野山真言宗、本尊は千手観音）にあったことは動くまい。その古くからの信仰が、時代の変遷のなかで、それぞれに豊かな伝説を生成させたと言えよう。その成立の先後を判ずることは容易ではないが、その二つの説話は、柳田氏ふうに言えば、それぞれに蓮城寺の観音信仰に支えられ、やがてそれが一つの物語にまとめられていったということになるであろう。

主要参考文献

柳田國男著、酒井卯作編『南島旅行見聞記』（森話社、平成二一年）
柳田國男『海南小記』（創元社、大正一四年）（『定本柳田國男集』第一巻、筑摩書房、昭和三八年）
柳田國男『桃太郎の誕生』（創元社、昭和一三年）（『定本柳田國男集』第六巻、筑摩書房、昭和三八年）
濱中　修『室町物語論攷』（新典社、平成八年）
奈良国立博物館監修『社寺縁起絵』（角川書店、昭和五〇年）
吾郷寅之進・福田晃共編『幸若舞曲研究』第六巻（三弥井書店、平成二年）
仲井幸二郎・西角井正大・三隅治雄共編『民俗芸能辞典』（東京堂、昭和五六年）
小島瓔禮『中世唱導文学研究』（泰流社、昭和六二年）
宮良当壮『沖縄の人形芝居』（郷土研究社、大正一四年）
福田　晃『南島説話の研究』（法政大学出版局、平成四年）
白方　勝『伝承の文学』（風間書房、平成九年）
福田晃・金賛会・百田弥栄子編『鉄文化を拓く　炭焼長者』（三弥井書店、平成二三年）

御伽草子『鉢かづき』の成立

はじめに――継子物語の普遍性――

昭和四十二年の五月、執筆者がたまたま古典学の碩学・故山岸徳平先生の研究室（実践女子大学の学長室）を訪ね、先生のご所蔵の奈良絵巻・奈良絵本を閲覧させていただいた折、話が継子物語に及んで、先生は、「福田さん、シンデレラの昔話は、紀元前から伝承されているんだよ」「それはエジプトの文献にみられる」と語られたのであった。その先生のご教示の意図は、日本の物語を考察するに当っても、世界的視野をもって進めなければならないということであったろう。そして当然、絵巻・絵本の継子物語も、シンデレラの昔話との直接的間接的なかかわりを通して考究されねばならないということであろう。

そこで、すでに知られたことであるが、長い時間と広い地域のなかで、普遍的に伝承されてきたシンデレラの昔話の基本的形式を紹介することからはじめる。それは関敬吾氏の『グリム昔話集』㈠（角川文庫）の「灰かぶり姫」に添えられたものであり、およそ国際昔話文献目録であるA・T（*A. Aarne, S. Thompson, The types of the folktale*）四〇八に準ずるものである。

一　虐待される継娘

a、継娘が継母と実の娘のために虐待される。

b、彼女は結婚しようとする父のところから変装して逃げる。

c、彼女が父を塩と同様に愛するといったので、父に追われる。

d、召使に殺されようとするので逃げる。
二　呪的援助。継娘が（自分の家または他家で）女中をして働いているとき、助言され、援助され、食物が与えられる。
a、亡母
b、藻に生えた木
c、超自然的なもの
d、小鳥
e、山羊、羊または仔牛、によって。
f、羊が殺されるとき、その屍から呪樹が飛び出す。
三　王子との邂逅
a、彼女は美しく着飾っていつも王子と踊る。王子は彼女を放そうとしない。または教会で発見される。

b、彼女は女中として耐え忍んでいる虐待を暗示する。

c、彼女の着物が部屋または教会で発見される。
四　同一人であることを試みる。
a、靴を試《ため》す。

b、スープの中に落した、パンの中に投げ込んだ指輪によって。
c、騎士が欲しがっていた黄金の林檎をもぎとることができる。
五　王子との結婚
六　塩の価値（父と再会）。彼女は父に塩気のない食物を勧め、彼女が前に言ったことの意味を知らせる。
（ちなみに、『グリム昔話集』㈠所収の「灰かぶり」は、一a、二a・b、三a、四a、五から構成されている）

右のごとく、それはわが国における継子物語と随所に共通するモチーフを含んでおり、特に『鉢かづき』を含む民間説話「姥皮」系の継子物語とは、きわめて近似した叙述形式と認め得るものであろう。そしてそれは、後にあげるごとく、わが国の昔話「姥皮」「米福粟福」などの伝承と直接かかわる問題なのである。

一　『鉢かづき』周縁の継子物語

わが国における継子いじめを主題とする物語は、『源氏物語』『枕草子』の成立以前に遡る。すなわち『宇津保物語』の「忠こそ」の巻には、すでに継子いじめのモチーフが見えており、やがて『落窪物語』が書かれている。また『源氏物語』の〈螢〉の巻に、「継母の腹きたなき昔物語も多かる」とあるごとく、それらの昔物語のなかに、『源氏物語』の〈玉鬘〉の物語に影響を与えた古本『住吉物語』も含まれていたのである。しかしこの古本『住吉物語』は散佚して、鎌倉時代には改作された『住吉物語』が流行し、室町時代末期に及んで、当代の継子物語に、直接的間接的に影響を与えたのである。ちなみにその『住吉物語』の諸本は、おびただしい数にのぼり、その内容の異同もさまざまであるが、近年の友久武文氏の「住吉物語からお伽草子へ」（『文学』四十四巻九号）では、代表本文として十八種をあげ、それを甲類（流布本系）、乙類（広本系）、丙類（略本系）、丁類（御伽草子系）に分別される。しかも、乙類の広本系に分類された奈良絵本・真銅甚策氏蔵本（真銅本）については、「室町時代的潤色のいちじるしさ」を指摘されている。そしてその真銅本は、主人公たちの再会の契機となった、初瀬における四位少将の夢見の条を丁類の御伽草子系に準じ、あるいはそれ以上に詳述することが注目される。次に甲類の天理図書館蔵藤井乙男博士旧蔵本（藤井本）、丁類の静嘉堂文庫蔵晶州奥書本（晶州本）と対照してあげてみる。

〔藤井本〕

うた（夏カ）もすぎて、九月ばかりに、初瀬にこもりて七日といふ、夜もすがらおこなひて、あかつきがたに、すこしまどろみたる夢に、やむごとなき女そばむきてゐたり。ひきむけてみれば、わがおもふ人なり。うれしさせんかたなくて、「いづくにおはしますにか。かくいみじきめをばみせ給そ。いかばかりかおもひなげくとしり給へる」といへば、うちなきて、「かくまでとはおもはざりしを、いと哀にぞ」といひて、「いまはか

〔晶川本〕

去程に、春なども過て、長月の頃、泊瀬に参りて祈給ける。一七日其しるしなし。二七日と申よる、三千三百三十三度のおがみまいらせて、終夜きせい申させ給て、暁がたに少まどろみ給たる御夢に、美しき女房の、うちそばみわたらせ給ふを引むけて見れば、我おもふ人なれば、うれしさ限なくて、「いづくにおはしまして、かくうきめを見せさせ給ぞ。いか計思ひなげくとはしらず（や脱カ）」とて打仰らるれば、「かくまでとは

〔真銅本〕

さるほとに、ちうせうとのおもひかねて、はせのくわんおんに七日こもり給ひて、ひめむすにきねんし、一すちに、「此君のをはしところ、しらせたひ給へ」と申つゝ、いのちをかきりとそいのり給ひける。「かたしけなくもくわんおんは、三十三に御身をけんし給へり。ねかはくは此君にあはせ給へ。此おもひかなはぬものならは、なかくいのちをとりて」といのり、三千三百のおかみなとをも、身をもおしますまいらせ給

へりなん」といへば、袖をひかへて、

わたつうみのそこともしらずわびぬればすみよしとこそあまはいひけれ

といひてたつを、ひかへてかへさずとみて、うちおどろきて、「夢としりせば」と、かなしかりけり。さて、仏の御しるしぞとて、「夜のうちに出て、すみよしといふところたづね見む」とて、……

しらず」とて打涙ぐみ、「あはれにこそ候へ」と仰られて、「今は人め《(かへりカ)》なん」との給を、御袖をひかへて、「おはします所をしらせ給へ」とせめられて、かくなん、

わたつうみのそこともしらず侘ぬればすみよしとこそあまはいひしか

と仰られて、たゝせ給ふ程に、かへりを御らんじて、打おどろき給て、弥々悲しく思ひ給けり。夢としるならば、おどろかざらましとて、かりぎぬの袖を御かほにおしあてゝ、さめぐ〵となき給けり。扨も、観音の御つげにこそとて、夜のうちに出て住吉を尋見んと思召て、……

ふほとに、身もつかれて、すこしまとろませ給ひける。あかつきの御ゆめに、うつくしきねうはうの、うちそはみてい給へるを、ひきむけて見れは、わかこひかなしむ人なり。うれしさせんかたなし。「なと、かくいみしきゆめをも、みせ給ひつるそ。いかはかりかなけくと、おほしける」といひて、かたらひ給ひけれは、ひめ君うちなけき、の給ひけるは、「かくまて、おもひよらさりつるを、御心さしのありかたくみゆれは、かくまいりつるなり。いまはかへりなん」との給ふを、御そてをひかへつゝ、おつるなみたをおさへ、「さても、をはしところをいつくと、しらさせ給へ」と、とい給へは、ひめきみかくなん、

わたつみのそこともしらすわひぬれはすみのえとこそあまはいふめれ

とて、たち給ふを、又ひきと〻めて、き給へるきぬを、わかうへにうちきるとおほえは、うちおとろきて、あきれつ〻、ゆめとおもは〻さめさらましものをと、かなしき事かきりなし。さては、ほとけの御たすけにこそあるらめ。これほとさたかにをしへ給へは、すみよしをこそたつね見めとおもひて、……

右のごとく、藤井本が中将の長谷参籠のさまを簡潔に叙して、夢に現れた姫君との問答も比較的淡白に語るのに対して、晶州本は長谷参籠の祈願のさまを「三千三百三十三度のおがみ」などと、具体的に叙しており、夢に現れた姫君との問答も、いちだんと中将の思いを込めて語っていると言えよう。そして真銅本は、この晶州本の語り口をさらに進めて、参籠の祈願も、ひたすら姫君の在所を「いのちをかきり」と問うものであり、観音の三十三身をあげて、「おもひかなはぬものならは、なかくいのちをとりて」と訴え、三千三百の拝みも、「身をもおしますまいらせ給ふ」と叙している。そして夢に現れた姫君との問答も、いちだんと哀切な語りとなっており、中将の思いは、在所を知

らせる姫君の和歌のみでは満足せず、姫君の衣まで得て、観音の助けの「定か」を確認するに及んでいる。

ちなみに、『住吉物語』の晶州本・真銅本の最末は、次のような詞章をもって終わっている。

〔晶州本〕

いまも昔も長谷の観音は、しるしあらたにおはしましけり。なさけある人は行末もさかへ候也。むくつけ人は、まのあたりにかれうする物也。ありがたくあはれなる事を、末の世の人ぎゝも、しのばれ候へかしとて、書をきしなり。

〔真銅本〕

いまもむかしも、はせのくわんおんの御りしやう、めでたき御事、よのふつほさつにもこえたまへり。しんをいたす人には、かやうにあらたなるりしやうあり。心よき人とさかへさせ、心あしき物をは、まのあたりはつし給へり。あふくへし。しんすへし。みやひめ、中つかさのしんわうの御むすめの御子なり。かたしけなくも、はらくろくあたりまいらせんとつくみし人、かへりて、かはねをさんやにさらすことくして、うせ給ひぬ。これをつたへきかん人、おそるへし〳〵。あくしんをすて、大しひにおもむくへし。さあらは、いかてかくわんおんの利生なからんや。ゆめ〳〵うたかふへからす。しんし給はゝ、しそんはんしやう、しゆみやうちやうおん、うたかひあるましきなり。〳〵。

前者の丁類の晶州本のように、長谷観音の霊験を説く詞章は、甲類（成田図書館枳宗俊筆本）や真銅本以外の乙類の諸本にも見出されるものであり、『住吉物語』がはやく長谷信仰の唱導的性格を芽生えさせていたことを知らしめるのである。そしてそのもっとも象徴的なテキストが、右にあげた乙類の真銅本ということになる。しかして次章「『鉢かづき』伝承と在地」のなかでは、『鉢かづき』の長谷観音の霊験譚としての性格を詳述している。が、その

『鉢かづき』の性格は、先行する『住吉物語』の流れを汲み、あるいはその室町時代に盛行した諸本と響き合って成立したということになるであろう。

さて、『鉢かづき』を含めて、『住吉物語』は、直接的間接的に、室町時代の継子物語に影響を与えたものと言えよう。そしてその影響関係も含めて、市古貞次氏は、『中世小説の研究』第一章「公家小説」の（継子物）の項に、『住吉物語』を祖とする中世継子物のおよそにわたって、人物並びに筋書の対照表を付載しておられる。今、それにいささかの補正を加え、収載させていただく。

㈠擬古物語系

	登場人物						
	父	母	姫	継母	連子（後妻子）	恋人 夫	母の死 継母生ず
1住吉物語	中納言兼左衛門督	先帝の姫宮	（西対）対の君	諸大夫女	中君 三君	右大臣子四位少将	八歳の時母死
2ふせや	播磨少将源たゞのぶ	一条中納言姫	にほひの姫	五条宰相未亡人	あひしの君	少将藤原ともより	七歳の時母死、三年後に継母来る
3美人くらべ	五条の宰相	（母上）	野もせの姫	（継母御前）	紫蘭の姫	丹後の少将	
4秋月物語	帥大納言兼隆（イ京極大納言）	源中納言妹（イ源中納言娘）	あいきやうの君	五条宰相未亡人（イ三条）	あいしの君	関白子 二位中将ゆきいゑ	七歳の時母死、三年後に継母来る
5岩屋草子	中納言有末	大川御門の宮 白河の姫君	対の屋の君	（継母御前）	対の屋より一歳上の姫	婚約者 右大臣子 四位少将 夫 関白子二位中将	十歳の時母死、三年後に継母来る
6一本菊	三条高倉右大臣	古き帝の御娘 式部卿の宮	兵衛佐 姫	帝の乳母 播磨三位	（のち、四位少将・帥の局）	兵部卿宮（男には、侍従内侍）	母死、継母来る
7小落窪	沢野中納言	大臣姫	おちくぼの姫（六角堂観音申子）	（継母）	（のち、姫二人・若君一人）	関白子二位中将	七歳の時母死、継母来る

端発	展開					
愛人・婚約者生ず	継母の迫害	姫の苦難救助	母の霊の加護	姫の動静	男の苦心	神仏の加護
少将、姫を慕ひ継母の策にて三君と婚するも、後人違えを知り、姫に思を寄す	父入内せしめんとするを継母、法師通うと讒し、内大臣子に更に婚せしめんとするをきき、	むくつけ女の兄主計助という七十翁をして犯さしめんとす。姫知りて、故母宮の乳母、住吉に尼となるをたよりて失踪す		住吉にて念仏読経に日を送る	少将、行方不明を歎く	初瀬に籠りて姫を夢み、住吉に赴く
少将姫に近づき契る	父参内の留守中継母武士をして姫を奪い去らしむ	武士近江湖辺にて斬らんとするも太刀折れ、水に沈めて帰る	死なんとするを実母の霊亀に宿り姫を救う	熊野下向の尼に助けられ信濃国伏屋に連れらる	住吉に参籠、夢想を蒙り、東国へ旅立つ	住吉大明神の化身翁少将を導く 清水観音の夢想
継母二女を少将に示し、実子を婚せしめんと計るも成らず、少将野もせと婚す	武士をして姫を奪い去らしむ	武士、瀬川田橋上より姫を落さんとし、同情して果さず、帰る	（ナシ）	同上	同上	住吉大明神の化身翁少将を導く
中将姫を慕い、継母の策にてあいしと契るも、あいしの手引にて姫と婚す	父参内の留守中、母乳母の従兄弟の武士をして姫を奪い去らしむ	武士、紀伊国小豆島（イ備後国ひるが小島）にて斬らんとするも太刀弓折れ水に沈めて帰る	途中武士溺死実母の霊亀となりて助く	熊野下向の尼に助けられ、筑紫の秋月に伴わる	清水に参籠、夢想を蒙り、西国へ旅立つ	清水観音化身の小冠者、中将を導く母の霊、姫の夢に現れなぐさむ
四位少将と婚約成る	父九州赴任の途、継母、乳母子貞家をして海に沈めしむ	乳母子、淡路絵島が磯に姫をおきて帰る	入水せんとする時、実母の霊の声空にあり、これを留む	海士に救はれ明石の岩屋に養わる	少将悲しみて出家、姫の菩提をとう	（二位中将、伊予温泉より帰途姫を発見）
父死後、兵部卿宮一本菊を兵衛佐より得、姫を知り、姫と婚す	継母、帥の局、これを嫉み、且実子四位少将闇討にされしを兵衛佐の所為なりと讒奏す	帝、兵衛佐を硫黄島（鬼界島）に流さる 姫も亦、継母のために四条の家に幽閉さる	（兵衛佐恋人、侍従内侍、薩摩に下り夫と再会）	四条に幽閉の姫、式部大輔におかされんとするを遁る	宮、長谷祈願の帰途、姫の居所を発見、救い出す	
中将、姫に文を贈る	継母嫉み、父に讒す、父きき入れず、六角堂参詣を姫に勧む				中将、継母より姫行方不明と偽わられ、失踪す	姫、六角堂に通夜し、下向の途、最初に会いし男を夫とせよとの夢想を受く

結末	
再会（結婚）	賞罰応報
姫も少将を夢みる少将尋ねしも不在といい、のち尼の仲介にて再会	少将、大将関白となる中君離婚さるるを姫迎へ同居す継母おちぶれて死、むくつけ女流浪す
少将姫互に夢に相手を見る再会	少将、三位中将大納言左大臣に栄進伏屋尼信濃を賜る継母入牢、あひしは赦さる
同上	少将、丹波の三郡を賜る伏屋尼所領を賜る継母殺さるべきを姫のとりなしに赦されるのち自害
中将、姫を夢み秋月に到る笛を吹きて、姫に再会	中将、大将関白に栄進秋月尼、大尼君とかしづかる姫あいしを尋ね出し、中将弟と婚せしむ、継母を赦し尼君と共にかしずく
都に伴い妻とす〔嫁くらべ〕父と再会	継母狂死明石の海士、掃部助となり明石を賜る貞家、伊予目代に任ぜらるるも、辞して出家す
宮、帝位に即き、姫は后となる兵衛佐は流罪赦され帰京	播磨三位、四位少将は兵衛佐の願により流罪を減じて、都より追放さる兵衛、関白に、姫、后となり、若宮、姫宮を生む
下向の途、狂人と会い、これを家に伴い婚す、父、継母にいわれ、男を見るに〔聟見参〕狂人は失踪の中将なりしことわかる	中将、関白太政大臣に、中納言は大臣になる

		登場人物			
		父	母	姫	継母
(二)民間説話系	8花世の姫	駿河国 豊後守もりたか	（母上）	花世の姫（正観音申子）	（継母御前）
	9鉢かづき	河内国 備中守さねたか	（母上）	鉢かづき姉（長谷申子?）	（継母御前）
	10うばかは	尾張国なるせのさへもんきよむね	（母上）	うばかは	（継母）
(三)本地物語（その他）系	11中将姫本地	横佩右大臣豊成	（母上）	中将姫	（継母）
	12朝顔の露の宮	梅枝中納言	夕顔の上	朝顔の上	うき草の前
	13月日の御本地	まかだ国 やうこく長者	（母上）	ほうわう さんさう }（男子）（千手観音申子）	（御台）
	14伊豆箱根の本地	行寿国 きんくわ大王	りようなんぶにん	こくば太子 りようざい姫 りようじゆ姫（観音申子）	くわうこうぶにん
	15花みつ	岡部某	（母上）	花みつ（書写山申子）	あたらし殿（妾）

		発端		展開				
連子（後妻子）	恋人 夫	母の死 継母生ず	愛人・婚約者生ず	継母の迫害	姫の苦難救助	母の霊の加護	姫の動静	男の苦心
	中納言たゞふさ末子宰相	九歳の時、母死、三年後、継母来る		父の留守中、乳母の従兄弟の武士をして、奪い去らしむ	武士の女房姫に同情すれど、武士姫をうばが峰に棄てて帰る		山姥に救われ、窟に住む 山姥、小袋を与え人里に出てしむ、中納言家の火焚となる	
（のち娘生る）	山蔭中将末子宰相	十二歳の時、母死、（鉢をかづかす）継母来る		継母、姫を悪み、父に讒し、姫の母の墓前に参るを難じ父をして追い出さしむ	姫入水し死なんとするも	鉢のため死なれず	山蔭三位中将邸に至り火焚となり住みこむ	
	佐々木十郎たかよし	母死、姫十一歳の時継母来る		父大番のため上京不在中、継母虐待、姫たえかねて家を出る	甚目寺の観音堂に通夜			
		三歳の時、母死、四年後に継母来る	帝よりの勅旨にて入内せんとす	継母、父に讒言、姫に男の通うさまを見せし故父憤る	武士をして雲雀山に斬らせんとす 武士同情し姫を助け、妻と共に養う		武士の家に養われ、念仏、読経につとむ、武士死す	
（のち葵の君生る）	桜木大王の三宮露の宮	七歳の時、母死、翌年継母来る	露の宮と婚す	継母を姫讒訴し、武士に命じて連れ去らしむ	武士姫を吉野山に棄てて帰る		姫、六十余の老女（中将姫）に救われ、庵に入る庵住、三年にして死す	宮熊野に参籠
		若君、四、五歳の時母死、継母来る		継母、きりうの局より跡をつぐべき二子の殺害を教唆せられ、局と共に計る、毒殺せんとして成功せず、父不在中にむくみの尉をして、塩みつ島に殺さしむ、	尉果さず島におきて帰る	千手観音岩と現じ救い、母の霊大鳥となり二子を育む		父長者帰宅、尉を召して委細を知る
		姫君、五、三歳の時母死、継母来る		父の死後二人の姫を空舟に入れ塩みつ島へ流す	（以下不明）			
月光		花みつ十四歳の時、母死、権勢、あたらし殿に移る		継母、花みつを冷遇し、夫に讒言す	花みつ、二人の法師に月光を討つ事を頼み、月光の代りに討たれて死す、岡部某出家遁世、法師及月光高野山に上る			

末結								
神仏の加護			観音夢枕に立ちうばかはを授く、教えに任せ、近江国佐々木民部邸に至る		夢想を蒙る			
再会（結婚）	末子宰相に見出され契る、小袋の奇特〔嫁くらべ〕父と再会	末子宰相に見出され契る、鉢落ち宝物出る〔嫁くらべ〕出家せし父と再会	火焚となる子息たかよしと契る〔嫁見参〕	狩に来し父と再会、継母の讒言判明し、帰邸、のち家を出で当麻に到り、出家往生	姫の塚を弔いて自殺、かるかや道心に遺言、同じ塚に葬らる、人々悲歎	父、島へ赴き、母の大鳥及び二子に再会		
賞罰応報	継母失踪 姫を棄てし武士は斬られ、女房赦さる 宰相丹後守となる	継母の慳貪により召使、逃げ貧しくなり娘を訪ふ者なし 父、河内国の主、宰相、伊賀に御所を作り住む	たかよし、近江の右兵衛督となり近江、越前を賜る	（イ、継母を去る）	梅枝難波に流罪 継母は空舟にて流さる 朝顔の死と同日に葵君死す	きりうの局、御台鬼ケ島へ空舟にて流さる ほうわう 日 さんさう 月 母 明星 〕と現る		

まず㈠擬古物語における1『住吉物語』と2『ふせや』以下の諸本との響き合いについては、簡略ながら右の市古氏の論考があげるところであり、詳しくは松本隆信氏の「擬古物語系統の室町物語（続）―「伏屋」「岩屋」「一本菊」外―」（『斯道文庫論集』第五輯）が考察されるところで、今はそれに委せたい。ただ『住吉物語』を含めて、これら擬古物語群は、女主人公の継子が、自らに思いを寄せる貴公子との思いがけない「再会」によって、めでたき結末を得るというもので、「貴公子との邂逅」によって、望外な幸せを得るというシンデレラ型昔話と大きく異同することが注目されよう。しかし、右の対照表には示されていないが、『住吉物語』の最末には、「父娘再会」の叙述が含まれている。ちなみに先にあげたシンデレラの昔話の基本的形式には、副タイプとして継子と父親との再会が含まれている。

したがってこれによれば、『住吉物語』などの擬古物語群も、おおよそはシンデレラの叙述形式にしたがっているということになろう。そして、この副タイプは、後述する㈡民間説話系や㈢本地物語（その他）系の継子物語ともかかわってくる問題でもある。なお、この2『ふせや』以降の擬古物語群は、『住吉物語』と後の㈡民間説話系物語との橋わたし的機能を果す側面をもつもので、それは特に5『岩屋草子』に認められる。すなわち、その結末部分の「嫁くらべ」のモチーフがそれで、これもまたシンデレラの昔話に準ずるものであった。

次の㈡民間説話系継子物語についても、すでに、右の市古貞次氏の論のほか、はやく松本隆信氏の「民間説話系の室町時代物語―「鉢かづき」「伊豆箱根の本地」他―」（『斯道文庫論集』第七輯）があり注目されるが、この物語群には次節で詳説する。ただし、この民間説話系の呼称は、市古貞次氏の「必ずしも一概にいひ難いが、おそらく現在の民間伝承そのままではなくても、類似の民間説話が当時地方に行はれてゐて、それが草子化せられたものと、この三篇に就いては考へるのが妥当であらう」と説かれたことにもとづく。しかしその三篇のうちの『鉢かづき』については、松本隆信氏は、「文献によって流布した話がある土地に土着して、伝説化する過程もしばしばある」として、『鉢かづき』を在地の伝承にもとづくとすることには否定的である。そして次章「『鉢かづき』伝承と在地」においても、『鉢かづき』が根生いの伝承によったとは考えられないことを論究している。また『花世の姫』も、舞台を駿河の国とはしているが、これが在地の伝承（伝説）にもとづくとは考え得ないことは後で述べる。ただ『うばかは』に限っては、あるいは、在地の民間説話によったことは、全く否定できないであろう。

さて最後の㈢本地物語（その他）系の継子物語であるが、これについても、市古・松本両氏の説かれるところであるので、今は詳しくはあげない。が、あえて言えば、この系統の継子物語においては、ほとんどが主人公は神・仏の申し子として誕生すると叙されることが注目される。そしてこれは、御伽草子の本地物全般にみられるものであり、説経・古浄瑠璃のそれに引きつがれることである。おそらくそれは、神・仏に示現する者は、かならずや神・仏の種子を宿したとする思想によるのであろう。またこの系統の継子物語は、主人公の継子の〈貴公子との邂逅〉にもとづく望外な幸せを説く(二)民間説話系とはいささかちがって、継子の〈父親との再会〉を主題としている。あるいはそれは、『月日の御本地』や『伊豆箱根の本地』の同系統と推される『箱根権現縁起絵巻』『神道集』巻二「二所権現事」が、昔話「お銀こ銀」(お月お星)の話型に準じていることとも響き合うことである。ちなみに「お銀こ銀」の継子話は、継子のお銀と実子のこ銀とが、相助けて苦難を克服し、〈父娘再会〉によって幸福を獲得するという昔話であった。しかもこの〈父娘再会〉のモチーフもまた、シンデレラの昔話の副タイプに見えることは、先にふれたことである。

二　民間説話系継子物語『姥皮』と『鉢かづき』Ｉ類本

およそ『うばかは』『鉢かづき』『花世の姫』の三篇が、それぞれの在地に伝承されてきた民間説話(伝説)にもとづいて成ったものとして、一括して民間説話系と呼称することに問題があることは先にふれた。しかしこれらの三篇が、民間説話、つまりシンデレラの昔話とつながる「姥皮」の伝承と深くかかわってきたことは、疑い得ないものと言える。そこで、わが国の昔話「姥皮」の叙述形式(話型)をあげることとする。なおそれについては、柳田國男氏はじめ、関敬吾氏、稲田浩二氏がタイプ・インデックスを用意されているが、今は黄地百合子氏の『姥皮』型説話と室町時代物語」(『昔話―研究と資料―』第五号)に収載された(昔話「姥皮」の基本的構成)を補正して掲げることとする。

[発端]

①昔、ある所に、両親に大事に育てられた美しい娘がいたが、はからずも実母が亡くなってしまう。〈実母の横死〉

②父親は、後妻を迎えるが、後妻にも実子が生まれて、継子は後妻によって家から追放される。〈継子の追放〉

[展開]

①継子は、山のなかで道に迷うが、遠くに火がみえるので行くと、一軒家がある。〈継子の遍歴〉

②一軒家のなかには、年寄った山姥がいる。その山姥は継子を泊めてくれ、鬼（婆の家族）などから娘を守る。〈山姥の救助〉

③朝、山姥は被《かぶ》ると婆の姿になる姥皮を継子に与える。継子は姥皮を着て山を下りる。〈姥皮かづき〉

④ある村里に出て、その長者の家へ行き、頼んで火焚きなどの下働きに使ってもらう。〈長者邸の火焚き〉

⑤継子が、夜は姥皮を脱いで美しい姿に戻っていると、長者の家の若旦那がその姿を覗き見て、娘に思いを寄せる。〈若主人の恋慕〉

⑥a、若旦那が病いにかかって治らないので、親の長者は占い師（八卦見など）にみてもらう。占い師は、恋患いで、その相手は家の中にいるという。

b、若旦那は、親などに直接自分の気持ちを告げ、火焚き婆を嫁にと望む。〈若主人の苦悩〉

⑦占い師の助言にしたがい、家中の女に、若旦那の病気見舞をさせると、若旦那はだれにも反応を示さない。最後に火焚き婆が姥皮を脱いで、美しい姿となって、湯茶で見舞うと、若旦那は、病気が治る。〈継子の本身披露〉

[結末]

①継子は長者夫妻にも認められ、若旦那と結婚して幸せに暮らす。〈幸福な結婚〉

②継子は里帰りして、別れた親とも再会する。　〈父娘の再会〉

（なお昔話「姥皮」は、［発端］の①・②を「蛇聟入」の水乞型もしくは蛙報恩型によるものが多いが、ここではそれにはふれないことにする）

続いて昔話「姥皮」と御伽草子の観音瞻仰会旧蔵『うばかは』、および『鉢かづき』Ｉ類本の本文要約を対応して掲げ、両者の異同を明らめてみよう。なお『鉢かづき』の諸本の分類は、『寝屋川市史』第九巻〈鉢かづき編〉第二章「御伽草子『鉢かづき』の諸本」（小林健二氏執筆）によっている。それによると、その諸本は、一類本と二類本に大別され、一類本を古態とする。したがって、ここではまずそのＩ類本（ロ）甲の永井義憲氏蔵写本を代表としてあげる。

	昔話『姥皮』	御伽草子『うばかは』	御伽草子『鉢かづき』Ｉ類本
発端	1〈実母の横死〉 昔、ある所、ある娘	応永の頃、尾張の岩倉に、成瀬左衛門清宗という人がいる。妻に死に別れ、姫君一人がいる。	中ごろ、河内の交野の辺りに、備中守という有徳の人があり、姫君を一人をもちなさる。 (A)母はつねづね長谷の観音を信仰し、姫の将来を願っているが、姫が十一歳の折、病いに罹り、姫に「観音の誓い」とて鉢（長谷の前で拾ったもの）をいただかせて死ぬ。それから姫君の被《かづ》く鉢は取れなくなる。
	2〈継子の追放〉 継子いじめ	清宗は、姫君が十一歳の折、後妻を迎える。が、その不在中に、姫君は継母の虐待に耐えかねて、家を忍び出る。	父はやがて後妻を迎え、二人の子どもが生まれる。後妻の継母は、姫君をうとんじて、夜半にまぎれて、道の辻に捨てさせる。
	1〈継子の遍歴〉 山中、一軒屋	姫君は、岩倉の里からかねて亡き母が信仰していた甚目寺の観音堂に赴く。	姫君は、大きな川のほとりに着き、その川中に飛び込むが、鉢のために浮かんでしまう。足にまかせて行くうちに、三位の中将殿の邸の前に着く。
	2〈山姥の救助〉 3〈姥皮かづき〉	姫君は、観音堂の内陣の下に籠り祈念すると、観音が枕元に示現、木の皮のような「姥皮」を与え、これを着て、	（前出(A)）

展開		近江の佐々木高清の許へ行けと教えられる。それに従って、佐々木家の門前に立つ。	
	4〈長者邸の火焚き〉	姫君が佐々木家の門の脇で経を読むと、高清の子で十九歳になる十郎高義が、これを見て、この姥は姿に似ず、声が美しいと、家に呼び寄せて釜の火焚きに雇う。	たまたま縁行道しておられた三位の中将殿が、姫君の鉢かづきの姿のわけを尋ねた上で、湯殿の火焚きに雇われる。
	5〈若主人の恋慕〉	三月十日あまりの夜、姫君は桜の花の庭に出て、姥皮を脱いで月をめで、和歌を口ずさんでいると、その美しい姿を高義が垣間見て、魔身の者とせめる。姫君がこれまでのわけを語れば、北の方のない高義は、姫君を花見の御所に招き、天女のごとき姫君に深く思いを寄せて、夫妻の契りを結ぶ。	ある日、いまだ北の方がない、三位の中将殿の四男・宰相殿が、夜ふけて姫君に湯を引かせなさるが、姫君の肌への美しさに心をとめる。そして和歌を詠ずる姫君のやさしさに、宰相殿は深く思いを寄せて、夜な夜な姫君の許に通いなさることとなる。
	6〈若主人の苦悩〉 恋患い・求婚	高義の両親は、高義の北の方に、都からの姫君を定めて、乳母の宰相に、その旨を高義に伝えさせる。高義は出家を理由にこれを拒む。両親は再度、乳母を介して、本心を尋ね、意中の人を尋ねるので、高義は火焚きの姥と答える。	二人のことが、世の人々の噂になる。両親は、姫君を追い出せと命じられるが、ある人（乳母）は、男女の仲は前世の縁なれば、ただ知らぬふうにもてなしなされよと申し上げる。しかし宰相殿の兄たちは姫君を追い出せと怒りなさる。
	7〈継子の本身披露〉 脱皮復活 恋人確認	驚いた父の高清は、明日あえて火焚き姥を召して、嫁さだめを試みよと命じる。 その日に高義は、姥皮を脱いだ姫君をわが御所に入れ、二人もろともに装束・化粧して、御輿に乗って参上する。これを迎えてみた人々、父・母もあきれなさる。姫君の年のほどは十三か十四、顔ばせ・御姿は天女のごとくである。	ある人が、嫁比べを提案する。宰相殿と姫君は、嘆き悲しみ、ともに邸を出る覚悟をする。 (B)いよいよ明日は嫁比べという夜、二人が邸を出ようとすると、姫君の鉢が落ちて、美しい顔・姿が現われる。また鉢を見ると黄金で、箱三つがあり、そのなかに金銀や金襴緞子・綾錦などが入っている。 嫁比べの当日になると、宰相殿の兄の御前たちが、いずれも美しく着飾って座りなさる。はや出で給えと迫められて姫君が登場、年のころは十五・六、その姿、髪のかかりの美しさ、装束のすばらしさに、御舅の三位の中将殿をはじめ、一同、みな驚き騒ぐ。
結	1〈幸福な結婚〉	帝が叡聞ましまして、高義を召し、右兵衛尉に任じ、近江・越前を与えなさる。高義夫妻は御子を数多もうけ末繁昌しなさる。	父の中将殿は、宰相殿に一万町の所領を与えなさる。宰相殿は、姫君とともに所知入りし、やがて三人の公達をもうけなさる。

末		
2〈父娘の再会〉	されば、観音に祈誓すれば、現世安穏、後生善所は疑いなし。	姫君は、その後、父と再会、母のために堂を作り、供養をいとなむ。されば人々は、長谷の観音に祈誓すべきである。

右の対照によると、御伽草子の『うばかは』『鉢かづき』は、ともども昔話「姥皮」の話型にそって叙述されていることが理解されるであろう。

そのうち、前者の『うばかは』は、〔展開〕⑥（若主人の苦悩）の〔求婚〕にしたがい、〔結末〕②（父娘の再会）を欠いてはいるが、およそ昔話「姥皮」のモチーフ構成にしたがいながら、時代は応永の頃、舞台は尾張から近江、主人公たちの出自は、成瀬家・佐々木家とかかわる物語に仕立て、尾張の甚目寺観音の霊験譚としての性格を添えている。しかもその御伽草子としての潤色は、主人公の詠ずる和歌も一首に留めて『鉢かづき』と比較すると、随分と淡白である。が、その表現叙述は、『鉢かづき』によったと推されるところは見出せない。おそらくそれは、先行の継子物語にいささかの影響は受けながらも、昔話「姥皮」にそって、独自の物語を作り立てたものと推される。なお主人公たちの成瀬家・佐々木家、また霊験を示した甚目寺などについては、はやく尾崎久弥氏が「奈良絵本『うはかハ』」（『観音』巻四之四）で考察されており、近くは真下美弥子氏「民話と中世文学」（『日本の民話を学ぶ人のために』）、日沖敦子氏「お伽草子『姥皮』の成立背景について」（『昔話―研究と資料―』第三十四号）が詳述するところであるので、今はそれに委せたい。

さて、後者の『鉢かづき』は、同じく〔展開〕⑥（若主人の苦悩）の〔求婚〕を選び、一応は、昔話「姥皮」のモチーフ構成にしたがいながら、時代は「中ごろ」、舞台は河内に、主人公たちの出自は、備中の守家・三位の中将家とする物語として仕立て、長谷寺観音の霊験譚としての性格を添えている。そして昔話「姥皮」には見出せない叙述は、言うまでもなく、［発端］①〈実母の横死〉に添えられた(A)〈鉢かづき〉であり、［展開］⑦〈継子の本身披露〉に添えられた(B)〈鉢の落下・数々の宝〉である。それによって、この物語は、いちだんと継子の苦難を強調し、現実を超えた継子の望外な幸せを語ることになっている。しかも御伽草子としての潤色は、主人公たちにしばしば和歌を詠じさせて、歌物語に仕立てており、その表現叙述も、『住吉物語』以来の継子物語にしたがうところも散見する。古典に通じた作者、和歌をよくした編者が想定されるのも、それゆえのことでもあるが、それについては、次章「『鉢かづき』伝承と在地」でふれているので、今はそれに委せたい。

三　民間説話系継子物語『花世の姫』と『鉢かづき』Ⅱ類本

民間説話系継子物語に含まれるものとしては、『うばかは』『鉢かづき』のほかに、『花世の姫』がある。そしてこの作品も、駿河地方の民間説話によったものと判ずることには問題があるが、昔話「姥皮」の伝承とかかわることは否定はできない。したがって今は、昔話「姥皮」と赤木文庫蔵『花世の姫』の本文要約を、対照してあげてみよう。

	昔話「姥皮」	御伽草子『花世の姫』
発端	1、〈実母の横死〉	さるほどに、駿河の富士の裾野の山里に、和田の一門、豊後の守盛高という有徳の人が、観音に申し子をして、姫君が一人誕生する。夫妻は観音から花を賜わるとみてもうけた子なので、花世の姫と名づけて育てるが、姫君が七歳の折、母がなくなる。
	2、〈継子の追放〉	三年後、父は後妻を迎えるが、姫君が十四歳の折、姫君の婿選びのため、姫君を乳母に託して伯母の許に出かけた留守の間、継母は乳母をすかして外に出し、姫君を騙して武士に託し、「姥ケ峰」という山に捨てさせる。
	1、〈継子の遍歴〉	姫君は、泣く泣く山中をさまよい、火のある方を尋ねると、穴のような家に出合う。

開展	2、〈山姥の救助〉	その家のなかには、醜く恐ろしい山姥がいて、姫君を火にあたらせる。姫君が山姥の髪のなかの虫を取ってやると、お礼に小袋をくれる。やがて山姥の夫の鬼がやってくるが、山姥がうまく騙して追い帰す。山姥は姫君の帰りぎわに、自分の着ている姥衣《うばぎぬ》を着せてくれる。（以上、上巻）
	3、〈姥皮かづき〉	姫君は、姥衣を着て姥の姿となって山を下り、中納言殿の邸に着く。
	4、〈長者邸の火焚き〉	たまたま中納言殿の邸に仕える女房の秋野が、姥の姫君を見とがめて、邸に招き、釜の火焚きをつとめさせる。
	5、〈若主人の恋慕〉	正月十五日の夜、御遊びを終えた中納言殿の末子・宰相殿が、おぼろ月を眺めていると、遥かの奥にともし火を見て、それを尋ねて行くと、油火のもとに髪をけずる、十四、五の美しい女房を見る。一旦は魔縁の者かと恐れるが、観音経を読み、和歌を詠ずる姫君の姿に、宰相殿は思いを寄せ、あえて姫君に言い寄って、契りを込める。それから宰相殿は、夜な夜な姫君の許に通うが、ついには乳母の屋形に姫君を迎え入れる。
	6、〈若主人の苦悩〉	母は、二人のことは夢にも知らず、宰相殿の乳母を呼んで、宰相殿と縁談を相談する。乳母がひそかに通う人のあることを知らせると、母は親の許らわぬことは許せないという。
	7、〈継子の本身披露〉	そこに居合わせた六十余りの北の御方の局が、嫁比べを提案する。困惑した姫君が、山姥から貰った小袋をあけると、五色の玉が割れ、その中から金銀・綾・錦繍のたぐい、唐織物、女房の装束、かもじ、などが出てくる。姫君は、これらを身に着け嫁比べの座敷に登場、その美しさに、中納言殿はじめ一同、驚きあきれる。（以上、中巻）
末結	1、〈幸福な結婚〉	宰相殿と姫君は、新しく邸宅を造って移り住み、人も羨やむ暮らしをする。
	2、〈父娘の再会〉	姫君の心の不足は、古里の父のこと。そこで宰相殿に自らの素性を語り、許しを待て、父の許に消息を送る。父の盛高は驚き喜び、数々の引出物を用意して宰相殿の邸宅を訪ねる。姫君と父との悦びの再会。盛高は婿殿に見参、中納言殿に引出物を送る。後に盛高は宰相殿を申し受け、その家の跡を譲る。観音を頼み奉れば、現世安穏、後生善所、疑いなし。（以上、下巻）

右のごとく御伽草子『花世の姫』は、その大枠において、昔話「姥皮」に沿うものであることは明らかである。しかしてその時代は、「さるほど」、舞台は「富士の裾野の山里」からその周縁の地、また主人公たちの出自は豊後の守盛高家・中納言家とする物語として仕立て、「申し子」を得た観音霊験譚としての性格をもって叙している。しかしそれは、駿河の在地の伝承にもとづくとするには、固有性が不確定で、在地性を擬装した物語というべきものであろう。しかも観音霊験譚的性格は、先行の継子物語に準じたものと言えるが、『うばかは』や『鉢かづき』のごとく、

固有の観音をあげるのではなく、一般的に観音信仰の利益を説くにとどまっている。なお神・仏の申し子をいう趣向は、本地物語系継子物語の主張であることはすでに述べている。ただし、『鉢かづき』諸本のなかでも、Ⅰ類本㈡・御巫本系のものは、姫君の誕生を長谷観音への申し子によったと叙していることも留意したい。

ところで、昔話「姥皮」との対照のなかで、『うばかは』や『鉢かづき』に比べて、いちだんと昔話に近い叙述をみせるのが、〔展開〕2〈山姥の救助〉のそれである。そしてこれは、7〈継子の本身披露〉にも及ぶものである。それは山中の山姥が、髪の毛の虫を取ってくれたお礼に、鬼を追い帰し、姥衣を着せてくれるのであるが、それのみならず、宝の飛び出す小袋をくれるのである。やがて「嫁比べ」に際して、この小袋から五色の玉が現れ、その中からもろもろの宝が飛び出して姫君を勝利に導くことになるのである。この『花世の姫』の趣向について、黄地百合子氏は、「中世における継子譚の一考察―『はな世の姫』の成立―」（『伝承文学研究』十七号）において、多くの具体的事例をあげ、これは昔話「姥皮」によったとするよりは、昔話「米福粟福」の叙述を取り込んだとすべきことを明らかにしている。ちなみに「米福粟福」の昔話は、シンデレラ系昔話群のなかで、もっともシンデレラに近い話型をもつ継子話である。それならば、『花世の姫』は、大枠で昔話「姥皮」にしたがいながら、さらに昔話「米福粟福」の伝承を習合していることとなろう。

さて右のごとく『花世の姫』は、民間に伝承された昔話の話型に準じながら、御伽草子としての潤色をほどこしたことは、先にあげたものにとどまることではない。その本文要約ではあげていないものも少なくない。先行の継子物語を踏まえながら、それなりの歌物語を志向することも認めなくてはならない。が、もっとも注目すべきは、物語を三部構成として、第一部・上巻を〔継子の受難〕、第二部・中巻を〔貴公子との邂逅〕、第三部・下巻を〔幸福・再会〕としていることである。それは従来の継子物語の後半部を大きく増殖させた構成である。そしてその増殖した様態は、『鉢かづき』のⅡ類本にみられたことであった。

ここで、先にあげた『寝屋川市史』第九巻〈鉢かづき編〉第二章「御伽草子『鉢かづき』の諸本」に添えられた「Ⅰ類本・Ⅱ類本の構成比較対照表」をご覧いただきたい。Ⅰ類本の廿日楼本・清水本に対するⅡ類本古写本の慶応本の異同を注目したい。（なおⅠ類本の御巫本系諸本は、特異なもので、今は比較の論点からははずして考察する）

さてその比較表を『花世の姫』にそってみると、第一部の〔継子の受難〕の1「夫婦の長谷観音への祈願」から11「金屋殿・湯殿の火焚き」までは、Ⅰ類本とⅡ類本の間にほとんど異同はない。しかし、第二部の〔貴公子との邂逅〕においてはⅡ類本が、13「黄楊の枕・横笛の形見」、14「姫君の恋慕」、15「重ねての契り」、18「乳母の説得」、21「座敷の四方四季の様子」、28「兄嫁達の談合」、30「管絃の比べ」、31「和歌の比べ」の叙述を増補して、主人公たちの邂逅のすばらしさを華麗に描いている。しかも第三部の〔幸福・再会〕においては、Ⅱ類本が、33「姫君の父の追慕」から42「父の繁栄」、43「継母の落魄」までを増補して、はからざる〔幸福〕と〔再会〕の悦びを劇的に語ってみせているといえる。――なお右のⅠ類本からⅡ類本への展開については、小林健二氏執筆の本論「御伽草子『鉢かづき』の諸本」第四節に詳述されているが、あえてそれに添えるならば第二部の〔貴公子の邂逅〕においては、日沖敦子氏が「受け継がれる山蔭像―流布本系『鉢かづき』を中心に―」（『人間文化研究』二号）で説くごとく、観音信仰のメッカの一つである摂津・総持寺の創建者・藤原山蔭を「山蔭三位の中将」に擬して、姫君救助のパトロン役で登場せしめ、あるいは池田弥三郎氏が「まま子いじめの文学とその周囲」（『文学と民俗学』）であげるごとく、浄瑠璃節『十二段草子』の〔しのびの段〕の叙述にしたがいながら、男女の心のあやを語る恋愛物語に仕立てあげているといえよう。しかもその『十二段草子』の影響は、男主人公の宰相殿の乳母「冷泉」の名にも、明らかに示されているのであった。また第三部の〔幸福・再会〕においては、特に注目されるのが、悲しみのなかの再会を劇的に語る〈父娘再会〉の場面であるが、これについては、本論「御伽草子『鉢かづき』の諸本」で具体的に『住吉物語』の影響について論述されているのでそれによられたい。しかしここでは、それに加えて「父娘再会」を叙述の中心に据える本地物語系継子物語群の存在に注目したい。それは昔話「お銀こ銀」を基本形式とするもので、それはやがて説経節・浄瑠璃節の本地物に引きつがれてゆく。その流行との響き合いも考慮に入れるべきと思うのである。――

その『鉢かづき』Ⅱ類本の物語構成に準じているのが、『花世の姫』と推されるのである。したがって両者の物語構成をいささか細部にわたって対照してみることとする。

	『鉢かづき』Ⅱ類本		『花世の姫』
第一部〈継子の受難〉			
1	夫婦の長谷観音への祈願	ア	持仏堂の観音へ申し子
3	母親の死、姫の鉢被り	イ	母親の死
4	供養後の父と姫の嘆き	ウ	母の死後の父と姫の嘆き
5	父の再婚、姫の嘆き	エ	父の再婚、父の姫への心配り
6	継母の讒言、姫の追放	オ	父の姫への婿選び・継母の姫追放
7	父の嘆き	カ	父の嘆き、姫の探索、乳母の巫女占い
8	姫君の彷徨と入水	キ	姫の山中彷徨
		ク	山姥の救助、宝の小袋と姥衣の取得
9	里人の嘲笑		
10	救済者邸への訪問	ケ	救済者邸への訪問
11	金屋殿・湯殿の火焚き	コ	釜の火焚き
12	男主人公（末子）との契り	サ	男主人公（末子）との契り

第二部〈貴公子との邂逅〉			
13	黄楊の枕・横笛の形見		
14	姫君の恋慕	シ	姫君の悲哀
15	重ねての契り	ス	乳母への宿移り、重ねての契り
16	契りの露見、周囲の驚きと怒り	セ	契りの露見、宰相の母の驚きと怒り
18	乳母の説得	ソ	北の方の局の説得
19	嫁比べの勧め	タ	嫁比べの勧め
20	男主人公の嘆き	チ	男主人公の姫君説得
21	座敷の四方四季の様子		
22	姫の被いた鉢の落下	ツ	山姥からの小袋招来
23	姫君の本姿、数々の宝	テ	姫君の本姿、数々の宝
24	嫁比べの座敷、兄嫁達の姿	ト	兄嫁たちの姿
25	輝く姫君の登場	ナ	輝く姫君の登場
26	嫁比べの勝利	ニ	嫁比べの勝利
28	兄嫁達の談合		
29	姫君夫婦の所領継承		
30	管絃の比べ	ヌ	薫物比べ
31	和歌の比べ	ネ	琵琶・琴の秘曲披露
32	夫婦の繁栄	ノ	夫婦の繁栄
33	姫君の父の追慕	ハ	姫君の父の追慕
34	継母に仕えていた者の逃亡		
35	夢中の亡母の訴え		
		ヒ	姫君の来歴語り

第三部〈幸福・再会〉

36	父の長谷寺参詣	フ	父への消息
37	姫君一家の長谷参詣	ヘ	父の宰相殿邸訪問
38	姫君の再会祈願		
39	姫の子を見ての父の口説き		
40	父娘の再会	ホ	父娘の再会
		マ	父・姫君の口説き
		ミ	父の宰相殿・中納言殿見参
		ム	乳母・姫君の口説き
42	父の繁栄	メ	父の繁栄
43	継母の落魄	モ	継母の落魄
		ヤ	父の所領・姫君夫婦へ譲与
44	大団円、観音の霊験	ユ	大団円、観音の霊験

右のごとく、両者の叙述構成は、細部にわたって対応していることが埋解されるであろう。勿論、前者『鉢かづき』の趣向の中心が姫君の「鉢被《かづ》き」の鉢にあるのに対して、後者の『花世の姫』のそれは、山姥の「小袋」「姥衣」にあるという異同がある。あるいは前者の「嫁比べ」がさまざまな趣向を用意するのに、後者のそれはいささか淡白であり、前者の「父娘の再会」が、涙ながらの劇的な趣向がこらされているのに対し、後者のそれは、みごとな引出物を用意する父との明るい対面とするなど、相当な異同がみられる。が、それでも、このような細部にわたる両者の対応関係をみると、あるいは両者の直接的関係も否定できないように思われる。そしてその関係をあえて言えば、『花世の姫』は、『鉢かづき』Ⅱ類本の影響のもとに成立したということになるであろう。

おわりに――『鉢かづき』の深層――

さて、御伽草子『鉢かづき』が昔話「姥皮」の基本形式によりながら、それと大いに趣向を異にするのは、母（長谷観音）から被せられた「鉢」にあったことは、右で繰り返してあげてきた。それは、3「母親の死、姫の鉢被り」の場面で、

御なみだのひまより、たんしのてばこのつねよりも大なるをとりいだして、なかにはなにをか入けん、ひめぎみにいただかせまいらせて、うへにかたのもくもじほど《かくるゝ》のはちを、うちかつがせたまへとて、きたのかたはかなくきえはて給ひしかば、（廿日楼旧蔵本）

は丶御せん、てばこを一つとりいたして、中には何か入たりけん、さもおもげなるをひめきみの、かみのいた丶きにをきて、かくそよみ給ひける。

いまこそは、やくそくたりし、くわんをんの、ちかひのま丶に、いた丶かせぬるとよみたまひてのち、ねむるかことく、つゐにむなしくなりたまふ。（清水泰氏旧蔵本）

などと叙される。そして鉢かづき姫の遍歴苦難が語られた末に、22「姫の被いた鉢の落下」、23「姫君の本姿、数々の宝」において

心のうちに、なむきみやうちやうらい大じだいひのくわんぜをん、は丶のもとへ、むかへさせ給へといのらんとて、た丶んとし給へば、いた〻きたるはちをちてけり。いかにやとて、あきれてみ給へば、てばこもおちにけり。さて、此ひめぎみを見たてまつれば、いた〻きたるすがたも見え、けだかく、物はづかしけなるありさま、又、

人あるべしともおぼへざりけり。おちたるてばこを見給へは、ふた、かけごあり。中に入たる物のかず〳〵、こがねしろがねさま〲にしき、きんらん、こがねのてうし、……
（廿日楼旧蔵本）

すてにいてんとしたまふが、又かくなん
ひたちをひ、あひそめしより、もろともに、のちの世かけて、ちきりゆくかな
とよみて、いさや、たちいて給へとて、かつきける、はちを、ひきあけ給へは、そのとき此はち、おちてんげり、こはそも、いかなる事そとて、もろともに、あきれさせ給ひけり。さてかのひめ君の、御かほを見給へは、日ころ、はちをいたゝきたまふさへ、いつくしきに、かのはちはのきぬ。さてこそ、かたちは、いやまさりにけれ。ひすいのかんさしは、なめらかにして、こきすみをなかせるかことし。（中略）さて、此ほといたゝきたまひたる、はちをみれは、わうこんなり。さて又、その中に、よのはこ三あり。あけて見たまへは、きんきんの事は、申にをよはす。きんらん、とんす、あや、にしき、そのかすあまた入てあり。
（清水泰氏旧蔵本）

などと叙されている。

ところで、その姫君の被く「鉢」は、どのようにイメージされていたかを知るために、次頁にその挿画をあげている。

まず、〈そのⅠ〉の廿日楼旧蔵本の鉢被きの鉢は、大きな椀を伏せたような形状によって描かれている。〈そのⅡ〉の高田郷土文庫蔵本は、清水本系諸本に属するものであるが、その鉢はやや平盤で笠状に描かれている。〈そのⅢ〉の京都大学蔵本は、特異な御巫本系諸本に属するものであるが、その鉢はいささか深い被り物に描かれる。最後の〈そのⅣ〉は、版本としてもっともよく普及した御伽文庫本に属するものであるが、それは〈そのⅠ〉の廿日楼旧蔵

本に近く、やはり大きな椀を深く伏せた形状によっていることが理解されるであろう。が、問題は、これらの鉢抜きの「鉢」は、いかなる世界から導入されたかということである。

それについて折口信夫氏は、はやく『古代研究』第三巻〔民俗篇〕所収の「河童の話」のなかで、鉢かづき姫の鉢を河童の皿と関連づけて説いている。すなわち河童は川の精霊で、水神が零落して妖怪化したもの、その頂く皿は水神の象徴たる水を蓄えて、豊穣や富みの貯蔵所の意義を有するという。そしてその皿は、鉢にも笠にも融通するもので、鉢を被く鉢かづき姫は、水神に仕える巫女にほかならないと説かれている。この折口氏の説を受けて、高崎正秀氏は、『物語文学序説』所収の「皿屋敷説話の研究―宇津保物語「俊蔭」成立論への前提―」のなかで、『伊勢物語』

〈そのⅠ〉Ⅰ類本（一）（イ）廿日楼旧蔵本

〈そのⅡ〉Ⅰ類本（一）（ロ）高田郷土文庫蔵本

〈そのⅢ〉Ⅰ類本（二）京都大学蔵本

〈そのⅣ〉Ⅱ類本（二）（ロ）丙・京都府立総合資料館蔵本（御伽文庫本）

①奄美・名瀬市大熊の神名《ノロ》（西田テル子撮影）

百二十段の筑摩の鍋祭りを引用し、この祭儀は水の神・田の神に対するものと言い、乙女たちの戴く鍋釜は、それとかかわるもので、鉢かづき姫の鉢も、これにつながると説かれている。ちなみに鍋被り祭は、毎年卯月八日、八人の乙女（処女の娘）がそれぞれ鍋を被って神前に舞を奏するもので、もし乙女に処女ならざるものがあれば、鍋が破れて、それが露見したという、一種の巫女選定の意義を有したものと推される。しかもこの鍋被り祭は、筑摩に限るものではなく、各地にその例をみることであった。

一方、関敬吾氏は、「婚姻譚としての住吉物語—物語文学と昔話—」（『国語と国文学』三十九巻十号）において、継子物語はかつての女性が結婚する資格を有する成女式《せいじょしき》の慣習とかかわることを説いている。あるいはそれは、母親の死亡する年齢から貴公子と邂逅するそれとの期間を想定するものであった。ちなみに『鉢かづき』においては、母親の死亡は姫君がおよそ十一〜十三歳、めでたい結婚は十五、六歳としている。そしてその通過儀礼としては、一定期間、山籠りの忌みを実修することであった。たとえば大間知篤三氏の「成年式」（『日本民俗学大系』四）によれば伊豆諸島の島々では、初潮を迎えた娘は、付添いに伴われて、一体の期間、山の他火《たび》小屋に籠るものであったという。

さて、この通過儀礼としての成女式は、結婚する資格を得るためのものであるが、それはまた神の嫁となる資格を得るための成巫式《せいふしき》ともつながるものであった。先の鍋祭りなども、おそらくその成巫式に準ずるものであったにちがいない。そしてその卯月八日の直前に、「山籠り」を経て、早乙女の資格を得る行事は、各地でおこなわれてきた。その「山籠り」を終えて山を下りるときに、彼女たちが「はねかづら」を頭に挿していることは、折口信夫氏が「花の話」（『古代研究』第二巻）であげられたことであった。そしてその成巫式を終えて「はねかづら」を頭に挿した姿は、奄美・沖縄の島々では、今も散見するものである。その事例の幾つかを次に写真で紹介しよう。

②沖縄・久米島具志川村嘉手苅りの神女《ノロ》
（原田信之氏撮影）

右の写真①は、奄美では少なくなったノロ祭の折の神女の装

③沖縄・宮古市狩俣の祖神《ウヤガン》（佐渡山安公氏撮影）

束姿である。大熊では、およそ旧暦六月の初庚のアラホバナ（新穂花）、旧暦七月の中の壬《みずのえ》のフーウンメ（大折目）、旧暦十一月初戊《つちのえ》のフユウンメ（冬折目）の三度にわたってノロの神祭りがおこなわれている。祭場はトネヤ（ノロの住居）。神女たちは、着物の上からサロシ（白衣）を羽織り、サジという白布を頭に巻き、後頭部で一結びにし、背後に長く垂らしている。そのサジの上にカブリ（草冠）を載せる。カブリはカズラカブリとも言い、祭りのたびに山からカズラを採取して作るが、神女としてのサカシ（就任式）を終わらない神女は、大カブリではなく、カズラの短いものを頭につけるという。

写真②は、久米島の嘉手苅《かでかる》の神女《ノロ》の神装束で、同地区の伊敷索《ちなは》城における六月ウマチー（稲大祭）の神拝みの場景である。神女は、神拝みに入ると、あらかじめ用意された草冠を頭に載せ、神口《カンフツ》を唱えるのであった。

写真③は、宮古島狩俣《かりまた》の祖神《ウヤガン》祭における神女たちの神姿である。その祖神祭は、旧暦の十月から十二月にかけて、五回にわたっておこなわれ、そのたびごとに神女たちは、四日

④奄美・久米島具志川村山里の君南風《チンベー》（執筆者撮影）

または五日間、「山籠り」して祖神そのものに化し、かのウスカ（草冠）を被り、杖《ジイ》・草束《ユーノフサ》をもって山を下り、大城ムトゥ（総本家）の神庭において呪詞を唱誦するのであった。

写真④は、久米島の最高の神女・君南風《チンベー》の神姿である。これは、六月ウマチーに当り、殿内《トンチ》を出て城跡に参詣するもので、その被るミチャブイ（神カブイ）は、ノシランの葉で作られている。

さて、これら聖なる祭儀にあたって、神女たちの被く草冠（カブリ・カズラカブリ・ウスカ・ミチャブイ）の意義は、神の依るしるしであるとすれば、それは神の力（豊穣・富）の宿る所と観念されていたと言えるであろう。そしてこの神女たちの草冠が、『鉢かづき』の「鉢」に通じることを指摘したのは、岡田啓助氏の「鉢巻き・草冠・蓑笠・仮面についての一考察」（『鉢かづき研究』）であった。ただしそれは、この「草冠」から直接『鉢かづき』の「鉢」が導き出されたということではあるまい。『鉢かづき』の作者はむしろその日本人の生活文化の深層に蓄積された観念を、無意識の世界から引き出したというべきであろう。つまりわれわれの創造力の源泉は、そのような世界に属するものであった。

主要参考文献

関　敬吾・川端豊彦訳『グリム昔話集』㈠（角川文庫、昭和二九年）
A.Aarne, S. Thompson『The types of the folktale』（1961. Helsinki）
小沢俊夫『世界の民話』二十五〔解説編〕（ぎょうせい、昭和五三年）
関　敬吾「婚姻譚としての住吉物語―物語文学と昔話―」（『国語と国文学』三九巻十号、昭和三七年一〇月）
友久武文「住吉物語からお伽草子へ」（『文学』四四巻九号、岩波書店、昭和五一年九月）
市古貞次『中世小説の研究』（東京大学出版会、昭和三〇年）
松本隆信「御伽草子本の本文について（二）―鉢かづきの草子―」（『斯道文庫論集』第三輯、昭和三九年）
松本隆信「擬古物語系統の室町物語（続）―「伏屋」「岩屋」「一本菊」外―」（『斯道文庫論集』第五輯、昭和四二年）
松本隆信「民間説話系の室町時代物語―「鉢かづき」「伊豆箱根の本地」他―」（『斯道文庫論集』第七輯、昭和四四年）
池田弥三郎「まま子いじめの文学とその周囲」（『文学と民俗学』岩崎美術社、昭和四一年）
黄地百合子「『姥皮』型説話と室町時代物語」（『昔話―研究と資料―』第五号、昭和五一年）
黄地百合子「中世における継子譚の一考察―『はな世の姫』の成立―」（『伝承文学研究』十七号、昭和五〇年三月）
＊右二論文は『御伽草子と昔話―日本の継子話の深層』（三弥井書店、平成一七年）収載
尾崎久弥「奈良絵本『うはかは』」（『観音』巻四之四、昭和一〇年）
真下美弥子「民話と中世文学」（『日本の民話を学ぶ人のために』世界思想社、平成一二年）
目沖敦子「お伽草子『姥皮』の成立背景について」（『昔話―研究と資料―』三十四号、平成一八年）
日沖敦子「受け継がれる山蔭像―流布本系『鉢かづき』を中心に―」（『人間文化研究』二号、名古屋市立大学大学院人間文化研究科、平成一六年一月）

折口信夫「花の話」（『古代研究』第二巻、大岡山書店、昭和四年。『折口信夫全集』第二巻、中央公論社）
折口信夫「河童の話」（『古代研究』第三巻、大岡山書店、昭和五年。『折口信夫全集』第三巻、中央公論社）
高崎正秀「皿屋敷説話の研究─宇津保物語「俊蔭」成立論への前提─」（『物語文学序説』青磁社、昭和一七年。『高崎正秀著作集』第五巻、桜楓社）
大間知篤三「成年式」（『日本民俗学大系』四、平凡社、昭和三四年）
小野重朗「大熊のノロの祭り」（小野重朗著作集第六巻『南島の祭り』第一書房、平成六年）
比嘉康雄『遊行する祖霊神ウヤガン〔宮古島〕』（ニライ社、平成三年）
岡田啓助『鉢かづき研究』（おうふう、平成一四年）

市古貞次・三角洋一編『鎌倉時代物語集成』第四巻（笠間書院、平成三年）
小林健二・徳田和夫・菊地仁『真銅本「住吉物語」の研究』（笠間書院、平成八年）
横山重・松本隆信編『室町時代物語大成』第二（角川書店、昭和四九年）
横山重・松本隆信編『室町時代物語大成』第十（角川書店、昭和五七年）
日本放送協会編・柳田國男監修『日本昔話名彙』（日本放送出版協会、昭和二三年）
関　敬吾『日本昔話大成』第十一巻〔資料編〕（角川書店、昭和五五年）
稲田浩二『日本昔話通観』第二十八巻（同朋舎出版、昭和六三年）
寝屋川市市史編纂委員会『寝屋川市史』第九巻（寝屋川市、平成一九年）

『鉢かづき』伝承と在地

はじめに

御伽草子『鉢かづき』は、室町時代に成立した文学作品として「室町時代物語」のジャンルに含まれ、あるいは江戸時代の中期（享保年間）には、御伽文庫二十三編に収められて「御伽草子」のジャンルの一編として、文学史のなかでは取り扱われてきた。一方、この『鉢かづき』は、寝屋川市寝屋の長者伝説にもとづくものとし、その成立を寝屋の在地伝承に求める説も行われてきた。が、それは物語の成立に、それに先行する民間伝承を認める一種の民俗学的見地に立つ見解である。しかし、机上において創作された虚構の物語が、特定の在地に土着して、それぞれの在地の伝説と化している事例も少なくないのである。したがって、『鉢かづき』の成立を在地の伝説に求めるには、慎重な検証が必要となるであろう。

一　『鉢かづき』の在所

およそ御伽草子『鉢かづき』は、『寝屋川市史』第九巻〈鉢かづき編〉第一部資料〔広域編〕第一章「御伽草子」

の諸本翻刻や第二部論考〔広域編〕第二章「御伽草子『鉢かづき』の諸本」(小林建二氏執筆)によって、その成立が室町期に遡り得ることが明らかになり、あるいはそれは室町中期にまで及ぶことをも推察できることであった。そしてそれを想定させるものが、絵入り本で伝わったⅠ類本諸本であり、Ⅱ類本の古写本系諸本であった。そこでまずⅠ類本系諸本にその在地性とかかわる叙述を指摘してみよう。

(一)(イ) 廿日楼旧蔵本 (室町末江戸初期奈良絵巻)

なかむかしのことにや、河内のくに、かたのさとに、津のかみといふ人侍りしが、たからにあきみち、なに事もともしき事はなかりけり。ひめ君一人おはしけり。みめかたちすぐれて、おもふまゝなるさいはいなれば、はゝぎみもてなしかしづき給ふ事かぎりなし。……かたの、さとの物にて候が、はゝにはなれ、かやうのかたちになりて候。みる人わらふて、あはれみをかくる人もなし。……

(一)(ロ)甲 永井義憲氏蔵本 (江戸前期写本)

中ごろの事にやありけん、かたの、さとに、びつちうのかみと申ておはします。かずのたからにみち〳〵て、なにはの事につけてもともしき事なし。さるほどに、ひめ君一人もちたまひて、ちゝは、おもひのまゝなりければ、いつきかしづきたまふ事かぎりなし。……はちかづき申されけるは、これはつのくに、かたの、さとのものにて候が、をやにゝくまれて、おもひのあまりに、かくまよひありき候しとまうされける。……

(一)(ロ)乙 清水泰氏旧蔵本 (江戸前期奈良絵本)

中ころの事にやありけん、かたの、さとに、ひつちうのかみと申て、うとくの人おはします。かすのたからにみち〳〵て、なにはにつけて、ともしき事なし。さるほとに、ひめきみ「人もちたまひて、ちゝは、おもひのまゝに、いつきかしつきたまふ事、かきりなし。……これは、かたの、さとの物にて候。おやにゝくまれ、思ひのあまりに、かくまよひありき候そとそ、申されける。……

（二）　御巫清勇氏旧蔵本（江戸前期奈良絵本）

むかし、つのくに、かたの、ほとりに、いゐたかのつのかみと申人、おはしける。よろつたからに、あきみちて、何につけても、とほしからす、めてたき人にてそ、おはしける。女ほうは、おなしくにの、いゐたかのひめにて、はんへりける。……御しけんにたかはす、よにうつくしき、ひめきみにてそ、おはしける。……つのくに、かたの、ほとりの、ものなれはと、申ける。……おやも候はすとこそ、申ける。……ひめ君、申給ひけるは、いまは何をか、かくしまいらせ候へき。我はこれ、きよはらの、てんわうに、十六代の御すゐ、いまは、たみとなり給ひて、つのくに、かたの、へんに、きよはらの、つのかみ、ゆきかたと、申人のこにて候なり。……ひめ君のち、、つのかみをは、さ大しんに、ふせられける。又、きないの、あうりやうしとのとそ、おはせられける。

……

つまり主人公・鉢かづき姫の元の在所は「河内のくにかたの、さと」であり、「つのかみ」に引かれあやまって「つのくに、かたの、さと」「つのくに、かたの、ほとり」として、諸本は大きく異同することがない。ただ（二）の御巫本系諸本は、姫君の最後の名告《なのり》などによって、その在所に、一段とこだわりをみせていることが注目される。

次いでⅡ類本の古写本系諸本を検してみる。

（一）（イ）　慶応義塾図書館蔵本（室町末江戸初期写本）

（冒頭欠）……はちかづき申やう、われ《（は）》は、かたの、へんの物にて候。は、にをくれ、そのをもひのあまりに《（の）》や、あらぬかたわのつきければ、……あしにまかせてありきと申ければ、……御ざうしは御らんじて、かわちひろしと申せ共、か、る人もありけるよ。……此はちかつきほどの人なかりつる。……ありのま、にかたらばやと思へども、まことならぬをやの御なを、たてたるにやあらんとおぼしめし、たゞ大かたにの給ひてすぎし給ふ。……

（末尾欠）

（二）（ロ）九州大学附属中央図書館蔵本（江戸初期写本）

なかむかしのことにやありけん、かわちの国かたのゝへんに、さる人一人おわしまし、たからにあきみちて、ともしきことましまさす。……いかなる御ことにや、ひめ君を一人まふけ給ひて、ちゝはゝ御よろこひかきりなし。……はちかつき申やう、われわかたのゝほとりのものにて候。はゝにおくれ候うへ、かたはさえつきぬれば、……あしにまかせてまよひありき候と申ければ、……御さうしは御らんして、かわちの国わせまけれとも、かほとにあひきやうよにすくれ、うつくしき人は見す。……いまは何おかつゝむへしと、大かたかたり給ひける。……さるほとに、いかの国にさいしよをたて、きんたちもろともに、ちゝこせんもおもふまゝにそすみ給ふ。

（二）（ハ）大阪青山歴史文学博物館蔵本（室町末江戸初期写本、旧赤木文庫蔵）

なかむかしの、ことにやありなん、かわちのくにかたのゝへんに、さりぬへき人、一人まし〳〵けるか、かすのたからに、あきみちて、とほしきことも、まし□す。……いかなる御ことやらん、ひめきみ一人、もうけたまいて、ちゝはゝ、よろこひ、いつきかせつきたまふこと、かきりなし。……はちかつき申やう、われは、かたのゝへんの物にて候。はゝにおくれ、思ひのあまりにや、かたわさへつきて、……あしにまかせて、まよひあるき候と、申ければ、……御さうしは、御らんして、かわちのくに、ひろしと申せとも、いかほと人をはみたれとも、かほと物よわし(ママ)、あいきやう、よにすくれ、いつくしき人はみす。……ありのまゝに、かたらはやと、おもへとも、まことならぬおやの、御なをたてたるにや、あるらんと、たゝ大かたにのたまいける。……さるほとに、いかのくにゝ御しよをたて、ひめきみも、さいしやうとも(ママ)、きんたち、もろともに、すへはんしやうして、すみたまふ。ちゝこせんは、かわちのくにを、もちたまひて、四人のまこを、やうしにして、若きみにたてまつり、御身、をなしすまひして、思ふまゝにて、すみたまふ。

（二）（ニ）　小野幸氏旧蔵本（室町末江戸初期写本）

なかむかしのことにやありけん。かわちのくにかたのゝへんに、さる人一人まします。たからにあきみちて、とほしき事ましまさす。……いかなる御事にや、ひめきみ一人もうけたまひて、ちゝは、よろこひかきりなし。……はちかつき申やう、わらはかたのゝへんのものにて候。はゝにおくれ候。かたはさへつきぬれは、あわれむものもなきまゝに、あしにまかせてまよひあるき候と申けれは、……御さうしは御らんして、かわちのくにはせまけれとも、かほとあいきやうよにすくれ、うつくしき人は見す。……いまはなにをかつゝみ申へきと、おほせおほかたいひまきらはしける。……さるはとに、いがのくにゝさいしよをたて、きんたちもろともに、はんしやうして、ちゝこせんも、おもふまゝにそすみたまふ。……

右のごとく、単純な構造によるⅠ類本を複合構造に改作したⅡ類本、しかも現存本最古の古写本群も、その主人公の元の在所は、いずれもⅠ類本に準じて、「かわちの国かたのゝへん」「（かわちのくに）かたのゝほとり」である。ただし「御ざうし」の独白のなかで、河内色が強められているが、特に（ハ）大阪青山歴史文学博物館蔵本は、諸本が父の晩年の在所を、主人公とともに伊賀の国とするのとは違って、所領としていただいた「かわちのくに」とすることが注目される。

さて、この主人公の元の在所を河内の「かたの」に求める叙述は、その後の諸本も、ほぼそのまま引き継ぐものであるが、まず右のⅡ類本の古写本系諸本をつぐ古活字丹緑木をあげてみる。

（二）（イ）　黒船館蔵本（寛永頃古活字丹緑木）

なかむかしのことにやありけん、河内のくに、かたのゝへんにびつちうのかみさねかたといふ人まし〳〵ける。かずのたからをもち給ふ。あきみちてともしきこともましまさず。……いか□事にや、ひめぎみ一人まふけ給ひて、ちゝはゝの□よろこび申ばかりはなかりけり。……はちかづき申やう、われはかたのゝへんのものにて候。はゝにほどなくをくれ、おもひのあまりに、かゝるかたはさへつきて候へば、……あしにまかせてまよひありき候と申ければ、……御ざうしは御らんじて、河内の国はせばしといへども、いかほど人をも見てあれども、かほどに物よはく、あひぎやうよにすぐれ、うつくしき人はいまだ見ず。……（後半欠）

次に、いわゆる御伽文庫本系の諸本を検してみる。

（二）（ロ）甲　天理図書館蔵本（寛永頃本屋弥右衛門刊古活字丹緑本）

なかむかしのことにやありけん、河内のくに、かたのゝへんに、びつちうのかみさねたかといふひとまし〳〵ける。かず〳〵のたからをもち給ふ。あきみちてともしきこともましまさず。……いかなることにや、ひめぎみ一人まうけ給ひて、ちゝはゝのおよろこび申すばかりはなかりけり。……はちかづき申やう、われはかたのゝへんのものにて候。はゝにほどなくおくれ、思ひのあまりに、かゝるかたはさへつきて候へば、……あしにまかせてまよひありき候と申ければ、……御ざうしは御覧じて、河内の国はせばしといへ共、いかほどの人おも見てあれども、か程《ほど》に物よはく、あひぎやうよにすぐれ、うつくしき人はいまだ見ず。……ありのまゝにかたらんとはおぼしめしけれども、まゝはゝのなをたつるにやあたらんとおもひ、かれこれとりまぎらかし名乗《なのり》たまはず。……さては、ひめぎみはかわちのかた野の人にてましますか。さればこそたゞ人とはおもはぬ物をの給ひて、御きんだち一人とひめぎみの父御ぜんとをば、かはちのくにのぬしになしまいらせ、すへはんぢやうにすませ給ふ。扨また、さいしやうどのほ、いがの国に御しよをつくらせ、しそんはんぢやうにすませ給ひける。

以下、（ロ）乙系諸本（旧赤木文庫本・寛永頃絵入本、国会図書館蔵・万治二年高橋清兵衛刊絵入本など）、丙系諸本（京都府立総合資料館蔵・御伽文庫本、東京大学霞亭文庫蔵・御伽文庫渋川清右衛門刊本など）、丁系諸本（天理図書館蔵・宝永二年和泉屋茂兵衛刊絵入本など）、戊系諸本（石川透氏蔵・享保十六年泉屋山口茂兵衛刊『八千代百人一首宝海』所収など）も、右の天理図書館蔵・古活字丹緑本の引用本文に準じた叙述で、ほとんど異同は認められない。そしてそれは、先の（一）古写本系（ハ）の大阪青山歴史文学博物館蔵・室町末江戸初期写本に準じて、主人公の父親は、晩年には「かはちのくにのぬし」となったとして、河内色をいちだんと強めた結末となっていることが注目される。

最後に、御伽文庫本系に対する松会本系の諸本を検してみよう。

（二）（ハ）甲1a　筑波大学蔵本（万治二年松会刊絵入本）

なかむかしのことにやありけん。かはちのくに、かたのゝへんに、びつちうのかみさねたかといふ人ましく〳〵ける。かずのたからにあきみちて、とぼしき事もましまさず。……いかなることにや、ひめぎみ一人まうけ給ひて、御よろこびはかぎりなし。……はちかづき申やう、われはかたのゝへんにすみしものにて候。はゝにほどなくをくれ、思ひのあまりに、かゝるかたわさへつきて候へば、……あしにまかせて、まよひありき候と申ければ、……御ざうしは御らんじて、かはちのくにはせばしといへども、いかほどの人をみてあれども、かほどにものよはく、あひぎやうよにすぐれ、うつくしき人はいまだみず。……ありのまゝにかたらんとはおぼしめしけれども、まゝはゝのなをたつるにやあたらんと思ひ、かれこれとりまぎらかしなのり給はず。……さては、ひめぎみはかはちのかたのゝ人にてましますか。さればこそたゞ人とはおもはぬものをとの給ひて、御きんだち一人とひめぎみのちゝ、ごぜんとをば、かはちのくにのぬしになしまいらせ、すゑはんじやうにすませ給ふ。さて又さいしやうどのは、いがのくにに御しよをつくらせ、しそんはんじやうにすませ給ひける。……

右のごとく、その引用本文は、先の天理図書館蔵（寛永頃古活字丹緑本）以下の御伽文庫本系諸本とほとんど同文である。しかもそれは、同じく松会本系の甲1b諸本（香川大学神原文庫蔵・延宝四年刊絵入本など）、甲1c諸本（西尾市岩瀬文庫蔵・延宝四年刊絵入本など）、甲1d諸本（大阪女子大学附属図書館蔵・延宝四年万屋庄兵衛後印本など）、甲1e諸本（早稲田大学中央図書館蔵・延宝四年刊絵入本など）、甲2諸本（西尾市岩瀬文庫蔵・奈良絵本など）もほぼ同文であり、乙1諸本（天理図書館綿屋文庫蔵・寛文六年山本九左衛門刊絵入本など）、乙2諸本（大阪大谷大学蔵・享保十二年刊本など。ただし大東急記念文庫蔵・宝永七年井筒屋三右衛門刊絵入本には一部に欠落あり）、乙3諸本（山本淳氏蔵・正徳五年渋川清右衛門など刊『女童子往来』所収など）、および丙1諸本（京都大学附属図書館蔵・寛文頃松会刊絵入本など）、丙2諸本（石川透氏蔵・江戸中期奈良絵本など）も、ほぼ同文と言えるものである。

以上、寛永年間以降に広く流布した『鉢かづき』の御伽文庫系諸本、および松会本系諸本は、いずれも主人公の元の所在は、Ⅰ類本系諸本以来の「河内の国」「かたの」を引き継ぎ、Ⅱ類本系古写本諸本にみえた、「御ざうし」の独白による河内色を受け、さらにはそのなかでも（ハ）の大阪青山歴史文学博物館蔵本に準じて、父と再会を果たした鉢かづき姫が、宰相殿と「いがのくに」で末繁昌に及ぶのにとどまらず、その父親は、「かわちのくにのぬし」となって、「すゐはんじゃうにすませ給ふ」と、河内にこだわった叙述をみせているのである。

二 『鉢かづき』の「かたの」（交野）

さて、鉢かづき姫の元の所在とされる河内の国の「かたの」（交野）は、北河内の交野ケ原による「交野郡」の謂いであり、はやく『和名類聚抄《わみょうるいじゅしょう》』には「交野郡　三宅　田宮　園田　岡本　山田　葛葉久須波」とあげられている。

その地域は、南部が生駒山地北部の山地で、ここから交野山を経て、男山に及ぶ山陵の西部に展開する、なだらかな低丘陵の地帯である。そしてこれらの地帯を船橋川・穂谷川・天野川が、それぞれに西流して淀川に合流する。かつてそこは、雉・鴨や鹿・猪の多く生息した地域で、都の王侯・貴族が狩猟を楽しんだ遊楽の地であった。現在では、そこは、交野市の全域、枚方市の大部分、寝屋川市の一部となっている。

その交野ケ原における遊猟は桓武天皇の延暦二年（七八三）十月に始まると言える。それは多く鷹を放っての狩猟で、当地に本拠を置く百済王家が接待、あるいは楠葉の藤原継縄《つぐただ》の別荘を行在所《あんざい》として営まれている。その桓武天皇の交野行幸については寝屋川市史・第三巻の「交野行幸一覧」に掲げるごとく十四度に及んでおり、嵯峨天皇にも引き継がれている。したがって、そこは一般の立ち入りを禁じて、今に禁野の地名を残すこととなっている。しかもその狩の遊楽は、天皇にとどまるものではなく、上流貴族に及んでおり、あるいは別荘を用意して、秋・冬の狩猟のみならず、春の桜狩をも愉しんでおり、平安貴族の人々にとっては、憧れの遊楽地として観じられていたと言える。それはたとえば、清少納言は『枕草子』のなかで、

野は嵯峨野さらなり。印南野。交野。駒野。飛火野。しめし野。春日野。……

などと、「をかし」の野の一つとしてあげられている。そしてその交野における風流の遊びを紹介するのが『伊勢物語』八十二である。

むかし、惟喬《これたか》の親王《みこ》と申す親王《みこ》おはしましけり。山崎のあなたに、水無瀬《みなせ》といふ所に宮ありけり。年ごとの桜の花ざかりには、その宮へなむおはしましける。その時、右の馬頭《むまのかみ》なりける人を、常に率《ゐ》ておはしましけり。（中略）狩《かり》はねむごろにもせで、酒をのみ飲みつゝ、やまと歌にかゝれりけり。いま狩する交野の渚の家、その院の桜ことにおもしろし。その木のもとにおりゐて、枝を折りてかざしにさして、上中下《かみなかしも》みな歌よみけり。……

そしてこのときの和歌は、『古今和歌集』巻一〈春歌上〉に、

渚院《なぎさのいん》にて桜を見てよめる　在原業平朝臣

世中《よのなか》にたえて桜のなかりせば春の心はのどけからまし

と収められている。

ちなみに『古今和歌集』以下の歌集にも、この狩の名所としての「交野」をよみこむ歌ぐさが収められている。

交野　忠岑

夏草のうへは繁れるぬま水のゆく方のなきわが心哉《かな》　（『古今和歌集』巻十〈物名〉）

えがたう侍りける女の、家の前よりまかりけるを見て、「いづこへ行くぞ」と言ひ出だして侍ければ

藤原為世

逢事のかた野へとてぞ我はゆく身を同じ名に思ひなしつゝ　（『後撰和歌集』巻十三〈恋五〉）

内大臣家越後

ことはりや交野の小野に鳴くきゞすさこそは狩の人はつらけれ　（『金葉和歌集』巻四〈冬部〉）

題読人不知

逢ふ事のかた野に今はなりぬれば思ふがりのみ行くにやあるらん　（『金葉和歌集』巻八〈恋部下〉）

鷹狩をよめる　藤原長能

あられふる交野の御野の狩ころもぬれぬ宿かす人しなければ　（『詞花和歌集』巻四〈冬〉）

摂政太政大臣家に五首歌よみ侍りけるに　皇太后宮大夫俊成

またや見ん交野の御野《み》の桜がり花の雪ちる春のあけぼの　（『新古今和歌集』巻二〈春歌下〉）

法性寺入道前関白太政大臣家歌合に　前参議親隆

うづらなく交野にたてる櫨《はじ》もみぢ散りぬばかりに秋風ぞふく　（『新古今和歌集』巻五〈秋歌下〉）

百首歌めしける時　崇徳院御歌

みかりする交野の御野《みの》にふる霰《あられ》あなかままだき鳥もこそたて　（『新古今和歌集』巻六〈冬歌〉）

内大臣に侍ける時、家歌合に　法性寺入道前関白太政大臣

みかりすと鳥立《とだ》ちの原をあさりつゝ交野の野辺にけふも暮《くら》しつ　（右に同じ）

鷹狩の心をよみ侍ける　左近中将公衡

かりくらし交野のましばおりしきて淀の河瀬の月をみるかな　（右に同じ）

百首歌たてまつりし時　皇太后宮大夫俊成

あふことは交野の里のさゝの庵《いほ》しのに露ちるよはの床《とこ》かな　（『新古今和歌集』巻十二〈恋歌二〉）

右は、平安時代の勅撰集〔八代集〕から拾いあげたものであるが、これは当代の私家集にも見出され、さらに鎌倉・室町における和歌・連歌の世界に及んでいる。あるいは、この「交野の地」に対する関心が、中世後期の歌人・連歌師に引き継がれていたことは、『寝屋川市史』の第三巻中世史料編〈文学資料〉に収載した『歌枕名寄』（嘉元元年、一三〇三年頃）や『名所方角抄』（慶長十三年、一六〇八以前）、『飯盛《いいもり》千句』（永禄四年、一五六一）などによって知られるのである。

一方、この「交野」に対する関心は、早く平安時代の物語文学にもうかがえるのである。たとえば『宇津保物語』の（蔵開上）には、「この雉子などは、上に参らせたまひて、交野にも御覧じ比べさせたまへ」（この雉子を帝に差しあ

げて、交野の雉子とも味わい比べなさってください）とあり、『大鏡』巻六には、「久世《くせ》の鳥・交野の鳥の味《あぢは》ひ、まゐり知りたりき」（久世の雉子と交野の雉子の味を召し上がりわけていらっしゃった）などとあり、その交野において得られた雉子の味が、貴族社会のなかでもてはやされていたことが知られる。また『堤中納言物語』の〈よしなしごと〉のなかには、「玉江《たまえ》に刈る真菰《まこも》にまれ、逢ふこと交野の原にある菅菰《すがごも》にまれ、ただあらむを貸したまへ」（淀川の玉江で刈り取って作った真菰の筵《むしろ》でも結構ですし、その近くの逢う事が難いという交野の原で刈り取って作った菅菰のでも結構ですし、ともあれ雨を防ぐ笠をお貸し下さい）などという叙述が見える。そしてこの「交野」を「難し」と懸けた詞遊びは、『後撰和歌集』の為世の和歌や『金葉和歌集』の長能、『新古今和歌集』の俊成の歌ぐさにうかがえたものであった。

また、この交野ケ原の「交野」になぞらえて作られた物語が、平安時代に存したことは『枕草子』などによって知られる。すなわちそれは、

物語は住吉。うつぼ。殿うつり。国譲《くにゆづり》はにくし。（中略）ものうらやみの中将、宰相に子生ませて、かたみの衣《きぬ》など乞ひたるぞにくき。交野の少将。

とある。それはほとんどが、今日には伝わらぬ散佚の物語で、『交野少将物語』もその一つであるが、それは女房たちにとっては許しがたい好色な少将を主人公とするものであったらしい。しかもこの物語は、当代の女房たちにはよく読まれていたらしく、たとえば『落窪物語』には、「この世の中に恥づかしきもの、とおぼえたまへる弁《べん》の少将の君、世人《よひと》は交野の少将と申すめるを」（私どもでこの方に向かうと、こちらが気後れを感じるほどの魅力的な男性と思われなさった弁の少将さま、それを世の人は交野の少将と申しているようですが）などと引用する。また『源氏物語』の（帚木）には、「光る源氏、名のみこと〴〵しう、（中略）なよびかに、をかしきことはなくて、交野の少将には、笑はれたまひけむかし」（光源氏は名前だけは大層らしいが、（中略）その艶っぽく風流な色好みは、あの交野の少将のそれに比べて

は、笑い者になるほどのものでありましたよ）などと書かれている。あるいはまた『夜の寝覚』には、「交野の萩原よりも過ぎわびたまひて、おぼしわづらひ給ふ」（例の交野の少将が、萩原を行き過ぎにくく思ったよりも一層、このまま行き過ぎにくく思われて、あれこれと思い悩みなさる）などと、男の主人公がよき女を求めての忍び歩きに、ある女の家に心が惹かれたときの心の動きを叙した部分に引かれている。しかもこの物語が、鎌倉時代にも享受されていたことは、二百余種の物語の歌を収載した『風葉和歌集』（文永八年、一二七一、藤原為家撰か）によってもしのばれることである。

ところで、室町時代の御伽草子『鉢かづき』の作者は、不明であるが、おそらくは右にあげた古典に通じた文人が想定されるであろう。そして当代の物語草子の作者は、しばしば和歌をよくする連歌師に求められる。ちなみに彼等は、「歌枕」に通じて、旅をよくする人々であった。それならば、この歌物語とも言える『鉢かづき』は、「歌枕」の名所たる「交野」に通暁する文人（連歌師）の発想と推することも許されるであろう。

三 『鉢かづき』と寝屋

右にあげた「交野」の最南部に属したのが、寝屋川市の旧水本村（寝屋・打上・燈油＝国守）である。およそその水本は、寝屋川の水系の源から名づけられた旧村名で、当地は寝屋川の上流、タチ川（傍示川）・打上川、あるいは讃良川が生駒山地に至る低丘陵の地域であり、それは東にかつては奈良興福寺別院円成院領の星田庄のあった旧星田村と隣接する。しかも寝屋はまた、天野川左岸にひらかれた旧茄子作村とも隣接している。そしてかの「交野」は、はやく遊猟の適地として、都の王侯・貴族にもてはやされたのであるが、他方では良馬を飼育する牧を多数擁していた。その代表が摂関領の楠葉の牧であり、皇室領の「福御牧」であったが、興福寺円成院領の星田庄も、元は牧を擁する地でありこの旧水本村の低丘陵地帯も、古くは牧場としての機能を果していたらしい。ちなみに、平安末には、星田庄に隣接した「福御牧」をめぐり、楠葉の牧の舎人もかかわって、星田庄側と相論のあったことを示した史料が、『寝屋川市史』第三巻・古代史料編の一六〇「播磨守平清盛書状」（保元元年、一一五六）、一六一「円成院領星田荘解」（保元四年、一一五九）である。

ところで、旧水本村が、その星田庄に属するものであったか、あるいは「福御牧」に含まれるものであったかは明らかではない。ただ旧水本村に属した寝屋の集落の起について、俗には「星田の牧の寝屋」と伝えられるのが注目される。しかし、その「寝屋」は昔から「寝屋百軒」と言われたが、その集落としていつ頃に成立したかを判ずる史料は見出されてはいない。ちなみに星田庄も、鎌倉期から南北朝期に至ると、星田郷と称されて石清水八幡宮領の大交野庄に含まれ、旧水本村の打上・燈油も、これに属したものと推される。しかもその打上・燈油の集落については、天正十二年（一五八四）十一月の「河内国御給人之内より出米目録」（『寝屋川市史』第三巻中世史料編六二四所収）に、それぞれの知行の石高が示されており、それによれば、少なくとも室町期には、それぞれが郷村としての機能を維持していたものと推されるであろう。

右のごとく、寝屋の郷村としての成立は、不明とするほかないが、およそそれは、打上や燈油に準ずるものと推することが許されよう。ちなみに、井上正紀氏は、寝屋の正法寺（浄土真宗本願寺派）に、元亀年間（一五七〇〜七三）、石山合戦後に、近隣私部村の同宗無量寺の覚心が身を寄せていたと説かれる（『まんだ』六十号、「『鉢かづき』の世界（六）―まとめと今後の課題―」）。それならば寝屋は元亀年間には、立派に存在したことになる。が、古く当地に「寝屋長者」の伝承が存したとしても、室町期を遠く遡るものとは言えないであろう。そしてその長者伝説を『鉢かづき』とかかわるものとして、初めて世に紹介したのが、三田浄久著『絵入河内鑑名所記』（以下『河内鑑』と略す）であった。

その三田浄久は、慶長十三年（一六〇八）、豊臣秀頼に従って大坂の役で討死した水野庄左衛門の一子として生まれ、徳川方の追及をおそれ、身分を秘して母方の姓をかりて堺に隠棲していた。長じて大坂に出て、町人となって大文字屋七左衛門と称したが、寛永十七年（一六四〇）、三十三歳の折、たびたびの大和川の洪水で疲弊した、柏原の村民の経済力回復のために計画された柏原船の運航に、大坂組の一人としてこれに加わり、当地に移り住んで、肥料商のかたわら、船持として運送の事業に従った。後年、家業を嗣子久次に譲り、名を庄左衛門と名苦り浄久と号した。しかして浄久は、はやく松永貞徳に就いて俳諧を学び、また狂歌をよくしたが、隠居後はひたすら文事に励み、貞徳門下の北村季吟・安原貞室を友とし、また談林派の西山宗因・井原西鶴などとも親しく交っている。寛文十二年（一六七二）、六十五歳の折、河内の名所記の編纂を志し、老躯を駆って、河内一円に亘り、遍く実地踏査を試み、まず河内国大絵図を作成した。それよりさらに踏査を重ね、延宝七年（一六七九）七月、七十二歳で大著『河内鑑』を京都西村七郎兵衛正光より刊行した。大本六冊、序は貞門の北村季吟、跋は談林の丘（岡）西惟中。それは河内十六郡に亘り、神社仏閣、名所旧跡を周到に網羅した河内国最初の地誌文献であるが、それぞれの旧蹟・名所には、古歌のみならず当代の作家の俳句・狂歌を多く載録していることが注目される。なお、その浄久が歿したのは、元禄元年（一六八八）、八十一歳、大坂から季吟・由平・西鶴等の俳士を柏原に招き、手軽な三句付に興じた直後のことであったという。

さて浄久は、この『河内鑑』巻五では、高安郡から河内郡を経て讃良郡・交野郡に及んでの名所を紹介するが、それはまるで足で歩く道筋に従うようである。たとえば讃良郡の叙述は、龍間からおよそ東高野街道沿いに、経寺・野崎観音・深野池・北条・南野・岡山（以上、四條畷市・大東市）を北上、次いでその街道をやや西にはずれる枚方道によって高宮・秦（寝屋川市）を北上、一旦、交野郡の寝屋（寝屋川市）から茨田郡の三井（寝屋川市）・中振（枚方市）と北上し、再び東高野街道筋に戻り、交野郡の茄子作・米山・村野（以上、枚方市）・郡津（交野市）へ至っている。が、問題は、寝屋にかかわる叙述である。

すなわち、『河内鑑』は、右にあげたごとく岡山から東高野街道からややはずれて西上し、高宮に入る。

○高宮村放生寺　十一両ノ千手立像御長八寸。
○秦《はた》村　太子の臣下秦《はた》ノ川勝《かハかつ》此所に塚有。旧跡有。
○此秦村に昔名鍛冶有。後鳥羽院御宇十月の詰番《つめばん》の鍛冶行国勅《ゆきくにちよくけん》 剱を打上奉る。此所より出る人也。
　ゆき国に見まかふ霜の剱《つるき》かな　定圃
○秦村神宮寺　十一面観音　御長一尺三寸　昔此所ニ名鍛冶数多有けるとそ。
○寝屋《ねや》村むかしのはちかづきのさうしにある長者ハ此所の事也。長者屋敷とて今に松原あり。
○三井村　京ノ本能寺、尼崎ノ本興寺、此三井の本巌寺、此三ケ寺ハ同し此所日隆大上人開基。則日隆御自筆の石塔あり。其外数多自筆あり。当一村ハのこらす皆法花宗、他宗一人もこれなし。

右のなかで、高宮村、秦村、三井村はそれぞれ『和名類聚抄』にも記されている古くからの村落である。それに対して寝屋村は、世にはあまり知られなかった村落である。が、浄久はあえて当村の伝えを記している。それは「はちかづきのさうし」とかかわるゆえのことであったにちがいない。その「むかし」は、昔から伝えられてきたの謂いであろう。この『河内鑑』の書かれた延宝七年は、先にあげたごとく、『鉢かづき』の諸本が広く流布して久しいことになる。御伽文庫本系諸本も松会系諸本も版を重ねていた。ただし、「はちかづきのさうし」の名称は、御伽草子本系のⅡ類本・(二)(ロ)乙の万治二年高橋清兵衛刊絵入本、同じく丁の宝永二年和泉屋茂兵衛刊絵入本の書名に通じるものである。時代は『鉢かづき』が作られたと推される室町中期からすれば、二百年近くが経過している。が、「寝屋」を鉢かづき姫の在所とする諸本は存在していない。はからずも浄久が当地を訪ねると、一つの松原があり、里人がこれを『鉢かづき』の長者屋敷跡と伝えたのであろう。しかしその松原の長者伝説が、いつ頃から伝承されているのかは不明で、この延宝七年の『河内鑑』が初出である。あるいは『鉢かづき』に先行する長者伝説があったのかもしれないが、それを知る文献も見出せない。したがって今は、井上正紀氏が「『鉢かづき』の世界（四）―寝屋村の伝承―」（『まんだ』五十八号）で説かれたごとく、「この記録（『河内鑑』）により、（中略）延宝七年（一六七九）に、既に寝屋村には、御伽草子『鉢かづき』との関連の伝説があったことが立証される」に従うほかはあるまい。が、その里人の伝説には、すでに『鉢かづき』の知識が導入されており、浄久はその説明に感動して、あえてこれを『河内鑑』に書き留めたとも推されるであろう。

それにしても、この『河内鑑』の記述によって、『鉢かづき』を「寝屋」根生いと判ずるには、在地の伝承があまりに希薄であるように思われる。あるいは在地の伝承を認めるとしても、それは『鉢かづき』以後の『河州交野郡寝屋長者鉢記』（以下『鉢記』と略す）に帰結するのである。むしろ『鉢かづき』を寝屋の根生いとする伝承は、この『河内鑑』の記述にはじまって、世の知識人に広まったものと言うべきであろう。たとえば菊本賀保著『国花万葉記』（元禄十年、一六九七）は、右の『河内鑑』をそのまま引用している。天野信景著『塩尻』（元禄十年〜享保十八年、一六九七〜一七三三）は、『河州記』によるとして、「鉢かづき事は同国（河内国）寝屋村の長者が女なり」と記す。寝屋長者の娘が鉢かづき姫であると、『鉢かづき』にそった記述をみせるが、その拠ったとする『河州記』は不明である。しかし寺島良安著『和漢三才図会』（正徳二年、一七一二）は、『河内鑑』とかわることがない。また並河誠所他編『河内志』（享保十九年、一七三四）は、甲斐田村と寝屋村の二つの「長者故居」をあげて、寝屋村について、「俗呼蒙盆《ハチカツキ》女之父ノ宅址」と記している。『塩尻』が鉢かづき姫を「長者が女」と紹介したのに対し、これは鉢かづき姫の「父ノ宅址」を説明するに過ぎない。そして秋里籬山著『河内名所図会』（享和元年、一八〇一）は、「蒙盆姫故址《はちかづきのをんなのこし》」として、先行の地誌にしたがっているのみである。つまり、ほとんどが、直接、寝屋の在地伝承を聞き取って記述したものではなく、先行の地誌にしたがって、机上で制作されたものであった。

したがって、『河内鑑』以降、寝屋の在地伝承をうかがうものとしては、江戸末期の『鉢記』を待たねばならないことになる。しかしそれについては、『寝屋川市史』第一部資料（在地編）第二章の『河州交野郡寝屋長者鉢記』の略注、および同書第二部論考（在地編）第二章「『寝屋長者鉢記』の性格」に委ねることとしたい。また（在地資料）付図「『鉢記』在地関連地図」、同書第一部資料（在地編）第一章（二）「土井哲郎氏「鉢かづき姫のふる里」（抄）」が参考になるであろう。

なお、大阪府編『大阪府誌』（明治三六年、一九〇三）は、寝屋村の「長者故居」として『河内志』および『河内名所図会』を引用し、「古物語とは足利時代に出でたる鉢かつき草紙なれども、是れ一篇の作り物語にしてもとより事実にあらじ」と評しているのが興味深い。また井上正雄著『大阪府全志』（大正十一年、一九二二）は、「水本村大字寝屋（中略）、長者屋敷といへるは東南字萩原・同山添付近の称なり。長者は備中守藤原実高といひ、富貴栄華を極めて寝屋長者と呼ばれしも（中略）謂ゆる蒙盆姫《はちかつぎひめ》にして、委しくは古物語に記載せられ、今も里閭の間に伝称（承）せらる」「水本村大字打上、明光寺（中略）地蔵堂に安置せるは謂ゆる首なし地蔵尊にして、昔寝屋長者の女蒙盆姫の身代に立ちて、首を斬られ給ひしものなりと里伝せり」と叙している。それは『鉢記』と一致するところがあれば、井上正紀氏が先の論考で述べられるごとく、著者が現地を訪ね、『鉢記』の写本をも閲読して叙したものと推される。そして平尾兵吾著『北河内郡史蹟史話』（昭和六年、一九三一）は、詳しくはあるが、ほとんど『鉢記』『大阪府誌』

『大阪府全志』の内容を受けたものである。ただし「水本村正法寺」の項に、「境内にある石造地蔵尊御丈二尺九寸五分は之も寝屋の長者の信仰仏であったと言伝へられ、元西蓮寺門前にあつたのを明治六年当寺の境内に遷したと言はれて居る」とあるのが注目される。が、これも『寝屋川市誌』（昭和四一年、一九六六）第五篇第一章の記述と一致する。ともあれ、近代の地誌のいずれもが在地の豊かな伝承によったものとは認めがたいのである。

四　『鉢かづき』の長谷信仰と在地

室町期に成立した御伽草子『鉢かづき』は長谷観音の霊験譚としての性格を保持している。たとえば、最古態を留めるⅠ類本の（一）（イ）廿日楼旧蔵本は、その冒頭部分の1「夫婦の長谷観音への祈願」（以下、物語のモチーフ構成は、『寝屋川市史』の第二部論考〔広域編〕第二章「御伽草子『鉢かづき』の諸本」に添えられた「Ⅰ類本・Ⅱ類本の構成比較対照表」に従う）において、

は丶ぎみいかゞおもはれけん、つねにはせのくわんをんにまいりて、ほとけのなをとなへ、なむきみやうちやうらい、だいじだいひのくわんぜをん、わがひとりごの、すゑの世にまよはぬやうに、たよりをさづけ給へと、いのり申させ給ふ。

とある。そして死の直前に母君が被《かつ》がせた「鉢」ゆえに苦難をしいられた姫は、三位殿の屋形における〈嫁比べ〉に怖じおそれて、その屋形を出ようとする。その22「姫の被いた鉢の落下」は、

は丶ごぜんかねてより、くわむをんにいのり申させ給ふにより、かく計つらき事のみ見る事のうらめしさよと、き丶いれさせたまひぬことのかなしさよ。くわんをんはをしなべてもらさじとこそ、ちかひ給ふなれと、心のう

ちに、なむきみやうちやうらい、大じだいひのくわんぜをん、はゝのもとへ、むかへさせ給へと、いのらんとて、たゝんとし給へば、いたゞきたるはちをちてけり。

とある。かくて姫の繁昌をあげて、最末44「大団円、観音の霊験」は

ひとへに、くわんをんの御ちかひ、ありがたき事ぞ申ける。

と結んでいる。

同じI類本の（一）（ロ）甲・永井義憲氏蔵本は、冒頭部分の1「夫婦の長谷観音への祈願」において、

つね〳〵は、ごぜん、はつせのくわんをんにまいりたまひて、ひめぎみのゆくすゑのくわほうをあたへたびたまへといのりたまひける。

とある。そして母君は、3「母親の死、姫の鉢被《かぶ》り」において、死の直前に手箱のなかから「鉢」をとり出だし、それを姫の頂きに被がせるのであるが、その折に、

いまこそはやくそくたりしくはんをんのちかひのまゝにいたゞかせぬる

との和歌を詠じている。やがて「鉢」を被いだまま流浪の果てに、三位殿の屋形に迎えられ、その屋形における〈嫁比べ〉に怖じ恐れた姫は、恋人の宰相殿ともども、屋形を出ようとする。そこで二人は、両親との別れを惜しんで、和歌を交わして、「いざや、たちいでたまへとて、はちをひきあげたまへば、このはちおちにけり」となる。22「姫の被いた鉢の落下」である。次いで23「姫君の本姿、数々の宝」は、

さて、このほどいたゞきたまひたるはちを見れば、わうごんなり。さて又、その中に、よのはこ三つあり。あけてみれば、きん〳〵の事は申にをよばす。きんらんどんす、あやにしき、そのかずあまた入てあり。すなはちとりいだし、さいしやうどの御らんじて、こはいかにと、ひめぎみにとひたまへば、さればわれはくわしき事はお

ぼえずさぶらふ。しゝてはなれしは、うへは、やまとぢにたちたまふはつせのくわんをんにまいり、たねんなくみづからがゆくゑをのみ申させたまひしが、あるとき、はつせの御まえにて、此はちをひろはせ給ひしが、むなしくなりたまふとき、みづからがをくれのかみをかきなで、これをとりいだしいたゞかせたまひしが、かやうになりてうせもせず候と申たまへば、さてははつせのくはんをんの御ふくなりとぞ申されける。

とある。かくて姫の繁昌をあげて、最末の44「大団円、観音の霊験」は、

たかきもいやしきも、人のこゝろ御うつりやすきことなり。日々やゝにおこたらず、はせでらへまいり候人、きせんくんじゅ申ばかりなかりける。

と、人々の長谷観音にたいする信仰の篤さをもって結ぶ。そしてこの叙述は、清水泰氏旧蔵本などの（一）（ロ）乙系諸本も、大方は一致する。

一方、同じI類本（二）の御巫本系諸本においては、その叙述が相当に違っている。すなわちそれを御巫清勇氏旧蔵本によってみると、まず冒頭部分に一人の子なきゆえの2「申し子、子無しの因縁」から始める。しかして1「夫婦の長谷観音への祈願」は、「いまはやらせ給ふ、きよ水てらの、くわんおん」に参籠することに始まる。しかして、その夢の示現によれば、大和の長谷寺に詣って、あらためて祈誓を申せということがあった。そこで、

女はう、大きによろこひて、御むさうに、まかせて、やかて、はせへ参りて、又百日の、さんろうとそ、き（こ）えける。さま〱の、しゆくくわんは、申にをよはす、きねんし給ひける。さる程に、すでに百日に、まんしける、やはんはかりに、あらたに、くわんをんの、ようかんひれいの、女はうに、けんし給ひて、心もおよはぬ、からのをり物の大くちに、まきゑのてはこの、そてなる《（のなか）》には、何かいりたるやらん、をも〱としたる、はちに、から物とみえたるはち、うす〱として、うつくしきか、ふつうやうのせいより、大なるを、とりそへ

て、つのかみふうふともに、給るとの、御しけんありける。たゝし、なんしか申こに、あたゆへき、こたねなし。しかれとも、によしを一人、あたゆるなり。このこ、七さいにならんとき、はゝのなやみ、あるへし。そのとき、かのはこを、ひめにいたゝかせて、そのうへに、はちを、うちきせ候へし。はゝのいのち、うするとも、はゝの、けうやうも、ちゝのために、けうしともなり、よもありかたき、めいしんなるへしとて、はこを、たまはりける。ゆめさめて、ふしきにおもひて、いよ〳〵よろこひのおもひなしてみ給へは、すなはちかなはち、はこまへにけんし給へり。

津守夫婦は、悦んで「かなはち」と「はこ」を抱いて戻ると、やがて美しい姫君が誕生する。しかし姫君が七歳になるとき、観音の示現の通りに、母君は死の病に臨む。3「母親の死、姫の鉢被り」である。母君は観音より賜わった鉢・箱を姫君の頭にいただかせ、

くわんおんの、ちかひめてたき、はこなれは、いまそひめには、いたゝかせける

と詠じれば、その鉢・箱は姫君の頭に取り付いてはなれなくなる。その後の姫君の流浪・苦難の叙述も相当の異同はあるが、大きく変ることはない。はからずも関白殿に迎えられた姫君に〈嫁比べ〉への参加が求められて、恋人の中将ともども困惑する。そこで、

中将は、此あかつき、もろともに、しのひいてんと、なけきかなしみ給ふ。はちかつきは、しん〳〵をいたし、とうさいなんほくを、ふしおかみ、ふつしん三ほうに、きねんし給ひ、我うちの御てら、はせのくわんおん、なうひに、てんまんてんしん、なうしゆまし〳〵て、わかみのいんくわ、つたなくて、さてはつへきにて候はゝ、たちまちに、いのちをとり候へとて、ふしおかみたまひけれは、いたゝきたる、はち、はこ、たちまちに、まへ、そ、おちたりける。

とある。22「姫の被いた鉢の落下」である。次いで23「姫君の本姿、数々の宝」では、

いそき、はち、はこをひらき、御らんしけれは、（中略）八十二のかけこ、からのかゝみ、五しやくのかつら、かけおひ、十二ひとへの、からきぬ、きんらんの、とのい物、こかねのたちはな、しろかねの、ほんてうし、るりのさかつき、めなうの、いしのおひ、（中略）さま〳〵の、たから物、はちはこれ、十六大まわうの、るか《（るりカ）》のはち、はこは又、しやうりやうせんの、もんしゅの、御はこ、かゝる、てうほうともなれとも、はせてらの、くわんおんの、御ひくわん、てんまんてんしんの、御りしやうを、あたへ給ひ候御事なれは、なしかは、ひめきみも、あしかるへき。

と、長谷の観音のみならず、天満天神の利生として語っている。さらに26「嫁比べの勝利」ののち、舅の関白殿の問いに、鉢かづきは自らの素性をあかし、両親の長谷観音への申し子、そして観音からいただいた鉢・箱をかづかされた経緯を語る。それは物語の上では繰り返すことになるのであるが、長谷観音の利生をいちだんと強調することになっている。かくして、姫の繁昌をあげるのであるが、最末の44「大団円、観音の霊験」では、もはや観音の利生にはふれず、その鉢・箱は、「うちのほうそう（宇治の宝蔵）」に収まったと言い、

このさうし、つねによみ給はん人は、しゝそん〳〵まてさかへ、いのちもなかく、めてたきさうしなり。

と、室町時代の物語の常套にしたがって、「さうし」読誦の功徳を説いておわるのである。

ところで、Ⅱ類本の諸本は、清水観音や天満天神をも添えて、長谷観音の利生をくどくどしく説く御巫本系諸本にしたがうのではなく、比較的簡略に長谷観音の利生を語る清水本系に準じて叙述を進める。そしてその複合的構造については、先の「御伽草子『鉢かづき』の諸本」が具体的に述べるごとく、鉢かづき姫と男主人公の逢瀬のすばらしさを叙する13「黄楊の枕・横笛の形見」、14「姫君の恋慕」、15「重ねての契り」を加え、18「乳母の説得」を添え、

また鉢かづき姫の試練の場ともなる嫁比べを叙するには、21「座敷の四方四季の様子」や28「兄嫁達の談合」などを添え、30「管絃の比べ」、31「和歌の比べ」を加えて、鉢かづき姫の教養のすばらしさを強調する。しかもⅡ類本は、それのみならず、父との長谷寺における再会の奇跡を加えて大団円を迎えるのである。その場面をⅡ類本の古写本系諸本を検してみるが、今は（一）・（イ）慶応義塾図書館蔵本によることとし、後半、欠文の部分は同（ロ）九州大学附属中央図書館蔵本によって補うこととする。

それは、鉢かづき姫が、宰相殿とともに、たけの御所においてめでたく暮らし、32「夫婦の繁栄」を描いて後に33「姫君の父の追慕」をあげることに始まる。すなわち、

かくて、ひめぎみ、なにとなくいま一たびちゝにたいめん申さばやと、あけくれなげき給ふ。（中略）さるほどに、わかぎみをまふけ給ふ。又、うちつゞきひめぎみいでき給ふ。かくて、とり〴〵にうつくしくわたらせ給へば、これにつけても、ちゝにみせまいらせたくをぼしめしける。

とある。ついで34「継母に仕えていた者の逃亡」を簡単に叙し、35「夢中の亡母の訴え」が、

あるとき、ちゝごぜんのゆめに、をくれしきたの御かたみへ給ふやう、はせのくわんおんゑ参り給へば、うつくしき御すがたにてしつほうのれんげのはなをつゝみ給ふ。いかにやめづらしき、いづくにいらせ給ふぞと、とい給へは、はちかづきのひめぎみ、めでたきくわほうさかへ、あとのきやうよみねんぶつねんごろなるゆへによって、とそつ〔ん〕てんの花のうてなにむまれ候。くるしみもなくて、御身にはうらみこそ候へ。われらもはかなくなりて、みなし〔せ〕ごにて候に、なさけをこそかけずとも、などひめぎみをおい出し候。（中略）ちゝ御ぜんはなか〳〵物ものたまわず。（中略）つく〴〵おもへばわれながら、うらめしかりけるこゝろかな。（中略）まゝはゝにをいいだされて、ふびんのものや……

などと語られる。しかも嘆き悲しむ父御前は、「いかさまとのは物のけにつき給ふか」と継母御前になじられ、杖で打たれて家を追い出される。やがて姫との再会を願う36「父の長谷寺参詣」が叙され、37「姫君一家の長谷参詣」となるが、父御前は本尊の前から追い出され、縁の下に入る。続いて38「姫君の再会祈願」が叙され、39「姫の子を見ての口説き」となる。

なにをか、かくと申べし。……此くわんおんに、参りつゝ、あわせたまへときせい申せししるしやに、をそれ入たる事なれど、このきんだちにわかれしひめさながらにさせ給ふほどに、ふかくのなみだのながるゝ

と語るのであった。かくして40「父娘の再会」の悦びとなる。

ひめぎみきこしめし、そのをとこ、みすちかくめせとぞ、めされける。みすのうちより御らんじて、やせをとろへて、御としもよりやつれはてさせ給へども、をやこのなかのあはれさは、ちゝ御ぜん□、われこそいにしゑのはちかづきにて候とて、人めもはぢかゑりみず、みすのうちよりよろこびいで、そのときちゝごぜん、ゆめかうつゝか、ゆめならばさめてののちはいかゞせん。（中略）あふてのいまのうれしさ、いとゞなみだぞひまもなし。

右のように、Ⅱ類本においては、鉢かづき姫と父御前との再会の場面を長谷観音の御前に用意して、その利生をいちだんときわだったものとして描くのである。そしてその44「大団円、観音の霊験」は、

されは、むかしのことの、人にありて、人になさけをかけぬれは、ほさつのまへのほとけなりと、かやうのことを見きゝても、なとかなさけのなかるへき。

又、くわんおんの御りしやうにて、おもふ〳〵にはんじやうする也。

たのみてもなをかひありやくわんせおんこのあんらくのちかひきくにも

かきりある命のほとはわれも見てのちには人のためにこそかけ

と結んでいる。

さて、この父と姫との長谷寺における再会を語る後半の叙述は、Ⅱ類本の古写本系諸本間では、大きな異同は見出せない。しかし、これが版本類になると大きく違ってくる。ただし、そのモチーフは43「継母の落魄」以下は、すべて用意されている。今は詳しく説明する余裕はないが、それぞれの叙述が、きわめて簡略化されたものとなっている。そして42「父の繁栄」は、父御前の河内の主となっての末繁昌、姫君夫妻も伊賀国の御所での末繁昌をあげて、44「大団円、観音の霊験」となるが、それは次のごとく叙される。今は、寛永頃古活字丹緑本の二（ロ）甲・天理図書館蔵本をあげる。

是たゞはせのくわんおんの御りしやうとぞきこえける。いまにいたる迄、くわんをんをしんじ申せば、あらたに御りしやうありと申つたへ侍りける。このものがたりを聞人は、つねにくわんおんのみやうがうを十ぺんづゝ御となへあるべきものなり。

なむ大じだいひくわんぜおん菩薩《ぼさつ》
（た）のみてもなをかひありやくわんぜおん二世あんらくのちかひきくにも

しかも、この叙述は、御伽文庫本系諸本は勿論、松会本系諸本も、ほほ同文で引き継がれているのである。

右のごとく、『鉢かづき』は、長谷観音の霊験譚的要素を強く含んでおり、各諸本は一様ではないまでも、あくまでもその性格を維持してきたことが確認されるのである。そしてそれは、御伽草子の『鉢かづき』諸本が、室町時代から江戸時代に及ぶ庶民の長谷信仰にこたえて生成されてきたということである。ちなみに『鉢かづき』が在地の伝承に導入されるとき、在地の長谷信仰との響き合いが問題となろう。そしてそれは、その伝承が問われる寝屋における長谷の信仰はどうかということである。しかし、今日、当寝屋地区で、その信仰が流行してきたことは確認されない。ただその周縁の地区では、近年まで、長谷詣でが盛んにおこなわれてきた。あるいはそれは、伊勢講の人々の伊勢参りをかねてのことであったという。ちなみに寝屋地区にあって、かつては四組まで伊勢講が存したと伝える。しかもその長谷観音を祀る寺院としては、寝屋川市点野三丁目の西得寺前に安置される観音堂が確認される。それは、かつては旧点野村の産土神・天満宮社の宮寺・松梅寺（真言宗）の本尊で、その廃寺によって、西得寺前に移されたものである。ちなみに、その略縁起は、『寝屋川市史』の第一部資料〔在地編〕第一章「寝屋地区・周辺の伝承資料」に収めている。

ところで当地方における長谷信仰を考えるときに、特に注目されるのは、旧水本村に隣接した旧星田郷（交野市星田）の真言寺院・小松寺の存在である。それは、長谷観音自作の尊像を本尊とする古刹で、元禄十六年（一七〇三）には廃寺となっている――その本尊は現在、山麓の星田寺に祀られており、平安時代末の長谷寺式の十一面観音立像であることが確認されている――が、室町時代までは東寺・観智院末として、盛んに寺院活動が営まれている。そしてその「縁起并願文」は、同じく先の「寝屋地区・周辺の伝承資料」に収めているが、それによると、その再興には、「秦ノ氏ノ女」の「姉子」がかかわったとすることが注目される。その「秦」が、当地区の旧秦村をさすかどうかは確認できないが、同縁起が収める保延五年（一一三九）の勧進帳には、「一石　秦郷下司　清原重成」の記事が見え、久安元年（一一四五）の寄進状には、「秦郷」があげられており、かの秦郷が、長く小松寺の信仰圏に含まれていたらしいことを推測させる。そして、秦村の氏寺で十一面観音を本尊として祀っていた旧神宮寺は、その名残とみることもできる。ちなみに小松寺と秦氏との関連は、『調査報告　広隆寺上官王院聖徳太子像』所載の『勝曼経』奥書に、「元永三年四月（一一二〇）」「河内国交野郡小松寺住僧兼仁」とあり、同じく『法華経普門品』奥書にも「兼仁」の名があり、小松寺住僧兼仁の執筆を明らめている。これは、京洛の太秦の広隆寺と河内の小松寺とのかかわりを示すもので、かならずしも当地方の秦氏との関連をいうものではないが、延長三年（九二五）に秦氏の「姉子」によって、当小松寺は再興されたという縁起の伝承と間接的に連繋するようにも思われる。なお、この太子像は五百年忌に際して、太子ゆかりの法隆寺・橘寺などがかかわるもので、太子信仰を介して、広隆寺と小松寺がかかわっているのである。確証はないが兼仁自身が秦氏だったとも推される。今後の課題とすべきであろう。

さらに縁起が収める保延五年の勧進帳の記事によれば、当寝屋を含む旧水本村も、小松寺の信仰圏に含まれている可能性がある。それは、「五貫文　星田郷住人　了延」とある星田郷に、旧水本村もふくまれていたとも推されるからである。ちなみに、その勧進帳の記事によって、当代の小松寺の信仰圏を確認すれば、次のようになるであろう。まず勧進帳のあげる地名と現在の市町村とを対照してあげる。（傍線部は寝屋川市に含まれる地名である）

『河内国小松寺縁起』地名対照表

（縁起）	（現地名）
交野郷	交野市
高宮郷	寝屋川市
田原郷	田原西郷（四条畷市上田原・下田原） 田原東郷（生駒市北田原町・南田原町）
寺村郷	交野市
鷹山郷	（高山）奈良県生駒市
甲可郷	四條畷市

（縁起）	（現地名）
大和国	
中高瀬郷	守口市高瀬町・大枝町付近を中心に大阪市鶴見区の一部含む
星田郷	交野市星田を中心とし、寝屋川市寝屋・打上・国守付近まで含む
大坂郷	四條畷市
鳥見郷	（登美）奈良市西部登美ケ丘辺カ

生馬郷　（生駒）生駒市
河辺部郷　交野市北西部あるいは枚方市中北部辺ヵ
楠葉郷　枚方市
津田郷　枚方市
山上郷　枚方市
三井郷　寝屋川市
南都
普賢寺　門真市
竹原　枚方市田宮付近
中振郷　枚方市
仁和寺　寝屋川市
三嶋郷　高槻市三島江辺ヵ
秦郷　寝屋川市
森村郷　交野市
私部郷　交野市
園村郷　交野市中東部辺ヵ
池田郷　寝屋川市
下大窪郷　守口市

山家郷　四條畷市
鳥羽郷　貝塚市
江口郷　大阪市東淀川区
木田郷　寝屋川市
新開郷　東大阪市中新開付近
私市郷　交野市
茄子作郷　枚方市
〈奉寄附諸郷〉＊右記郷を除く
郡戸郷　交野市
伊賀香郷　枚方市
鞆呂岐郷　寝屋川市西北部
卜野郷　（点野）寝屋川市
葛原郷　寝屋川市
大利郷　寝屋川市
上仁和寺郷　寝屋川市
下仁和寺郷　寝屋川市
上大窪郷　守口市
真平

嶋頭郷	門真市	鳥飼	摂津市
馬伏	門真市上馬伏・下馬伏付近	別府	摂津市
大和田	門真市	乳牛牧	（ちうしのまき→味原牧）摂津国島下郡・西成郡
岸和田	門真市		
大庭	守口市佐太中町を中心とする地域	葛苅	東淀川区大隅通・大道の諸町付近カ
稗嶋	門真市	柴嶋	東淀川区
船橋	枚方市（養父・宇山も含む）	河尻	豊能町
八幡		橋淵	
波野窪		釜田	
大淀		新庄	東大阪市
山崎	島本町	氷野	大東市
今津	鶴見区（寝屋川と第二寝屋川の間に位置）	灰塚	大東市
津江		安田	鶴見市
柱本	高槻市	三箇	大東市

またその地名の分布図を明治二十二年の「市制町村制施行直前行政区画図」を使って作成してみよう。

右では、寝屋川、交野、枚方、守口、門真各市に限定し、判明した分の当該郷村の比定を試みた。なお、地図は『大阪府史』第七巻の付録地図（市制町村制施行直前行政区画図・明治二十二年三月三十一日）を参考に作成したが、村名

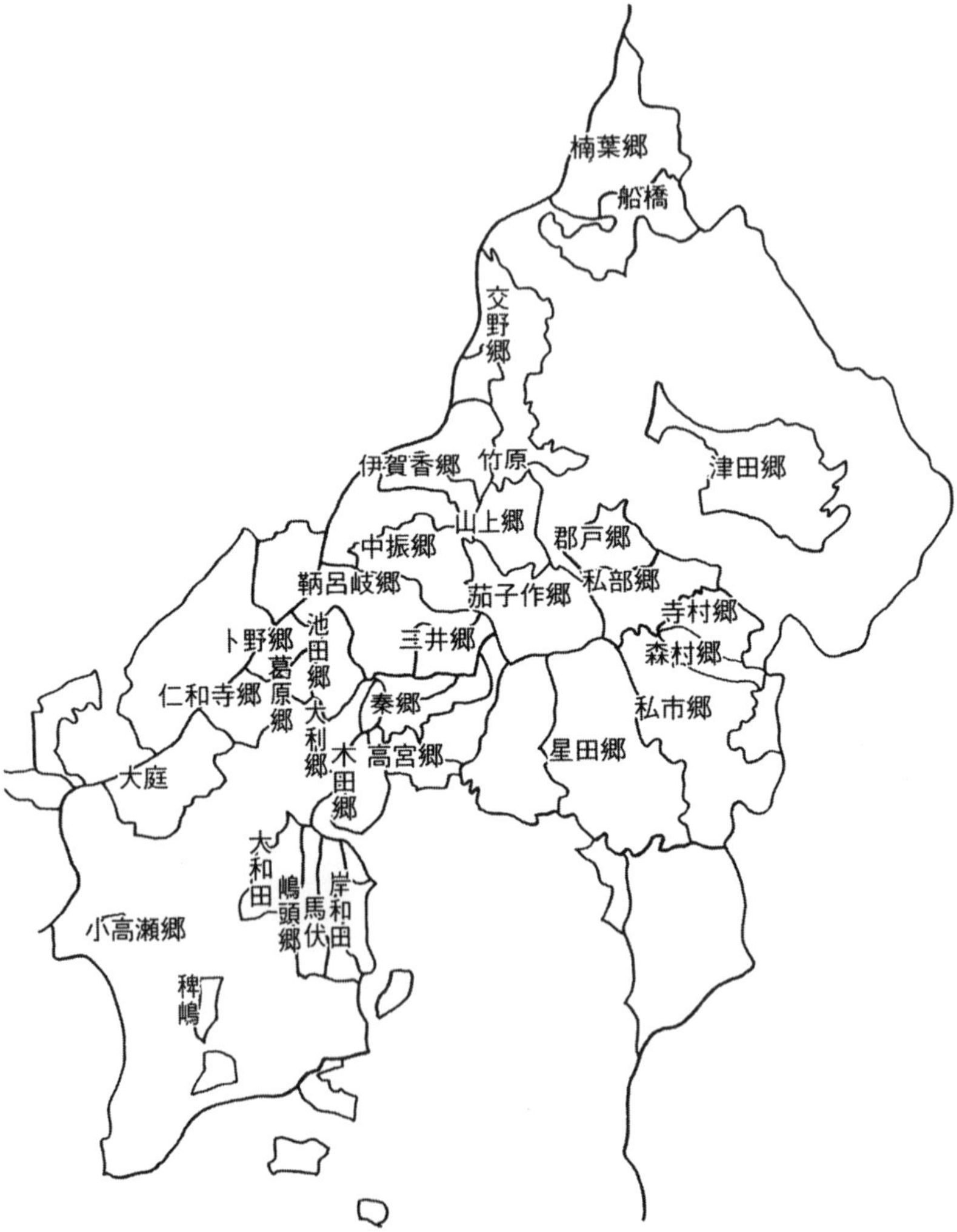

『河内国小松寺縁起』
寝屋川・交野・枚方・守口・門真諸郷地図

にあてはめただけの部分が多く、郷の性質からすればその周辺部が含まれるのであろうから、単なる概念図に過ぎないことをお断りする。ここであらためておよその分類を試み、以下に示しておく。

〈現・寝屋川市辺〉
高宮郷・三井郷・上仁和寺郷・下仁和寺郷・秦郷・池田郷・木田郷・鞆呂岐郷・卜野郷・葛原郷・大利郷
〈現・交野市辺〉
交野郷・寺村郷・星田郷・河辺部郷・森村郷・私部郷・園村郷・私市郷・郡戸郷
〈現・枚方市辺〉
楠葉郷・津田郷・山上郷・竹原・中振郷・茄子作郷・伊賀香郷・船橋
〈現・守口市辺〉
小高瀬郷・上大窪郷・下大窪郷・大庭
〈現・門真市辺
普賢寺・嶋頭郷・馬伏・大和田・岸和田・稗嶋

なお、「縁起并願文」の収める保延五年の勧進帳、あるいは久安二年の寄進状をそのまま信ずることができるかが問題である。しかし本書が書写された応永二十六年ごろの小松寺の信仰圏を一応示したものと判ずることは許されるであろう。しかもその信仰圏に、旧水本村の寝屋も含まれていたとすると、『鉢かづき』を支えた長谷信仰と在地の関連が問われることになる。が、前節であげたごとく、寝屋の聚落としての歴史を含めて、『鉢かづき』の成立と在地伝承の関連は、それほどに単純ではない。が、小松寺に及んで至れば、長谷信仰の霊験譚的性格を保持していた

『鉢かづき』が、当地方に導入、または享受されることに、少なからず影響を与えたことは推察されるであろう。

五 『河州交野郡寝屋長者鉢記』の観音信仰と在地

『鉢記』は、奥書にあるごとく、万治二年刊の松会版『鉢かづき』を下敷にして制作されたのであり、その『鉢かづき』の長谷信仰の霊験譚的性格を引き継ぐものである。しかしそれは勿論、そのまま受け継ぐものではなく、その序に、「弘安二年の頃河州交野郡寝屋村長者備中守藤原実高　万治元年の頃形残り有しが（中略）長者所持の観音地蔵尊二躰西蓮寺にあり」とあるごとく、寝屋・西蓮寺の観音堂に並ぶ地蔵尊を含めて、その観音の霊験を複合して語るものであり、在地信仰にこたえて、いちだんと具体性をもって叙述するものである。以下は、その特徴的叙述部分をあげてみる。

まず『鉢かづき』の冒頭、1「夫婦の長谷観音への祈願」を受ける叙述は、巻一の最初に、

中にも大和国初瀬寺観音を深く信仰し、（中略）毎月十八日に参詣いたしける……

とある。つまりそれは、「毎月十八日」という観音講や観音詣での縁日に応じたもので、これは、以下の3「母親の死、姫の鉢被り」、40「父娘の再会」の叙述にも、重要な意義を含んでうかがえる。なお、『鉢記』はこの「観音への祈願」を、原拠の松会本を越えて、先にあげたⅠ類本（二）の御巫本系諸本のみがもつ、2「申し子、子無しの因縁」を叙するのである。しかもその子授けは、

ある夜、観音の御示現夢に夫婦に告給うて曰く、（中略）夫婦神仏に信仰する事他事なく故、感応有りて、一女を授るなり。十四才にして今に及びて、宝物を頂かせてこの鉄鉢を上へ着せよ。しばし恥をしのぎなば、良縁を

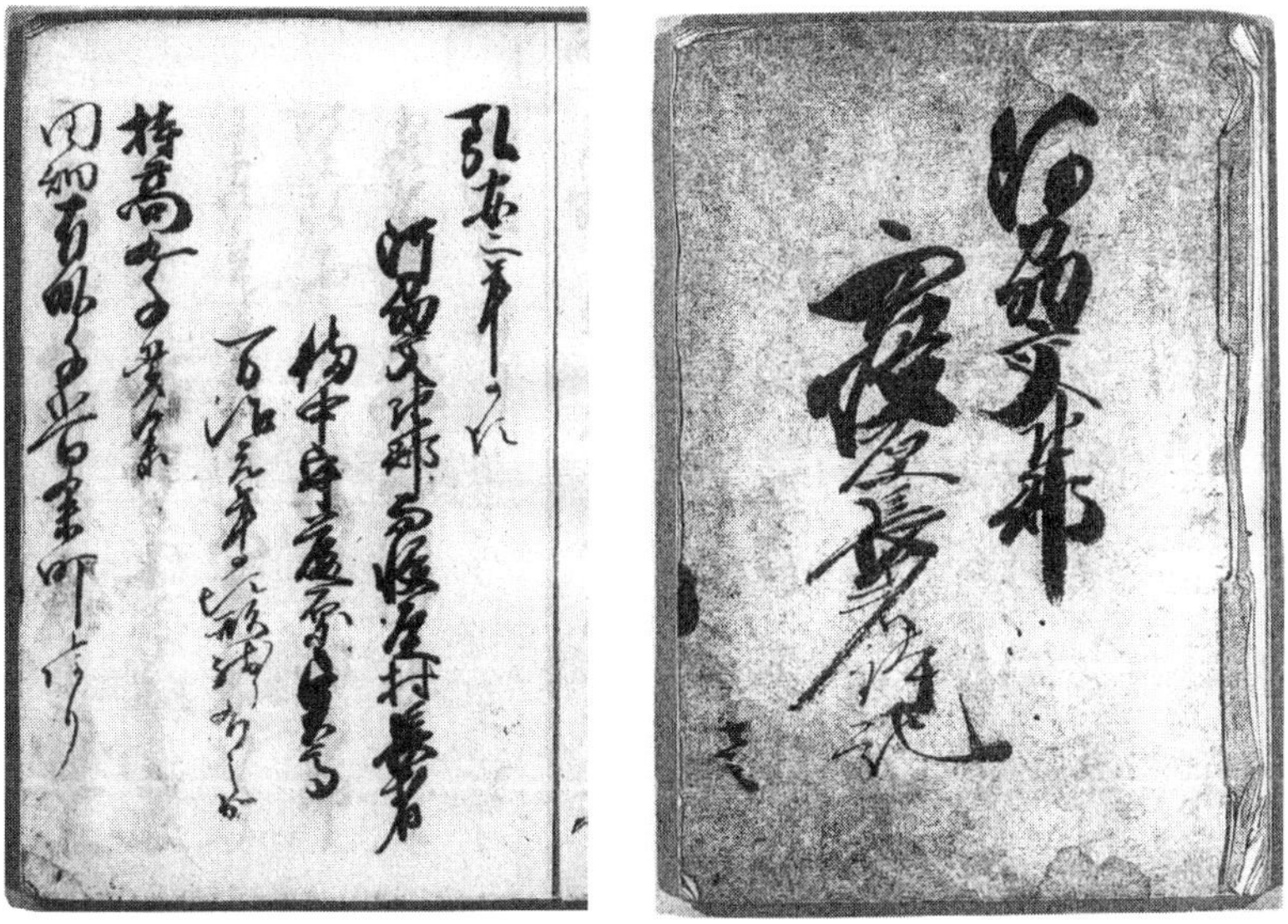

寝屋川市蔵「寝屋長者鉢記」裏紙・冒頭

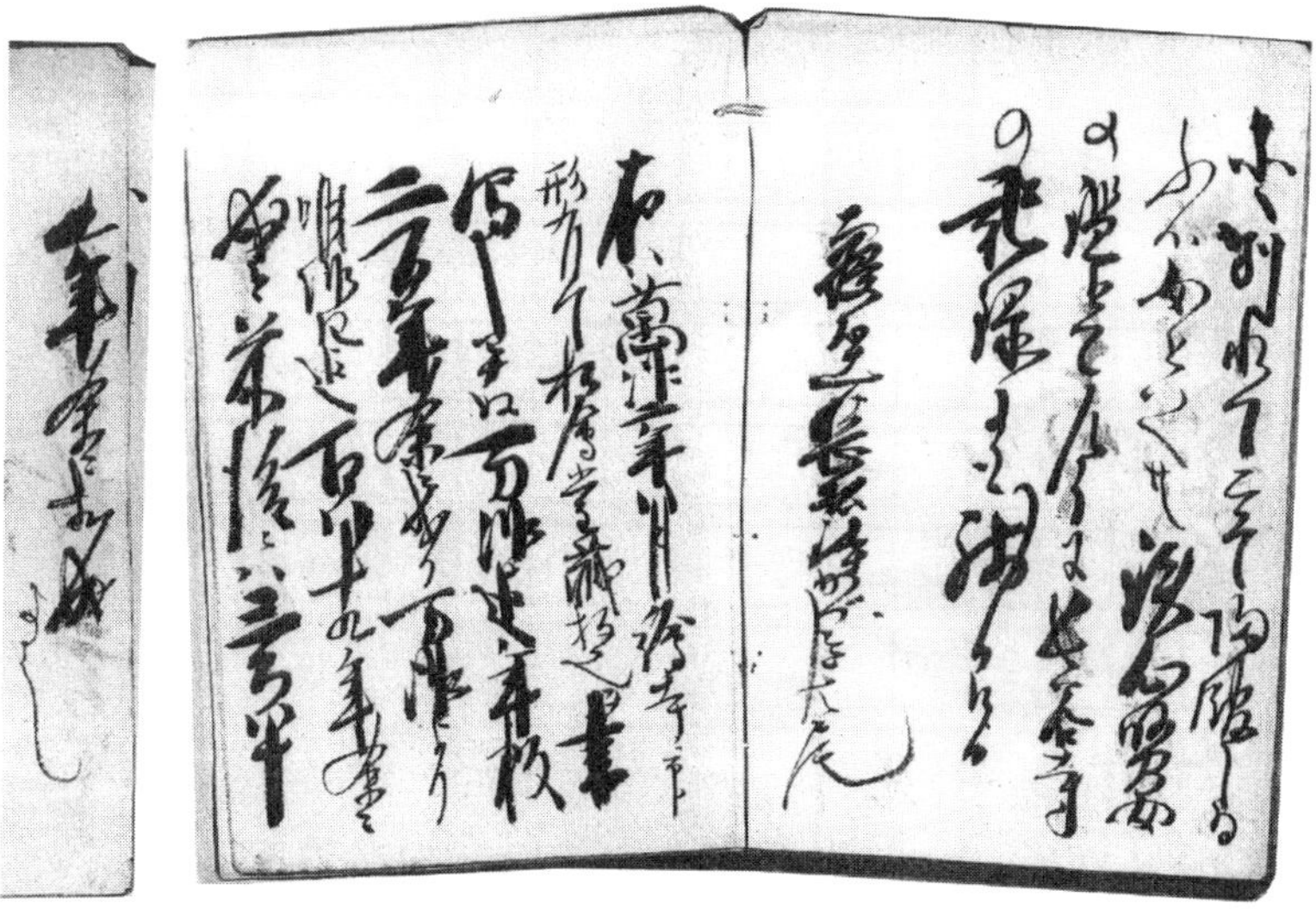

同上・末尾

結び、永く高位の北の方となりて、汝らが菩提をもなすべく、努々人に語り申まじ。つひに見なれぬ如意仏鉢を、童子授け給ふと思うて、夫婦の夢は覚たり（中略）、夢に授かりたる仏作の鉢、眼の前（に）ありければ、まづ仏前に夫婦三拝九拝して、（中略）河内国へ帰宅せられし……

とある。この姫に被《かぶ》せる鉢が、あらかじめ両親に与えられたとする叙述は、これも御巫本に見えるもので、ちなみにそれは「かなはち」とある。かくして『鉢記』は、やがて「誠の玉にひとしき女子」が生まれ、

名をば初瀬と名乗らせて、夫婦の悦びたとへんに物なく、

とある。つまりそれは鉢かづき姫ではなくて、初瀬姫と称して、長谷観音の申し子であることを具体性をもって強調する。

次いで3「母親の死、姫の鉢被り」を受ける叙述は、巻二に、

扨も寝屋奥方照見方は、（中略）また病気おこして食事さへ進まざれば、別して孝心の初瀬姫、朝夕母の介抱怠たらず、（中略）十二月に至りて、（中略）十八日に初瀬寺へ参詣し、母の病気、忽に全快成し給へと、「心に通夜しける……

と、観音の妙なる声で、「定業にて来月十八日には往生を遂ぐべし。必ず嘆くべからず」の示現を蒙るとある。かくして二月十七日の夜の「姫の鉢被り」となるが、これは松会本による叙述をみせる。が、その母君の往生は、

西に向かひ念仏高らかに唱へ給ふ。かねて別れも今日と知り給ふ母君の御覚悟にて、阿弥陀・勢至・観音の三尊御来迎を待給ふ有り様なり。（中略）母君、三度南無阿弥陀仏と唱へ給うて、かくと息は絶えたり。

とある。この母君の念仏往生は、原拠の松会本には見えぬもので、浄土宗西蓮寺の宗旨にそった叙述とも言えよう。

次いで6「継母の讒言、姫の追放」に応ずる叙述は、巻三に、

なおまた母は懲りずまに、心ゆがみて姫を憎み、鉢かづき〳〵と申、世には片端者もあれども、かかる片端もありけるかと疎みて（中略）、それに引き替へ、姫初瀬は、当月十八日、亡母の三回忌に付き、十七日法事（と）、長臣善兵衛に申し付け、父母は留守ながら、寺僧あまたつどひ寄せて、扨も懇ろに仏事仕り給ふて、十八日には西蓮寺へ侍女二人、内より乗物にて男五人を連て参詣し給ひ、泣く泣く御墓へ参り、過ぎし別れを思ひ、袖は涙に渕となり、沈みもやらで、ながらへてあるに、（中略）あまりなる片端の身をあわれと思し召し、早く迎ひ導きて給はれや、……

とある。原拠の松会本が、母の墓でのくどきを説くのに留まっているのに、『鉢記』は西蓮寺をあげて、寝屋の在地にそった叙述をみせるのである。

かくして8「姫君の彷遑と入水」～11「金屋殿・湯殿の火焚き」となるが、『鉢記』の叙述は、ほぼ松会本に準じながらも、巻四では、「姫君の彷徨」に逆戻りして、打上坂の地蔵の身替りを語る。そして、そのいわれを、

此地蔵尊は、打上村四辻に安置せし尊像なりしを、長者の先妻深くも信仰し、月々廿四日参詣し、寝屋の尊き地蔵尊あり。大谷村にも奥方照見方、観世音・地蔵尊深く信じ、初瀬姫幼少より実母に随ひ信仰しければ、姫の身代りとなり給ひしゆへ、今に打上村に首なし地蔵尊あり。

と叙す。そしてこの身代り地蔵とかかわって、寝屋・西蓮寺にも地蔵尊が祀られるとして、

十一面観世音ならびに門前あるところ、地蔵尊は、長者の屋敷に、両尊とも信仰したる二仏なり。

とあり、今の観音堂に祀る二尊にことよせて語るのであるが、そこには十八日ごとの観音講に準ずる二十四日の地蔵めぐりの在地伝承をしのばせていると言えよう。

続く12「男主人公（末子）との契り」～22「姫の被いた鉢の落下」に応ずる『鉢記』の巻五の叙述は、松会本を大

きく越えるものではない。そして23「姫君の本姿、数々の宝」を受ける『鉢記』の巻六のそれも、ほぼ松会本に準ずるものであるが、「おちたるはちをあげて見給へば、（中略）かずのたから物を入られたり。ひめぎみこれをみ給ひて、わがはゝはせのくはんおんをしんじ給ひし御りしやうと思召て、うれしきにもかなしきにも、さきだつものはなみだ也」の松会本の叙述に対し、『鉢記』は、

落ちし鉢を見給ふに、（中略）宝物の入りしを抱きし重みをおもしとも思はざりしと、鉢はわゝとして、紙の如く、袱紗の如く、朝風にてふわ〳〵と舞ひ上がり、南の方空へ上り、いづくへか消え失せけるぞ不思議なり。姫君の長き髪の色まで変はらず、我母、長谷寺の観音様を深く信じ給ひ、感得し給ふ鉢にて、元へ帰し給ふか、ありがたし〳〵と伏し拝み、大和国長谷寺の方をは拝み給いける……

などと叙す。それは冒頭に、松会本には見えなかった〈申し子〉祈願の叙述に応ずるもので、『鉢記』特有の叙述であった。

以下、24「嫁比べの座敷、兄嫁達の姿」～31「和歌の比べ」を受ける『鉢記』巻六の叙述は、松会本との異同はあるが、およそはそれに準じて叙される。しかし32「夫婦の繁栄」～44「大団円、観音の霊験」を受ける『鉢記』巻七の叙述も、独自の詞章を含みながら、松会本に準ずるが、注目すべきは40「父娘の再会」に至る36「父の長谷寺参詣」37「姫君一家の長谷参詣」の叙述である。すなわち松会本は、それぞれを簡略に叙するのであるが、『鉢記』は、叙述を逆にして、まず「姫君一家の長谷参詣」を、

姫は（荒れ果てた寝屋の里の様子を聞き）一々胸に応えて気（を）痛め給ひしが、せめて亡き母の追善に、長谷寺へ参詣して、仏勅吉夢の御礼拝を致したく、三位殿へ願ひ給ひて、ころは三月十六日より、供人あまた召し給ひ、十七日の夜、長谷寺の本堂にて参籠遊ばしける。

とする。続いて「父の長谷寺参詣」を、

さてもさても、あさましの我身なり。罪障消滅の為に、霊社仏閣を拝し、姫の菩提をとむらわんと、八幡山に参詣して、それより淀へ出で、鳥羽を過ぎて東寺へ参り、七堂伽藍弘法大師を拝み、瑳珴や愛宕や月の輪、高尾にいたりて、(中略)高尾の寺一宿を乞ひて宿り、翌日はとく起きて、御室の峯に登り、大徳寺、北野の社、上賀茂の川の清きに、(中略)一首を詠じ、東山をめぐり、石山から三井寺、近江湖水を廻り、長命寺より観音寺三十三番・美濃国谷汲寺まで参詣し、それよりまた上の醍醐へ上り、三宝堂、宇治の里へ出でて、それより南都へ出でて、南門堂に通夜しける。時は三月十七日にて明くれば長谷寺へ参り、大和の名所霊仏へ、参詣せんと、

その夜は、奈良の南、帯解の里に宿しける。

と叙述する。その前半は洛中の名所霊仏めぐりであるが、後半は「美濃国谷汲寺」を「観音寺三十三番」とあるごとく、「西国三十三番」の観音巡りに準じている。ちなみに、それにしたがえば、石山(十三番)、三井寺(十四番)、長命寺(三十一番)、谷汲寺(三十三番)、上の醍醐(十一番)、南円堂(九番)、長谷寺(八番)となる。

かくして長谷寺における40「父娘の再会」となるのであるが、『鉢記』があえてその邂逅を三月の十八日とすることは、先にことわっているごとく、観音の御縁日に応じたものであった。

以上、長々と『鉢記』の観音信仰とのかかわる叙述を検してきたのであるが、それによれば『鉢記』は、原拠の長谷信仰に、寝屋・西蓮寺の観音信仰を習合し、具体的な民間信仰に応じた叙述を進めながら、在地の観音の霊験譚として改変したものということになる。そしてそれは作者が、当代における寝屋およびその周辺の在地信仰を汲みあげて筆を進めたということでもある。それならば、『寝屋川市史』第九巻〈鉢かづき編〉第一部資料〔在地編〕の「寝屋および周辺の観音信仰」は、現代の伝承報告ではあるが、それを推測する貴重な資料と言えるであろう。

おわりに

室町時代から江戸時代に盛行した『鉢かづき』が、寝屋およびその周辺の地区と深くかかわってきたことは言うまでもない。しかし、それが寝屋地区の根生いの『はちかづき』伝説によって成立したとは、かならずしも認め得ないことであった。勿論、いまだ不明な点が大部分で、それを決することはできない。しかし、大方、『鉢かづき』という作品は、「交野」に深い関心を寄せる京洛の文人（あるいは連歌師）によって制作された虚構の物語というべきであろう。その交野の一角にあったのが「寝屋」であった。その寝屋に『鉢かづき』が導入された契機がなんであったかは不明であるが、あるいは寝屋の長者伝説であったかも知れない。しかし、それもかならずしも明らかではない。ただ『鉢かづき』の在地導入に、当地方の長谷信仰がかかわったことがいささか推察されたところである。そして『鉢かづき』を下敷として成った『鉢記』は、原拠の長谷信仰に、西蓮寺の観音信仰を習合し、その周辺の伝承を吸収しつつ、在地の観音霊験譚に改変した作品ということになるであろう。

主要参考文献

枚方市史編纂委員会『枚方市史』第二巻（枚方市、昭和四七年）

（日本歴史地名大系二十八）『大阪府の地名』Ⅱ（平凡社、昭和六一年）

寝屋川市役所『寝屋川市誌』（寝屋川市役所、昭和四一年）

寝屋川市史編纂委員会『寝屋川市史』第八巻（寝屋川市、平成三年）

寝屋川市史編纂委員会『寝屋川市史』第三巻（寝屋川市、平成一七年）

寝屋川市史編纂委員会『寝屋川市史』第十巻（寝屋川市、平成一九年）
西井長和『星田懐古誌』〔下巻〕（交野詩話会、昭和五五年）
交野市史編纂委員会『交野市史』〔交野町略史復刻編〕（交野市、昭和五六年）
和久田董・札埜耕三『星田歴史風土記』（交野市教育委員会・交野市文化財事業団、平成七年）
交野市文化財事業団『星田寺』（交野市教育委員会・交野市文化財事業団、平成八年）
伊東史朗「総説　広隆寺聖徳太子像の概要と諸問題」（京都大学学術出版会『調査報告　広隆寺上宮王院聖徳太子像』、平成九年）
京都府立総合資料館『京都府古文書等緊急調査報告　東寺観智院金剛蔵聖教目録』九（京都府教育委員会、昭和五六年）
京都府立総合資料館『京都府古文書等緊急調査報告　東寺観智院金剛蔵聖教目録』一五（京都府教育委員会、昭和五九年）
京都府立総合資料館『京都府古文書等緊急調査報告　東寺観智院金剛蔵聖教目録』二〇（京都府教育委員会、昭和六〇年）

平林治徳『三田浄久』（大阪女子大学国文研究室、昭和二九年）
大阪府史編集専門委員会『大阪府史』第五巻（大阪府、昭和六〇年）

市古貞次『中世小説の研究』（東京大学出版会　昭和三〇年）
松本隆信「民間説話系の室町時代物語―「鉢かづき」「伊豆箱根の本地」他―」（『斯道文庫論集』第七輯、昭和四四年）
井上正紀「鉢かづきの世界（四）―寝屋村の伝承―」（『まんだ』五十八号、まんだ編集部、平成八年七月）
井上正紀「鉢かづきの世界（五）―『寝屋長者鉢記』について―」（『まんだ』五十九号、まんだ編集部、平成八年一一月）
井上正紀「鉢かづきの世界（六）―まとめ、今後の課題」（『まんだ』六十号、まんだ編集部、平成九年三月）

昔話「鉢かづき」の伝承

一　昔話「鉢かづき」の報告資料

昔話としての「鉢かづき」で、現在、管見し得る報告資料をあげると、以下のごとくである。ただし、日本民俗学の創始者ともいうべき柳田國男氏は、古典の作品に拠る伝承を民間説話とは認めない厳密な立場をとっていたので、その唱導にしたがって、かつての採集調査者は、たとえ「鉢かづき」を聴取しても、これを昔話として報告することは稀であったといえる。したがって、戦前（一九四五年以前）の報告書に、これが収載されることは少なく、柳田國男氏が日本における昔話の伝承を大系化した『日本昔話名彙』には、勿論、この「鉢かづき」は、昔話の一話型としては、収載されていない。つまり以下にあげる報告事例群は、かならずしも伝承の実態を示すものとはいえず、あくまでもその一端を示すに留まるのである。なお柳田國男氏に次いで、日本昔話の大系化を試みた関敬吾氏は、その『日本昔話集成』第二部の2、続く『日本昔話大成』第五巻には、〈本格昔話〉の継子譚の項に、二一〇「鉢かつぎ」（「鉢かづき」）が掲げられている。また稲田浩二氏の『日本昔話通観』第二十八巻にも、（むかし語り）の継子話の項に、177「鉢かつぎ」が収められている。

〈伝承地〉　〈編者・著者書名（発行所・刊行年）〉

①宮城県栗原郡若柳町川原　佐々木徳夫『陸前の昔話』（三弥井書店、昭和五四年）
②〃桃生郡河南町　宮城県『宮城県史21』〈民俗Ⅲ〉（宮城県史刊行会、昭和四八年）
③山形県上山市楢下　武田正『佐藤家の昔話』（桜楓社、昭和五七年）
④福島県相馬郡飯館村長泥　国学院大学民俗文学研究会『相馬地方昔話集』（昭和三九年）
⑤〃南会津郡南郷村浜野　千葉大学日本文化研究会『南郷むかし（第2集）』（昭和四九年）
⑥埼玉県川越市郭町　鈴木棠三『武蔵川越昔話集』（岩崎美術社、昭和五〇年）
⑦新潟県北蒲原郡豊浦町切梅　佐久間惇一『波多野ヨスミ女昔話集』（同刊行会、昭和六三年）
⑧〃両津市平松　大谷女子大学説話文学研究会『両津市昔話集（上）』（昭和五〇年）
⑨〃東頸城郡牧村坪山　大谷女子大学説話文学研究会『牧村昔話集』（昭和五四年）
⑩石川県鳳至郡能都町木住　国学院大学民俗文学研究会『奥能登地方昔話集』（昭和四六年）
⑪奈良県吉野郡黒滝村赤滝　岡節三『黒滝村の昔話』（私家版、昭和六一年）
⑫兵庫県氷上郡柏原町　天野真弓「氷上郡昔話集（二）」（『旅と伝説』第十年第六号、昭和一二年）
⑬鳥取県八頭郡智頭町口波多　福田晃・三原幸久『因幡智頭の昔話』（三弥井書店、昭和五四年）
⑭〃八頭郡河原町山手　三原幸久「因幡河原・上原まさ姫の昔話」（『昔話―研究と資料』二号、昭和四八年）
⑮〃東伯郡三朝町東小鹿　関西外国語大学・関西外国語短期大学民俗学研究会『鳥取県東伯郡三朝町の昔話』（昭和五九年）
⑯島根県周吉郡西郷町大久　大森郁之助「隠岐島島後南部の昔話」（『国学院大学隠岐調査報告』、昭和

⑰ 岡山県阿哲郡哲西町川南　立石憲利『賀島飛左の昔話（補遺編その二）』（私家版、昭和五五年）
三五年）
⑱ 広島県因島市椋浦　柴口成浩・仙田実・山内靖子『西瀬戸内の昔話』（日本放送出版協会、昭和五三年）
⑲ 〃 山県郡加計町滝本　栗原秀雄「口頭伝承」〈昔話〉（『加計町史・民俗編』、平成一二年）
⑳ 徳島県三好郡西祖谷山村轆轤師　武田明『徳島県祖谷山地方昔話集』（三省堂、昭和四八年）
㉑ 〃 三好郡池田町白地　池田町昔話・伝説資料集編集委員会『阿波池田の昔話と伝説資料集』（池田町教育委員会、昭和五二年）
㉒ 佐賀県佐賀市蓮池町城内　佐賀市教育委員会『さがの民話』（昭和五一年）
㉓ 熊本県（不明）　荒木精之『肥後民話集』（地平社、昭和一八年）
㉔ 鹿児島県大島郡徳之島町井之川　本田碩孝『池水ツル媼昔話集』（郷土文化研究会、昭和六三年）
㉕ 沖縄県宮古郡多良間村字塩川嶺間　多良間村役場『多良間村の民話』（昭和五六年）
（なお、右の地名は、報告資料の編著が公刊された当時のものである）

二　昔話「鉢かづき」の話型

さて、昔話「鉢かづき」は、およそ御伽草子の『鉢かづき』（Ⅱ類本）の叙述にしたがうものであるが、それは、次のようなモチーフ構成によっているものである。

Ⅰ・a、分限者の夫婦が、観音に申し子をして、美しい娘をもうける。〔誕生（申し子）〕
b、病気の母親が、姫に鉢をかぶせて死ぬ。〔鉢かぶり〕
Ⅱ・a、後妻の継母が、継子の姫をいじめる。〔虐待〕
b、父親は、やむなく姫を家から追い山す。〔追放〕
Ⅲ・a、姫は川に流れ、陸に上がって、さまよい歩く。〔遍歴〕
b、姫は長者の家にたどり着き、その家の火焚きに雇われる。〔火焚き〕
Ⅳ・a、長者の末息子が、隠された姫の美しさを認めて、姫に求婚する。〔求婚〕
b、長者は二人の結婚を認めず、嫁比べとなるが、姫の鉢が落ちて、中から出てきた衣裳を着て、兄嫁たちを負かす。〔嫁比べ〕
Ⅴ・a、姫は長者の家の嫁となり幸せに暮らす。〔幸福〕
b、たまたま観音詣での折に、落ちぶれた父親と再会、一生涯、めでたく養う。〔再会〕

右のようにそれは、主人公の異常な誕生、異常な苦難、異常な幸福を語る本格昔話（柳田國男氏の完形昔話）の基本構造にしたがうものである。

三　各地の伝承叙述

ところで、各地の伝承を具体的に検すると、かならずしも、右にあげた話型のモチーフ構成にしたがうものではなく、あるいは一部のモチーフを欠き、あるいは他の昔話のモチーフを挿入し、伝承者それぞれの語りとして伝承されているのである。すなわち、以下では、報告資料のそれぞれの伝承を梗概化して示すこととする。

	伝承地（話者）	Ⅰ 誕生（申し子）・鉢かぶり	Ⅱ 虐待・追放	Ⅲ 遍歴・火焚き	Ⅳ 求婚・嫁比べ	Ⅴ 幸福・再会
①	宮城・栗原郡若柳町川原「鉢かつぎ」（高橋サヨジ）	分限者の夫婦に、ようやく娘が生まれる。病に罹った母親は死ぬ前、娘に宝鉢をかぶせると、その鉢は取れなくなる。	父親が後妻を迎え、実子をもうける。その後妻は、こんな片端者は家には置けないと言い張るので、父はこれに負けて娘を追い出す。	娘は歩き疲れて川に飛び込むが、鉢のために浮きあがり、漁師に救われる。漁師の妻にいとわれて、家を追い出されるが、歩く途中で、ある殿さまに拾われ、娘はお城の火焚きとなる。	殿さまの三番目の和子が、娘と親しくなる。片端者とはいっしょにできないと、娘は城を追い出されるが、和子が連れ戻す。嫁比べになると、娘のかぶる鉢が落ち、たくさんの宝が出る。その宝で着飾り、娘は座敷に出て、歌・踊り・琴を披露する。	娘は、めでたく三番目の和子の嫁となり、男の子も生まれて、幸せになる。長谷の観音にお詣りをすると、そこで乞食坊主の父と再会、娘は屋敷に連れ帰り、いっしょに暮らす。
②	宮城・桃生郡河南町「鍋かぶり娘」（菅原まつの）	正直夫婦には、子どもがなかったので、観音さまに願をかけると、女の子が生まれる。観音さまのお告げにしたがって、女の子に鍋をかぶせると、その鍋は取れなくなる。	やがて生みの母が亡くなり、父親は後妻を迎える。その継母は、こんな片端者は罰当りだと、娘につらく当り、人に頼んで山に捨てさせる。そこを通りがかった坊さまが、娘を拾って家に戻ると、今度は川の中に投げ入れる。	娘は、鍋のため沈まないで流されて行くと、漁師に救われる。漁師は、鍋を取ってやろうとするが取れない。健康のために外に出そうとするが、娘は出ようとしない。漁師は、無理に娘を近くの山に出してやる。山中で娘は若者と出会い、親しくなる。若者は殿さまの一人息子で、娘を座敷に連れて行く。	息子は、娘を嫁にしたいと、父の殿さまに申し出る。殿さまは、川流れの娘など、嫁にするわけにはゆかないが、器量がよかったら許してやると言う。息子は、心配のまま、娘を連れて山を登ると、娘が蹴つまづいて崖から落ちる。その途端に、娘の鍋が頭から取れ、天女のような美しい娘が現れる。二人は漁師の家に戻って、訳を話し、娘は着飾って、殿さまの屋敷に入る。	殿さまは喜んで娘を迎え、息子の嫁と認め、二人は、幸せに暮らす。

③	④
山形・上山市 楢下 「鉢かつぎ」（佐藤孝一）	福島・相馬郡 飯舘村長泥 「鉢かつぎ」
えらい殿さま夫妻には、ひとりの娘があって、幸せな暮らしをしていたが、娘が十三歳の折、母は手箱からいろいろな物を入れた黒木の鉢を姫にかぶせて死んでしまう。その鉢はどう引っ張っても抜けなくなる。	殿さまの奥方は、いろいろな宝物を入れた鉢を姫の頭にかぶせて、
父は、後妻を迎え、実子も生まれる。その継母は、なにかと姫をいじめるので、姫は母のお墓へ行っては泣いている。それを見た継母は、わたくしたちの悪口をお墓に向って訴えている、こんな子は家には置けないと告げ口をするので、父のお殿さまは本気にして、姫を門の外に突き出す。	殿さまは、後添えの奥方を迎え、これにも子どもが生まれる。そこ
姫は、川端に出ると、死んで母の許に行こうと飛び込むが、鉢が浮かんで、体が沈まない。そこに船頭が通りかかって、姫の体を引き上げるが、こいつは化け物だと、岸の上に投げ飛ばす。姫がそこで泣いていると、村の人たちがやって来て、化け物みたいな鉢かつぎ姫だと騒いで、大きな門構えの屋敷に連れてゆく。その殿さまはやさしい方で、今までの経緯を姫に聞いて、火焚きに雇ってくださる。	姫が谷川にそって山を下ると、灯の明りが見え、そこには一人の婆さまが
その殿さまの四番目の若さまが、姫に目をとめて、風呂の火を焚かせ、背中を流させる。その折に姫の手足の美しさを見て、若さまは姫に心が動き、一つの櫛を与える。これが縁で、二人は心が通い合うようになる。このことを聞いた殿さま夫妻は、若さまを呼んで注意するが、若さまは姫を嫁にすると訴える。困った夫妻が、若さまの乳母に相談すると、嫁比べをして恥をかかせれば出て行くと応じる。このことを聞いた姫が、座敷を逃げ出すと、若さまが追っかけて来て、二人がもみ合う。その途端に、姫の鉢が、頭から落ちて、その中からすばらしい櫛・かんざし・衣裳が出てくる。姫は、それを身に着けて、嫁比べの座に現れ、天女のような美しさに皆を驚かす、さらに姫は、鉢の中から出て来た宝物を引出物に贈り、すばらしい琴を披露する。	その旦那さまには、三人の息子がいたが、いちばん末の息子が、夜に姫が
姫は殿さま夫妻に許されて、四番目の若さまの嫁になって幸せに暮らす。	姫は、婆皮を脱いで、末息子の嫁になる。すると、頭の鉢もざっく

	(高橋りき)	嫁になるときに落ちると言って死ぬ。	で奥方は、姫が邪魔になって、使用人に姫を山に連れて行って殺せと命じる。使用人は、山で姫の両手を切って戻るが、観音さまにお願いして、その手は元の通りになる。	住んでいる。その婆さまは、この家には鬼息子がいるからと言って、婆皮を着せてくれる。戻ってきた鬼息子が、婆皮をかぶっている姫を、鉄棒で町はずれまで投げ飛ばす。町に出た姫は、商家の旦那さまのお陰で、そこの火焚きにさせてもらう。	婆皮を脱いで、読み書きをしているのを見る。息子は不思議に思って、姫に訳を尋ねると、姫は今までのいきさつを話す。やがて、その末の息子は、姫に対する思いで、恋患いとなって床に着く。占い師の占いによって、家中の侍女が集められて、一人ずつ末息子の見舞いに訪れるが、息子は枕を上げない。最後に婆皮の姫が息子を見舞うと、枕を上げ、恋患いは癒される。	と落ちる。
⑤	福島・南会津郡 南郷村浜野 「鉢かぶり娘」 (河原田於琴)	両親と姫とが幸せに暮らしていたが、母親が姫を呼んで、頭に鉢をかぶせて、世に出るときには落ちると言って死ぬ。	父親が後妻を迎えると、その継母は、お前はお化けだと姫をいじめるので、姫は家を出る。	どんどん逃げて長者の家に着くと、そこの旦那さまは親切な方で、姫を水仕として雇ってくださる。	そこの若旦那が、夜に勉強している姫を見て、姫に惚れ込み、嫁にしたいと両親に言う。両親がこんな片端者は嫁にできぬと言うと、若旦那は恋の病いにかかる。占い師の言う通り、家中の女を並べてみせると、若旦那は、鉢かぶりの姫を見て、病いがなおる。	両親も姫を若旦那の嫁にすることを認めて着物を着せると、姫の頭の鉢がボタッと取れ、その中から着物やらかんざしやらが出てくる。姫はそれで立派な仕度をして、花嫁さんになり、幸せに暮らす。
⑥	埼玉・川越市 郭町 「姥皮」 (不明)	お大尽の姫の鉢かつぎ姫は、生まれた時から、頭に鉢をかぶっていた。	その鉢が取れないので、皆から化け物と思われ、家から追い出される。	姫は、方々を頼ったが、奇妙な恰好なので、だれも相手にしてくれない。川に身を投げようと思っていると漁師に助けられ、大名の邸で、情けを受け、風呂焚き女中として雇わ	大名の若殿が、鉢かつぎ姫の手足の優しさに心をひかれ、姫と深く契って、父の咎めを受ける。二人は仲を裂かれて悲しみの余り、家を出ようとすると、姫の頭の鉢がころり	二人は、手に手を取って大名の前に出る。大名は、姫の身元を聞き、夫婦となることを許す。二人は、幸せに暮らし、富み栄える。

				れる。	と落ち、そのなかから姫の美しい顔が現れ、鉢のなかからは金銀が溢れ出る。	
⑦	新潟・北蒲原郡 豊浦町切梅 「宝の笠姫」 （波多野ヨスミ）	いつも青々とした松の緑に囲まれた屋敷に住む松の長者がいる。その娘の松姫は、生まれつき器用で、読み書き・算盤から琴も歌もなんでもできたお姫さまであったが、その母親が亡くなるとき、手文庫のなかから鏡箱を取り出し、松姫の頭の上に載せ、市女笠をすっぽりかぶせて、冷たくなる。不思議なことに、その笠は、姫の頭から取れなくなり、姫は毎日、泣いて暮らすこととなる。	まもなく父親は後妻を迎えるが、その継母は、松姫を片端者と呼んで、苦しい仕事をさせ、ついには姫を追い出してしまう。	松姫は、とぼとぼと歩いて行き、川の岸で水を飲もうとして、川の中に落ち、どんどん流されてゆく。そこを駕籠に乗った立派な衆が、笠をかぶったまま流される松姫を拾い上げさせ、姫の身の上を聞いて、嫁になってくれと頼む。松姫は片端者だからとことわり、その立派な主人の屋敷で、風呂の火焚きとして働かせてもらう。	その主人が、湯殿に行って、松姫の笠を取ろうとするが、どうしても取れない。姫が悲しみの余りふらふらと立ち上がった途端、頭を柱にガツンとぶっつけると、笠がこわれ、鏡箱の蓋が取れて、なかから金銀づくりの櫛やかんざし、宝の石などが輝いて出てくる。松姫は、主人の兄さんたちのどの嫁さんよりもきれいで、歌合わせや琴びきの会でも、いちばん上手であった。	松姫は、主人と仲よく安楽に暮らすこととなる。
⑧	新潟・両津市 平松 「鉢かつぎ」 （山内トリ）	貧乏な家に、器量のいい娘がいる。奉公に出るにあたって、悪い男にいたずらされないようにと、金鉢《かなばち》をかぶり、顔には炭を塗る。	娘は、その恰好で、町に行く。	町では、庄屋の家の女中になり、飯を焚いたり、茶碗を洗ったりしていると、娘はほかの女中から汚ねえ金鉢などをかぶってなどと、笑われる。	そこの庄屋の息子が、娘の金鉢を取って風呂に入っているのを覗いて、その美しさに心を奪われ、恋患いで寝込む。あっちこっちの医者に見てもらっても分からない。婆を仲立ちにして、息子に聞くと金鉢をかぶった娘を嫁にしたいという。家の者もあきらめて、結婚式へと話が進む。そのと	娘は、その庄屋の息子の嫁となり、幸せに暮らすこととなる。

					き、娘が金鉢を取ると、美しい顔・かたちが現れて、皆を驚かす。	
⑨	新潟・東頸城郡 牧村坪山 「鉢かつぎ」 （数見クニ）	なに不足なく暮らしている夫婦には子どもがない。神さまに何度もお願いして器量のいい姫をもうける。母親が病気になって亡くなるとき、姫の頭に捏鉢《こねばち》をかぶせて、絶対に取るなと言って死ぬ。	やがて父親は後妻をもらうが、その継母は、姫を鉢かぶりと言って憎み、川に連れて行って投げ捨てる。	姫は鉢のお陰で、沈まないで流れて行く。そこに心やさしい旦那さまが通りかかって姫を引き上げ、自分の家に連れ帰り、女中かわりに働かせる。	その家には、三人の息子がいて、末の息子には、まだ嫁がなかった。その末の息子が、鉢かぶりの姫を見て、嫁にしたいと言う。父の旦那さまは、こんな片端者を家の嫁にはできぬと答える。それでも息子が、姫を嫁に望むので、嫁比べをすることになる。息子が執拗に頼むので、姫は嫁になることを承諾して頭をさげた途端に鉢が取れ、その中から嫁入り道具の一切が出てくる。	それで姫は、立派な屋敷の旦那さまの家の嫁となって、幸せに暮らすこととなる。
⑩	石川・鳳至郡 能都町木住 「鉢かつぎ」 （安田まき）	きれいな娘がいる。継母にも娘がいるが、とてもかなわないので、先妻の娘に鉢をかぶせる。		継母は、自分の娘を殿さまの嫁にしたいと思うが、殿さまは、風呂を焚いて灰かぶりのような鉢かづきを嫁に望む。	どちらが殿さまの嫁になるか騒ぎになる。鉢かづきは、ひそかに母の墓にお詣りすると、そこには着る物も履き物も、皆そろっている。それを身につけて出るが、履き物の片方を落してしまう。殿さまは、その履き物に合う娘を嫁に望む。継母の娘が履くが合わない。鉢かづきが履くとぴったり合い、その途端に鉢が落ちて、きれいな姫が現れる。	鉢かつぎが、きれいな姿で結婚式場に現れ、殿さまの嫁となって、幸せな暮らしをすることとなる。

⑪	奈良・吉野郡黒滝村赤滝「鉢かつぎ娘」（芳滝好子）	えらい武士の娘さんが、継母に摺り鉢をかぶせられる。	継母に家から追い出されて、方々を回って歩く。	ある家に雇われる。	たまたま鉢が取れる。	
⑫	兵庫・氷上郡柏原町「炭焼長者・鉢かつぎ」（不明）	良い所の一人娘が、いくつになっても縁がない。占いにしたがって、炭焼きの家を訪ねる。小判を出して買い物をさせようとすると、炭焼きは、そんなものは、竈にいくらもあるという。娘は炭焼きの嫁となり、財をなす。二人は町に出て呉服屋となり、きれいな娘をもうける。母親が病気になって亡くなるとき、娘の頭に鉢をかぶせる。	父親が後妻をもらうと、これにも娘が生まれる。後妻は、先の娘を「鉢つき」と呼んで、ひどい仕打ちをし、最後には川へ突き落す。	娘が橋の手すりに腰かけていると船頭が見付けて、訳を聞き、京の長者の家に連れて行き、その家に雇ってもらう。	その長者の息子が、「鉢つき」の娘の器量に惚れて嫁にしようとする。しかし、父の長者は承知しないで、家のなかの女の子十二人を呼び、鴬を鉢の上に止まらせた者を嫁に選ぶという。「鉢つき」の娘が、最後に呼ばれる前に、鏡を見て鉢にさわると、ぽろりと鉢が落ち、きれいな顔が現れる。その鉢の中からきれいな着物などが出てきたので、それを着て、皆の前に出る。十一人の娘たちは、皆失敗するが、「鉢つき」の娘が、鉢の梅の木を取っても鴬は逃げない。それで娘は、長者の息子の嫁に選ばれる。	そこに父親が盲目になり、継母と実子と三人で、乞食になってやってくる。長者の家の嫁になっている「鉢つき」の娘は、それがかつての父と継母親子と知って、その家で大事に世話してやることになる。
⑬	鳥取・八頭郡智頭町口波多「鉢かつぎ」（西村とよ）	東長者には子どもがなくて、観音さんに申し子して娘ができるが、母親がまもなく死ぬ。その折に観音さんからいただいた鉢を娘にかぶせる。	父親が後妻を迎えると、その継母は、父親の留守の間に、娘を家から追い出す。	娘は、家を出て、山ぎわの坊さんの家で一晩泊めてもらい、次の日、坊さんに連れられて、分限者の家に行き、そこで庭掃きとして雇ってもらう。娘は、夜になると、ひそかに鉢を叩いて、観音さんに頼み、琴・三味線な	その分限者の家の若旦那が、夜に娘の部屋をのぞき、その遊ぶ様子を見て、恋患いで、寝込んでしまう。だれが食事を持って行っても食べようとしない。最後に庭掃きの娘が選ばれる。娘は、鉢を叩いて、振袖を出し、それ	娘の身元を調べると、東長者の子どもであることが分り、めでたく若旦那と結婚する。

				どを出してもらい、ひとりで歌って遊ぶ。	を着て、若旦那に食事を運ぶと、起きあがって食べる。	
⑭	鳥取・八頭郡 河原町山手 「鉢かつぎ」 （上原まき）	結構な暮らしの家に、一人娘がいたが、母親が病気で亡くなるとき、娘に欲しいと思うものはこの中にあると言って鉢をかぶせて死ぬ。	父親が後妻を迎えたが、その継母は、この娘がいては家にはおれないので、舟で流せと訴える。父親はやむなく、舟にお菓子などを積んで、娘を川に流す。	娘を乗せた舟は、川を流れて、ある家のイト場に着くと、下女が出てきて、娘を見て、それを家の旦那に伝える。旦那は鉢をかぶった娘を見て、釜焚きとして雇ってくださる。	その家では、「鉢かぶり」を呼んで、娘を女中部屋のコバに寝泊まりをさせていたが、娘は夜になると鉢を脱いで、鉢のなかから見台や書物を出して、読み書きをしている。それをのぞき見した家の若旦那が、一目惚れして恋患いに罹る。どの女中が行って薬を飲ませようとしても受け付けない。招かれた娘が、鉢の中からきれいな着物を着て若旦那の許に行くと、起きあがって薬を飲む。若旦那の嫁にするにはとて、遊芸を求められると、生け花・お茶・琴などをみごとにこなしてみせる。	娘は、その家の嫁となって暮らしていたが、その家のお寺参りの折に、寺掃除をしている父親と再会する。訳を聞くと、父親は娘が出たあと、家が傾き、継母もいなくなって、こんなさまになったと言う。娘は父親を家に連れ帰り、一生涯、養ってやる。
⑮	鳥取・東伯郡 三朝町東小鹿 「鉢被り」 （小椋昭一）	娘が摺り鉢をかぶせられ、取れないようになる。			婿さんに巡り合い、頭の摺り鉢を割ると、黄金が出てくる。これを真似して、摺り鉢をかぶるとそれが取れないようになる。	
⑯	島根・周吉郡 西郷町大久 「継子譚・6」 （野津ヨネ）	両親に、娘が一人いたが、父親が早く亡くなる。十二歳の時、母親は、娘に椀をかぶらせて死ぬ。その椀は、娘の頭から取れなくなる。		ある時、娘は母親の影を見て、川に落ちるが、椀のために沈まないで流れて行く。漁師が助け上げて、椀を取ろうとしても取れない。そこを通りか	その家の次男坊が、娘を見て、嫁にするという。両親は、片端者を嫁にはできぬと反対する。娘が家を出ようと、別れの挨拶をした拍子に頭の椀が	娘は次男坊と、夫婦になる。

				かった人が、娘を家に連れて行き風呂焚きをさせる。	取れ、中から大判・小判やきれいな物が出てくる。娘の顔も美しいので、嫁に迎えられることになる。その祝言の式で、嫁の芸比べがあり、その嫁が他の嫁をしのぐ。	
⑰	岡山・阿哲郡哲西町川南「鉢かつぎ姫」（賀島飛左）	河内の国に、いい家があって、一人娘がいる。母親が病気になって死ぬ間際に、娘の頭に鉢をかぶせ継母のいじめに会った時には、鉢をかぶったままで家を出ろと言って死ぬ。	父親が後妻を迎えると、継母は鉢かぶりの顔は見たくないと言う。やむなく娘は、家を出る。	娘があっちこっち歩いて行くと、皆が鉢かぶりと言っていじめる。娘は、鉢を取ろうとするが取れない。川に飛び込んで死のうとするが、鉢があって沈まない。そこに若殿が通りかかって、娘を川から引っ張りあげ、娘に訳を聞いて、家に連れ帰る。両親に頼んで、使ってもらうことになり、その鉢を取ろうとするが、はずれも抜けもしない。	実は、娘はいい女房で、それを若殿さんが見付けて、嫁に貰うという。両親が反対しても、若殿さんは、娘を嫁にすると言い張る。怒った父親が、刀で娘に切りかかると、頭の鉢が割れて、きれいな女房が現れる。娘は風呂敷からきれいな着物を出し、それを着て、若殿さんと連れだって、挨拶に回る。	両親が、娘の素姓を尋ねる。娘は一通の書き物を出し、その家の由緒を伝える。それからは、娘は若旦那の嫁として、大事にもてなされる。
⑱	広島・因島市椋浦「鉢かつぎ」（平沢ふじ子）	かなりいいお家に、娘がいる。母親が病気で亡くなる折に、娘の頭に鉢をかぶせるが、その鉢は、娘が取ろうとしても取れない。	後妻が来て、子どもが生まれると、先の娘を鉢かづきと言って、いじめる。	娘は情けなく思い、川に飛び込んで死のうとするが、鉢が浮かんで流される。ある人に拾われて、そこの召使いに雇われる。	その家に客としてやってきたお大尽が、珍しい子がいると娘を呼んで、鉢にふれると、鉢が二つに割れて、中から金銀財宝が出てくる。	娘は器量もいいので、その家の嫁となり、幸せに暮らす。
⑲	広島・山県郡加計町滝本「鉢かづき姫」（栗栖アキヱ）	分限者の庄屋には、子どもがないので、観音さんにお願いして、女の子をもうける。母親が病気になり死ぬ間際に娘に鉢をかぶせて、嫁に行くまで取れない	父親が後妻を迎えると、二人の子どもが生まれる。先の娘は、なにかと継母に無理をしいられる。	娘は、家にいても仕方がないと思い、大きな川へ出て飛び込むが、鉢が浮かんで、沈まないで流されてゆく。やがて都に上り、お公家さまに助けてもらう。	そのお公家さんが、身の上話を聞いて、娘に同情し、奥さんにすると言い、顔を見ようとして、娘の鉢に手をかけると、ぽろっと落ち、輝くばかりの娘が現れる。またその	鉢かづき姫は、そのお公家さんの奥さんになって幸せに暮らす。

		と言って死ぬ。その通りに娘が大きくなっても鉢は取れない。			鉢の中からは、お嫁入り道具から、衣裳やら余るほどのお宝が出る。	
⑳	徳島・三好郡西祖谷山村轆轤師「鉢かぶり」（中井まさえ）	分限者に一人娘がいる。病気になった母親が、鉢の中にたくさんの衣裳を入れて、この鉢をかぶれと言って死ぬ。	父親が後妻を迎えると、その後妻は、娘を家から追い出す。	追い出された娘は、行く先で、大きな家の風呂焚きに雇われる。	娘が夜おそく、古三味線に合わせて歌っていると、その家の若旦那が、それをのぞき見て、娘に惚れ、恋患いで寝込む。村中の娘たちが、次々とお茶を飲ませようとするが受け付けない。鉢かぶりが勧めると、飲んで笑う。若旦那の嫁になることになり、風呂に入って、化粧場で涙を流すと、鉢が落ちて、中から立派な衣裳が出てくる。	娘は、その衣裳を着て、立派な嫁となる。
㉑	徳島・三好郡池田町白地「鉢かつぎ姫」（向井弥八）	本来はいい家柄だったが、今は貧しくなっている家に、かわいい娘がいる。母親が死ぬ前に、娘に鉢をかつがせると、それが取れなくなる。	皆が鉢かつぎと言っていじめるので、家から外に出ないで暮らす。		娘が大分大きくなった頃、偉い方が、鉢をかつぐ珍しい子がいると、おなりになる。その方が、娘を御覧になると、ひょっとしたはずみで、鉢が抜けて落ち、美しい娘が現れる。	その偉い方は、その娘を連れ帰って、嫁さんにする。
㉒	佐賀・佐賀市蓮池町城内「鉢かつぎ姫」（武藤ナツ）	先妻の姫と後妻の姫とがいる。殿さまが、きれいな先妻の姫を嫁に求められる。後妻は、それを妬んで、先妻の姫に鉢をかぶせて、外に出さないようにし、自分の娘を着飾って、			ある時、二人の姫が並んで芝居見物に出る。その折に、殿さまと出会うと、先妻の姫の鉢が落ちて、きれいな顔が現れる。	お殿さまは先妻の姫を奥方に迎える。

		殿さまとの縁談を進めようとする。				
㉓	熊本県某所「皿かむりの女の話」（不明）				金もあり、家柄もよい家に、三人の息子がいる、母親は、それぞれによい配偶者を求めて、長男には東の長者、次男には西の長者から嫁を迎えるが、三男は長者の娘にはふり向かず、たまたま橋の上で出合った皿かぶりの娘を嫁にするという。母親は、やむなく皿かぶりを嫁に迎え、三人の嫁に衣裳比べをさせる。みごとに衣裳を披露した兄嫁二人が、皿かぶりの娘の皿を無理やりに取ると、その皿の中からみごとな衣裳が次々と出て来て、皿かぶりの娘が、その衣裳比べに勝つ。	
㉔	鹿児島・大島郡徳之島町井之川「はちかつぎ姫」（池水ツル）	夫婦に一人の娘がいるが、母親が病いに罹って死ぬ間際に、娘の頭に鉢をかぶせる。それから娘は、鉢をかぶったままで歩く。	後妻がくると、娘をいじめるので、娘は母親の墓に通う。後妻は、自分を殺そうとしていると、夫に訴えるので、父親はやむなく娘を家から出す。	娘は、生きていても仕方がないと思い、川に身を投げるが、鉢が浮かんで流され、向こうの岸に着く。漁師や子どもたちに、化け物と騒がれるが、殿さまの家に着いて、風呂焚きに雇われる。	その家には、七人の男の子がいたが、七郎が娘に背中を流させるときに、娘の肌の美しさに動かされて、二人は許し合うようになる。七郎は、鉢かつぎと結婚すると言うと、両親も兄たちも反対する。父親が、後継ぎの条件に、御殿に金銀を持ち込む者とするので、七郎は後継ぎになるのをあきらめて、	七郎夫婦は、殿さまの家の後継ぎとなる。

					鉢かつぎを連れて家を出る。たまたま鳥が飛んで来て、娘の鉢を口ばしで叩くと、鉢が割れて、中から金・銀・小判があふれ出る。	
㉕	沖縄・宮古郡多良間村字塩川嶺間「ハガマ被り娘の話」（垣花マツ）	母親が、娘を一人生んで亡くなる。	父親は、後妻を迎え、子どもも生まれる。継子は、上等な娘で、上流の人から求婚される。継母は、自分の子をいい人の許に嫁がせたいと、継子をいじめる。娘の頭には、羽釜が食い付き、香箱が食い付いて取れない。継母は、こんな子は殺してしまえと夫に迫る。父親は、使いの者に、継子を連れて行って、犬を身代わりにするように頼む。	継子の娘は海へ出て、船に乗せてもらい、陸にあがって歩いて行くと、王様の家に出る。助けを求めると、王様の長男が出て来て、娘を妻にしたいと思い、ひそかに自分の部屋に入れて、自分の食事を与えて養ってくれる。	だんだんやせてゆく息子を見て両親は不審に思うが、ある時に、息子が食事を羽釜かぶりの娘の許に運ぶ姿を見付ける。王様は踊りを催し、村人に娘を披露することとする。娘が洗面すると、頭から羽釜も落ち、その中から美しい着物や簪が出てくる。二人は、それで着飾って踊りの場に出て、皆を驚かせる。	王様は、息子夫婦を後継ぎに認める。村人たちがそれを祝っていると、羽釜かぶりの娘の父親も、娘が王様の息子の嫁になったことを聞き付け、祝いにやってくる。継母は、そのことを聞き、舌をかみ切って死んでしまう。

四　伝承上の位相

さて、右にあげた各地の伝承叙述のモチーフ構成を簡略化して示せば、およそ次のようになるであろう。すなわちそれは、◎印は基本話型のモチーフに完全に一致すること、○印はほぼ一致すること、△印は一部のみ一致すること、×印は全く一致しないか、欠落することを意味するものである。

伝承地	モチーフ構成										備考
	Ⅰa	Ⅰb	Ⅱa	Ⅱb	Ⅲa	Ⅲb	Ⅳa	Ⅳb	Ⅴa	Ⅴb	
①宮城・若柳町	×	◎	◎	◎	◎	◎	◎	◎	◎	◎	
②宮城・河南町	◎	◎	◎	◎	◎	○	◎	○	◎	×	
③山形・上山市	×	◎	◎	◎	◎	◎	◎	◎	◎	×	
④福島・飯舘村	×	◎	◎	△（手なし）	△（姥皮）	◎	△（姥皮脱ぐ）	△（恋患い）	△	×	「手なし娘」「姥皮」の複合
⑤福島・南郷村	×	◎	◎	○	○	○（水仕）	○（鉢を取る）	△（恋患い）	△	×	「姥皮」の複合
⑥埼玉・川越市	×	△	×	○	◎	◎	◎	○	◎	×	
⑦新潟・豊浦町	×	◎	◎	◎	◎	◎	◎	◎	◎	×	
⑧新潟・両津市	×	△（金鉢）	×	○	×	○（女中）	○（鉢を取る）	△（恋患い）	◎	×	前半の叙述は変化・後半は「姥皮」の複合
⑨新潟・牧村	○	◎（捏鉢）	◎	◎	◎	◎（女中）	◎	◎	◎	×	
⑩石川・能登町	×	○	×	×	×	◎	◎	△（履物）	◎	×	「シンデレラ」の混入
⑪奈良・黒滝村	×	△（摺鉢）	×	○	○	△	×	△	×	×	伝承は断片的
⑫兵庫・柏原用	×	○	◎	◎	◎	○（女中）	◎	◎	◎	○（盲目）	「炭焼き長者・再婚型」の複合
⑬鳥取・智頭町	◎	◎	◎	◎	○	○（庭掃き）	○（鉢を叩く）	△（恋患い）	◎	×	「姥皮」の複合
⑭鳥取・河原町	×	◎	◎	◎	◎	◎	○（鉢を脱ぐ）	△（恋患い）	◎	◎	「姥皮」の複合
⑮鳥取・三朝町	×	△（摺り鉢）	×	×	×	×	×	△	×	×	伝承は断片的
⑯島根・西郷町	×	○	×	×	◎	◎	◎	◎	◎	×	前半は断片的
⑰岡山・哲西町	×	◎	◎	◎	◎	○（女中）	◎	○	◎	×	
⑱広島・因島市	×	◎	◎	◎	◎	○（召使い）	△	○	◎	×	

⑲広島・加計用	◎ ◎	◎ ◎	◎ ○	◎ ○	◎ ×	
⑳徳島・西祖谷山村	× ◎	◎ ◎	× ◎	○ △（恋患い）	◎ ×	「姥皮」の複合
㉑徳島・池田町	× ◎	× △	× ×	△ ○	◎ ×	伝承は断片的
㉒佐賀・佐賀市	× △	× ×	× ×	△ △	× ×	伝承は断片的・「シンデレラ」の混入
㉓熊本・某所	× ×	× ×	× ×	◎ ◎	× ×	伝承は断片的
㉔鹿児島・徳之島村	× ◎	◎ ◎	◎ ◎	◎ ○	◎ ×	
㉕沖縄・多良間村	× △（羽釜香箱）	◎ ◎	◎ △（隠匿）	◎ ◎	◎ ○	

先にあげた昔話「鉢かづき」の話型は、およそ御伽草子のそれに準じたものであるが、右にあげた各地の伝承事例には、これに全く一致するものはない。そのなかで、②宮城・⑨新潟・⑬鳥取・⑲広島は、Ｖ・ｂ〔再会〕のモチーフは欠くが、Ｉ・ａ〔申し子〕を含んで、それに近いと言える。また①宮城・⑭鳥取・㉕沖縄は、Ｉ・ａ〔申し子〕のモチーフは欠くが、Ｖ・ｂ〔再会〕のモチーフを含んで、これに準じていると言える。しかし全体からみると、観音霊験とかかわるＩ・ａ〔申し子〕、Ｖ・ｂ〔再会〕のモチーフを欠く伝承事例が意外に多い。おそらくそれは、昔話を伝承する現代社会において、これらのモチーフは、その意義を大きく後退させたということであろう。言いかえれば、それは、Ｉ・ｂ〔鉢かぶり〕、Ⅲ・ａ〔虐待〕ｂ〔追放〕、Ⅲ・ａ〔遍歴〕ｂ〔火焚き〕、Ⅳ・ａ〔求婚〕ｂ〔嫁比べ〕、Ｖ・ａ〔幸福〕が強調されたことになり、主人公の望外な幸福を主題とする昔話として純化させ、現代に適応できる伝承文芸に改変させたものとも言えよう。

また右の伝承事例のなかには、類似の昔話のモチーフを混入させたものがある。たとえば、④⑤福島・⑧新潟・⑬鳥取・⑳徳島の伝承事例は、あきらかに同じ継子譚の昔話「姥皮」のモチーフを複合させている。ちなみに昔話

「姥皮」のモチーフ構成は、次のようである。

Ⅰ・a、分限者の夫婦に、美しい姫が一人いる。

b、母親が、姫を残して早くに死ぬ。

Ⅱ・a、後妻の継母が、継子の姫を虐める。

b、やむなく姫は家を出る。

Ⅲ・a、姫は山中の鬼の家で、婆に匿まわれ、姥皮をもらう。

b、姫は山を出て、姥皮をかぶったまま、長者の家の火焚きに雇われる。

Ⅳ・a、長者の息子が、姥皮を脱いだ姫の姿を見て、恋患いに罹る。

b、長者は、占い師の見立てで、息子の盃を受けた召使いを嫁にすることにするが、息子は最後に来た継子の姫の盃を受け取る。

Ⅴ・a、姫が姥皮を取って、美しい姿を現わす。

b、継子の姫は長者の嫁になって幸せになる。

昔話「鉢かづき」における継子の幸福の要因が、「鉢」によるものであるのに対して、これは「姥皮」が担うという違いはあるが、両者はきわめて類似するもので、伝承のなかで複合がおこるのも無理からぬものである。特に醜い「鉢かぶり」に、長者の息子が心を動かすという伝承上の説明不足が、「姥皮」を脱いで美しい本姿を見せるモチーフを導入させるに至ったとも言えよう。そこで、「姥皮」を複合させた六つの伝承事例をみると、④福島のみが具体的に「姥皮」をあげて複合の跡をあらわに見せており、⑤福島・⑧新潟・⑬⑭鳥取は「姥皮」を言わず「鉢」を取って本姿をみせるという、いささか矛盾した叙述によっており⑳徳島はそれさえも語らないまま、この伝承事例のいずれもがもっている、息子の「恋患い」のモチーフのみで、「姥皮」との複合の跡を見せている。そしてこの「姥皮」との複合は、元来、お伽草子「鉢かづき」の基層に昔話「姥皮」を認める立場からすると、一種の先祖帰りでもあると言えよう。

さらに類似のモチーフを混入させたものとしては、①福島の伝承事例がある。すなわちこれは、右で「姥皮」との複合を指摘したものであるが、同じく継子話の一類である「手なし娘」のモチーフがうかがえる。

また⑲石川や㉒佐賀の伝承叙述には、欧州のメルヘンとして著名な「シンデレラ」のモチーフの混入が見られる。「シンデレラ」は、「灰かぶり」とも称されるもので、継子の境遇が「鉢かぶり」の「火焚き」と近似するゆえの複合と言える。が、現代の伝承社会では、日本の昔話と外国のメルヘンとの間の境界は失われつつあるということの事例でもある。あるいは、⑫兵庫の伝承事例は、継子話に類するものではないが、「父娘再会」と「夫妻再会」のモチーフの近似から、昔話「炭焼長者・再婚型」との複合をみせるものである。ちなみに、その昔話の話型をあげると次のようである。

Ⅰ・a、ある男が、産神の問答を聞いて、息子を福運をもつ娘と結婚させる。

b、娘の福運によって、息子の家は富み栄える。

Ⅱ・a、豊かになった男は、妻の作る粟飯を不満として離縁する。

b、妻は倉から出た鳥の跡をつけ、炭焼きと再婚する。

Ⅲ・a、妻は炭焼かまどの石が黄金であることを発見する。

b、その黄金で、炭焼夫婦は金持ちになる。

Ⅳ・a、先夫が乞食となって、炭焼のもとを訪ね、先妻にもてなされるが気づかない。

b、先夫は先妻であることを知らないまま養われる。（先夫は気づいて、先妻の前で死ぬ）

およそこの昔話は、「炭焼長者・初婚型」と「産神問答―男女の福分」との複合で成立したものであるが、かつて栄えた男が落ちぶれて、今は栄えている女と再会するという叙述は、昔話「鉢かづき」の父と娘との再会に通じるところは確かにある。しかし、これは男の不運を主題とするもので、「鉢かづき」は、父親の幸福を添えて、継子の望外の幸せを強調するもので、その主題は大いに違うといわねばなるまい。

以上、昔話「鉢かづき」は、御伽草子のそれにしたがいながら、口承の世界で、北は東北地方から南は奄美・沖縄に及び、さまざまな位相をみせて語り継がれてきたことを紹介してみた。勿論、それは室町・江戸時代に盛行した古典の作品そのままではない。語りの世界で簡略化し、土地のコトバに応じて在地に根づき、現代の伝承文芸として再生されたものである。そしてそのなかで、「鉢かづき」のもつ生命力の大きさをわたくしどもに伝えているものである。

主要参考文献

柳田國男監修『日本昔話名彙』（日本放送出版協会、昭和二三年）

関敬吾著『日本昔話集成』第二部の2（角川書店、昭和二八年）

関敬吾著『日本昔話大成』第五巻（角川書店、昭和五三年）

稲田浩二著『日本昔話通観』第二十八巻（同朋舎出版、昭和六三年）

黄地百合子「「姥皮」型説話と室町時代物語」（『昔話―研究と資料―』第五号、昭和五一年六月）（『御伽草子と昔話　日本の継子話の深層』、三弥井書店、平成一七年）

井上正紀「「鉢かづき」の世界㈡―昔話の「鉢かづき」―」（『まんだ』56号、まんだ編集部、平成七年一一月）

第三編　本地物語と民間伝承

「氣比宮本地」の精神風土〈その一〉

——越前・荒血山を越える——

はじめに

去る平成二十年十一月、徳田和夫氏編の『御伽草子・百花繚乱』(1)の刊行記念の会合で、その執筆者の一人でもある濱中修氏から、越前の荒血山についての意見を聞いたのである。「荒血山は氣比神宮の奥の院だったようですね」とおっしゃる。わたくしは半信半疑のまま帰宅して岡見正雄先生の岩波・日本古典文学大系本『義経記』(2)巻七の「愛発山の事」、およびその頭注・補注を読み返して、改めてその伝承の精神風土を確認すべく、およそ一年にわたって、現地踏査を試みたのである。

その「荒血山」（愛発山）は、近江から越前に入る境界の地にあり、当山を水源とする五位川・笙の川が敦賀の海に入る、その河口に鎮座するのが、北陸の総鎮守・氣比神宮（氣比宮・氣比神社）である。そしてそのような自然の風土と人間の営みとのかかわりのなかで生成されたのが「氣比宮本地」である。本稿は、その伝承の意義を考察するもので、それは今ふうに言えば、環境文芸学—自然環境と人間とのかかわりのなかで生成された文学事象の研究—の一端を示すことである。

なお濱中氏は、本年（二〇〇九）一月に刊行された『アジア遊学』(3)一一八号に、「京極御息所をめぐる中世神話」と題する論攷を発表されている。その抜刷を最近いただいた。参考とすべきところは多いが、視点のちがいもあるので、本稿はそれに触れないまま進めることにする。

一、『平家物語』〈北国下向〉の風景

中世における越前路の状況を『平家物語』巻七にみることから始めることとする。すなわち、寿永二年（一一八三）四月十七日、覚一本によると、木曽勢の籠る越前・火打が城に向けて、平家勢は十万余騎で攻め下ると叙している。

> まづ木曾冠者義仲を追討して、其後《そののち》兵衛佐を討《うた》んとて、北陸道へ討手をつかはす。大将軍《たいしやうぐん》には、小松《こまつの》三位中将維盛《これもり》・越前三位通盛《みちもり》・但馬守経正《たじまのかみつねまさ》・薩摩守忠教《ただのり》・三河守知教《とものり》・淡路守清房《あはぢのかみきよふさ》、侍大将《さぶらひだいしやう》には越中前司盛俊《もりとし》・上総《かづさの》大夫判官忠綱《ただつな》・飛弾大夫《ひだのたいふ》判官景高《かげたか》・高橋判官長綱《ながつな》・河内《かはちの》判官秀国《ひでくに》・武蔵《むさしの》三郎左衛門有国《ありくに》・越中次郎兵衛盛嗣《もりつぎ》・上総五郎兵衛忠光《ただみつ》・悪七兵衛景清《あくしちびやうゑかげきよ》をさきとして、以上大将軍六人、しかるべき侍三百四十余人、都合其勢十万余騎、寿永二年四月十七日、辰一点《たつのいつてん》に、都を立ッて北国へこそおもむきけれ。かた道を給ッてンげれば、逢坂《あふさか》の関よりはじめて、路次《ろし》にもッてあふ権門勢家《けんもんせいけ》の正税《しやうぜい》・官物《くわんもつ》をもおそれず、一々にみなうばひとり、志賀《しが》・辛崎《からさき》・三河尻《みツかはじり》・真野・高島《たかしま》・塩津《しほつ》・貝津《かひづ》の道のほとりを次第に追補《ついふく》して通《〔とを〕》りければ、人民《じんみん》こらへずして、山野にみな逃散《テウさん》す。

右のごとく、その「北国下向」は、琵琶湖の西、志賀・幸崎・三河尻・真野・高島・塩津・貝津の道によったと叙するのみで、それ以降の北国路を具体的にあげることはない。しかもそれは、読み本系の延慶本、あるいは長門本も、

およそはこれに準ずるものである。

ところが、同じく読み本系に属する『源平盛衰記』巻二十八は、次のように叙している。

寿永二年四月十七日、木曾追討ノ為ニ宮兵北国ニ発向、其ヨリ東国ニ責入テ頼朝ヲ誅スベシト聞ユ。大将軍ニハ権亮三位中将維盛卿、越前三位通盛卿、薩摩守忠度、佐馬頭行盛、参河守知度、但馬守経正、淡路守清房、讃岐守維時、刑部太輔度盛、侍大将ニハ越中前司盛俊、子息太郎判官盛綱、同次郎兵衛尉盛副、上総守忠清、子息五郎兵衛尉忠光、七郎兵衛景清、飛騨判官景家、子息大夫判官景高、上総判官忠経、河内判官季国、高橋判官長綱、武蔵三郎左衛門有国以下、受領・検非違使、靫負尉・兵衛尉、有官輩三百四十余人、武勇ニ携《たづさはる》者ハ大略数ヲ尽シテ下シ遣ス。（中略）

片道ヲ給《たまはつ》テ、権門勢家ノ正税・年貢、神社仏寺ノ供料・供米奪取《うばひとり》ケレバ路次ノ狼藉不レ斜《なのめならず》。在々所々ヲ追捕シケレバ、家々門々安堵ノ者ナシ。近江ノ湖ヲ隔テ、東西ヨリ下ル。粟津原・勢多ノ橋・野路ノ宿・野洲ノ河原・鏡山ニ打向《うちむかひ》、駒ヲ早ムル人モアリ。山田・矢走《やばせ》ノ渡《わたり》シテ、志那・今浜《このはま》ヲ浦伝ヒ、船ニ竿サス者モアリ。西路ニハ大津・三井寺・片田浦・比良・高島・木津ノ宿・今津・海津ヲ打過テ、荒乳ノ中山ニ懸テ、天熊《てんのくま》・国境《くにさかひ》・疋壇《ひつた》・三口行越《みつくちゆきこえ》テ、敦賀津ニ著《つき》ニケリ。其ヨリ井河・坂原《はんばら》・木辺山《やま》ヲ打登《うちのぼり》、新道ニ懸テ、還山《かへるやま》マで連《つづき》タリ。東路ニハ片山・春ノ浦・塩津宿ヲ打過テ、能美越・中河・虎杖崩ヨリ還山ヘゾ打合タル。

右によると、平家の「北国下向」は、「近江ノ湖ヲ隔デ、東西ヨリ下ル」とし、その「西路」には「大津・三井寺」から「今津・海津」を経て、「荒乳ノ中山」に懸って、「敦賀津」に着き、さらに「木辺山《このめやま》」を越えて「還山」まで続いたとする。またその「東路」には「片山・春ノ浦」から「能美越」により、「還山」で打ち合ったという。越前路の地名を具体的に詳しく紹介するもので、編者の在地に対する関心の深さがしのばれるであろう。

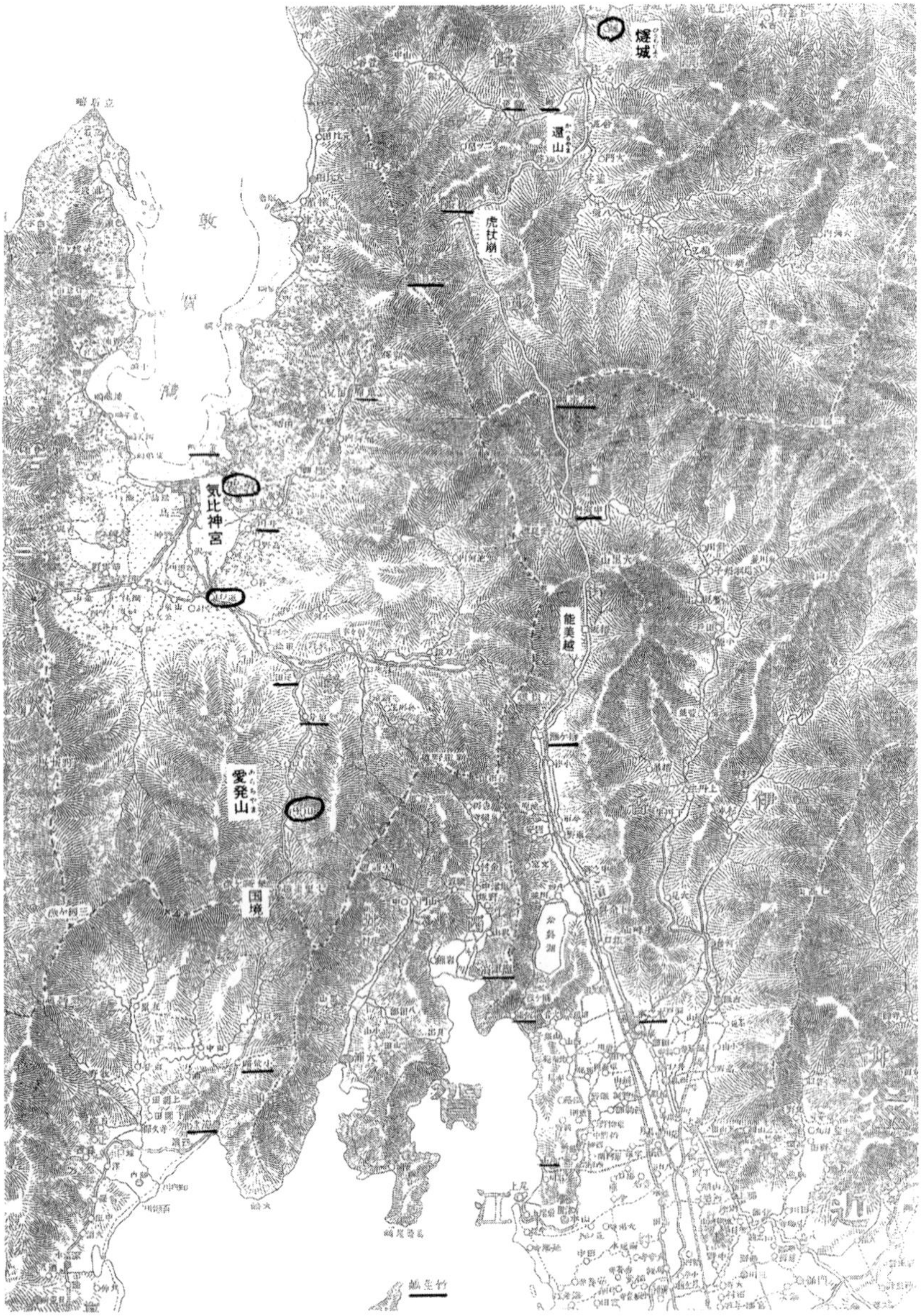

北国・越前路地図

二、『曽我物語』〈荒血山・保昌成育譚〉

右の平家の「北国下向」の三年後、『義経記』によると、文治二年（一一八六）の春、義経は都を逃れ、海津から右の「西路」によって「愛発の中山」に差しかかったとしている。そこで弁慶が荒血山における〈神の子誕生譚〉を披露するのであるが、すでに岡見正雄先生が指摘されたように、この物語の類話が、『義経記』に先行して成った『曽我物語』に見えているのであった[4]。

すなわち、『曽我物語』の真名本（妙本寺本）の巻二に、伊藤助親が、三女のもうけた頼朝の若君、千鶴御前を松河の奥・蛛《くも》が渕に伏し漬けにする条にかかわって、次のような物語が引用されている。

昔延喜《の》帝《の》御時云二《(フ)》元方《の》民部卿一《と》人御《おはシキ》、勇《(ユユシ)ク》立レ《たる》心《を》人《にて》、依二《て》御孫子女御諍一《の》顯《にて》レ靈《(レイ)と》出二《シ下シキ》怖事共一《を》人《なり》、然《に》彼《の》民部卿《には》可レ繼レ家《を》君達不レ御二《ける(ヲ)はせ》一人一《モ》間、被三《ける》祈二申佛神三寶一《に》程《に》、其驗《(ノ)にヤ》、无レ《(ク)》程若君一人出來《下へリ》、随レ《て》日《に》无レ《(ク)ハリ》柔成長《(ソタチ)下》、生年申二《す》四歳一《と》秋比《の》、元方卿《の》奉三《て》呼二《(セ)の》寄彼若君一居二《を(スヘ)ツ、》御膝上一《のに》、嗟々《(ツクツク)と》打瞻《(マホラ)へて》見レ《(ル)ことはを》臣不レ如レ君《かには》、見レ子《ことはを》過レ《たるに》親无レ《シと》者《は》云二《へり》本文一《に》、此者《のをはナニシに》何取置耶《ける(ヤ)らむ》、可レ繼レ《(キ)》家《を》不レ見レ《(エ)》者《とも》、其心極不敵《て(フテキ)にシて》可レ《(キ)》交二《ル》山野一有二《(リ)》瑞相一、汝《に(ユ)つる》讓レ家《を》者定《ナラはて》可レ多二《(シ)》世《かルの》謗一、成長置《(ソタテヲキ)てはセ(ン)とてにかは》爲レ何、仰二付侍一《て》二人雜色二人一《に》被レ《ける》捨二荒血山尚奥深谷底一《(アラチ)のを(ク)キの(へ)ソ》（中略）此若君《の》只一人《は》被レ《て》捨二荒血山奥一《(アラチ)(ノ)に》蚑二《(ハイアリキ)下へとも》行彼方此方一《へ》、誰現《かは(ケ)にと》可レ助《(キ)》、而可レ然有二《ケル》佛神三寶《の》御計一《にてヤ(サシ)モ》、差怖氣《なる》禽獸不レ犯レ之《を》、爰亦《に》比叡山麓《のに》有二《(リ)》狩師一、朝末《アサマタキの》折節、山々谷々踐《を(フミ)》廻程《けるに》、響レ《(キ)にて》谷答レ《に(キ)》峯少者爲二《の(シ)ケレはフの》叫聲一、且聞二《シは(ク)》禽獸聲耶一《の(ヤ)らむと》程《に》、聞二《(エ)ける》理過一《りて》間、付二《ツ、の》彼聲一《に》行見《てレは》、不レ覺二《ヌ》打絶《(ウツ)(タ)(へ)たるの》人子一《とも》若君只《の》一人泣御《てをは(シ)けり》、狩師《は》（中略）奉三《て(カキ)》昇二懐《(キ)》若君一《を》立二返《ツ》、埴《(ハニフ)の》小屋一《に》、奉二《(ル)(モテナシカシツキ)》賞遵一程《に》、若君御成人間《の》、武略《の》心武《(シ)て》、弓馬《の》藝勝レ人《下へリに》、其名聞二《へシかは》天下一《に》、顯レ徳《シて》成二《を(セ)下》帝御《の》堅一《(カタメ)と》、聞二《へシは》丹波守保昌一《のと》彼人御事《のの》《なり》、すなわち、延喜の帝の時、元方の民部卿は、仏神に申し子として誕生した若君を四歳となった秋に見て、「其心極メテ不敵ニシテ、山野ニ交ルベキ瑞相」と判じ、荒血山の山奥に捨てさせる。ところが、その若君を「差シモ怖気ナル禽獣モ、之ヲ犯サズ」、たまたま「比叡山ノ麓ニ有ル」「狩師」に拾い育てられ、やがて成人して「武略ノ心武ク」「弓馬ノ芸ニ勝レ給ヒタル」「丹波守保昌」となったというのである。

およそ、死後、悪霊と化したとも伝えられる元方卿の若君[5]――実は孫に当たるのであるが――、それが家を亡ぼすべき「不敵」の瑞相、つまり悪鬼の相を有したとするのは、あるいはむべなるかなの叙述と言える。その恐ろしい鬼子なる若君が、荒血山の山中に捨てられ、叡山の麓の猟師に拾われ、みごとに転生して成長、それが「武略」「弓馬」に秀れた「天下」の勇士になったという。その保昌は、摂津の平井に住して、平井の保昌と称され、平安時代を代表する武人、四天王の一人にあげられ、[6]「酒呑童子」の物語では、頼光に従う五人の勇士の中に見出される。また説話集では、盗賊・袴垂の震肝を寒からしめた豪雄の士として取りあげられ、[7]また和泉式部の夫たることも著名であった。[8]

さて、この荒血山保昌成育譚の類話の一つとしては、『弁慶物語』[9]があげられるであろう。およそそれは、熊野の別当が、権現に申し子として生まれた若一王子は、恐ろしいさまの「鬼子」であったとする。そしてその「鬼子」が熊野の山中に捨てられ、五条の大納言に拾われ、やがて猛々しい豪雄の士・武蔵坊弁慶に成長したというのである。

かつて岡見正雄先生は、「座頭と笑話――義経記に至る口承文芸史――」の論考で、[10]「熊野若一王子に関する山中異常誕生譚」として、この『弁慶物語』を（男ばなし）、『熊野の本地』を（女ばなし）と対照的に示されたことであった。それは熊野信仰が生成する山中異常誕生譚の二つの流れを説かれたものとして、注目すべき考察である。しかしわたくしは、『熊野の本地』[11]は、熊野権現の誕生の物語で、熊野信仰からみれば、一次的伝承であり、『弁慶物語』は猛々しい人間の英雄の誕生を語るもので、それは二次的伝承と判ずべきものと考える。

ところで、岡見正雄先生は、筑土鈴寛師の学問に大きな影響を受けておられるが、その筑土師は、五衰殿の女御の山中神の子誕生譚を語る『熊野の本地』、およびその一連の本地物語については、『復古と叙事詩』(12)収載の「神・人・物語」などで、詳しく論究されている。そしてその考察の中心は、柳田國男氏の『山の人生』(13)などで指摘された、山の神の産育を助けた山間の猟師たちの伝承に、その始原を求めることであった。が、その山の宗教がなぜ山の神の産育を主題とするかまでは、考究されることはなかったと言える。

およそ山中における新しい神の誕生を説く物語の意義は、聖なる山のもつ宗教的民俗的視野において説明されるものであろう。つまり、遥かに望まれる聖なる山は、麓の里に豊かな幸をもたらすエネルギーの源である。そこは言うまでもなく豊かな水をもたらす水源の地・水分りの地であった。そしてその聖なる水を生命誕生の根源とする観念は、人類普遍の思想《イデオロギイ》である。しかも掘一郎氏の「万葉集にあらわれた葬制と、他界観、霊魂観」(14)によると、万葉の時代、われわれ先祖の霊魂は、死後、遙かなる水源の山界に赴くものと観じられていたと言われる。そしてその事例の一つとして、初瀬川の上流、隠口《こもりく》の初瀬山があげられている。言うまでもなく、当山は後に、観音信仰のメッカとして長谷寺が建立される。そしてその観音は、夫婦和合のムスビが称揚され、申し子の誕生を保障するものとして、広く信仰されることとなった。また先にあげた熊野山も大いなる水分りの地として、古く死者の霊魂の赴く聖地と観じられてきた。それがやがて浄土信仰のうねりのなかで、人間の生命の再生を保障する阿弥陀の聖地として多くの信仰を集めることとなったのである。

この山中の神の子誕生譚の宗教的民俗的意義を端的に説明できるものとして、ここでは伊豆山走湯山の信仰をあげてみる。その伊豆山は、右にあげた霊山と同じく、山麓の人々にとっては、先祖の霊魂の赴く聖地と考えられてきた。

したがって、春秋の彼岸、あるいは盆の折りには、人々は先祖の霊魂との再会を求めて、伊豆山の奥宮・日金山に登山する習俗は今に続いている。(15) そしてその奥山は、同じく水分りの地であった。『走湯山縁起』(16) 第五は、次のように書き出されている。

当山日金山、本名久地良山也。此地下紅白二龍交和而臥。其尾漬二筥根之湖水一。其頭在二日金嶺之地底一。

すなわち日金山は、久地良山と称されるが、その地下には、紅白の二龍が交和して臥すという。それは当地が水源の地であることを叙するものである。しかも同書巻五は、「神託記」なるものを収める。

昔景行天皇三十一年。久地良山之上有二大杉木一。(中略) 従二其中一生二一男一女一。于時有二巫女一。号二初木一。以二此二子一養レ之如二己子一。不レ経レ旬忽成長。一云二日精一。一云二月精一。第十三代帝御宇。(中略) 此二人為二夫婦一。

これによると、その久地良山の大なる杉の木の許に、一男一女が誕生、それを巫女の初木が養育し、忽ちに成長したという。その女は日精、男は月精と称され、やがて二人は夫婦となったとする。それならばその伝承は、兄妹神婚譚を意味するものとも言えるであろう。しかも、その二人の異常誕生の叙述は、伊豆権現の「みあれ」の神儀をかくすものと思われる。ところが、その「神託記」は、二人が伊豆権現に示現したとは説かない。二人は奥宮・日金山の神冥の地に奉仕し、「権現氏人の元初」、つまり伊豆権現の司祭者の第一となったとして、その系図を掲げている。それは、養母初木を祖にあげ、その養子の「日精女・月精男」から筆者の延轂に及ぶものである。しかも二人の最後は知らずとして、その「卜宅」の跡は今に祀られ、「結護法」とあがめられているという。おそらくこのムスビの護法は、伊豆権現のムスビを支え、これを信仰する人々に、夫婦和合のムスビを保障する意義を有したものと思われる。

ちなみに、古来より旧暦の二月中旬に営まれる伊豆山の祭礼には、今日も男女二神のムスビの神儀が営まれている。(17) しかしてこの祭儀の思想《イデオロギイ》こそは、常在御前・霊鷲御前の山中再生譚を語る『伊豆箱根の本地』(18) の深層をなすもので

ある。ちなみに箱根山の宗教的民俗的信仰も、伊豆山のそれに準ずるものである。(19)

ここで再び『熊野の本地』に対する『弁慶物語』に戻る。これは『曽我物語』の荒血山保昌成育譚にも通じるものであるが、先に『弁慶物語』は、『本地』の二次的変容と説明した。それは『本地』が神の子の物語であり、『物語』は神の子を人間の英雄に転化させたものと言えるが、その異同はそれに留まらない。『弁慶物語』は、誕生した君子を恐ろしい形相の「鬼子」とする点で、大きく違っている。それはおそらくは産育に附随する問題で、聖なる生命の誕生に伴う負《マイナス》の要素のアクセント、つまり産にともなう血のケガレの表現と観じられる。そしてその産のケガレは、猟師など、山に入る人々が、最も恐れるものである。

わたくしごとになるが、わたくしの義妹は「福子」と名づけられて育った。それはこの子が親の厄年《やくどし》に生まれたからである。親の厄年にできた子は、産のケガレの結果として鬼子となって誕生すると信じられてきた。そこであらかじめ、それ相応の人に頼んで、生まれた子を辻に捨てて拾ってもらったのである。一旦、捨てることで、悪を転じることができる。弁慶も保昌も、山中に捨てられて拾われている。「福子」という名は、その悪を捨てて福をもたらす者となるという意義をもって付けられる。近年まで、障害を持って生まれた子を世の人が「福子」と称したのは、それを期待したことである。これははやく柳田國男氏が指摘されたのであるが、(20)最近は山田厳子氏が、「民俗と世相——「烏滸なるもの」をめぐって——」などで、これに触れておられる。(21)また後に引く『子安の本地』では、閻魔大王が老尼に授けた異体の二児も「福子」の名をもって誕生している。産のケガレを背負った「鬼子」は、捨てられた後、拾われて英雄に転生する。この転生が果されることのない伝承が『酒呑童子』（伊吹山系）の物語である。(22)この「悪鬼」（鬼神）は、ついには亡ぼされる運命にある。山中神の子誕生譚の三次的変容と言うべきものである。

さてここで、荒血山（愛発山）が水源の地であることを確認しておきたい。右頁の地図に示すごとく、滋賀県がわ

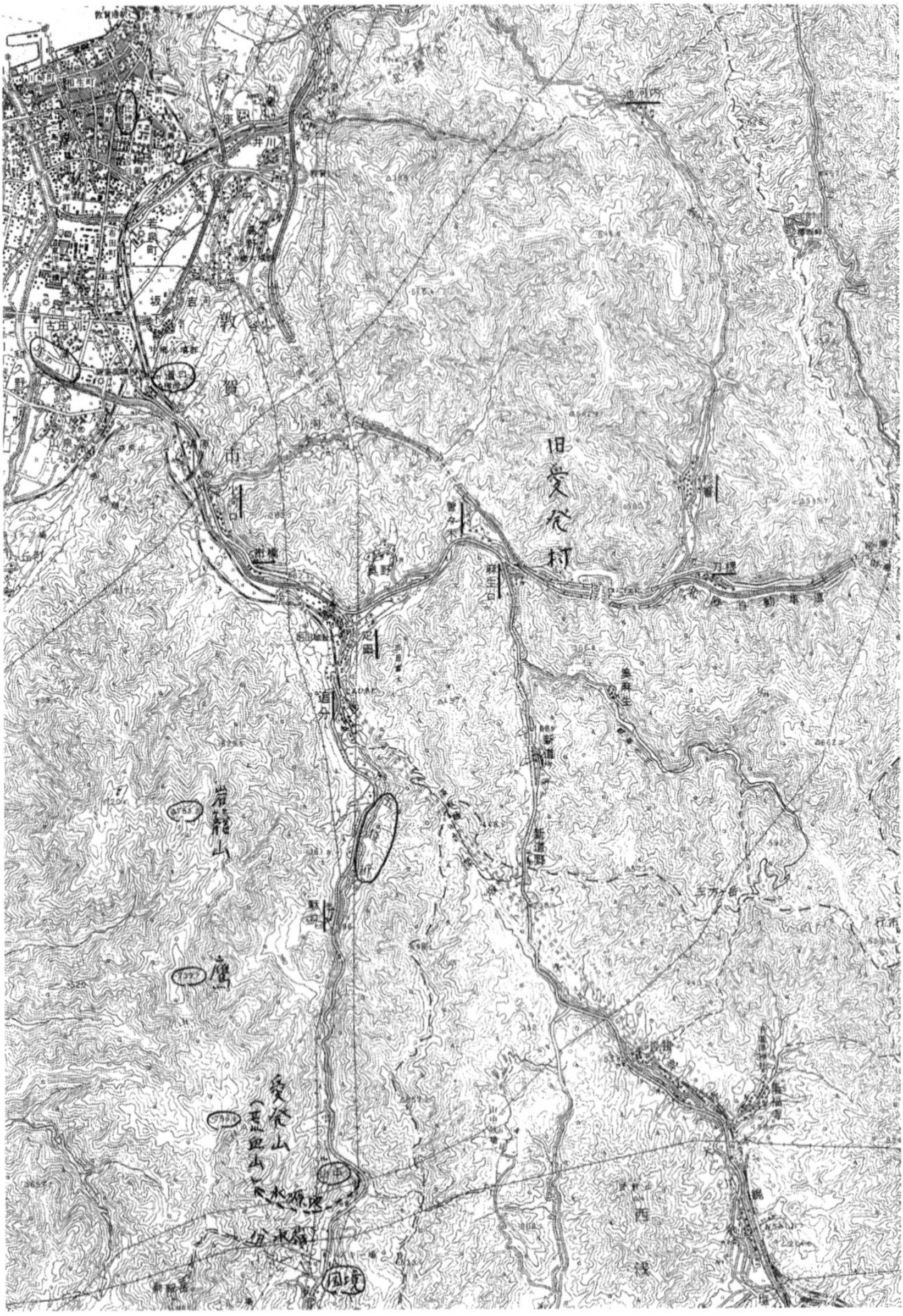

五位川・笙の川の水源地「荒発山」

の国境《こっきょう》から福井県がわの山中《やまなか》に入る所が分水嶺である。そして五位川の上流は、山中からさらに南に回って分水嶺の前を北上して荒血山に迫ってゆく。これによると、山麓の五位川・笙の川流域の人々にとっては、水源の地の荒血山は、神の子を誕生せしめる聖地であると同時に、先祖の霊魂が赴く冥界の入口と観じられていたものと推される。それは後にあげることになるが、荒血山を畜生道の入口とする叙述も、これにつながるものと思われる。

三、『義経記』〈荒血山・神の子誕生譚〉

さて『義経記』（田中本）巻七によると、義経一行は、文治二年の春、海津で舟を降り、「七里半越え」で、「愛発の中山」にさしかかったという。その「愛発の山中」は、「すなほならぬ山」で、北の方は、「左右の御足より流るゝ血は紅のごとし」であった。が、その北の方が、「古《いにしへ》はあらしの山中と言ひけるぞ。今は何とて愛発の山の山中とは名付くらん」と問えば、判官は、「この山は余りに難所にて、（中略）足を踏み損じて血を流す故に、あら血の中山と呼び替へたり」と答える。それを聞いた弁慶は、判官の説明を難じて、

「この山をあら血の中山と申す事は、加賀《かが》の国白山《くにはくさん》に女体《にょたい》の龍宮《りゅうぐう》の宮とておはしましけるが、志賀《しが》の都《みやこ》にて、唐崎《からさき》の明神に見え初《そ》めさせ給《たま》ひて、月を送り給ふ程《ほど》に、懐妊《くわいにん》ありて、すでにくわいにんその月近くなりしかば、おなじくは王子にても姫宮《ひめみや》にてもおはしませ、わが国《くに》にて誕生《たんじやう》あるべしとて、彼《か》の国《くに》へ下《くだ》り給ひけるを、明神『御産《さん》の近づきたるに』とて、御腰《おんこし》を抱《いだ》き参らせたりければ、この山にてたやすく御産《さん》ありけり。その時御産《さん》のあら血《ち》をこぼさせ給ひたるによりて、あら血《ち》の中山と申すなり。さてこそあらしの山中、あら血の中山の謂《いは》れ知られ候へ」

旧道沿いから望む荒血山（愛発山）

荒血山に迫る五位川の水源地

と語る。すなわち加賀・白山の竜女神が、近江の唐崎明神の御子を懐妊して、白山に戻る途中、当山にて御産があって、その折に荒血がこぼれて以来、これを「荒血の中山」と称されたというのである。

かつて女性にとってお産は、生命《いのち》がけの事業であった。そしてその女性の身の危険は、お産にともなう出血、つまり「あら血」にあると考えられてきたのである。それゆえに御産はケガレと観じられ、それは周辺の者にも及ぶものとして、強く忌まれてきた。それが、生命誕生の負《マイナス》の部分として、山中誕生譚の叙述に及ぶことは前節でふれてきた。この『義経記』のとりあげた荒血山由来譚は、その生命誕生の過酷な事業をあらわに表現したものと言える。が、『義経記』の叙述は、地名の不思議に関心を移し、「義経もかくぞ知りたる」とて、「(判官)笑ひ給ひて、越前の国へ入り給ふ」と結び、当山に誕生した若子の運命にはふれぬままで終わっているのである。

ところで、この荒血山・神の子誕生譚の叙述には、平安時代以来の加賀・白山信仰と近江・日吉山王のそれとの交流の歴史が隠されていることを注目すべきであろう。たとえば、安元三年(一一七六)、加賀の国司、藤原師高父子と白山宮衆徒の対立抗争から、本山・日吉山王を通して(白山強訴)に及んだ事件がある。それを『平家物語』覚一本は、巻一「鵜川軍」「願立」「御輿振」をもって叙するのであるが、その白山神輿の叡山入りについては、次のように叙するのみである。

白山三社《しゃ》八院の大衆こと〴〵く起《ヲコ》りあひ、都合其勢二千余人、同《おなしき》七月九日の暮方《くれかた》に、目代師経《もろつね》が館《たち》ちかうこそおしよせたれ。(中略)目代かはなじとや思《おもひ》けん、夜《よ》にげして京へのぼる。あくる卯剋《ウノコク》におしよせて、時《とき》をどッとつくる。城《ジヤウ》のうちには音《(をと)》もせず。人をいれて見《(み)》せければ、「皆落《ヲチ》て候」と申《まうす》。大衆力及ばでで引退《ヒキシリゾ》く。さらば山門へ訴《(うッた)》へんとて、白山中宮の神輿《シンヨ》を賁《カザ》り奉り、比叡山《ヒエイサン》へ振《(ふ)》りあげ奉る。同《おなしき》八月十二日の午《ムマノ》刻計《ばかり》、白山の神輿、既に比叡《ヒエイ》山東坂本につかせ給ふと云程《いふほど》こそありけれ、北国の方《かた》より、雷《ライ》緩《ヲビタヽシ》く鳴ッて、都をさしてなりのぼる。白雪くだりて地をうづみ、山上・洛中おしなべて、常葉《トキハ》の山の梢《コズエ》まで、皆白妙《しろたへ》になりにけり。神輿《シンヨ》をば、客人《マラウト》の宮へいれたてまつる。客人と申《まうす》は、白山妙利権現《はくさんめうりごんげん》にておはします。

つまりこれでは、加賀の目代・師経の館を攻めた白山の衆徒が、やむなく本山に訴えるために、中宮（早松社）の神輿を東坂本に振りあげたと説くに留まり、それまでの経過にふれることはない。しかるに読み本系にあっては、それをやや詳しく叙している。それも延慶本（長門本）と『盛衰記』とはいささか違っており、後者の方がいちだんと詳しい。今、それをいちいち紹介する余裕はないが、『盛衰記』においては、叡山の大衆に応じた白山の東坂本入りを次のように叙している。

白山ノ衆徒等勇悦テ、十三日ニ神輿ヲ奉レ出、荒智ノ中山立越テ、海津ノ浦ニ著給フ。是ヨリ御舟ニ召テ海上ニ浮給ヘリ。或ハ浜路ヲ歩《あゆむ》大衆モアリ、或ハ波路ヲ分ル神人モアリ。比叡辻ノ神主ガ夢に見タリケルハ、戸津比叡辻ノ浦ニ、イミジク飾尋常ナル船七艘有、日中ナルニ篝ヲ燃ス。舟ゴトニ狩衣ニ玉襷アゲタル者ノ、北ヘ向テ舟ヲ漕《こぐ》。「イカナル人ノ御物詣ゾ」ト問バ、「白山権現ノ神輿ノ御上洛ノ間、御迎ニトテ山王ノ出サセ給御舟也」ト申。角《かく》云者ノ姿ヲミレバ、身ハ人、面ハ猿ニテゾ有ケル。打驚タレバ汗身ニアマレリ。不思議ヤト思、立出テ四方ヲ見渡セバ、此山ヨリ黒雲一叢引渡、雷電ヒゞキテ氷ノ雨フリ、能美ノ山ノ峯ツゞキ、塩津、海津、伊吹ノ山、比良ノ裾野、和尓、片田、比叡山、唐崎、志賀、三井寺ニ至マデ、皆白平《しろたへ》ニ雪ゾ降《ふる》。十四日ノ子時ニハ、客人ノ宮ノ拝殿ヘ奉入。客人ノ神明ハ金ノ扉ヲ押開、早松ノ明神ハ錦ノ帳ヲ巻揚テ、御訴詔ノ有様御物語モヤ有ラント、身ノ毛竪《よだつ》テゾ覚ケル。

およそ加賀の白山と日吉山王との関係は、久安三年（一一四七）に、白山が延暦寺末となったことで、きわめて緊密となり[23]、右の安元三年の（白山強訴）もそれを示すものと言える。しかして、白山と日吉山王をつなぐ道沿いには、日吉山王社がさかんに勧請されることになり、海津から敦賀津に至る「七里半越え」の道筋にも山中・駄口・追分・疋田・市橋・小河内・山泉にそれがみられる。[24] そしてそれは、白山の竜女神が唐崎（日吉）へ通う道筋に当るものと言える。しかも唐崎明神の神の子を産み参らせた荒血山は、言うまでもなく白山の竜女神の帰路に沿うものであった。ただし、『義経記』のいう白山の竜女神（「女体の龍宮の宮」）とは、白山麓の中宮ではなく、白山本宮（下白山）と称される鶴来町鎮座の白山《しらやま》比咩《ひめ》神社の祭神・菊理媛（本地・十一面観音）を想定したものと判じられる。[25] これに対する唐崎明神は、古くより七瀬祓所の一つとして尊ばれた琵琶湖西岸の景勝地に祀られた神明で、[26] おそらくは湖水の竜神と観じられてきたと推される。[27] それならば、当明神と白山のそれとの伝承は、海（湖）の竜神と山（川）の竜女の神婚を伝えたものと言えよう。しかも西北に叡山を望む唐崎は、西本宮の主神・大宮権現〈三輪明神〉の来遊を初代の祭司・祝部宇志丸が当地に迎え申し上げたと伝えるもので、例年四月の山王祭〈申の神事〉（七社神輿の唐崎神事）は、その古事にならって当地を中心に営まれるものであった。[28] ちなみに、かの白山権現は、その西本宮・大宮権現の客人の神として祭祀されてきたのである。

　ところで、この荒血山・神の子誕生譚は、先の保昌成育譚と違って、越前路を行く旅人に対する峠の神の伝承として語られていることも注目される。すなわちその竜女神の御産は、唐崎から白山へ戻る旅の途次、近江と越前の国境におけるものであり、旅行く義経一行が、その跡を見出すのも、七里半越えの「荒血の中山」であった。したがってこれは、山の竜女神・唐崎明神の二神を近江路と越前路の境いの「荒血の中山」に祀る道祖神《さえのかみ》の伝承とも言えるものである。それならば、その類話としては、『梁塵秘抄』のふれる足柄峠の男女二神の古事があげられるであろう。すなわちそれは、「足柄」十二首の一で、その一節「恋せは」（『口伝集』巻第十）をあげるにとどまるが、『平家物語』（覚一本）巻十〈海道下り〉では、重衡の足柄越えに、

唐崎神社

唐崎の松

「恋せばやせぬべし。こひせずもありけり」と、明神のうたひはじめたまひける、足柄の山をもうち越えて、

……

と叙している。[29] そしてこの今様の原拠は、足柄峠の男女二神の和合（離別）を説く物語であるにちがいない。ちなみに、林羅山の『本朝神社考』（中）（足柄）には、

足柄明神、昔赴レ唐、其妻神独留守三歳、明神帰朝。妻神色白肥美。明神曰、思慕之情待レ帰之心必可二痩衰一今何肥而麗或、不レ思レ我也、遂去二妻神一。

と見える。あるいはまた謡曲「蝉丸」などがあげる逢坂峠の兄妹二神の古事がしのばれるであろう。それは生まれながら盲目なるゆえに逢坂の山中に捨てられた蝉丸、それを姉の逆髪が、琵琶の音に誘われて藁屋を訪ねる。

ツレ〽互に手に手を取りかはし。

シテ〽弟の宮か。

ツレ〽姉宮かと。

地　〽共に御名を夕づけの……互に袖やしをるらん。

この能のやま場を天野文雄氏は、「二人が互いの肩に手をかけるシンメトリカルな型は、どこか近親相姦じみた雰囲気……同衾《どうきん》を表現したもの」と評されている。[30] つまりそこには兄妹相姦を伝える道祖神の伝承が隠されているということであろう。そしてわたくしは、旧九月二十四日の祭儀にもその聖婚のわざがしのばれると考えている。[31] ちなみにそれは、坂の上の関明神（逆髪）が坂の下の麓・清水の関明神（蝉丸）のもとに渡御なさるものである。その兄妹神婚説話と荒血山・神の子誕生譚とのかかわりは、以下に論じることになる。

四、『浄瑠璃物語』〈荒血山・異体児誕生譚〉

『義経記』の荒血山・神の子誕生譚の異伝が「浄瑠璃十二段章子」に見えることは、柳田國男氏がはやくに指摘されていた。(32)すなわちそれは、元服前後の義経が、黄金商人の吉次に伴われて東国に下る、『義経記』巻一・巻二の牛若丸奥州下りの物語に準ずるものである。しかしこれは、十五歳の御曹司が、三河国の矢作《やはぎ》の宿で、美しい浄瑠璃御前を見染め、さまざまな口説きの果てに恋を成就する物語である。その口説きの一節に、この誕生譚が引用されるのである。しかもそれは、敦賀の「氣比宮本地」を叙するのであるが、諸本によって、ひたすら本地を説くものと、竹生島の霊験を説いて氣比宮の信仰を後退させるものとに分れる。(33)本稿では、前者に古態を認めて、その赤木文庫旧蔵室町末期絵巻（十六段絵巻）(34)によって示すこととする。

なんそ又、しかてらの上人は、八十三と申せしとき、十七さいの、きさきのみやを、こひたてまつり、をよはぬ
こひに、あこかれて、いまをかきりと、みえ給ふ
きさきのみやも、人のけねん、むりやうこうを、おちさせ給ひけれは、みすのひまより、御てはかりを
別本ニテ補フ〔いたされけり、しやうにんは、御てはかりを〕たまはりて、さんくのむねに、いたきつゝ、一しゆのうたに、
かくはかり
　はつ春《はる》の、はつねのけふの、たまほうき、てにとるからに、ゆらくたまのを
と、あそはせは、みやすところ、とりあへす御返事を、あそはしける
　よしさらは、まことのみちに、しるへして、われをいさなへ、ゆらくたまのを

と、あそはして、大りのうちを、しのひてきさきのみやは、十七さい、しかてらの上人は、八十三と申せしに、二せあんらくの、ちきりをこめ、きやうこくの五てうあたりに、しつかふせやにて、かたふく月を、ゐいしつゝ、三とせの程こそ、おはしけれ

いわゆる老憎、志賀寺の上人の若い京極御息所に対する異常な恋の物語である。しかもこれは、先行の説話とは違って、その恋の成就を語っているが、その異同については後にふれることになる。そして後半が荒血山の山中誕生譚を語るのである。

ほとなく、きさき、くわい人、ありけれは、みやこの人めを、つゝみかね、はんこくさして、くたられし日かすつもりて、十七月と申せしに、あふみのくに、七里はんの山なかにて、さんのひもを、とかれける、それよりして、山なかを、あらち山とそ、申ける

さても、たんしやう、ありける、わかきみ、みたてまつれは、おもては六つ、おなしく《(おなしくナシ)》、あしては《(てあしは)》十二にて、むまれさせ給ひけり

三とせと申はるのこと、てんにあかり、八十おつこうへてのち、我てうへ、とひわたり、いまのよまても、ゐちせんのくに、つるかの、けい大ほさつと、あらはれ給ふ

これでは、京極の御息所の「妃」が、荒血山の山中で、産の紐を解き、それゆえに当地は「あら血山」と呼ばれたと、『義経記』に近似した叙述をみせている。しかし、その誕生の若君は、「おもては六つ、あしては十二」という異体児であったとして、『弁慶物語』や『曽我物語』の「鬼子」に準じて、その異常性が強調されている。が、その若君の転生は「捨てる」「拾う」のモチーフによってはいない。[35]それは「天にあがり、八十億劫」を経て、「我が朝へ、とひ下り」としている。それを流布本系のテキストでは、「やがて兜率天に上がり給ひて、八十億劫を経て、その後

梵天より天下り」としている。しかして若君は敦賀の津に至り、「氣比大菩薩とあらはれ給ふ」と、氣比宮の本地を説くことは、諸本が一致するところである。

さて、この荒血山・異体児誕生譚に近似するものとしては、室町物語の『子やす物語』(36)があげられる。それは、京・蓮華王院の西に住む老尼が、閻魔大王から「ふくこ」と称される「二面八足」の男女双体の二児を授かり、同時に汲めども尽きぬ酒壷を得て財をなすという始まる。しかるにその異体の二児は、その誕生が次々と生ずる災いの要因とみなされてとらえられるが、清水観音の霊験によって斬首を免れる。やがて二人は夫婦となって姫宮まで設けるが、忽然と姿を消して、清水の結びの神・愛染明王、子安堂の地蔵菩薩に示現したという。そしてその姫宮も後に土御門天皇の生母となったと結ぶのである。

右のように、この物語は、水源の地の死霊信仰を背景とする清水観音の霊験をも説きながら、清水の坂に祀られる異体のムスビの神の由来を説く本地物語となっている。そしてその清水坂は、かならずしも清水寺への参詣道としての意義のみならず、古来、五条大橋から東国へ向かう「坂」(峠)の意義を有していたことを雨野弥生氏が、「五条橋をとりまく空間認識と文芸――清水の向こうに見えるもの――」の論考で説いている。(37)その坂の神・道祖神を祀る地が、三年坂と清水坂の交叉するところと推される。その交叉の東北の「経書堂」について、竹村俊則氏は『昭和京都名所図会』I(洛東上)(38)のなかで、「むかしはここで小石を集め、道俗男女に法華経および諸大乗経を一字一石に書かしめ、水をそそいで死者の霊を弔ったことから経書堂の名が生れた」とし、「これは峠の神に小石や樹枝を手向け、死者を弔った古い習俗が、仏教と習合したもの」とされている。その経書堂の向いがわに、清水坂のムスビの神を祀る法成寺(廃寺)があり、俗に「姥堂」と称されていた。ちなみに『京都坊日誌』(39)には、「堂北面す。本尊愛染明王ノ像を安置す。傍に三途川ノ老婆ノ木像を置く。坐像三尺運慶の作にして相好極て険悪なり」とある。おそらく物語は、二人を生んだ老尼をこの「姥堂」の「姥」に当てたものであろう。その異体の男児が示現したのが、当寺の本尊・愛染明王と説いているのであるが、女児の示現した子安の地蔵は不明である。あるいは清水寺門前にあった子安観音とも判ぜられるが、古くは法成寺に愛染明王と並んで祀られていたとも推される。それならば、この『子やす物語』は、清水坂の道祖神《さえの》信仰に支えられて成り立っていることになるであろう。そしてそれは、兄妹婚姻が異体児をもたらすという神婚説話[40]や道祖神前生譚[41]に通じ合うものでる。

およそ本稿があげる荒血山異体児誕生譚なる「氣比宮本地」は、右の『子やす物語』に準ずるものである。つまりそれは、境の神・兄妹神の異常児出生譚の伝承に根ざしていると言えるものである。

注

（1）笠間書院、平成二〇年

（2）岩波書店、昭和三四年

（3）勉誠出版、平成二一年

（4）これについては、はやく柳田國男氏が『山の人生』（昭和元年、郷土研究社）（定本・柳田國男集』第四巻、筑摩書房、昭和三八年）〈山の神を女性とする例多きこと〉で指摘されている。岡見正雄先生は、前掲注（3）の補注に真名本系の大石寺本をあげておられる。

（5）『栄花物語』巻一「月の宴」、『愚管抄』巻四、『平家物語』巻四「赦文」など。

（6）『尊卑分脈』〈武智麿公孫〉「保昌」の項、『十訓抄』第三

（7）『今昔物語集』巻二十五第七、『宇治拾遺物語』巻二・一〇など。

（8）『十訓抄』第三、『古今著聞集』巻第五（和歌第六）、『沙石集』巻第十末など。

（9）横山重・松本隆信両氏編『室町時代物語集成』第十二（角川書店、昭和五九年）慶應義塾図書館蔵（古活字本）ほか。

(10)『国語国文』昭和一二年（一九三七）十月号
(11)『神道集』巻二「熊野権現事」、横山重・松本隆信両氏編『室町時代物語集成』第四（角川書店、昭和五一年）天理図書館蔵（元和本絵巻）ほか。
(12)青磁社、昭和一七年
(13)右稿注（4）同書
(14)『宗教・習俗の生活規則』未来社、昭和三八年
(15)川本静江氏「伊豆日金山の信仰」（『日本民俗学会報』三九号、昭和四〇年五月）。これによると山頂東南の地に、かつては伊豆権現の別当・般若院支配にあった日金山東光寺（地蔵堂）があり、「日金詣り」は、これを中心に営まれるものであった。
(16)『群書類従』第二輯。南北朝期以前の成立（『群書解題』第一中）
(17)詳しくは、拙稿「頼朝伊豆流離説話の生成」（拙著『軍記物語と民間伝承』岩崎美術社、昭和四七年）参照
(18)『神道集』巻第二「二所権現事」、箱根神社蔵『箱根権現縁起絵巻』（横山重・松本隆信両氏編『室町時代物語集成』第十、角川書店、昭和五七年）、慶應義塾図書館蔵『いづはこねの本地』（同上書、第二、角川書店、昭和四九年）ほか。
(19)拙稿「曽我物語の発生」（上）・（中）（『立命館文学』第三二九・三三〇・昭和四七年一二月、第三三一〜三三三号・一九七三年三月）参照
(20)「高田十郎著『随筆民話』」（『老読書歴』実業之日本社、昭和二五年）（『定本　柳田國男集』第二十三巻、筑摩書房、昭和三九年）
(21)小池淳一氏編『民俗学的想像力』（せりか書房、平成二一年）所収
(22)横山重・松本隆信両氏編『室時代物語集成』第二（角川書店、昭和四九年）赤木文庫旧蔵『伊吹山酒典童子（仮題）』ほか。
(23)〈日本歴史地名大系〉『石川県の地名』（平凡社、平成三年）（白山）の項など。
(24)『福井県史』〈通史編Ⅰ〉（福井県、平成九年）

(25) 右掲注(23)同書、〈白山比咩神社〉の項
(26) 〈日本歴史地名大系〉『滋賀県の地名』(平凡社、平成三年)〈唐崎〉の項
(27) 山本ひろ子「〈物語〉のトポスと交通」(『物語・差別・天皇制』五月社、昭和六〇年)〈龍女・唐崎明神と女別当〉参照。これによればすでに唐崎には竜神・竜女の神婚譚が伝承されたとも推される。
(28) 右掲注(26)同書〈日吉大社〉の項。福原敏男氏『祭祀文化史の研究』(法政大学出版局、平成七年)第一章第七節「日吉山王祭」など。
(29) 読み本系の長門本・盛衰記でも、ほぼこれに準じた叙述をみせている。
(30) 「『蝉丸』の誕生」(『国学院雑誌』第七十八巻一号、昭和五二年一月)
(31) 拙著『京の伝承を歩く』(京都新聞社、平成一一年)〈逢坂山の蝉丸〉の項
(32) 右掲注(4)『山の人生』
(33) (34) 横山重・松本隆信両氏編『室町時代物語集成』第七(角川書店、昭和五四年)。その解題によると、前者によるものは、A類〈十六段古絵巻〉(本書)、E類〈流布本・刊本〉、F類〈流布本・写本〉など、後者に属するものは、B類〈十六段〉(山崎美成旧蔵)、C類・大東急記念文庫蔵室町末期奈良絵巻、G類〈正本系〉(前島春三氏蔵)、坂口弘之氏蔵『十二だんさうし』(慶安五年書写)などがある。
(35) E類〈流布本・刊本〉東大図書館蔵『浄瑠璃十二段草子』(〈新潮日本古典集成〉『御伽草子集』松本隆信氏校注、昭和五五年)
(36) 横山重・松本隆信両氏編『室町時代物語集成』第五(角川書店、昭和五二年)
(37) 『説話・伝承学』第十六号(平成二〇年三月)
(38) 駸々堂出版、昭和五五年
(39) 『新修・京都叢書』第二十一巻(臨川書店、昭和四五年)
(40) 拙稿「兄妹婚姻譜の行方――カミとホトケのはざまから――」(『大系・仏教と日本人』第一巻、春秋社、昭和六〇年)(拙著『南島説話の研究』法政大学出版局、平成四年)参照

（41）倉石忠彦氏『道祖神信仰論』（名著出版、平成六年）第二章「道祖神信仰と説話」参照

「氣比宮本地」の精神風土〈その二〉
――越前・荒血山を越える――

一　「氣比宮本地」の本説

右の「氣比宮本地」のあげる老僧・志賀寺の上人の異常な恋の物語の原拠として、まずあげられるものは、平安時代の歌学書『俊頼髄脳』収載の説話である。まずそれは、

初春のはつねの今日の玉はゝき手にとるからにゆらぐ玉の緒　（『万葉集』巻二十・右中弁大伴宿弥家持作れり）

玉はゝきかりこかまゝろ室の木となつめがもとゝかきはかむ為　（『万葉集』巻十六・読み人知らず）

をあげ、それぞれに簡単な注をほどこすが、その前者の「玉はゝき」の歌については、その由来の説話をあげるのである。それは前段に、延喜の帝の女御として入内されるはずの京極御息所を宇多法皇が横取りされたという説話をあげ、次いで志賀寺の上人とその京極御息所との物語を掲げている。

その御息所の、昔は三井寺のかたはらに志賀寺とて事の外にけんし給ひける所ありけるに参り給ひけるに、かの寺近くなりて所のさまのをかしくおぼえ給ひければ、御車の物見をひろらかにあけて、湖の方など見まはさせ給ひけるに、いと近き岸の上にあさましげなる草の庵のありけるが、まどのうちより事の外に老衰へたる老法師の白き眉の下より目をみあはせさせ給ひたりければ、いとむつかしきものにもみえぬるかなとおぼして引き入らせ

滋賀里町甲
滋賀里町乙
志賀山寺跡《しがのやまでら》
穴太(3)
穴太(2)
穴太(1)
下阪本IC
西大津バイパス
滋賀里IC
弥生町
唐崎(4)
唐崎(3)
唐崎(2)
唐崎(1)
滋賀里(3)
滋賀里(2)
滋賀里(1)
滋賀里(4)
蓮池町
際川(4)
見世(2)
あかね町
高砂町
近江神宮IC
際川(3)
南志賀(2)
見世(1)
際川(2)
南志賀IC
南志賀(1)
南志賀(3)
南志賀(4)
陸上自衛隊大津駐屯地
際川(1)
勧学(1)
勧学(2)
神宮町
柳川
鏡が浜
錦織
皇子山IC
二本松
桜野町
松山町
柳が崎
皇子が丘
総合運動公園
尾花川
茶が崎
大津市役所
志賀浦《しがのうら》
琵琶湖

志賀寺（崇福寺）跡・志賀浦

給ひけり。さて帰り給ひて後、又の日老法師のこしふたへにかゞまりたるが杖にすがり参りて中門の辺にたゝずみて、昨日志賀にて見参し侍りし老法師こそ参りたれと申させ給へと申しければ、しばしは聞入るゝ人もなかりけれど、ひねもすに居暮して、余りいひければきゝ、あまりて、かゝる事申すものなむ侍ると申しければ、しかさる事あらむと仰せられて、南おもてのひがくしの間に召しよせて如何なる事ぞと問はせ給ひければ、しばしばかりためらひて、志賀にこの七十年ばかり侍りて、ひとへに後世菩提の事をいとなみ侍りつるに、はからざるほかに見参をして後、如何にもこと事なく、いま一度見参せむの心侍りて念誦せむの心もなく、時にもむかはれざりつれば、年来の行ひのいたづらにならんずる事をかなしび給ひて、もしたすけもやせさせおはしますとて、杖にすがりてなくなく参りて侍るなりと申しければ、いとやすき事なりとのたまひて御簾をすこし巻きあげてみえさせ給ひければ、おもての皺かずも知らず、眉の白き事雪よりもけにて、まみなども皆おいかはりて人ともおぼえず、まことに恐しげなるさましてまぼり入りて、とばかりありて、その御手をしばし賜らむと申しければ、申すにしたがひて御手を差出させ給ひたりけるを、わが顔にあてゝよろづもおぼえず泣きて、かの手にとるからにといへる歌をよみ申して少しゐのくやうにて、このよにうまれ侍りて後九十年に及び侍りぬるにまだかばかりのよろこび侍らず。この縁をもてもし思ひの如く彌陀の浄土にもうまれなば必ず導き奉らむ。又浄土にもうまれさせ給ひたらば必ず導かせ給へと申してなきければ、御返し

よしさらばまことの道にしるべして我をいざなへゆらぐ玉の緒

とぞ仰せられける。これを聞きてよろこびながらなく〳〵かへりにけりとぞ、

これによると、かの京極の御息所が、たまたま三井寺近くの志賀寺を詣でるとき、はからずもこれを見参した老師が御息所に心を動かし、このままでは「年来の行ひのいたずらにならん」とて、その邸宅を訪ねる。そしてその御手

をいただいた感動を詠んだのが、「初春のはつね、云々」の和歌であるという。そこで老師が弥陀の浄土への引摂を約すると、御息所は、「よしさらば、云々」の和歌によって応じたというのである。

右のように、志賀寺の上人と京極の御息所の心の交流は、おだやかな結末となっている。しかもこの説話は、ほぼ同じ形で、『袖中抄』『古来風躰抄』『八雲御抄』、あるいは『太平記』『たまむしの草子』などに収載されている。ところが、『宝物集』巻第五には、これが〈不邪淫〉の事例の一つとしてあげている。すなわち、それは天竺の例の数々をあげた後に、

吾朝の事はあまりに耳近《（見、ちか）》に侍れども、それも少々申《まうし》侍るべき也。

浄蔵法師《じやうざうほふ(し)》が験徳《げんとく》をあらはすをはりに、真の弟子をまうけ、滋賀《しが》の上人《しやうにん》の行業《ぎやうごふ》をつみし、貴女《きによ》にゆづる事ありき。花山《くわざん》の法王《ほふわう》の、十善《ぜん》の位《（くらゐ）》をすて給ひし、乳母子《（めのとこ）》におちたまふ。和泉の僧正《そうじやう》の高位《かうゐ》にのぼり、国母《こくぼ》に名をたつ事有《あり》。明達律師《みやうたつりつし》は母をお《（を）》かし、順源《じゆんげん》法師はむすめを嫁《（とつ）》ぐ。この道におゐ《（い）》てしのびがたくぞみえ侍るめる。

と叙す。そしてそのそれぞれを具体的な説話をもって紹介するなかで、「滋賀の上人」のそれを次のようにあげるのである。

滋賀《しが》の上人《しやうにん》の、貴女《きによ》に行業《ぎやうごふ》をゆづると云《いふ》は、京極《きやうごく》の御息所《（みやす）》、時平左大臣のむすめ、滋賀寺《しがでら》へまいり《（ゐ）》給へりけるを、みたてまつりて、対面《たいめ》し給へりけるをよろこびて、御手をとりてよみ侍りけり。

初春《はつはる》のはつ音《（ね）》のけふの玉はゝき手にとるからにゆらぐ玉のを

とながめて、今生《こんじやう》の行《ぎやう》をゆづりたてまつると云《いふ》事なり。この歌、万葉集第二十にあり。家持《やかもち》中納言が詠《えい》ずる所なり。同じ心によみあはするか、古歌《こか》を詠ずるか、よくたづねべきなり。

京極の御息所《（みやす）》と申《まう》すは、延喜の女御《にようご》にまいり《（ゐ）》給ふ夜、寛平《くわんびやう》法皇の、出《いで》たちみんとておはしましてみたまひ

けるに、心につき給ひければ、「老法師《らうほし(し)》に給《たまは》りぬ」とて、を《(お)》しとり給ふ人の御事也。夜のふけけるまゝに、内より「を《(お)》そし〳〵」と云御使《いふ(つかひ)》たび〳〵ありけれども、つゐ《(ひ)》に法皇を《(お)》しとりたまひてけり。

それは、およそ『俊頼髄脳』の叙述に準ずるが、その構成をかえて、宇多法皇の押し取り説話を後段に配し、志賀寺の上人のそれを前段にあげる。しかも和歌は、御息所の「返し」はあげないで、上人の「初春のはつ音のけふの、云々」のみをあげて、その犯しを強調する。そしてその結果「今生の行業をゆづりたてまつる」（長年の修業によって得た験力を御息所に譲り申し上げて失った）(1)と説くのである。それは御息所の御手をいただいて、「年来の行ひのいたづらにならんずる」ことを免れたとする『俊頼髄脳』の叙述とは、大きく違っていると言わねばなるまい。

しかも、この志賀寺の上人の行為を許しがたい「邪淫婚」とする事例は、『宝物集』にとどまるものではない。それは『平家物語』の最末、「大原御幸」における建礼門院の〈六道語り〉にも見出されるのである。

すなわち、その〈六道語り〉は、建礼門院が自らの半生を六道にことよせて、後白河院に語るもので、それは天上界に始まり、人道・餓鬼道・修羅道・地獄道に及び、最後に畜生道に至るものである。これを覚一本にみるに、その叙述はいささか概略的で、最後の「畜生道」の語りは、夢のなかの体験であって、不自然でさえある。これに対して読み本系の叙述は説得力があり、特に最後の畜生道のそれは、建礼門院にとってはきわめて過酷な語りとなっている。——が、これらの叙述については、佐伯真一氏の『建礼門院という悲劇』(2)に詳しいので、それに譲る——今はそれを延慶本第六末〈法皇小原へ御幸成ル事〉によると、地獄道の語りを終えた建礼門院は、「今一ノ道其マデハ不レ及レ《(もうしおよば)》申《ず)》」と躊躇されるが、後白河院の「是程承《(うけたまはるほど)》程ニテハ非可憚思召一《(はばかりおぼしめすべきにあらず)》。同ハ承バヤ」との言葉に迫《せ》められて語り出されたのである。

「家ヲ出《(いで)》、カヽル憂身《(うきみ)》ト成《(なり)》ヌル上ハ、何事《(なにごと)》ニカ慎侍《(つつしみはべ)》ルベキ。今コソ申サズトモ、後生《(ごしやう)》ニテ浄頗梨《(じやうはり)》ノ鏡ニ移《うつさ》レ、倶生神《くしやうじん》ノ札《ふだ》ヲ紏《たださ》ム時ハ、何ノ隠《かくれ》カ可侍《はべるべき》。天竺《てんぢく》ノ術婆迦《しゆばきや》ハ后《きさい》ノ宮《みや》ニ契《ちぎり》りをナシ《成》テ、墓《はか》ナキ夢地《ゆめぢ》ヲ恨《うらむ》。阿育大王《あいくだいわう》ノ倶那羅太子《くならたいし》ハ、継母蓮花夫人《けいぼれんげふにん》ニ思《おもひ》ヲ被懸《かけられ》ウキ《憂》名ヲ流シ、震旦《しんだん》ノ則天皇后《そくてんくわうごう》ハ、長文成《ちやうぶんせい》ニ逢《あひ》テ遊仙屈《いうせんくつ》ヲ得給へり。我朝《わがてう》ノ奈良帝《ならのみかど》ノ御娘孝謙女帝《おんむすめかうけんぢよてい》、恵美大臣《ゑみのおとど》ニ犯《をか》サレ、文徳天皇《もんとくてんわう》ノ染殿《そめどの》ノ后《きさき》ハ、紺青鬼《こんじやうき》ニヲカ《犯》サレ、亭子《ていじ》ノ院《いん》ノ御京極御息所《にようごきやうごくみやすんどころ》ハ、時平《しへい》ノ大臣《おとど》ノ女也《むすめなり》、日吉詣《ひよしにまうでたまひ》給ケルニ、志賀寺聖人《しがでらのしやうにん》心ヲ奉テ懸《かけたてまつりて》、今生之行業《こんじやうのぎやうごふ》ヲ奉譲《ゆづりたてまつり》シカバ、哀《あはれ》ヲ懸《かけたまひ》給テ、御手ヲタビ《賜》、『実《まこと》ノ道ノ指南《しるべ》セヨ』トスサ《遊》マセ給《たまひ》キ。在原業平《ありはらのなりひら》ハ五条亘《こでうわたり》ノアバラ《荒》屋ニ、『月ヤアラヌ』ト打ナガメ《詠》、源氏《源氏》ノ女三宮《によさんのみや》ハ又柏木《かしはぎ》ノ右衛門督《うゑもんのかみ》ニマヨ《迷》ヒテ、香《か》ヲル大将《だいしやう》ヲ産《うみたま》給へリ。『イカヾ岩根《いわね》ノ松ハ答《こたへ》ム』ト源氏《薫》ノ云ケムモハヅ《恥》カシヤ。狭衣之大将《きごろものたいしやう》ハ、『聞《きき》ツ、モ涙ニクモ《曇》ル』ト打ナガメ《詠》、天竺晨旦我朝《てんぢくしんだんわがてう》、高《たかき》モ賤《いやしき》モ女ノ有様程心憂事候《ありさまほどこころうきことさぶち》ワズ。『燈《ともしび》ニ入《いる》夏ノ虫、ハカナキ契《ちぎり》ニ命ヲ失《うしなひ》、妻ヲ恋《こふ》ル秋ノ鹿、山野《さんや》ノ獣《けだもの》、江河《かうが》ノ鱗《いろくづ》、草村《くさむら》ニスダ《集》ク虫マデモ、ハカナキ契《ちぎり》ニ命ヲ失《うしなふ》』ト承《うけたまはる》ル。サレバ涅槃経《ねはんぎやう》ニハ、『諸有三千界《しようさんぜんがい》、男子諸煩悩《なんししよぼんなう》、合集為一人《がふしふゐいちにん》、女人為業障《によにんゐごつしやう》』ト説給《ときたま》ヘリ。大論《だいろん》ニハ『不機貴賤《ふけんきせん》、但欲是堕《たんよくぜだ》』ト説《とか》レタリ。都ヲ「出《いで》テ後《のち》ハ、イツトナク宗盛知盛一船《むねもりとももりひとつふね》ヲ棲《すみか》トシテ、日重《ひをかさね》月ヲ送《おくり》シカバ、人ノ口ノサガナサハ、何《なに》トヤラン聞《きき》ニクキ名ヲ立《たて》シカバ、畜生道《ちくしやうだう》ヲモ経《ふ》ル様《やう》ニ侍《はべ》リキ。大方《おほかた》ハ一旦快楽之栄花《いつたんけらくのえいぐわ》ニ誇《ほこり》テ、永却無窮之苦報《やうごふむぐうのぐほう》ヲモ不覚《おぼえず》、出離生死之謀《しゆつりしやうじのはかりこと》ヲモ不知《しらず》ず。只明《あけ》テモ晩《くれ》テモ無墓《はかなきおもひ》思ニノミホダ《絆》サレテ過《すご》シ侍《はべり》キ。是豈愚痴闇鈍之畜生道《これあにぐちあんどんのちくしやうだう》ニ迷《まよふ》ルニ非《あらず》ヤ」

それは、畜生婚ともまがうべき天竺・震旦、我朝の心憂き男女の交りをあげ、それを女人の罪障と観じる。そして自らの畜生のごとき行為は、「宗盛知盛一船ヲ棲トシテ、（中略）畜生道ニ迷ルニ非ズヤ」と語る。あくまでも「人ノ口ノサガナサ」と言いながら、兄の宗盛・知盛との同衾、つまり兄妹相姦の罪業を暗示的に述べるものと言える。が、今はその畜生婚の一例として志賀寺の上人の説話が引用されていることを注目する。しかもそれは『俊頼髄脳』以来の伝承に準ずるものであるが、

志賀寺聖人心ヲ奉テ懸、今生之行業ヲ奉レ譲《ゆづりたてまつり》シカバ………

と叙して、右の『宝物集』の思想に応じるものとなっている。ちなみに『源平盛衰記』巻四十八〈女院六道廻り物語の事〉の叙述も、これに準ずるものである。(3) そしてこの邪淫なる畜生婚の結果は、「鬼子」の誕生を予想させるものである。それならばこの伝承は、荒血山における異体児（鬼子）の誕生を説く「浄瑠璃十二段草子」に近づいたものと言えるであろう。しかも荒血山の精神風土には、兄妹婚姻譚・鬼の子誕生譚が隠されていることは、前段の〈その一〉の説くところであった。

二　荒血山・氣比宮・厳島

さて『浄瑠璃十二段草子』のあげる〈荒血山・異体児誕生譚〉の氣比宮については、『平家物語』巻三の「大搭建立」の段に取り上げられている。それは清盛に対する老僧なる弘法大師の示現のコトバとして示される。すなわち覚一本には、

さては安芸の厳島《イツク》、越前の氣比《ケイ》の宮は、両界《リヤウガイ》の垂跡で候が、氣比《ケイ》の宮はさかへたれども、厳島はなきが如《ゴトク》に荒《アレ》はてて候。

とある。それは厳島の修理を勧誘する趣旨によるもので、きわめて簡略である。これに対して延慶本・長門本はなかなか詳しく、かつ氣比宮の本地にまでふれている。最初にその延慶本、第二中〈入道厳島ヲ崇奉由来事〉をあげる。

越前国氣比社《えちぜんのくにけひのやしろ》ハ金剛界神也《こんがうかいのかみなり》。北陸道《ほくろくだう》ハ畜生国《ちくしやうこく》ニシテ、荒血《あらち》ノ中山《なかやま》ガ畜生道《ちくしやうだう》ノ口ニテ有《ある》ゾ。されば氣比大菩薩《けひだいぼさつ》、是《これ》ヲ愍《あはれ》ミ給《たまひ》テ、敦賀津《つるがのつ》ニ垂テ跡《あとをたれて》、『和光同塵《わくわうどうちん》ノ力ヲソヘ《添》、我《われ》ニ値遇《ちぐう》セム者ヲ導《みちびけ》』ト云願《ぐわん》ヲ立《たて》テヲハシ《御座》マス。其願既《そのぐわんすで》ニ成就《じやうじゆ》シテ、氣比社《けひのやしろ》ハ盛《さかり》ニ御坐《おはしま》ス。御辺《ごへん》ノ国務《こくむ》ノ所《とこ》ロ、安芸国厳嶋大明神《あきのくにいつくしまのだいみやうじん》ハ胎蔵界神也《たいざうがいのかみなり》。サレバ氣比《けひ》、厳嶋社《いつくしまのやしろ》ハ両界《りやうがい》ノ神にテオハシ《御座》マス。厳嶋ノ社《いつくしまのやしろ》、既ニ破壊《はゑ》シ畢《をはん》ヌ。

あるいは、長門本・巻五〈厳島次第事〉の叙述も、ほぼ同文的であるが、やや違った表現もみえるので掲げてみる。

ゑちせんの国けひ社は、金剛界の神也。北陸道は、ちくしやう道たり。仍、あらちの中山は、ちくしやうたうのくちなり。されは、北国のともから、かの所に落へし。氣比大ほさつ、是を、あはれみ給ひて、此所のふもとをしめて、「和光同塵の結縁として、我にちかつかんものをは、ちくしやうの苦をのかれて、来世にはかならす、浄土へ引導せん」といふくはんを立て、つるかの津に、跡をたれ給へり。されは、けひのやしろ、さかんなり。あきのくにいつく島の社は、胎蔵界の神也。此二神は、胎金両部のすいしやくなり。いつく島のやしろ、はゐしてなきかことく也。

つまり延慶本・長門本によると、大日如来の理法身を体現する胎蔵界の神である厳島の社に対して、氣比の宮は、その智法身たる金剛界の神を祀る所であり、その両神は高野山信仰の両翼をなすというのである。しかも北陸道は畜生国、荒血の中山は畜生道の入口で、この畜生道に堕ちた衆生を救うために、氣比大菩薩は敦賀の津に垂迹されたのだと、荒血山と氣比宮との関係をも説いている。そしてそれは、神仏習合の形をとる氣比宮の本地を説いていることでもあった。

その越前・氣比宮における神仏の習合は、はやく奈良時代の末に遡る。すなわち『家伝暦下』（武智麿伝）には、

改二和銅八年一、為二霊亀元年一。公甞夢遇二一奇人一。容貌非常。語曰、公愛二慕仏法一、人神共和。幸為レ我造レ寺、助二済吾願一。吾因二宿業一。為レ神固久。今欲下帰二依仏道一修中行福業上、不レ得二因縁一。故来告之。公疑是氣比神、欲レ答不レ能而覚也。乃祈曰、神人道別、隠顕不レ同。未レ知二昨夜夢中奇人是誰者一。神者示験必為レ樹レ寺。於レ是神取二優婆塞久米勝足一、置二高木末一。因称二其験一、公乃知レ実。遂樹二一寺一。今在二越前国一神宮寺是也。

とある。それは武智麿の夢に、氣比の神が宿業における苦悩を訴え、仏寺による救済を求め、さらに優婆塞・久米勝足を通して、その験を示されたので、武智麿は氣比の神のために一寺を建立したという。それが今の神宮寺であるとする。それならば、氣比宮の神宮寺は、霊亀元年（七一五）の創建ということになる。そしてその神宮寺の活動については、『文徳実録』斉衡二年（八五五）五月五日条[4]、同書天安二年（八五八）四月七日条[5]、あるいは『三代実録』貞観元年（八五九）二月十五日条[6]、同書同二年正月二十七日条[7]、元慶二年（八七八）二月二十七日条[8]に見出されている。またその神宮寺の伽藍は、天元五年（九八二）の記録によると[9]、講堂・金堂・経蔵・宝塔・僧房など十二宇に及び、それには楽具・雑器・宝物が三百十二物が附属していたという。

ところで、その神宮寺は、はやく真言・高野山との関係を深め、大日如来・毘盧遮那仏を本尊とし[10]、氣比宮の別当職をつとめることになったと推される。しかし、その神仏習合の実態は、かならずしも明らかではないが、平安末期の仁和寺僧・海恵僧都（安居院澄憲の息）の『筆海要津』には、氣比宮が、「和光同塵」に利益を施す「権実」の聖地であることが説かれており[11]、『氣比宮社記』[12]第七巻所収、建暦二年（一二一四）の「氣比大神宮政所注進状」などによると、神宮寺の別当職を当社の祝職が兼務していたことを知ることができる[13]。しかるに、鎌倉中期に至ると、氣比庄が九条近衛家の所管に入り、氣比宮の社務職は粟田口・青蓮院の支配下に及んで[14]、当社は天台との関係を強めることとなる。が、南北朝の戦乱を経て、その神仏習合の形も、次第に後退していったものと推される。しかもそれを知る

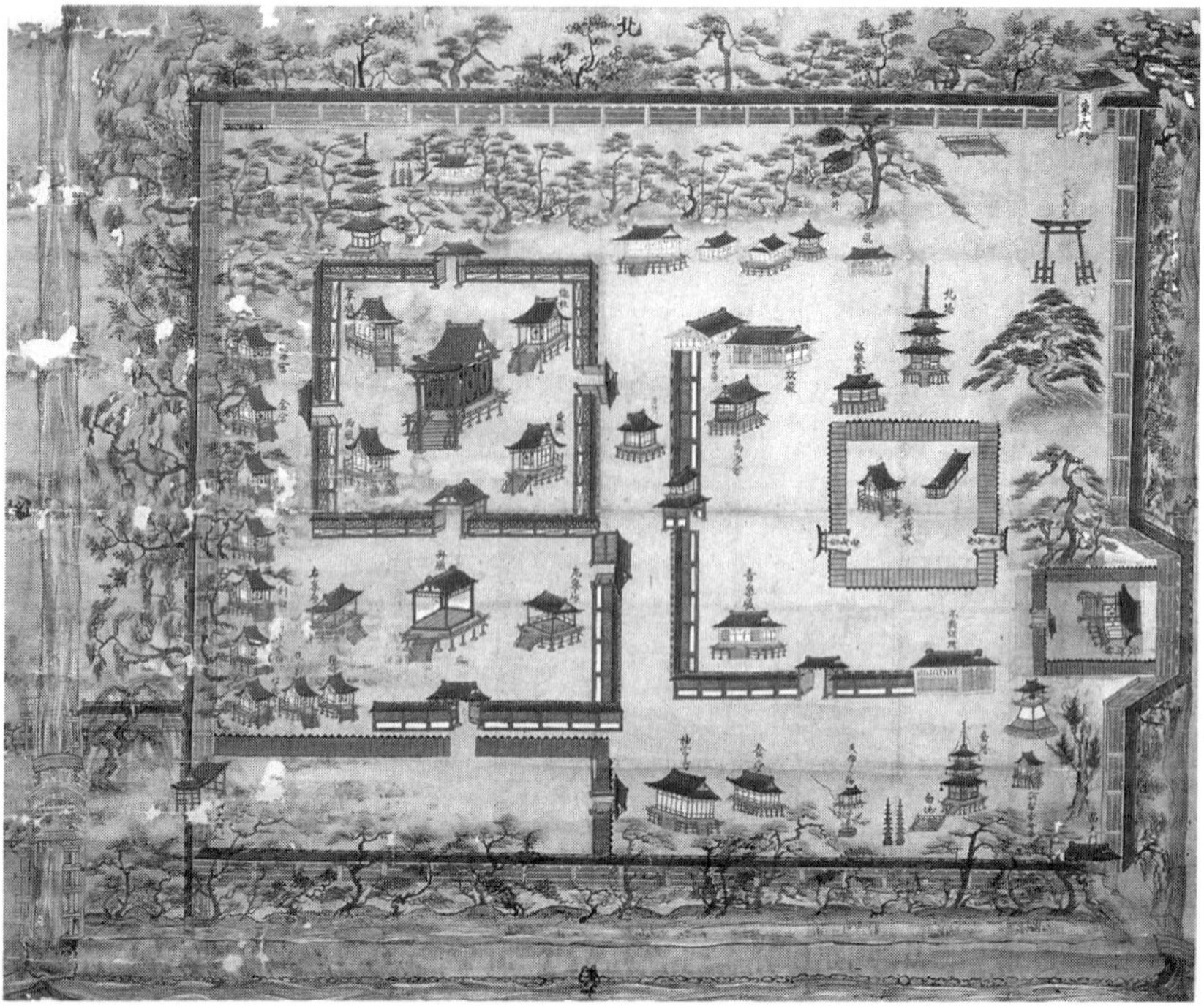

氣比神宮古図　室町時代　紙色著色（氣比神宮蔵）

資料はきわめて少ないのであるが、永禄元年（一五五八）、朝倉義景が寄進した氣比宮の古図が、たびたびの戦火を免れて、現在、それが当社に所蔵されており、室町時代の神仏習合の姿を今に留めている。[15]

まずその境内には、東北に東大門、東南に南大門、西南に西大門が用意されている。その中央の西面が本社の神域で、西大門から拝殿を入ると本宮（仲哀天皇・神功皇后・保食大神の三座）、その東北に惣社（応神天皇）、東南に東殿（日本武尊）、西北に平殿（豊姫命）、西南に西殿（武内大臣）を配する。その西側に剣宮・金宮・林宮・鏡宮・利剣宮・伊佐奈姫宮・伊佐奈彦宮の御子神七社を併祀する。そしてその神域の北・東には、これを支える舎屋が設けられている。しかも北西・北東に仏塔を構え、東南の東塔の周縁には、神宮寺・不断経所などの仏殿を擁している。が、その東隣には、当社の祭祀の中心にあった角鹿氏（島氏）の氏神・政所神（角鹿神社）が配されている。ちなみにその神宮寺の別当職もまた、その角鹿氏がつとめていたと推される。

さて早く神仏習合の道を選んだ氣比宮と高野山との関係は、『氣比宮社記』などによると、釈空海の再三にわたる当社参詣にはじまるとするが、[16]その史実は確認できない。あるいはそれは、高野山の信仰が強く浸透するなかで導入された伝承と推される。その根拠として、しばしば「天喜三年社記」があげられるが、[17]おそらく天喜三年（一〇五五）ごろには、高野山の信仰が、当社の神宮寺支配に及んでいたものと推される。また氣比明神の高野山祭祀の始まりについても、空海自らの手によるものと説かれるが、[18]むしろ注目すべきは、高野山がわの『高野春秋編年輯録』第七の記録であろう。すなわちそれは、頼朝の三男で、仁和寺僧・貞暁上人による天野宮への勧請を伝えるものである。

承元二年戊辰年
三月　日。鎌倉法印貞暁来レ自二御室一。蟄三居五坊中一。是依下慕二行勝上人之徳光一。且遜中北条義時之権勢上也。
冬　十月日。二位禅尼如実自二熊野参詣之路路一来三禊于天野宮一。為二三四宮及御影堂創造之大壇主一。是依二行勝貞暁両上人之勧化一也。

右によると、承元二年（一二〇八）三月に、御室にあった貞暁上人は、行勝上人の徳光を慕って高野山に来遊、それは北条義時の権勢を免れるためであったという。それについて同書は「歴代編年曰」として、貞暁上人は幼年にして御室法親王に従って剃髪・受法する者であったが、この折に高野山に遁世、行勝上人に師事、それによって北条氏の隠謀を免れたという。そしてその消息を「得二二位尼之鐘愛一。而終二天年於経智坊一。其苗所在二阿弥陀院上山一也」と注している。ところで、貞暁上人が来遊してまもなく、つまり十月に頼朝の北の方、二位尼如実（政子）が、熊野参詣のついでに高野山の天野宮に来遊、この折に行勝・貞暁両上人の勧化によって、天野宮の三宮（氣比）四宮（厳島）の社殿、および御影堂造営の大檀主をつとめたというのである。しかもその経緯について同書は、「天野神書」なるものを引いている。

夏五月　日。睡二庵室一。（今天野壇所家也。是庵室也。）然非レ夢非レ幻。衣冠神人及美麗官女忽然現。告曰。上人崇二敬吾一。々深歓喜。慎勿レ怠矣。于レ慈越前笥飯大明神。安芸厳島大明神者。為二吾之往昔之朋友一。今雖下鎮二座領国一各離上。不レ忘二旧好一。欲下如二疇昔一相住一所一護中持密教上。降二伏異国一之時。以為二左右扶翼之武将一。上人其命二丹生祝一所勧二請之一。相二並天野花園之社一。而可レ崇二祭四所明神一。言訖還幸。上人忽告二事由於丹生祝一。祝曰。今夜我夢亦相協。仍待二上人之来臨一云云。而后相互雖レ造二加両社一。不レ能二如レ之何一。爾時幸二位禅尼来詣。仍両上人勧二発之一。為二両社剏造援一也。

これによると、その両神の勧請は、丹生・高野両神が行勝上人の夢枕に立って告示されたもので、丹生祝ともども両社の造営を志している折、二位の尼が来詣、行勝・貞暁両上人の勧発によって、めでたく両社を造営、爾来、天野は四所明神として祭祀されることになったというのである。

この氣比・厳島の天野社勧請が、『平家物語』における「大塔建立」の叙述に影響を与えたと説かれたのが赤松俊秀氏であった。きめて注目すべき説である。しかも赤松氏は『古事談』（巻五）の「大塔建立」が氣比にふれず、「日本国の大日如来は、伊勢大神宮と安芸の厳島なり」と叙することについて、『平家物語』の原本成立は、両社合祭の承元二年より十年おそいと思われるので、むしろ原本の本文に近いとされる。そして承久の乱後、原本の改訂がおこなわれ、延慶祖本・長門祖本の成立に、右の氣比・厳島二神の天野合祭の史実が深い影響を及ぼしたと論じられたのである。(19)

しかし、高野信仰を介在とする氣比社・厳島社の交流は、右の天野・四所明神合祀に始まるとは言えないようである。ちなみに氣比社の東隣り旧井川村にある時宗・鳳凰山新善光寺は、その前身を空海開基と伝える真言寺金縄院であったとされるが[20]、『敦賀市史』「氣比社の動向」〈真教と三丁縄手〉[21]の項には、

旧井川村の新善光寺（元真言寺金縄院）

旧井川村の皇大神宮（新善光寺の元鎮守）

一説ではすでに平安時代に善光寺聖によって創建された小寺院があったが、鎌倉時代に入り安芸国の厳島神社に結縁していた厳島聖（善光寺聖）が厳島大明神の姉にあたる神功皇后を祭神とする氣比大明神に結縁して敦賀に居住し、彼等によって創建されたのが新善光寺の始めであろうともいわれている。

とある。その一説の根拠の資料は示されないが、この厳島聖の活躍と領主朝倉氏の縁故とが重なって、やがて承安三年（一三三二）の遊行二代・他阿上人の敦賀地方巡化に際して、時宗に改めたと説く。つまり当寺は、はやく善光寺聖が活動の拠点とする真言寺院であり、それが元で氣比社に帰依する厳島聖の活躍を招いたとするのである。なお当寺のある井川村は中世には氣比社領で、『敦賀志』(22)の〈井川村〉の項に、「此村、元亀以前は氣比宮司石倉氏の堡地也」と記しており、当寺の鎮守・皇大神宮は、祭神は「氣比大神宮常宮大神」であったという。その常宮大神とは、氣比神宮の第一の摂社で、本社の対岸、敦賀半島沓浦に祀られ、祭神は神功皇后（后《きさひ》の御前《ごぜん》）であった。(23) 新善光寺は、これを勧請したもので、一説にいう「神功皇后を祭神とする氣比明神」とは、これが当たるものであろう。

ところで、この厳島と氣比との直接的交流を想定させる叙述が、『平家物語』の長門本（巻第九）に見出せる。すなわちそれは巻第九の「源中納言青侍夢事」の条で、平家鎮護の厳島明神が上座の八幡大菩薩により追い立てられたとする夢に対する高野入道成頼の夢判断の叙述である。ちなみに覚一本（巻五「物怪之沙汰」）はそれを次のように叙している。

なかにも高野《かうや》におはしける宰相入道成頼《セイライ》、か様《やう》の事共《ども》をつたへ聞《（き）》いて、「すは平家の代は、やう〳〵末になりぬるは。厳島《（いつくしま）》の大明神の、平家のかたうどをし給ひけるといふは、そのいはれあり。但《ただし》、それは沙羯羅竜王《シヤカツラリウわう》の第三の姫宮《ヒメみや》なれば、女神とこそうけ給《たま》はれ。八幡大菩薩の「節刀《せつと》を頼朝《ヨリトモ》にたばう」ど仰られけるはことは《（わ）》り也《なり》。春日大明神の、「其後はわが孫にもたび候へ」と仰られけるこそ心得《え》ね。それも平家ほろび、源氏の世尽《（つ）》きなん後、大織冠《タイショクハン》の御末《おんすゑ》、執柄家《しっぺいヶ》の君達《キンダチ》の、天下の将軍になり給ふべき歟《か》」なンどぞの給ひける。又或僧《アル》のお《（を）》りふし来たりけるが申けるは、「夫神明《（ソレシンメイ）》は和光垂跡の方便《ハウベン》まち〳〵にましませば、或時《あるとき》は俗《ゾク》体とも現じ、或時は女神ともなり給ふ。誠に厳島《いつくしま》の大明神は、女神とは申ながら、三明《さんミヤウ》六通《ツウ》の霊神《レイシン》にてましませば、俗《ゾク》体に現じ給はんもかたかるべきにあらず」とぞ申ける。

いわゆる平家以後の政権移譲を予見するもので、古来、平家物語の生成時期を推測する叙述として注目されてきた。が、ここではもう一つ厳島明神が俗体で示現されたことを問題としている。これを延慶本（第二・中）は、

此夢《（このゆめ）》ヲ高野宇相入道成頼伝聞《（かうやのうしやうにふだうのなりよりつたへきき）》テ宣《（のたまひ）》ケルハ、「厳島《（いつくしま）》ノ明神《（みやうじん）》ハ女体《（にょたい）》トコソ聞ケ、僻事《（ひがごと）》ニヤ。又春日大《（かすがのだい）》明神《みやうじん》、我孫太刀《（わがまごたち）》ヲバ預《（あづか）》ラムト被仰《（おほせられ）》ケルモ、不心得《（こころえず）》一。但《（ただし）》世ノ末ニ源平共《（げんぺいども）》ニ子孫尽《（しそんつき）》テ、藤原氏《（ふじわらうぢ）》ノ大将軍《（たいしやうぐん）》ニ可出《（いっべき）》ニヤ。一ノ人《（ひと）》ノ御子《（おんこ）》ナドノ、大将軍《（たいしやうぐん）》トシテ天下ヲ可二静メ給フ一歟《（しづめたまふべき）》」トゾ宣《（のたまひ）》ケル。

と簡潔に示すのみである。(24) しかして長門本は、延慶本の叙述に準じながら、次のように叙している。

宰相入道正頼《（成瀬）》は、此事を聞、万人のうれひを聞ては、ともにうれひ、とくせいを聞ては、ともに悦給ひけるか、これを聞、「さては、入道の世は、今はかうこさんなれ。いつく島明神と申は、しやかつら龍王の第三の姫宮、胎蔵界のすいしやく、女たいにてこそいますに、そくたいにけんし給ひけるふしきさよ。ゐちせん国けひの宮と申は、金剛界のすいしやくなり。いつく島に、客人の宮と申は、けひのみや是なり。けひのみやに、おきの御前と申は、いつく島是なり。胎金両部のすいしやくあらはれてましませは、俗体にけむし給ひけるは、ことはりなり」とかんせられける。「かすかの大明神の、頼朝の後は、我に給て、孫にて候ものにたはんと仰られけるこそ、ふしきなれ。此後、藤原氏の代をもたんする事の有へきやらん」とそ仰られける。

ここで注目すべきは、厳島明神に触れるのに、この説話には登場しない「越前の氣比宮」を、胎蔵界の垂跡たる厳

島に対する「金剛界の垂跡」としてあげ、「いつく島に、客人の宮と申は、けひのみや是なり。けひのみやに、おきの御前と申は、いつく島是なり」と注していることである。ここで叙される厳島の客人の宮[25]に氣比明神が配祀されているかどうかは不明である。また氣比の宮の「おきの御前」が厳島明神を配祀するものかどうかも明らかでない。が、その「おきの御前」が「きさひ（后）の御前」の訛伝と判ずると、それは厳島聖の活動の拠点であった旧井川村・新善光寺の「氣比大神宮常宮大神」が当ることとなる。かって日野西真定氏は、「高野山と文芸―「平家物語」などに現われる平清盛をめぐって―[26]」のなかで、「厳島には厳島神社の別当として水精寺（現真言宗御室派）があり、弥山も管理している。（中略）同社の勧進聖がたむろしていた大願寺（現真言宗高野派、江戸時代は同大覚寺派）も真言系の寺院である。ここにいた厳島聖と高野聖は交流が深かった」とし、これに「氣比神宮寺」のそれも加わっていたと説かれる。

高野信仰を介在とした厳島と氣比との交流も、あるいは鎌倉期以前にまで遡ることが想定されるのである。

三 「氣比宮本地」の原風景

およそ敦賀の津は、荒血山を水源とする五位川・笙の川が生み出した聖なるミナトであり、海の幸《さち》豊かなる浦であった。そのことは『日本書紀』や『古事記』などの古典からもうかがえることである[27]。そしてその聖なる敦賀の津、五位川・笙の川の河口に鎮座するのが氣比神宮であり、いち早く当地を切り開き、氣比の神の祭祀にかかわったのが、任那（加耶）からの渡来の民とされる蘇那曷叱智《そなかしち》（都怒我阿羅斯等《つぬがあらしと》）の末裔たちであったと推される。

それはまず『日本書紀』巻第五〈崇神紀〉の最終部に、六十年の秋七月に、「任那国《みまなのくに》、蘇那曷叱智《そなかしち》を遣《また》して、朝《みつき》貢《たてまつ》らしむ」と任那からの朝貢を伝える。次いで同書・巻第六〈垂仁紀〉の冒頭部に、「是歳《ことし》（元年《はじめのとし》）、任那人《みまなひと》蘇那曷叱智《そなかしち》請《まう》さく、「国《くに》に帰《まかりかへ》りなむ」とまうす。蓋《けだ》し先皇《さきのみかど》の世《みよ》に来朝《まうき》て未《いま》だ還らざるか。故《かれ》、蘇那曷叱智に敦《あつ》く賞《たまひも》す。仍《よ》りて赤絹一百匹《ひとももまき》を齎《も》たせて任那の王《こきし》に賜《たびつかは》す。然《しか》して新羅人《しらきひと》、道《みち》に遮《た》へて奪《うば》ひつ。其《か》の二《ふたつ》の国の怨、始めて是《こ》の時《とき》に起《おこ》る」と、その帰国を叙している。そして、その帰国に際して与えられた赤絹が、任那と新羅の争いのもとになったとする経緯を詳しく一説としてあげる。

一《ある》に云《い》はく、御間城天皇《みまきのすめらみこと》の世《みよ》に、額《ぬか》に角《つの》有《お》ひたる人《ひと》、一《ひとつ》の船《ふね》に乗《の》りて、越国《こしのくに》の笥飯浦《けひのうら》に泊《とま》れり。故《かれ》、其処《そこ》を号《なづ》けて角鹿《つぬが》と曰《い》ふ。問《とひ》て曰《い》はく、「何《いずれ》の国の人ぞ」という。対《こた》へて曰《まう》さく、意富加羅国《おふからのくに》の王《こきし》の子《こ》、名《な》は都怒我阿羅斯等《つねがあらしと》。亦《また》の名《な》は于斯岐阿利叱智干岐《うしきありしちかんき》と曰《い》ふ。伝《つて》に日本国《やまとのくに》に聖皇《ひじりのきみ》有《ま》すと聞《うけたまは》りて、帰化《まうおもぶ》く。穴門《あなと》に到《いた》る時《とき》に、其《そ》の国に人有《あ》り。名は伊都都比古《いつつひこ》。臣《やつかれ》に謂《かた》りて曰《い》はく、『吾《われ》は是《こ》の国の王《きみ》なり。吾を除《お》きて往二《またふた》りの王《きみ》無《あらず》。故《かれ》、他処《あたしところ》にな往《い》にそ』といふ。然《しか》れども臣《やつかれ》、究其《つらつらそ》の為人《ひととなり》を見るに、必《かなら》ず王《きみ》に非《あら》じといふことを知りぬ。即《すなは》ち更還《またまか》りぬ。道路《みち》を知らずして、嶋浦《しまじまうらうら》に留連《つたよ》ひつつ、北海《きたつうみ》より廻《めぐ》りて、出雲国《いづものくに》を経《へ》て此間《ここ》に至《いた》れり」とまうす。是《こ》の時に、天皇《すめらみこと》の崩《かむあが》りたまふに遇《まうあ》へり。便《すなは》ち留《とどま》りて、活目天皇《いくめのすめらみこと》に仕《つか》へて三年《みとせ》に逮《な》りぬ。天皇、都怒我阿羅斯等に問《と》ひて曰《のたま》はく、「汝《いまし》の国に帰《かへ》らむと欲《おも》ふや」とのたまふ。対《こた》へて諮《まう》さく、「甚望《ねがは》し」とまうす。天皇、阿羅斯等《あらしと》に詔《みことよ》せて曰《のたま》はく、「汝《いまし》、道に迷《まど》はずして必《かなら》ず速《はや》く、詣《まうでいた》れらましかば、先皇《さきのみかど》に遇《まうあ》ひて仕《つか》へたてまつらまし。是《ここ》を以《も》て、汝《いまし》が本国《もとのくに》の名《な》を改《あらた》めて、追《お》ひて御間城天皇《みまきのすめらみこと》の御名《みな》を負《と》りて、便《すなは》ち汝《いまし》が国の名にせよ」とのたまふ。仍《よ》りて赤織《あかおり》の絹《きぬ》を以《も》て阿羅斯等に給《たま》ひて、本土《もとつくに》に返《かへ》しつかはす。故《かれ》、其の国を号《なづ》けて彌摩那国《みまなのくに》と謂《い》ふは、其れ是《こ》の縁《ことのもと》なり。是《ここ》に、阿羅斯等、給はれる赤絹《あかきぬ》を以て、己《おの》が国の郡府《くら》に蔵《をさ》む。新羅人《しらきひと》聞《き》きて、兵《いくさ》を起《おこ》して至りて、皆《みな》其の赤絹を奪《うば》ひつ。是二《これふたつ》の国の相怨《うら》むる始《はじめ》なりといふ。

すなわち、御間城天皇（崇神天皇）の御世に、意富加羅国《おほからくに》（金官加耶国）の王子、都怒我阿羅斯等《つぬがあらしと》が、越前の笥飯《けひ》の

現・氣比神宮

浦（敦賀の津）に着く。聞くと、日本国に聖皇がおいでになると伝え聞き、一旦、穴門の国（長門の国）に着き、われこそ日本の国王と名告る人があったが信じ得ず、北の海を廻り、出雲の国を経て当地に到着したという。しかし先帝（崇神天皇）の崩御に遭遇し、そのまま留まって活日《いくめの》天皇（垂仁天皇）に仕えて三年を経過、今、新帝の許しを得て、都怒我阿羅斯等は帰国することになる。その折天皇は、お前の本国は、先帝、御間城《みまき》天皇の名にちなんで、弥摩那国《みまなのくに》と名付けよと仰せられたという。その帰国に当って赤絹が与えられ、これが任那と新羅の抗争のもととなったと、前段と同じ叙述によっている。

右の〈崇神紀〉から〈崇仁紀〉に及ぶ任那朝貢譚は、史実とは到底、認め得ぬものである。が、やがて新羅との抗争の末に六世紀初頭（五三二）に滅んだ任那（金官加耶国）の史実が反映された記述とは言える。しかし、任那の王子・都怒我阿羅斯等の笥飯の浦・来住譚は、勿論そのまま史実とは認められない。(28)が、『日本書紀』編集以前の伝承が、その元にあったとすることまでは否定できないであろう。しかも、これによると都怒我阿羅斯等は、三年間の滞在で帰国したと伝えるが、後にあげるごとく、この人物はそのまま留って朝廷に仕え、その末裔が敦賀に蕃居したとする在地伝承がきわめて有力である。それならば、これは金官加耶国の渡来人来住譚に属するものと言えるであろう。勿論、任那から来住したという都怒我阿羅斯等が歴史上の人物かどうかは疑問である。それが「額に角有《つの》ひたる人」というは、一般には角鹿《つぬか》の地名に付会した叙述と推されている。(29)が、右の叙述では、この人物が来住して笥飯は敦賀と称されたという。つまりそれは、この人物によって、当地の敦賀は切り開かれたことを主張しているのである。しかもその「蘇那葛叱智」「都怒我阿羅斯等」は朝鮮語（新羅・加耶地方）では貴人の敬称なる普通名詞であると説かれている。(30)それならば金官加耶国からの渡来の人々が、都怒我阿羅斯等という架空の人物を始祖と仰いで、当敦賀の津に居留していたことが想定されるであろう。

そこで、この都怒我阿羅斯等を始祖と仰ぐ人々を尋ねると、まずは長く氣比神宮の祭祀の中心にあった角鹿氏があげられる。(31) しかも彼等は、氣比神宮に奉仕するとともに、その始祖・都怒我阿羅斯等を氣比神宮の政所神として角鹿神社を奉じていたのである。その角鹿神社は、延喜式神名帳には、越前国の「敦賀郡四三座」のなかに、「氣比《ケヒ》神社七座並名神大」と並んで「角鹿神社」が見えている。が、『氣比宮社記』巻七の〈白河天皇承暦二年社記標出曰　北陸道大社氣比太神宮諸社御事〉の項には、「本宮三座」「東殿」「惣社」「西殿」「平殿」の七座・内五社、「御子神」の外七社、摂社二社に次いで、「政所角鹿神社」があげられている。前節にあげた「氣比神宮古図」には、境内の東端に「政所神」と見えるが、『氣比宮社記』巻一の〈政所神〉の項に、「角鹿神社是也。座二東方地一去二本宮一五十間余西面」と注している。その祭神については、『敦賀志』(32)は、〈角鹿神社〉の項に、「祭神任那国王子都奴我阿羅斯等本宮より東一町余に座」と記し、『新訂越前国名蹟考』(33)は、〈摂社、角鹿神社〉の項に、「坐二于氣比ノ社内一ニ。祭神一座、都怒我阿《ツヌガア》羅斯等《ラシト》、任那国ノ王子也」とあり、また「今号二ス政所一ト。則氣比宮之摂社」と注している。そして『敦賀郡誌』(34)の「氣比神宮」〈角鹿神社〉の項には、同じく「祭神は任那王子都奴我阿羅斯等なり」「本殿の東方一町許にあり。政所神と称す」とあり、「維新の頃迄、此神社の祭祀に、主神に近づき奉るは唯社家島氏のみなりと云」と注している。その島氏とは、角鹿姓に属して氣比神宮祭祀の中核を担った家筋である。ちなみに氣比神宮の宮司（大祝）は、平安時代以来、大中臣姓の勤めるところであり、これを助けたのが角鹿姓に属するものであったが、その大中臣氏は専ら在京して、鎌倉時代以降は執当・宮司・祝・祢宜、あるいは検校・行事・別当なども角鹿氏がつとめていた。(35) そしてその氣比神宮の日常的経営に当たったのが氣比社政所であり、その中心にあったのが、渡来人・都奴我阿羅斯等の末裔・角鹿氏（島氏）であったと言える。

さてその政所神を奉ずる角鹿神社について『氣比宮社記』巻一の「角鹿神社」の項は、先の『日本書記』〈垂神

氣比神宮古図（東南部―政所神）

現・角鹿神社（政所神社）

紀〉〈垂仁紀〉の任那国蘇那曷叱智の朝貢譚を要約してあげた後に、「社伝曰」として、まず次のような叙述をあげる。

崇神天皇御宇、任那国ノ王子到二比津一。浦人問二其来之旨趣一。答曰、我名ハ都奴我阿羅斯等任那ノ国ノ王子也。吾聞レ有二于東方聖皇之国一、因参也。今当レ献二調貢於天皇一。浦人言二上朝廷一、使レ奉レ進。時令ニ二厚労一、而勅二都能賀一、為二此国政所一。故留二此津一矣。依三笥飯浦謂二都奴我之国一也。

それは、先の『日本書記』の「一説」を要約し、かつ敦賀の在地伝承として掲げるものである。しかも「一説」には見えぬ「此国政所」に命じられたことをいう。しかしこれは、都奴我阿羅斯等が氣比神宮の政所役に任じられた史実というのではなく、氣比神宮の政所の神に祀られたことを意味する伝承と言える。一方、一説と同じくその笥飯の浦来遊が「都怒賀」（角鹿）の起こりと説きながら、その地名起源の根拠となる「額に角生ひたる人」とあげることがない。が、それに代って次のような叙述をあげる。

其都能賀之従者ノ船人等、常ニ戴二冠獣ノ頭一而為二謡舞遊一焉。老若寄集視楽而問二其態一。従者答曰、是吾都奴我ノ王ノ本邦ノ楽態也。今到二聖皇国《ヒチリノ》一而得二快ク楽一ム也。依レ之船人共ニ相交為二戯遊一而已。是則獅子舞起也。後崇《アカメテ》建二角鹿神之祠一、今之政所ノ神社是也。今之角鹿姓嶋氏者、此阿羅斯等之後也。云云

つまりこれでは、都怒我阿羅斯等とともに、「本邦ノ楽態」と伝える「獣ノ頭」を戴冠する従者たちが来遊、それが政所ノ神社の獅子舞の起こりとなったという。その「獣ノ頭」（獅子頭）が一本角を生えたるものであることは後に述べる。そして「後崇《アカメテ》」とは、この「獣ノ頭」の謂いで、これを都怒我阿羅斯等なる鹿角神のご神体として、祠を建てて今に政所ノ神社として祀っていると説く。したがって、これらの祭祀に当たるのは、この「阿羅斯等」の末裔の角鹿姓嶋氏であったというのである。

ところで、この角鹿神社の獅子舞の「獣ノ頭」は室町末期の弘治年間（一五五五～五八）の回禄の折りに焼失してし

（36）まうが、これが元禄十一年（一六九八）に再興されている。すなわち『氣比宮社記』巻九には、それがあげられている。

同（元禄）十一年因レ為二政所神之祭具一獅子ノ頭再興

社伝曰、昔都奴我ノ神従二任那国一来朝、而住二笥飯浦一之時、彼従者ノ船人等常ニ戴二冠獣頭一、而為二謡舞ノ遊一矣。浦人問二其所以一故、従者答曰、是吾王都奴我之本国之楽態也、今至二貴国一上下得二快楽一也。因レ之旦暮相交リ為二戯遊一如レ斯云々。今角鹿ノ神祭令三粧二厳獅子頭一者、是遺法也。因三此都奴我神来二住笥飯浦一、謂二角鹿国一者也。

これは、先の「獣ノ頭」なる獅子頭を戴冠して、戯遊する従者たちの来遊を繰り返してあげるが、それを都怒我阿羅斯等ならぬ「都奴我神」の笥飯浦来住の折りと言い、今の「角鹿ノ神祭」には、この獅子頭を飾りたてるのは、この遺法によると説いている。しかもこれに続けて「氣比宮社記」の編者は、小書きで、「謹言、中世誤謂二角鹿神頭一、可レ恐可レ慎」と注している。つまり中世までは、この「獣ノ頭」なる獅子頭は、角鹿の神（政所の神）の「神頭」と伝えてきたということであり、それは実は誤りだと訂しているのである。おそらく江戸の中頃までは、神祭りのたびごとに、ご神体の獅子頭を厳《いつく》しく飾り立て、あるいは悪疫を祓う獅子舞が演じられたものと推される。ちなみに『越前名蹟考』巻一が引用する「推秋斎神代講義」は、

氣比大明神ノ摂社ニ角鹿社ト云アリ。其土地疫病ナトノ行ル、時ハ、其神体ヲ輿ニノセ、町在共ニ是ヲ渡ラセテ邪気ヲハラフ。

と叙している。すでに毎年の祭りごとではなくなってはいるが、疫病流行の折りには、それに準ずることがおこなわれていたことを記すのである。

勿論、この角鹿神社のご神体なる獅子頭の神事、悪疫祓いの獅子舞が、古代にまで遡り得るかどうかは疑問である。

ちなみに、獅子頭再興の翌年、元禄十四年の『氣比太神宮俗談』(37)の「角神併御頭事《みぐし》」には、都怒賀阿等斯等の朝貢譚をあげ、角鹿神社に政所の大神が祀られたことを叙し、「此霊神を祭《まつる》に御頭《みかしら》の神事あり。此災難を退け、疫鬼を駆り、福寿を祈る御祭なり」として、その由来を次のように記している。

伝に云く。仁明帝の御宇、天下疫癘起りて戸々《へへ》に災あり。就レテ中ニ北陸最も甚し。承和年中四月、角鹿の太神祠官の夢に託して宣く、「(前略)今此癘気《れいき》を鎮めんとならば、我神像を歌舞して祭り、四方にこれを遊行せよ。かの鬼《き》猛く勇《いさ》めりと云ふとも、我神霊よくこれを征せん」。明日《めうにち》祠官奉幣して祭るに、太神忽に示現ありて、奮迅勇猛の相を示す。祠官等仰いでうつし奉るに、御頭《みぐし》のみにして神隠れて不レ見。於レ是御告《おんつげ》にまかせて神遊《しんゆふ》なし奉るに、至る所疫《あやけい》愈えて人皆再生の寿《じゆ》を保てり。自レ是毎歳天下に神遊す。

これによると、この御頭の神事は、承和年間(八三四〜八四八)の疫病流行の折、その神託によるものであり、その残された御頭をもって神遊びをなし奉ったことに始まるという。それ以来、獅子頭は、四月と十一月の初卯祭に荘厳されて本宮前に担ぎ出され、特に疫病流行の折りは、その鎮まることを期して町内を巡行することになったというのである。そしてそのご神体の獅子頭は、かつては角鹿社の神殿に祀られていたのであるが、今度の戦災までは、その一本角の生えた獅子頭は宝物として当社に蔵されていた。それが次頁にあげるものである。またこの獅子頭の刷物が、今も敦賀市内には伝わっている。これによって疫病退散を祈念したものと推される。

さてここで改めて、都怒我阿羅斯等の末裔・角鹿氏が専ら祭祀を司ってきた角鹿社の政所神の素姓を考えてみる。すなわちそれは、海の彼方の任那(加耶)から来住して角鹿の神と祀られ、一本角の獅子頭をご神体として、疫病を退散させる機能を有する荒ぶる異形神と観じられていた。しかも敦賀氣比神宮の台所ともいうべき政所に祀られる角鹿の大神であれば、それは高取正男氏の説かれる「納戸の神」に当るものとも言えるであろう。(38)当然、ここで想起さ

角鹿神社宝物獅子頭（『氣比神宮の今昔』昭和16年　氣比神宮）

角鹿神社獅子頭刷物　一枚　江戸時代　個人蔵
（敦賀市立博物館〈平成20年度特別展〉『氣比さんとつるが町衆』）

れるのは、猿楽の人々が始祖と仰ぐ秦の河勝の伝承である。およそ秦の河勝は、外国《とつくに》から渡来した荒ぶる宿神と祀られており、そのご神体は、翁の面に先立って鬼の面によっていたと伝えられており、恐ろしい障礙神・夜叉神とも観じられていた。(39) しかもそれは、本社・本寺の後戸に祀られるものであった。それならば、任那から渡来したと伝える都怒我阿等斯等は、もう一人の秦の河勝ということになるであろう。つまり、この角の生ひたる獅子頭をご神体とする政所の神は、氣比神宮の後戸に祀られる宿神の一流であるということである。そしてその渡来の異形神・都怒阿羅斯等の末裔を任ずる角鹿氏は、氣比神宮の祠官の中心にあるのみならず、元来は獅子頭によって疫神退散をよくする芸能集団に属すものでもあったというべきであろう。

しかして再び「氣比宮本地」に立ち戻って、氣比大菩薩の前生が、荒血山の山中に誕生した「おもて六つ・あし手は十二」の異体児（鬼子）であったと説かれていたことを顧みると、その原像は、はやく荒ぶる獅子頭をご神体とする異形神たる政所の神に宿されていたことが察せられるのである。

四　氣比宮と任那（加耶）系渡来人

先に『氣比宮社記』巻九の「元禄十一年獅子ノ頭再興」の記録をあげたが、それに続けて次のような叙述が見えている。

同記（社伝記）云、人皇十代崇神天皇御宇、任那国王子乗船到二此津一。浦人問二其参来之趣旨一、王子答曰、我是都奴我王《ツノガコシキ》之王子也。名ハ都奴我阿羅斯等《ツノガアラシト》、吾聞東方在二聖ノ皇ノ国一也。因凌二波濤一遙々来二着此地一、欲レ献二貢物於聖朝一也。則詣二京師一焉。于時天皇憐二其遠来一、而使二都奴我我阿羅斯等一、為二此州ノ政所一也。故留二于此津一、仍笥飯浦謂二都奴我之国一（是書角鹿後改二敦賀一）也。後崇テ建二角鹿之祠一、今之政所神ノ社是也。又角鹿神之子孫多矣。今之角鹿姓嶋氏者、此神之後也、云々。

それは先の『氣比宮社記』巻一の「角鹿神社」の項における政所神の由来を繰り返すもので、一部、表現をかえている。それのみならず、その「獅子舞之記」を説く叙述を全く削除した叙述となっており、それに代って「又角鹿神之子孫多矣」が加えられている。

その角鹿神、すなわち都奴我阿羅斯等の末裔を任ずる人々は、少なくなかったという。そしてその中心は、氣比神宮の祠官をつとめる角鹿姓の嶋氏であることは先にもあげている。またその祠官のみならず、角鹿神社の祭りに(40)、ご神体の獅子頭を奉じた人々もそれであったと言えよう。おそらくその人々は、氣比神宮の神域周辺に住していたと推されるが、その「角鹿神之子孫」たる都怒我阿羅斯等の末裔の多くは、笙の川の最上流、あるいは五位川の周縁に蕃居していたことが、『新撰姓氏録』の記事から推察されるのである。すなわちそれは、「左京諸蕃下」の「任那」の項に、

大市首《オホチ》
同国人都努賀阿羅斯止之後也。
清水首
同上

とあり、「左京諸蕃下」の「任那」の項に、

辟田首《ヒキタ》
任那国主都奴加阿羅志等之後也。

とある。その「大市首」の大市は旧愛発村の市橋、「清水首」の清水は旧泉村の泉、「辟田首」の辟田は旧愛発村の疋田などが当るとされる。(41) しかもそれは、上洛して左京・右京に住した都奴加阿羅斯等の子孫をあげたもので、その一族の蕃居する地はこれに限るものではあるまい。大市（市橋）、清水（泉）、辟田（疋田）から推すれば、それは笙の川の上流、五位川流域に求められるであろう。しかもその流域の各聚落は、以下にあげるように、長年にわたって氣比神宮とのかかわりを維持しており、間接的ながらそれが都奴我阿羅斯等の末裔に属することを示すものと言えるであろう。

さてその五位川と疋田で分岐する笙の川上流の旧愛発村の刀根聚落には、摂社・氣比神社が鎮座する。その神社の由来については、後にとりあげるが、『敦賀志』の「杉箸村」の項に、「刀祢杉箸村といひて刀根村の内也」と注して、

此村は昔氣比大神宮九月九日の夕、新嘗祭の節、御膳の杉箸を刀根村より奉れり。此箸を拵ふる者の住居せしより村名となれりとぞ。

とある。さらに続けて、次のように叙している。

新嘗祭の夜の篝のたいまつは、昔のかた今に遺りて、池河内・刀根・杉箸・麻生口・曽々木・駄口・追分・疋田・小河口・市橋十ケ村より九月八日に御供所の前迄、村々より持参す。炊殿の神人、是を請取、翌日九日の夜、三カ所の篝に用ゆ。

ちなみに『氣比宮社記』巻四［年中祭祀］「九月《ナガツキ》」の「新嘗会」の項に、

五日　神戸百姓等初貢二新穀於執当之一御会師予メ令レ調二貢大盤三十序盤十二於御炊殿一御膳部神人捧二御箸於御炊殿一

とあり、刀根村からの御箸が御膳部の神人によって御炊殿に捧げられたようである。さらに続けて、

九日、夕之燎続松《カカリタイマツ》並大御饌之御薪上駅《ミカンマキカミヤンゲ》五ケ村小河口市橋疋田追分駄口、山ノ内四ケ村池川内《イケノカワウチ》杉箸刀祢曽々木、

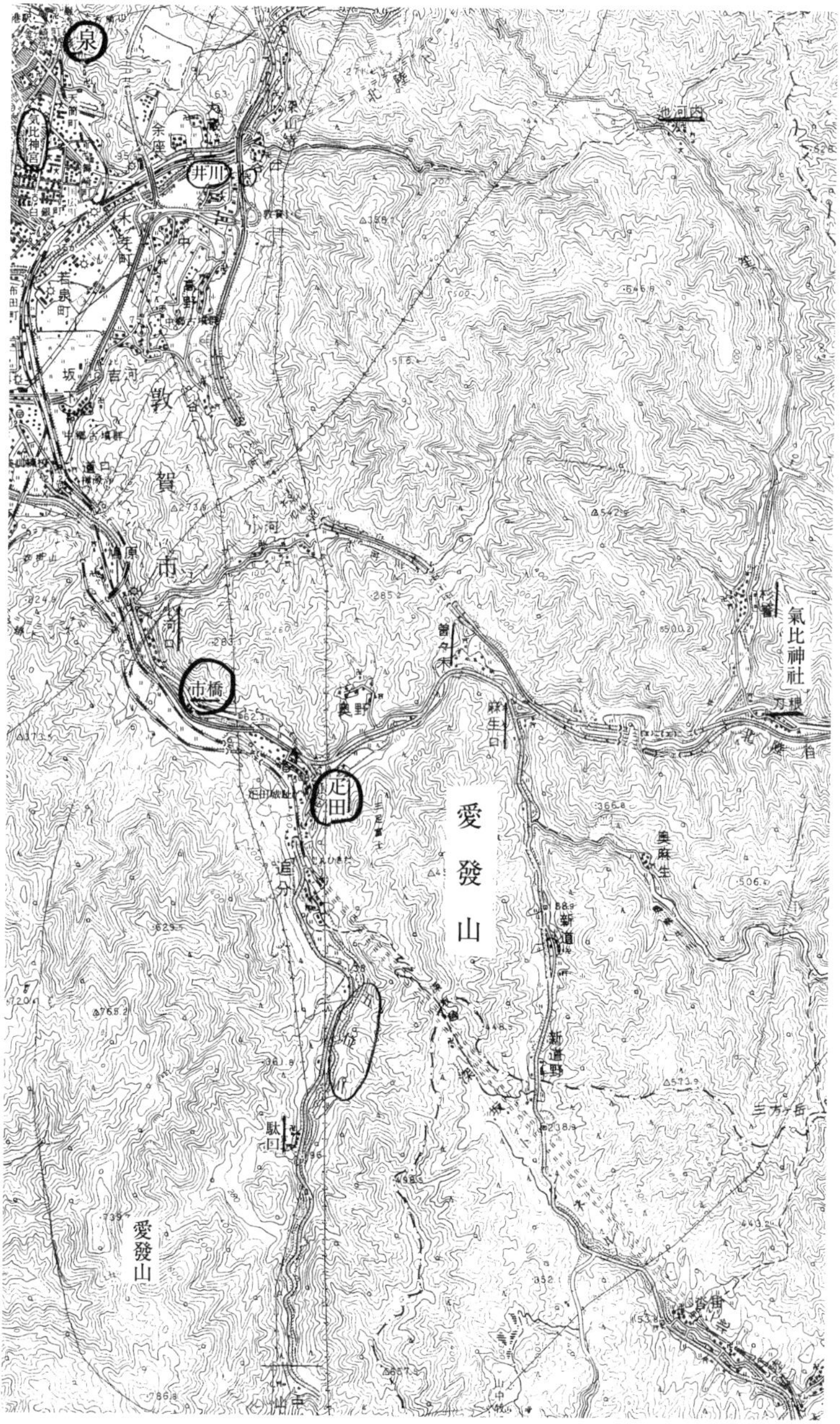

氣比神宮の神戸分布図

自二右九ケ村一獻之。

とある。つまり九日の夕べの続松・御薪が、笙の川上流・五位川流域の「上駅五ケ村」なる小河口・市橋・疋田・追分・駄口、笙の川の最上流の「山ノ内四ケ村」なる池川内・杉箸・刀根・曽々木の各聚落から献じられることをいうのである。しかも、それは、続いてあげる天文二年（一五三三）九月の記録「氣比社九月新嘗御神事続松之次第」で確認できる。

一、大続松一丁長一丈八尺二寸木口二尺八寸池之川内、一、大続松一丁駄口　一、中続松六丁追分、一、中続松六丁疋壇、一、中続松六丁小河口、一、中続松三丁麻生　一、小続松拾七丁多宇祢、一、中続松三丁曽々木、（後略）

また『社記』の「新嘗会」の項は、さらに、「続松支配之次第」をあげ、その後に「古伝云」として、

九月九日夕新嘗会神膳杉箸、自多宇祢村獻之、其御箸調進之百姓住処、名杉箸也、今云杉箸村云々、近世御箸獻上中絶。

と叙している。すなわち、都奴我阿羅斯等の末裔を称して笙の川・五位川流域に住したと推される人々は、その先祖が政所神を祭る氣比神宮の神戸の民となって、おそらく江戸時代の半ばまでは、新嘗会にかかわっていたと言える。しかもその九ケ村のなかで、氣比神社の鎮座する刀根（多宇祢）聚落のみは、かすかながら、氣比神宮とのつながりを今日まで維持しているのである。すなわち当社の秋祭り（新嘗祭）は、十二月三日（元は旧暦十一月三日）に、村をあげておこなわれるが、それに先だってコーモリ（神守）と東座・西座のトウヤ（当座）とは、氣比神宮に赴き、笥飯の浦（松原海岸）から神霊を招く「神迎えの儀」をおこなうのである。それを敦賀市立博物館の報告によってあげると、次のようである。ちなみにオハコとは、神霊を祀る仮の神殿の謂いである。(42)

刀根・氣比神社の秋祭り
〈カミムカエの儀〉(敦賀市立博物館・研究紀要21号)

カンモリとトウヤが氣比の松原でみそぎをする。みそぎの前に、祝詞と般若心経を唱える。間違いなくみそぎを終えた証拠として帰りに海藻を取って来ることになっている。

海から戻ると、東西両トウヤのオハコをお払いして般若心経を上げる。これをもって神が来臨したものとみなす。

十一月二十八日（日）　オハコタテ（会場　トウヤ宅）

午前十一時ごろからトウヤ宅の庭などにその標識となるオハコを建てる。オハコはまず底に川砂利などを円形に敷き、表皮を剥いたヤマウルシの白い棒四十八本をぐるりと円形に立てる。その中央に背の高い棒を立て、東座は金銀、西座は紅白の水引きをかける。この東座は金銀、西座は紅白という水引の色は、この後様々な祭りの道具にも用いられる。

十二月三日（金）　カミムカエの儀（松原海岸・トウヤ宅）

午前十一時頃からトウヤとコーモリが市内の松原海岸でみそぎを行う。これをコオリカキと呼んでいる。みそぎに先立ち、コーモリは祝詞と般若心経三回を唱える。この時、コーモリが浪打ち際に向かって座り、トウヤの二人はその後ろに並んで正座する。その後、海水に入って身を清める。間違いなくみそぎを住ませた証拠として、少しの海草を持ち帰ることになっている。

海から戻った後、東西のトウヤそれぞれの家で、コーモリがオハコに祝詞と般若心経三回をあげる。これをもって、神が来臨したものと認識されている。

さてこの刀根鎮座の氣比神社（刀祢神社）は、仲哀天皇が大和から越前の東路によって久々坂峠（柳ケ瀬）を越え、氣比神宮の笥飯のミナトに赴かんとするとき、行在所を設けられたものと伝える。(43) あるいはそれは、当社が氣比神宮に先立つ元宮としての意義を主張している伝承とも言えよう。そして当社の祭儀は、右の秋祭りに対して四月三日（元旧暦四月三日）の春の大祭が営まれるが、それには、仲哀天皇行幸の折の天皇と村長との問答を模した古儀が催されている。(44) またこれら春秋の祭儀は、東座・西座の宮座を中心に営まれてきたものであり、それが室町時代以前に遡ることは、当社の改築の折の「木札」「棟札」などによって確認できる。その代表的なものをあげる。

木札〈天文二十三年四月二十一日の本殿改築〉(45)

裏

時の神主　中村藤大夫　□□時ノ□□大阿彌陀佛本願高念□□□□□□
上村彌大夫同四郎太郎　□□□□
中村時老高砂右馬兄三郎大夫　彌太夫　四郎太夫楫ハシノ老
ケ高阿彌中太夫　取内太夫　西座
大工ハ道ノ口ノ取兵衛　□座衆東座六十人　西座六十人　都合百廿人

棟札（慶長六年九月廿八日の本殿改築）(46)

（表面）

田中　テツタタ人　同杉著
時神主上藤右衛門尉　三郎助
東座　五拾人
災
奉造立氣比大神宮奉迦　當根村　諸願成就延命息　福貴祈所
西座　五拾人
于時慶長六年かのとの丑　九月廿八日

（裏面）

□
米壱斗　助太夫　百文　中ノ孫衛門　米壱斗　助術門　米一斗　弥四郎
當根村
上同ムナキ　くほ　中泉　田中
百文　中屋　百文　藤太夫　弐百文　孫兵術　五拾文　浄永　百文　孫次郎
奉迦帳
米壱斗　孫助　同ムナキ六舛　三郎太夫　六舛　新谷
米谷　タウケノ
壱斗　四郎兵衛　壱斗　左近
杉箸村は杉はし
五斗　くほ

木造　釈迦如来坐像　平安後期

木造　地蔵菩薩坐像　平安後期～鎌倉前期

刀根・氣比神社蔵仏像群

これによると、当社は刀根村・杉箸村の両村によって祭祀されるものであり、東座・西座によって、その祭儀の営まれていたことが知られる。また当社には、神宮寺ともいうべき釈迦堂[47]を擁しており、今に木造釈迦如来座像（平安後期）地蔵菩薩座像（平安後期・鎌倉前期）毘沙門天之像・持国天立像（いずれも平安後期）が社務所に蔵されているが、右の木札の「大阿弥陀仏本願」はそれに属するものと推され、次にあげる享保五年（一七二〇）八月の「釈迦堂葺替棟札[48]」には、「釈迦堂鑑誉」の名が見えている。

庚 享保五歳
奉修覆葺替処
子 八月吉日

刀根庄屋 孫　助
杉箸庄屋 四郎右門
神主 孫九郎
檜皮屋 市郎右門
敦賀同 源　七

刀根年寄 □右衛門
右同断 孫兵衛
右同断 茶　屋
杉箸年寄 三郎左門
右同断 助太夫
右同断 藤九郎
釈迦堂 鑑誉

ここで再び当氣比神社の秋祭り（新嘗祭）の祭儀に戻る。すなわち当地の古老によると、仲哀天皇が敦賀に行幸された折、そのお召しの牛が、当地で倒れて死んだとのこと（今にその牛を埋めた所を牛の森と伝えている）、それにちなんで、この祭りには、「牛の舌」と称する餅を神前に供え、村人一同で食することとなったという。[49]それについて『敦賀神社誌』[50]の〈氣比神社〉の項には、「十二月三日、新嘗の当日、祭典前に神前に供へる古俗の神饌がある」として、

牛の舌と称する飯櫃形の薄き紅白の餅、四十八個を二分して各二十四個宛てを、東西両当番に頒ち、東当番は

刀根・氣比神社

氣比神社境内の牛の森（行き倒れの牛を埋めた地）

此の餅の外に、昆布二枚・串柿・小豆餅及び白蒸一皿を供へ、西当番は餅の外に鯣二枚・小豆餅・白蒸及び串柿各一冊を供へる。其祭器は籠皿と称して、山漆の水を撓めて円形を作り、その中央に藁を十文字にかけて結べるものである。餅は白木の高杯形の器具に盛る。然して神前に供へる時に、これも山漆にて、長さ一尺五寸位の丸箸、数十本と、瓢の中へ木炭を細かにして入れたもの一個とを、薙刀の柄先に結びつけて持つ者（岩焼と云ふ）一名、神酒持一名が、東西各祭典当番の家から、行列を整へて、神社に参進して、正殿と称する者二名、大夫と称する者二名が神殿に入り、大夫が正殿に神酒を酌する……

と注している。そしてその習俗は、今日の祭儀にも引き継がれている。すなわち先の敦賀市立博物館の報告によると、次のごとくである。

十二月五日（日）　餅つき・ミヤアゲ

早朝四時頃から地区の成人男性（地区を出ている人も帰って来て参加する）が集まり、餅つきに参加する。餅つきの会場も東西それぞのトウヤ宅から公会堂に移ったわけだが、臼は東西二つを用意し、同時に餅つきが行われることとなった。（中略）餅はゆでた小豆を混ぜた赤餅と普通の白い餅が作られる。白い餅は牛の舌と呼ばれる中央をくびれさせた楕円形に整えられる。赤餅は平たく延ばし、ある程度固まったら短冊に切りそろえられる。これを二切れずつ半紙で結ぶ。また昆布、するめも細く切られて半紙で結ばれる。干し柿は二個ずつ竹串に刺して、この串に半紙を結ぶ。オゴクサンの入れられていた櫃の蓋を裏返して赤餅を二十四、干し柿を二十四、これに東座は昆布四十八、西座はするめ四十八が並べられる。この櫃の蓋に注連縄を渡す。櫃の身の方には、前日蒸したオゴクサンと牛の舌餅を入れて筵で再びくるむ。

十時三十分頃になると、ミヤアゲという役の青年（東西二人ずつ）が入浴して身を清めた後、行列に先立って

干し柿、赤餅、昆布を並べた東座の櫃の蓋
（敦賀市立博物館・研究紀要21号）

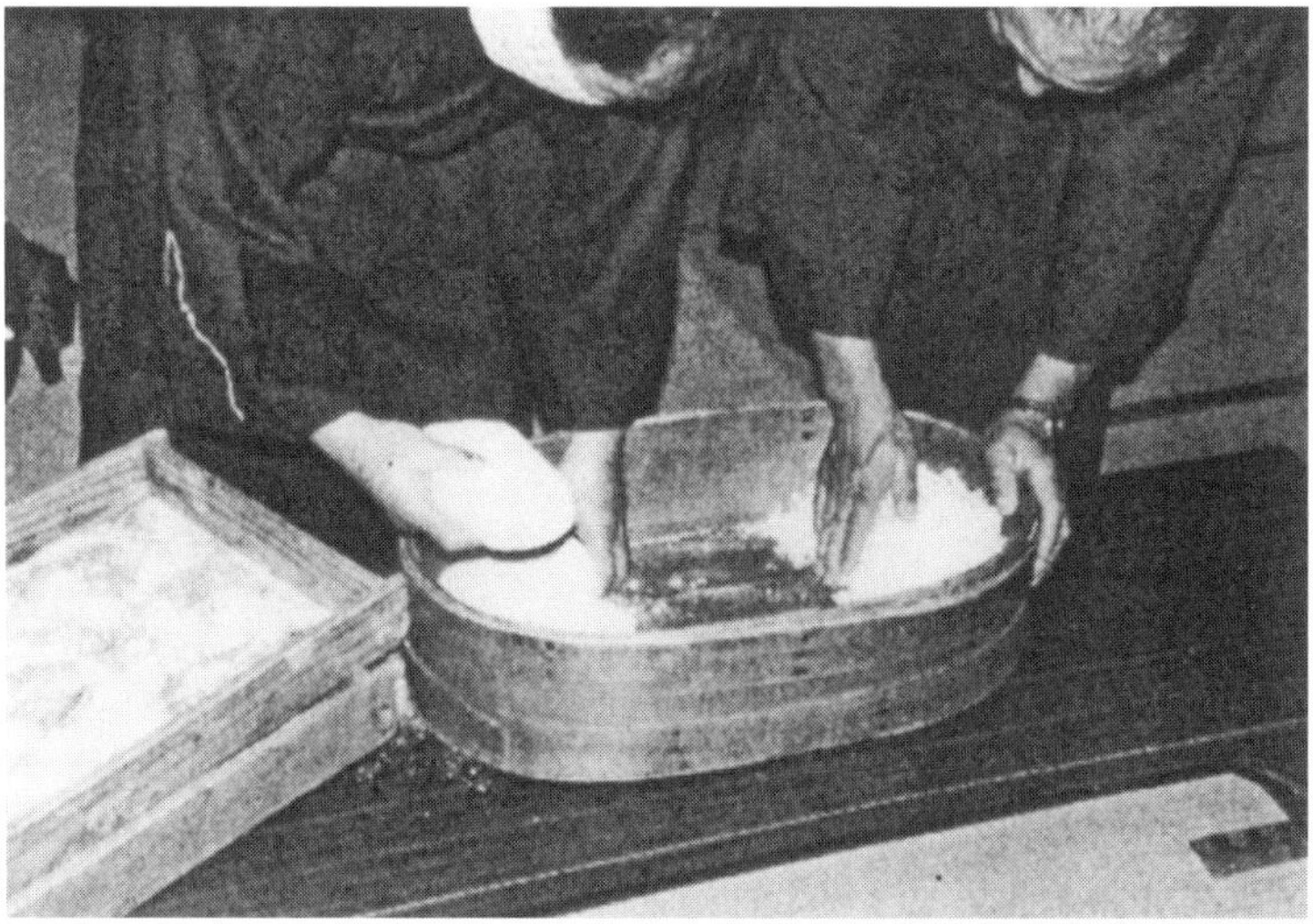

櫃の身にはオゴクサンと牛の舌餅が入れられる
（同上）

公会堂を出発する。この時ミヤアゲの一人はオゴクサンと牛の舌餅の入った筵包みの櫃に、神のお膳と皿とされているネムの木のマナイタ二枚と薄くそいだ木を丸めて藁で十字に底を組んだカゴザラ四個、同じく箸とされているヤマウルシの棒をマナイタの分二膳と他に四十八本、藁で編んだ小さな履物を載せてこれを背に担ぎ、もう一人はカゴザラを四十八個と五穀を入れた小さな籠を付けたヤマウルシの棒と木製の長刀の作り物とお神酒の一升瓶を持つ。彼らは氣比神社の拝殿に到着すると、木の鉢と高台のある皿に牛の舌餅二つずつとオゴクサンを分けて載せる。また担いできたマナイタの上に牛の舌餅を載せて、摂社（牛頭天王社）にあらかじめ供える。

その「牛の舌餅」が、摂社・牛頭天王社にも供えることが留意される。今日ではそれは小祠に留まっているが、かつては本社とは別に、社殿を擁していたのである。[51] およそ、その刀根の秋祭りは、新穀の米をオゴクサン（田の神）として祀る新嘗の祭りで、能登の「アエのコト」に準じたものと言える。それについて詳しくは、右の報告に委せることとして、ここで注目するのは、その稲作儀礼とは異なった「牛の舌」を食する牛神《うしかみ》祭祀の模擬的儀礼を含んでいることである。あるいはそれは、任那からの渡来したと伝える都怒我阿羅斯等を先祖神と祀る人々が将来した蕃神（韓神）祭祀の残滓ではないかとも推される。牛を供儀として捧げ、これを食する習慣が、蕃神祭儀に属することはよく知られている。ちなみに氣比神宮の角鹿神社に祀られる政所の神は、まさに蕃神そのものと言えることである。しかもそれは先にあげたごとく牛頭[52]（牛神）ならぬ、畏怖すべき獣頭（獅子頭）を神体と仰ぐ蕃神とも言えるものであった。つまり角鹿神社の祭祀からは失われた牛神祭祀の儀礼が、刀根の氣比神社に「牛の舌」の習俗として伝えられてきたとみることができる。

そこで『敦賀市史』通史編・上巻の〈神々への信仰〉[53]をあげてみる。それは㈠天つ神系神社、㈡地名を負う神社、㈢ごく少数の人名・剣名を負う神社のそれぞれを説明した後に叙されたものである。

敦賀の人びとの信仰の跡をみるのに、式内社つまり官に登録され認められた諸社だけについて考えるだけでは片手落ちである。というのは、前述の㊂（信露貴彦神社・剣神社）のように渡来系の神であることがはっきりする神のほかにも、他の渡来系の神がみがあったはずだからである。渡来系の信仰は、もし古代の神事が明かになれば式内社のうちにも渡来系の神がみはより増えるであろう。

つまり今では見えなくなってしまっているが、敦賀には渡来系の神々を祀る神社が少なくなかったはずだと説く。それに続けて、次のように叙されている。

そういう意味で留意したいのは、特に越前国・能登国を中心に日本海沿岸域に定着していた漢神（韓神）信仰である。しかも、この信仰は、中央の政府の神祇統制や仏教統制にも把握されない体制外の信仰として、八～九世紀を通じて厳しい弾圧を受け続けたのである。たとえば、都が平城京の時代から平安京の時代へと移る延暦年間を例にとっても、延暦十年（七九一）にも同二十年にも、越前については牛を殺して漢神を祭ることが禁止されている（『続日本紀』延暦十年九月甲戌条、『日本逸史』延暦二十年四月己亥条）。その祭祀は、おそらく雨乞いの祭りであっただろうとみられている。日本海沿岸の最も中心的な要港であり、早くから朝鮮の渡来人と渡来文化の濃厚な敦賀を中心とするこの地域にも、漢神（韓神）信仰は根強かったとみてよいであろう。

これらを参考にして、先の『平家物語』の「大塔建立」の叙述をふり返ると、かの延慶本（長門本）のいう「北陸道は畜生国」とは、牛を供儀として蕃神を祀る人々をさしているかと察せられるであろう。すなわち越前から能登に及ぶ日本海沿岸地域は、かつて蕃神（韓神）信仰を保持した渡来人の先進地域であったが、やがて彼等はヤマト政権の支配に属するに及んで、畜生の民として蔑視されるに到ったものと推される。そして「荒血ノ中山ガ畜生道ノ口」であるとして、そこより畜生道に堕ちた「北国」の衆生を氣比大菩薩が「愍ミ給ヒテ、敦賀ノ津ニ跡ヲ垂レ」たとは、その中心が荒血山から敦賀に及ぶ地域にあり、氣比の社は、そのメッカであったことを語っているものと読みとれる。ちなみにヤマトの氣比神宮祭祀の中核に任じられていた任那（加那）系渡来人は、蕃神信仰の名残をとどめる角鹿神社の政所神を奉じてきた。つまり彼等こそが北陸道の蕃神信仰にしたがう人々を支えていたということになるであろう。そしてこのような精神風土が、荒血山に誕生した鬼子（異体児）が、「ゑちせんのくに、つるかの、けい菩薩と、あらはれ給ふ」とする「氣比宮本地」の叙述の土壌となっていたことを思うのである。

おわりに

本稿は、一昨年、濱中修氏と出会った折の、同氏の発言が刺戟となって、現地踏査を繰り返して成ったもので、それは前段〈その一〉の冒頭にもふれている。その濱中氏も、昨年一月に刊行された『アジア遊学』[54]の一一八号に、「京極御息所をめぐる中世神話」と題する論攷を発表されている。当然、わたくしの考察と重なるところがあるが、その視点のちがいから、その論攷にはいちいちふれないで、論述を進めてきた。しかし、今、本稿を終えるに当たって、同氏の注目すべき指摘をあげておきたいと思う。

それは、本稿でもふれた『平家物語』の「大塔建立」における長門本（延慶本）の叙述をあげ、氣比大菩薩の畜生道の衆生を救済せんとの誓願にふれ、荒血山鬼子（異体児）誕生譚には、仏教的に氣比大菩薩は畜生道に生きる神とする認識があるとされる。そして「高野山の文脈の中で、北陸道を畜生道と見る説が述べられているが、台密の国土観念においても、氣比と金剛界五部のうちの羯《かつ》磨部に属する見方があつた」として、『渓嵐拾葉集』第六・第百八の一部を引用されている。今それを改めて掲げてみる。

口傳云。伊勢ト與二湖海ト北海一三所ハ獨古鬼目也。伊勢ハ者寶部ノ神明ナルカ故ニ。以二如意寶珠一爲二神體一ト。氣比ハ北方ノ事業神明ナルカ故。以二羯磨一爲二神明體一也。山王ハ不ノ中道ノ神明ナルカ故。以二圓滿月輪一爲レ體ト。以二此三神一ヲ顯宗ノ意者三締三觀三身圓滿ノ之如來ト習也。密宗ノ意ハ三部ノ曼荼羅理智事ノ三點三密三業是也云云

尋云。以三寶珠ト與二羯磨一爲二神體一ト事ハ誰人所觀耶答。弘法大師ノ縁起アリ事起レリ。所謂付二太神宮一瑜祇ト與二理趣一秘決アリ。其中ニ神明ハ以二寶珠一爲レ體云云異本ニ云。弘法大師氣比ノ社壇ニ詣云ヘリ。北神ハ我國北方ノ神也。故以二羯磨一可レ爲レ體云ヘリ。此其元由也云云

（巻第六）

一。伊勢與二湖海ト北海一ト三所ハ獨古鬼目也。伊勢ハ寶部神明ナルカ故ニ。以二如意寶珠一爲二神體一ト。氣比ハ北方ノ事業神明ナルカ故ニ。以二如意珠一爲二神體一。氣比ハ北方事業ノ神明ナルカ故ニ。以二羯磨一ヲ爲二神體一。山王不二中道ノ神明ナル故。以二圓滿月輪一爲體。是カ三締三觀三身。密教ノ心ハ三部理智事ノ三密三業也。

（巻第百八）

これは前段の「独古ノ形」とかかわって、伊勢・湖海（山王）・北海（氣比）の各神明の神体を論じたもので、そのなかで、氣比は北方事業の神明であるから、羯磨部をもって神体となすと説く。その羯磨部は、「金剛界大月輪の中北方を羯磨部と名く。衆生の為に慈悲を垂れて種々の事業を成す部分なり。仏は不空成就如来、釈迦の別名 智は成所作智、応形は鬼神なり」（織田得能氏『仏教大辞典』(55)）とされる。これについて濱中氏は、

　この羯磨部は「五羯部謂諸鬼神呪」（『顕密円通仏心要集』大蔵経四十六巻）、「一切諸天真言皆属二宝部一。諸鬼神真言属二羯磨部一」（『大方広仏華厳経随硫演義鈔』大蔵経三十六巻）などと説明される。（中略）金剛界の中で北方の主宰者である不空成就如来の応形は鬼神であるとされている。

と言い、その不空成就如来は金剛夜叉でもあり、衆生の悪業煩悩を食らうものであることも指摘されている。

北方の氣比神明が羯磨部に属するものであり、それはまた鬼神（夜叉）でもあるとする密教的教説の指摘は注目す

べきことである。そしてそれは長門本（延慶本）の叙述とも通じるところがあり、荒血山鬼子誕生譚に響き合うことも確かに思われる。しかしそれらの伝承が、右の教説にもとづいて生成されたと言うことにはなるまい。少なくとも『渓嵐拾葉集』の成立は延慶本を遡るものとは言えない。勿論、濱中氏は、そのようなことを主張されているわけではない。それは、「『平家物語』大塔建立の記事が暗示していた、北陸道の守護神たる氣比神社の暗い印象は、以上のように密教の文脈の中に置くならば、十分に理由のある認識なのであった」とされている。[56]

さてわたくしは、本稿において、荒血山鬼子誕生譚は、長年にわたって氣比の信仰を支えてきた歴史的・社会的・民俗的精神風土のなかで生成されてきたことを考察してきた。そしてそれは、延慶本（長門本）『平家物語』の叙する氣比神明の衆生救済の思想にも遡ることを論じてきた。繰り返すことになるが鬼子の転生たる氣比大菩薩の原像は、氣比の角鹿神社に祀られる渡来の神明・政所神のご神体に見出されるものであった。すなわちそれは、恐るべき「獣ノ頭」たる獅子頭であり、海の彼方から渡来した宿神であり、鬼神とも障礙碍神とも観ぜられるものであった。この政所神を鬼神とする観念が、他方では『渓嵐拾葉集』における氣比神明の神体観、すなわち北方の羯磨部（鬼形神）とする密教的教説をも導き出したものと、わたくしはみるのである。

注

（1）岩波・新日本古典文学大系『宝物集』（山田昭全氏ほか、平成五年）では、「験力を積んだ僧が、女人に接すると験力が女人に吸いとられるとされる」と注されている。

（2）角川書店、平成二一年

（3）「京極御息所ハ時平大臣ノ御娘、志賀寺詣ノ御時、彼ノ寺ノ上人心ヲ懸ケ奉リ、今生ノ行業ヲ譲リ奉ラント申セバ、ヨシサラバ真ノ道ノシルベシテ我ヲイザナヘユラグ玉ノ緒ト打詠メ給ヒテ、御手ヲ授ケ給ヒケリ」とある。

（4）「五月、（中略）越前國氣比大神宮寺、御子神宮寺、置二常住僧一、聴二度五人一、心願者亦五人、凡一十僧、永々不レ絶」とみえ、官費によって、神宮寺に常住僧侶が置かれたことを記す。

（5）「充二越前国氣比神宮寺稲一万束一。為下造二仏像一之料上」と仏像造立費用として、稲一万束が充てられたことを記す。

（6）「詔二越前国司一、写二大般若経一部一、安二置氣比神宮寺一」とあり、大般若経一部が安置されたことを記す。

（7）「詔、越前国氣比神宮寺置二十僧一為二定額一、補レ闕レ之レ」とあり、定額寺となったことを記している。

（8）「氣比大神宮祝部等申曰、神宮忽見二火炎一、驚走入レ宮、実無二失火一、陰陽寮占云、為レ穢二神社一、因現二崇恠一、彼国須レ慎二疫癘風水之炎一、是曰、下二知国宰一、洒二掃神社一、転二読仏教一」とあり、神仏習合の一端をうかがわせる。

（9）『氣比宮社記』（宝暦一三年、平松周家編、氣比神宮蔵）（氣比神宮、昭和一五年）第七巻、〔社伝旧記部・上〕所収、天永五年五月二八日の「太政官」に添えられた「令レ造二立氣比太神宮寺一院一」には、「七間檜皮葺講堂一宇」「南檜皮葺二重金堂一宇」「北二重檜皮葺金堂一宇」「南三重檜皮葺塔一基」「東三間檜皮葺中門一宇」「南五間檜皮葺中門一宇」「西三間檜皮葺中門一宇」「檜皮葺廊四面各門別九尺」「四角檜皮葺経蔵一宇」「垣百十九間」「南檜皮葺大門一宇」「北檜皮葺宝蔵一宇」「檜皮葺僧坊一宇」があげられており、「巳上一院之内並立自余舎屋十二宇並楽具雑器宝物三百十二物」とする。前年一二月一日の雷火によって全焼した太神宮寺の全貌と思われる。

（10）氣比宮の本地仏については、後代の記録であるが、『氣比宮社記』巻八〔社伝旧記部・中〕所収「慶長十五年社務宮尊純王賜二自筆勧進帳一」のなかに、「尋ルニ本地毘盧遮那如来法性真如覚王也」とある。また『敦賀郡神社誌』（昭和八年、福井県神社庁敦賀市支部）第三編第七章「愛発村神社」第九節〈氣比神社〉所収「千百年祭神主文状」（享和元年八月）の〈奉書鑑氣比大神宮〉に、「金輪真如躰者氣比大神宮本地毘盧遮那仏在二華蔵一為レ度二衆生一故示二現大菩薩身一内秘二菩薩行一外顕二天地鏡一」とある。

（11）その〈神道〉に、「氣比大神明者、越州第一之霊社、北陸無雙之神祠也」「陰陽不レ測、擅二威霊置千変万化之中一、権実惟同、施二利益於和光同塵之際一、謂二之神明一、誰不二欽仰一氣比明神者、内証惟貴、外用謹レ識、垂二霊跡於北陸之境一、致二潜衛於南西一」とある。

（12）右掲注（9）に同じ。

(13) その奥には、次のように記されている。

右、当社一年中所当米已下所出物等且依往古例
具任当時弁之実注進如件

勾当兼金宮祝散位角鹿
別当兼常宮祝散位角鹿
別当兼常宮祢宜散位角鹿
建暦二年九月　日　行事兼副祢宜散位角鹿
行事兼権祢宜散位角鹿
検校兼正祢宜散位角鹿

なお、当文書の写本は、東京大学史料編纂所にも所蔵されている。

(14) 〈日本歴史地名大系〉『福井県の地名』(平凡社、昭和五六年)〈氣比神宮〉の項

(15) 平成二〇年度特別展〈『氣比さんとつるが町衆――氣比神宮文書は語る――』(敦賀市立博物館、平成一九年)。なおこれは、現在、当博物館に保管されており、ご好意により、再三にわたり実見させていただいた。

(16)(17) すなわち同書・巻七には、次のごとき記事が見える。

① 天喜三年五月社記曰、延暦(桓武天皇)二三年右大弁葛野宣旨而賜二節刀一、于時三月二八日、因レ詔葛野丸及釈ノ空海相共ニ詣二当宮一、奉二納宝刀一ヲ而祈二渡海ノ安全一云云

② 大同(平城天皇)二年六月五日、勅使奉二和幣於氣比ノ神一時、釈空海與二勅使一(名闕)倶ニ下二向此地一、為二賽礼《サンライヲ》一社頭ニ始テ令レ献二納セ仏経大般若於神庫一ニ

③ 嵯峨天皇弘仁元年二月、依レ勅命令レタマフ造二営当宮一于ノ時、釈空海奉二行ス之一、此追二報シテ天平年中之神瑞一ヲ由也云云、古書所謂天喜三年記曰、弘仁元年庚寅春、被レ差二下サ官使於此地一、当社造営替之節、沙門空海専ラ奉二行ス之一、乃随二旧例一ニ定二メ神地一ヲ、而令レ建二立大宮一ヲ、則分二ケ社地一為二三部一ト也、……

その①は空海が遣隋大使葛野丸と共に当社に参詣、渡海の安全を祈ったとする。②は空海が勅使と共に参詣し、賽礼を

なし大般若経を奉納したという。そして③は勅命によって当社が造営される折、空海が奉行を勤めたとする。

(18)『氣比宮社記』巻一のあげる「七社之御子神」の〈金神社〉には、「社家伝記曰」として、右掲注(18)にあげた①の延喜廿三年、②の大同二年の空海の当社参詣をあげ、続けて次のように記している。

至二弘仁七年一、復詣二当宮一、而請二御子神金神社之霊鏡一、奉レ遷二座于紀州高野山一、而為二鎮守ノ社一、是謂二氣比明神一焉。

これは、空海自らが、当社の御子神の一座である金神社の霊鏡を高野山に遷座したと伝え、これが高野山における氣比明神祭祀の始まりであると説いている。しかし、これも史実とは確認できない。やはり高野山の信仰が当社に浸透するに及んだ後世の伝承と推される。ちなみに同書・同巻には、「桓武天皇延喜四年依勅釈ノ最澄参二向于当社一祈二求法一矣。同年令三下二向此地一、請二当社ノ御子神林ノ社ノ霊鏡一、直ニ奉レ遷二座于江州比叡山日吉中ノ七社一ニ云々」とある。また同書・巻七のあげる「七社之御子神」〈林神社〉にも、同じ記事が収められている。これは、空海の当社参詣、御子神霊鏡の遷座に準ずるもので、同じく史実とは認め得ない。

(19)なお『平家物語』の「大塔建立」と天野四社合祭とのかかりを論じたものとしては、日野西真定氏の「高野山と文芸――時に「平家物語」などに現れる平清盛をめぐって――」(『国文学・解釈と鑑賞』平成五年三月号)、岡田光夫氏の「高野四社明神の内　氣比厳島両明神に対する一考察」(『密教学会報』第三十七・三十八合併号、平成一三年三月)、高橋亜記子氏の「延慶本『平家物語』における「大塔建立」説話と「青侍の夢」の背景」(『軍記と語り物』四五号、平成二一年三月)などがある。

(20)『敦賀市史』史料編第四巻上(昭和五七年、敦賀市史編さん委員会編、敦賀市役所)所収『新善光寺文書』〈新善光寺延起写〉、石塚資光編『敦賀志』嘉永三年、昭和二五年(『敦賀市史』史料編、第五巻、敦賀市史編さん委員会、昭和五四年)〈井川村〉の項、『福井県の地名』〈井川村〉の項など。

(21)通史編、上巻(敦賀市史編さん委員会、昭和六〇年)第四章第二節

(22)右掲注(20)に同じ。

(23)当社の祭神は、仲哀天皇の氣比社に対する神宮皇后であり、毎年、旧暦六月卯日(現在、七月二二日)には、総参祭りと称し、当常宮社を旅所として氣比社神輿の船渡御がおこなわれてきた。その当社は、『延喜式・神名帳』には、「大

八百万・比咩神社」と記されるが、やがて祭神を「常宮太神」と「息長足姫尊」の二座として祀ることとなった。たとえば『氣比宮社記』巻二〔宮社神伝部・下〕には、本社祭神二座とし、「常宮太神」については、「従二中世一奉レ称二常宮大権現一。或曰二常宮ノ御前一古伝謂二常宮皇后一。此ヲ訓二津祢乃美屋乃於保基佐比乃嘉美一也」と注しており、「息長足姫尊」については、「是謂二常宮御本座ノ御前一也」とあり、「延喜式所謂天八百万比咩神是也」と注している。また、同書巻一〔宮社神伝部上〕には、誉田別天皇を祭神とする「総社宮」の相殿には、「常宮皇太后ノ御前」を配している。元来、常宮権現は女神を祀るもので、氣比大神に対する「后《キサヒノ》御前」「皇后《オホキサヒノ》御前」と称されていたと推される。

(24) 『源平盛衰記』（巻第十七）は、その叙述を覚一本とも、延慶本・長門本ともいささか違っており、成頼の夢判断における俗体論にふれてはいない。

(25) 当社は厳島社の摂社で本社の左、東側に鎮座、社伝によると本社創建以前より鎮座していたともされるが、また清盛が当社再建の折に配されたともいわれる（日本歴史地名大系『広島県の地名』平凡社、昭和五七年）。治承四年厳島に詣でた『高倉院厳島御幸記』にも、「まらうどの宮にまづ参らせ給ふ」とあり、『平家物語』の覚一本・巻四「還御」にも、「大宮・客人をはじめまいらせて、社々所々へみな御幸なる」と叙している。

(26) 右掲注（19）同論文

(27) まず敦賀の津が、朝鮮半島との交流の玄関口の一つであったことは、以下にあげる〈崇神紀〉から〈垂仁紀〉に及んであげる任那朝貢譚に反映されていることであり、〈仲哀紀〉〈神功皇后紀〉にも、それが叙されている。またこの津が清浄なる禊ぎの聖地であったことは、『古事記』中巻〈仲哀記〉に見えることである。それは、建内宿祢に伴われた仲哀天皇の皇子・品陀和気命が角鹿に仮宮を建てて禊ぎをなさったという。なお、これに、続けて、皇子と氣比大神の名易説話をあげるが、それは、また伊奢沙和気命の坐《いま》す当地が「御食《みけ》の魚《な》」の豊かな浦であったことを示すものでもあった。また同じく同書〈応神記〉には、「角鹿の蟹」があげられており、『日本書紀』の〈武烈紀〉には「角鹿海の塩」があげられている。海の幸の豊かなミナトであったことがうかがえるのである。

(28) たとえば、直木孝次郎氏は「『日本書紀』と史実」（小学館『日本書紀』① 小島憲之氏ほか、一九九四年）のなかで、「『書紀』の原型をなす史書の五世紀及びそれ以前の部分は、一つの構想によって組み立てられ、史実を含みはするが、その構想と編纂時の実情にもとづいて史実を潤色し、不足の部分を補充して作られた」と説き、その「実年代はおそらく四世紀後年にまでさかのぼる応神および仁徳」以降と観じられている。

(29) 岩波・古典文学大系『日本書紀』(上)(坂本太郎氏ほか、一九六七年)では、「もと天日槍伝説から抜き出して角鹿の地名起源伝説をつくり、それにつけて都奴我阿羅斯等という人名を設けたものか」「都怒我阿羅斯等という名称が角ある人というように聞こえることから起こった」と注し、小学館の『日本書紀』①では、「地名〈角鹿〉に付会した描写」と注する。

(30) 右掲注(29)『日本書紀』(上)の補注、右掲(28)『日本書紀』①の頭注など。

(31) 角鹿海直《あまのあたい》、角鹿国造とのかかわりが問題となるが、それはかならずしも明らかではない。(『敦賀市史』通史編・上巻)、『福井県史』通史編Ⅰ、平成四年、福井県参照)。

(32) 右掲注(20)に同じ。

(33) 文化一二年(一八一五)、井上翼章編(杉原丈夫氏編、松見文庫、昭和五五年)

(34) 大正四年、敦賀郡役所編(名著出版、昭和四七年)第四編第一章。

(35) 右掲注(34)『敦賀郡誌』第四編第一章「神社」〈氣比神宮〉の項。

(36) 『氣比大神宮俗談』(元禄十四年、嶋計富著、敦賀木綿屋西嶋二郎兵衛開板)(敦賀叢書、敦賀会、明治四一年)〈角神併御頭事〉

(37) 右掲注(36)に同じ。

(38) 『日本人の生活と信仰』(大谷大学国史学会五〇周年記念論集。昭和五四年)所収「後戸の護法神」(『民間信仰史の研究』法藏館、昭和五七年)

(39) 服部幸雄氏「宿神論(上)――芸能神信仰の根源に在るもの――」(『文学』昭和四九年一〇月)(『宿神論――日本芸能民信仰の研究』、岩波書店、平成二一年)

(40) 右掲注(34)『敦賀郡誌』第四編第一章「神社」〈氣比神宮〉の項。

(41) 右掲注(34)『敦賀郡志』第二編第三章第一節〈都怒我阿羅斯等の来朝〉、右掲注(31)『敦賀市史』通史編、上巻、同

(42)『福井県史』通史編Ⅰ〈原始・古代〉など。
(43)(44)(45)高早恵美氏「刀根区・氣比神社秋祭りの一部内容の変化について」(『研究紀要』、第21号、平成一九年三月)
(46)(48)『敦賀神社誌』(昭和八年〔昭和六一年覆刻〕福井県神社庁敦賀市支部)第三編第七章の〈氣比神社〉の項。
(47)元は当社の東方に存したが、天正十一年の賤ヶ谷の合戦にも、かろうじて難を逃れたという(右掲注(43))『敦賀神社誌』〈氣比神社〉の項)
(49)刀根聚落の元区長・平川幹夫氏、民生委員・田中静穂氏に当社をご案内いただき、そのなかでうかがう。
(50)右掲注(43)に同じ。
(51)安政七年一月の「祇園牛頭天王社棟札」にあって知られる(右掲注(46)同書〈氣比神社文書〉)
(52)牛頭・牛首という名は、農耕祭式としての牛の供儀にかかわるもので、牛頭天王という名も牛神と関係することは、はやくに説かれている。しかもその信仰は、インド、中国に及び朝鮮においては、特に盛んであった(肥後和男氏『古代伝承研究』(河出書房、昭和一三年)「朝鮮との関係」、松前健氏『大和国家と神話伝承』(雄山閣、昭和六一年)「祇園牛頭天王社の創建と天王信仰の源流」など)。
(53)昭和六〇年、敦賀市史編さん委員会、第三章第四節
(54)平成二一年一月、勉誠出版
(55)大正五年、大蔵出版
(56)田中貴子氏の『渓嵐拾葉集の世界』(名古屋大学出版会、平成一五年)によると、その執筆は応長元年(一三一一)に始まり、貞和四年(一三四八)に最終的なかたちになったという。つまりそれは、南北朝時代から室町時代にかけて集大成されたものと判ぜられる。

「伊香保の本地」の伝承風景

——温泉信仰と縁起——

日本の古い信仰では、初春には、温い水が遠い國から、此國土へ湧き流れて來る、と信じて居つた。そして事實、日本には温泉が多い。こんな事からして、いづる湯についても、神秘な考へを持つて居つた。温泉は、常世の國から、地下を通つて來た温い水で、禊ぎには理想的なもので、そこで、齋《ユ》奈水《カハミツ》として尊重されたものである。

（折口信夫「大嘗祭の本義」）

一、伊香保の神の信仰圏

日本各地の霊山は、聖水の源なる水分信仰とかかわり、生命の再生する聖地と観じられてきた。しかもその霊山は、しばしばいづる湯を擁して、その再生にいちだんとリアリティを保持することもあった。たとえば、湯之峯を擁する熊野・本宮（1）の信仰や湯の浜を擁する伊豆・走湯山のそれ（2）があげられるが、伊香保大明神を祭祀する上州の伊香保嶺（3）・水沢山信仰もこれに準ずるものである。

すなわち、南北朝期の成立と推される『神道集』巻七・第四十二に収載する「上野国第三宮伊香保大明神事」によると、それは、次のごとく記されている。

抑、伊香保ノ大明神ト申ハ、赤城ノ大明神ノ御妹、高野辺ノ大将殿ノ第三ノ姫君也……伊香保ノ大明神ト顕

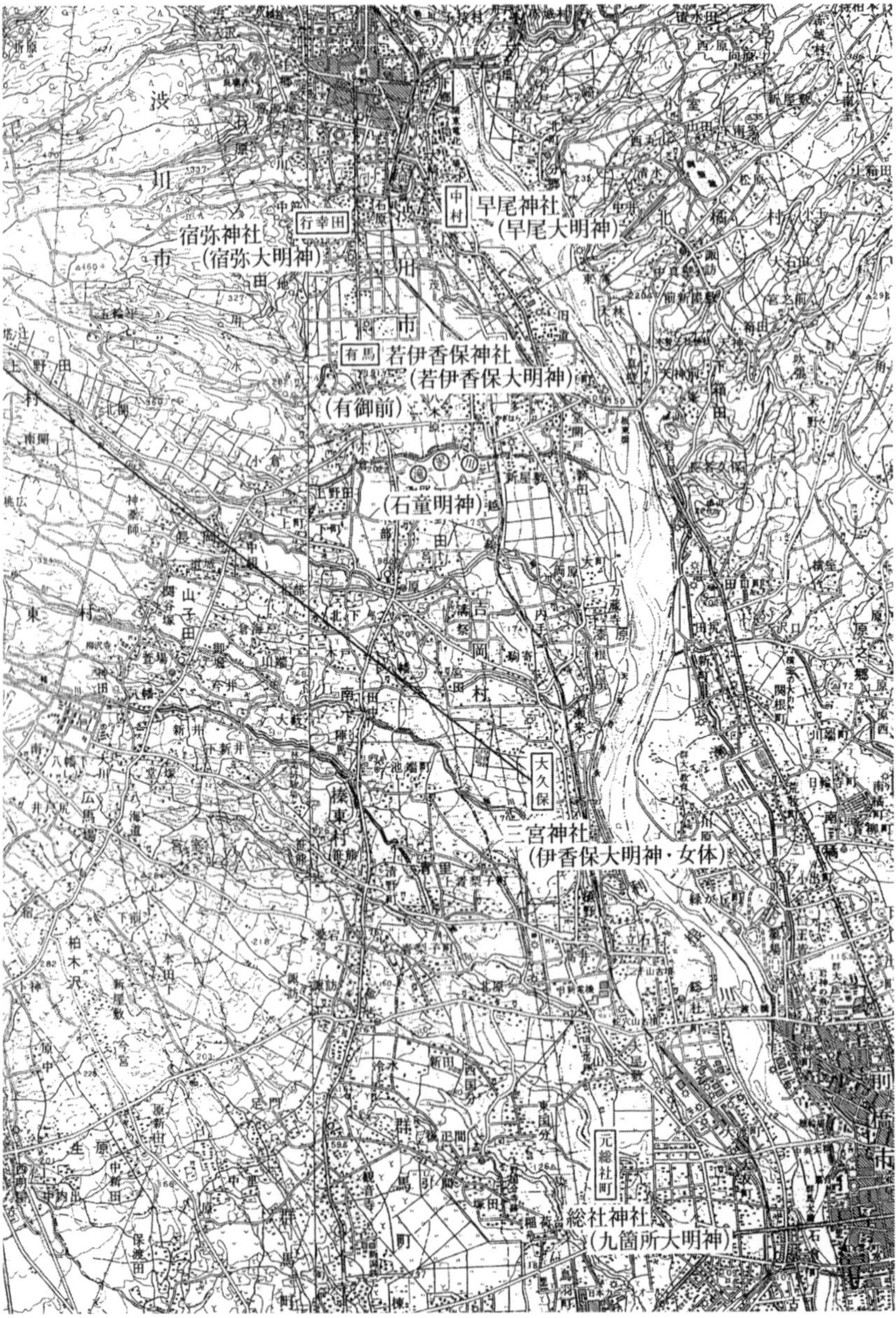
行幸田
宿弥神社
（宿弥大明神）
中村
早尾神社
（早尾大明神）
有馬
若伊香保神社
（若伊香保大明神）
（有御前）
（石童明神）
大久保
三宮神社
（伊香保大明神・女体）
元総社町
総社神社
（九箇所大明神）

「伊香保の本地」伝承地図

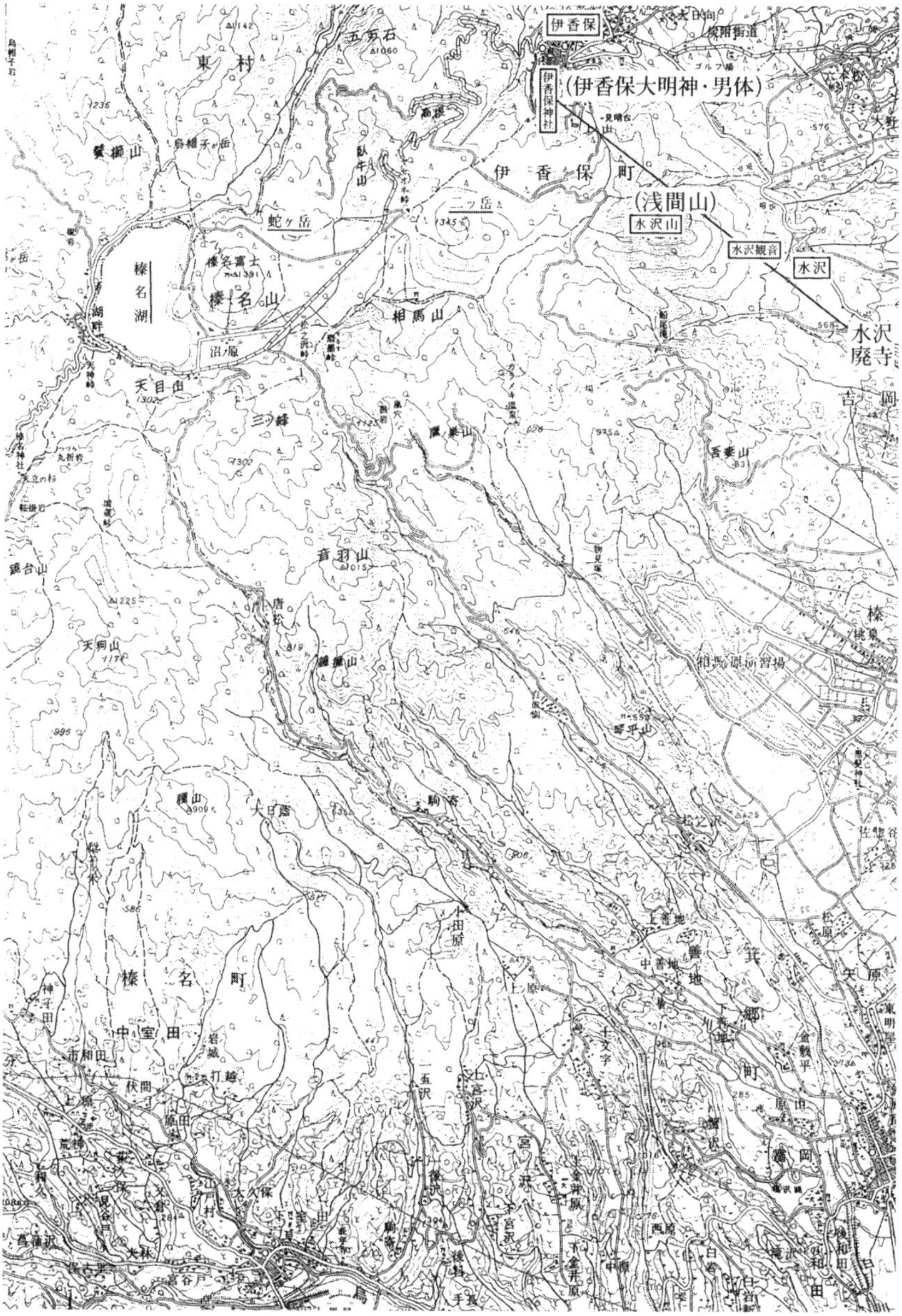
伊香保
伊香保神社
(伊香保大明神・男体)
(浅間山)
水沢山
水沢観音
水沢
水沢廃寺
伊香保町
二ッ岳
蛇ヶ岳
榛名湖
榛名富士
榛名山
相馬山
沼ノ原
天目山
三ツ峰
音羽山
榛名町
箕郷町
相馬原演習場

レ、御乳母ノ伊香保ノ太夫ハ早尾ノ大明神、太夫ノ女房ハ宿祢ノ大明神、御妹ノ有ノ御前御父ノ御屋敷ニ顕レテ有ノ御前、岩滝沢ヨリ北ニ有ノ御前トテ今ノ代マテモ御在ス、御姉石童御前沢ヨリ南ニ立セ給テ、石堂明神ト申ス、中将殿ノ姫君ハ（中略）母御前ト倶ニ神ト顕テ、若伊香保ノ大明神ト申ス……、抑、伊香保ノ大明神トハ、男体・女体御在ス、男体ハ伊香保ノ御湯ヲ守護シテ、湯前ニ御在ス時ハ本地薬師也、女体ハ里ヘ下セ給テ、三宮渋河保ニ立セ御在ス、本地ハ十一面也、宿弥・若伊香保ノ二所ハ倶ニ千手也、早尾ノ大明神ハ本地聖観音也、有ノ御前ハ本地如意輪観音也、石垣（堂）明神ハ本地馬頭観音也。

およそ物語の主人公たちが、それぞれ伊香保・水沢山麓の神々に示現されたことを説き、その本地仏を明らめる叙述であるが、それはいみじくも伊香保山の信仰の広がりを端的に示すものとなっていると言えよう。(4)

しかしてその神々の在地を尾崎喜佐雄氏の「伊香保神社の研究」にそって示せば、次のごとくになる。

伊香保大明神（伊香保姫）男体――北群馬郡伊香保町伊香保・伊香保神社
伊香保大明神（伊香保姫）女体――同郡吉岡町（旧駒寄村）大久保・三宮神社
早尾大明神（伊香保太夫）――渋川市（旧北群馬郡豊秋村）中村字早尾・早尾神社
宿弥大明神（伊香保太夫の女房）――渋川市（旧北群馬郡豊秋村）行幸田字宮沢・宿弥神社(5)
有御前（伊香保太夫の妹娘）――不明(6)〔旧有馬郷・岩滝沢ノ北〕
石堂明神（伊香保太夫の姉娘）――不明(7)〔旧有馬郷・岩滝沢ノ南〕
若伊香保大明神（伊香保姫の姫宮）――渋川市（北群馬郡旧古巻村）有馬字宮前・若伊香保神社

すなわちそれは、伊香保・湯前の山宮・伊香保大明神。男体から、その東南麓の里宮・伊香保大明神・女体に及ぶ線条の周縁に見出されるものである。しかも伊香保太夫は、国司の目代とて有馬から総社に移り住み、かつ「子共九

人ノ亡魂ヲハ、九箇所ノ社ヲ奉幣シテ……」（同「第三宮伊香保大明神事一とあり、その「九箇所ノ社」は
九箇所ノ本地ノ恭キ事、誠ニ言語モ及ヒ難シ、此ヲ合シテ九箇所ト申ス也、総社ト申ハ、亦本地普賢也、
（同・巻三・上野国九箇所大明神事）

とあるに当るゆえに、この伊香保の信仰圏は、前橋市（旧元総社村）元総社の総社神社に及ぶものと推される。

そこで今、その伊香保大明神の信仰圏を明示するために地図を示しておこう。（342頁・343頁）

さて、この地図から読み取れることは、二度まで上野の目代をつとめたとする有馬の伊香保太夫に象徴される当地方の政治と信仰であろう。つまりそれは、伊香保山を深く信仰した当地方の古代生活であり、有馬氏を中心に営まれた水沢山南東麓のまつりごとと言える。しかるに、そのまつりごとの大いなる変貌を語るのが、『神道集』巻七に収載の「第三宮伊香保大明神事」である。そしてそれは、伊香保大明神信仰の広がりを示す線条の基点にある水沢寺の由来を語るもので、「水沢寺縁起」としても伝えられる。しかしてそれは、当地方のまつりごとの中心にあったとする伊香保太夫家におこった一大悲劇として語られるものであった。(8)

二、伊香保の神の前生譚

その水沢寺縁起なる『神道集』巻七・第四十二の「上野国第三宮伊香保大明神事」は、伊香保姫の父なる高野辺左大将一族の悲劇を叙する同巻七・第四十一の「上野勢多郡鎮守赤城大明神事」の続編をなすものである。そしてその前半の悲劇は、赤城の山々に示現した神々の由来を説くものであれば、「赤城山縁起」としても伝えられてきている。

人王第十八代の履中天皇の御代に、上州赤城山麓・勢多の深栖の郷に住まいなされた高野辺大将家成公は、一

男三女を儲けながら北の方を失い、後添えに信州の更科太夫宗家の娘を迎える。しかるにこの後妻の更科の女房は、家成公が若君ともども上洛の留守の間に、弟の更科次郎兼光をかたらって、継子なる長女の渕名姫を利根川の倍屋ケ渕に沈め、次女の赤城姫を赤城の山中・大沼に入水させるが、弟姫の伊香保姫のみが守り役の伊香保太夫に守られて命助かる。家成公は、下洛の途次にこの悲報を聞き、倍屋ケ渕を訪ね、渕名姫の後を追って入水して果てる。故郷の無惨な出来事の知らせを受けた若君の高野辺中納言は、帝より上野の国司の任を賜り、軍勢を率いて下向、更科一族を殲滅して赤城山を訪ね、大沼・小沼において神明と化した父と二人の妹に邂逅する。若君は、早速に大沼・小沼に社を建立したという。

これが赤城二所権現の前生譚であり、その由来譚であるが、「赤城大明神事」の叙述は、

其後国司ハ、群馬ノ郡ノ地頭・有馬ノ伊香保ノ太夫ノ宿所へ入り給フ、御妹ノ伊香保姫ハ急キ御出有テ、兄御前ノ膝ニ御額ヲ懸テ、消へソ入ラセ給ケル、(中略)国司仰ラレケルハ、今ハ我等兄弟二人ニ成ヌ、自ハ都へ上ルへシ、此国ノ国司ヲハ和御前ニ進スル也、伊香保ノ太夫ヲ後見トシテ、万ノ政ヲ正シクシテ、此国ヲハ安穏ニ持チ給フへシ、伊香保ノ太夫モ女房モ、此姫ヲハ吉々育ミ給フへシ、聟ニハ別ノ人ハ有ルへカラス、小舅ニテ御在シ候へハ、高光ノ中将殿ヲ聟ニ取り奉ルナリ、国司職ヲハ伊香保ノ姫ト同心ニ御計有ルへシ(トテ)、国司ハ都へ上給ヒヌ、

とあり、「其後、伊香保ノ太夫ハ国司ノ御後見トシテ、今ハ目代殿トテ、有馬ハ分内ニ狭キ処ナレハトテ、群馬ノ郡ノ内ニ、自在丸ト云フ処ニ御所ヲ立テ、居ス、今ノ世ニ総社トテ神ノ立タセ給ヘル処ハ、彼ノ伊香保ノ姫ノ御在セシ御所ノ跡ナリ」と結び、次章の「伊香保大明神事」につなぐのである。

右のごとく赤城二所権現の前生譚なる「赤城大明神事」は、その悲劇を当代流行の継子譚をもって叙するのである(9)

が、その続編なる「伊香保大明神事」は、同じく中世に好まれた横恋慕譚[10]をもって、伊香保の神々の前生譚を語るのである。

〈発端〉

(一) 先の国司・高野辺中納言殿の小舅・高光中将は、伊香保姫との契り深く、姫君一人を儲けるが、やがて国司の職も他人に移り、北の方・姫君ともども、先の目代の伊香保太夫の許に暮らしておれる。

〈高光夫妻の有馬暮らし〉

(二) 当代の国司・大伴大将が、たまたま父・姉の亡魂奉幣のため、利根川の渕名社に詣でた伊香保姫を見染める。国司は縁を介して思いの消息を送るが、姫はこれ拒絶する。

〈国司の横恋慕〉

〈展開〉

(一) 国司は、これを恨み、軍勢を催し有馬の屋形を攻める。伊香保太夫は、子ども九人・聟三人を将軍として防戦するが、四方より火を懸けられて、伊香保姫母子・女房・娘二人を連れて児持山に逃れる。〈有馬の戦さ〉

(二) 高光中将殿は、伊香保太郎とともに猛火に飛び込んで果てる。国司も痛手を蒙って退き、まもなく亡くなる。

〈戦さの終熄〉

(三) 再び伊香保姫は国司、伊香保太夫は目代に任ぜられる。そこで有馬の戦さで横死した伊香保太夫の子どもと聟を九箇所・三所の神と祀り、高光中将殿のために伊香保山の東麓・石滝沢の北岸に寺を建立してその亡魂を祀る。

〈横死者の祭祀〉

〈結末〉

(一) 伊香保太夫夫妻の死後、伊香保姫は石童御前・有御前とともに暮らすが、改めて高光中将殿の甥なる恵美僧

正を寺の別当に迎え、寺号を水沢寺と称する。〈水沢寺の縁起〉

(二) 伊香保姫が、夫の形見なる千手観音を本尊として祈念するとき、夢・幻のうちに、高光中将殿が伊香保太夫夫妻らともどもに出現し、姫の祈請によって忉利夫にあることを謝して消える。〈高光中将らの示現〉

(三) 伊香保姫は、龍神の力を借りて高光中将殿の許へ赴かんとして、伊香保の沼に入水する。これを追って、石童御前・有御前も入水して果てる。別当の恵美僧正は、その死屍を引き上げ、水沢寺に葬送して菩堤を弔う。〈伊香保姫主従の入水〉

(四) あるとき別当の夢に、伊香保姫が示現して、自分たちがそれぞれ神明と化し、当寺の鎮守となったことを告げる。その夢がさめた後に、枕元に日記があり、それには、それぞれが伊香保大明神・早尾大明神・宿弥大明神・有御前・石堂明神・若伊香保大明神に示現した由が記されている。別当はこの日記にしたがい、それぞれを水沢寺の鎮守として祀る。〈伊香保姫らの神明示現〉

右のごとく、その縁起は、すでに崩壊した古代の政治体制のなかの在地豪族を主人公としながら、その悲劇を語って新田開発の展開のなかで成立した中世の郷村社会における新しい信仰を説くものと言えよう。しかもその悲劇は、赤城の場合も同じであるが、山麓の里における死霊の水分の山に赴くとする民俗信仰にもとづいて説かれるものであり、その横死は、御霊の鎮魂を主張する山岳信仰とかかわって語られるものである。詳しくは別稿に委せるもの(11)であるが、それはその新しい信仰の中心が、恵祢僧正を開山とする水沢山南東麓の古刹・水沢寺にあったと叙するのであり、当地方の古代政治の象徴なる国司の伊香保姫、これを死守しようとした古代豪族の雄なる有馬一族の死霊を祀ることに始まるとするのである。

しかるに、右の水沢寺縁起なる「伊香保大明神事」には、さらに後日譚が添えられ、この水沢の古刹は、一旦、廃燼に帰し、改めて大宝年間に、水沢山山下に再建されたと説いている。そして伊香保の神々は、この新しい水沢寺の鎮守として祀られたとするものであれば、その前生譚は、実は新水沢寺を支える民俗信仰にもとづいて成立したものと推されるのである。

三、水沢寺のいづる揚

さて、そこで旧水沢寺の廃亡を伝える後日譚をあげてみるが、それは伊香保湯の由来譚ともなっている。

時は光仁天皇の御代という。当代の国司、柏階大将知隆は、暴虐なる人物で、たまたま伊香保の山にて七日の巻狩を催した折、伊香保の沼に入って馬を洗い、多くの鹿を解体して水を汚し、その上に山の神を呼ばんとて沼の底の深浅をもはかる。するとその夜の夢に女房一人が現じて、「此ノ沼ノ底ハ丸ニシテ狭シ、白蛇ノ体ニ似タリ、深サ浅サヲハ験シテ見セン」と告げる。しかして夜のうちに余町に及ぶ小山が現じる。これは明神たちのはからいにて、夜明けて国司が後を見ると、この山は上が狭く下が広い。しかもかの伊香保の沼は、同じく夜のうちに、その小山の西に移り、本の沼は忽ちに野原と化していたという。この不思議に恐怖した国司は、急ぎ山を下るが、その途次、岩滝沢の上の横枕で鹿一頭を見かける。はからずも国司がこれを追うと、鹿は水沢寺の本堂に逃げ込む。国司の率いる軍勢がこれを取り巻き、障子の内にて射止める。これをみた満山の大衆は騒動して、その鹿を奪い取り、国司ならびに軍勢どもを仁王堂より下へ追い下す。寺中を追い出された国司は大いに怒り、軍勢を率いて取って返し、仁王堂はじめ全山に火を懸け、金堂・講堂はじめ、三十有余の堂宇、三百余の坊舎、一百八十体余の仏像など、ことごとく灰燼に帰せしめたという。しかれば、神々の微罰が国司に及ぶのである。

不思議ナリシ事ハ、伊香保ノ大明神ハ、当国隣国ノ山神達ヲ召集テ、大石共ヲ運ヒツヽ、石樓ヲ造テ、国司柏階ノ大将知隆・同目代ノ右中弁宗安ヲ込ラルヘキ由、御支度有ケリ、知ラスシテ国司ハ、多ノ侍共ヲ集メテ、或ハ晩傾ニ鞠ノ遊ヒアリケルニ、伊香保ノ嶽ノ方ヨリ辻風一村吹テ、霖《ムラサ》メ茂ク下テ、車軸ノ如ニ雨リケレハ、四方ニ隠テ迷ヒ入ケレハ、主従ノ行末モ知ラス、（中略）心ヲ閑メテ近隣ヲ見廻ルニ、国司ト目代ハ何クヘカ行ヌラン失ニケリ、雨晴レテ後、次ノ日マテ東西ヲ尋ケレトモ終ニ失セ了テケルコソ浅猿シケリ、伊香保ノ巓ヨリ山神達ヲ遣ハシテ、主従二人ヲハ取テ、伊香保ノ沼ノ東ノ窪、沼平ト云フ処ニ一ノ小山アリ、其ノ上ニ山神達ニ石ノ樓ヲ造ラセテ追入ラレケレハ、則チ焦熱地獄猛火ニ移リ来テ、燃ユル地嶽ニ入り成ルハ悲ケレ、焦熱地獄ノ命ハ、人寿八万歳ヨリ百年ニ一ツ、減シテ、人寿十歳ニ至ル、又十歳ヨリ百年ニ一ツ、増シテ、人寿八万歳ニ至ル、此ヲ一増一減ト云フナリ、故ハ知ヌ、此ノ人ハ未タ猛火ノ中ニテコソ悲ムラメハ哀ナリ、実ニ山神達ノ仕業ナリ、大石共ヲ取重タル有様ニ、只ノ山ニハ似サリケリ、此山ハ山神達ノ大石ヲ重テ樓ト造レル山ナレハ、石樓山トモ云フ也、此山ノ麓ニ、北ノ谷澤トテ極テ爪《ツメタ》痛キ水流レケルカ、此石樓ノ山出来テ後ハ、極テ熱キ湯ト成テ流ケレハ、見ル人此ヲ涌ノ巓トハ申ナリ、

つまり、これは、伊香保の本湯の始まりを国司・柏階の悪業の報いとして説くのであるが、それは遥かなる昔からの伊香保の山々・榛名火山の活動の果てに生じたものを人間の業として説明してみせたものである。その前半の伊香保沼の移動の時間を決することはできない。しかし「丸ニシテ狭シ、白蛇ノ体ニ似タリ」とある「小山」は、その中央火口丘なる「蛇ケ岳」の出現の憤火を叙するものと推される。しかして悪業の柏階が追い込められて今も猛火の続く石樓山とは、七世紀末に最後の憤火をみせた寄生火山なる二ツ岳をさすものと思われる。その最後の憤火によって生じたのが、この山の「北ノ麓」「北ノ谷澤」の「涌ノ巓」で、これを伊香保の本湯の起源とする。ちなみに柏階の

手による古水沢寺の焼亡は、光仁朝ならぬ「大宝元年」（七〇一）以前のことと叙している。

しかるに、今とりあげている「伊香保大明神事」は、その本湯の由来について、別なる伝承をあげている。その一つは、

又伝へ聞クニ、不思議ノ事アリ、赤城ノ沼ノ龍神唵佐羅摩女ト伊香保ノ沼ノ龍神吠尸羅摩女ト沼ヲ諍フ時ニ、西ヨリ毛垣ヲ取テ河ヨリ東へ投ケ、東ヨリ軽石ヲ以テ河ヨリ西へ投シ昔ヨリ、群馬ノ郡渋河ノ保ノ郷戸ノ村ニ、衆生利益ノ為ニトテ、療治ノ御湯ヲ出サレタリ、

とある。それは「ダイダラボッチの畚《もっこ》担ぎ」に類する伝説で、「毛垣ヲ取テ〜投ケ」「軽石ヲ以テ〜投ケ」は、火山の憤火のさまを模したもの、その「郷戸ノ村」の「御湯」が今の伊香保の本湯に当るのであろう。さらにもう一つの伝承は、

其後、恵弥ノ僧正ハ、此寺ヲハ今少シ山深ク入テ造テ、本ノ水澤寺ヨリ黒澤ノ南、差出山ト云フ山ノ東ノ麓、大平ト云フ窪ニ大堂計ヲ立テ、朝夕ノ行法ヲ取営マレケリ、（中略）大宝元年辛丑三月十八日ニ、水澤寺ヲ差出山ノ麓ニ立ル、時、番匠共カ妻子等カ案モ無ク衣装ヲ洗ヒケル、一人ノ老女来テ、衆生利益ノ為ニ出サレタル御湯ニシテ、汚ラハシキ物ヲ洗ヒソ、ク間、此ノ湯ヲハ今少シ山深ク運ハントテ、瓶ニ入レツ、頂キテ、弥陀ノ峯ヲ超ルト、僧正ノ夢ニ御覧シテ、打驚キ給テ後、人ヲ下シテ見セ給ヘハ、現ニ夜ノ間ニ失テ無リケリ、僧正ハ夢路ニ任テ尋ネ尋ネテ見ルニ、慥ニ弥陀カ峯ヲ超ルト見タリツルトテ、奥深キ山ヲ見セ給ヘハ、件ノ郷戸ノ御湯ハ、石樓山ノ北ノ麓、北谷澤ノ東ノ大窪、大崩カ谷ヨリ、里湯カ本ノ伊香保ノ湯ニ出合ケルモ不思議也、

とある。履中天皇の時代に都より迎えられた恵弥僧正が、大宝元年に水沢寺の再建にあたったとするは、伝承上の屈折があるにちがいないが、それはともあれ、これによると柏階によって焼亡した旧水沢寺は、現水沢寺よりやや東へ

下った「水沢廃寺」(13)跡が相当する。そして「差出山」は、榛名火山の憤火によって生じた寄生火山なる水沢山（浅間山）の謂いであり、再建の新水沢寺は、当山の東麓、弥陀峯の裾に位置したとあれば、それはまさしく今日の五徳山水沢寺に継承されたものと言える。しかして僧正の夢に現れた老女は、伊香保大明神と推されるが、その差出山の麓には大明神が衆生利益のために涌出せしめた聖湯があったというのである。それが番匠らの妻女が汚らわしき衣装などを洗うがゆえに現在の伊香保の本湯なる郷戸に移されたとする。ちなみに現五徳山水沢寺蔵なる宝永七年・長沼宗光寺権憎正義観書写の「水沢寺之縁起」は、やや違った伝承を記述している。すなわちそれは、

越《コ、》ニ東円上人、持統天皇ヨリ水沢寺ノ再興ノ宣旨ヲ蒙り、当国ニ下向シ、本ノ在所駒ヲ三拾余町奥ニ引キ上ゲ、渋川ノ庄湯ノ上ノ郷阿弥陀ノ峯ノ南ノ窪徳沢横枕ニ建立シ下フ、柄階《ツカハシ》ノ左大将、伽藍ノ再興ヲ聞ヒテ、東円上人ヲ便り禁裏ニ訴へ御赦免有り、然ル所ニ伊香保明神ト宿弥明神ト、両所ノ善巧シテ参堂ノ人ノ為ニ涌《ワカ》シ出サシムル御湯、忽然ト沸キ上り、震動雷電シテ左大将邦隆ヲ火車ニ乗セ、伊香保山上ニ飛ビ登ル、湯ノ上ノ湯ハ此ヨリ断絶スル也、凡ソ伊香保山ニ於テ七ツノ嶽有り、其ノ中ノ石櫃ノ嶽ハ無間地獄ノ盖ト成り、北ノ谷ニハ黒縄地獄ノ釜ト成り、薬湯ヲ沸シ出ス、……此ノ如キ罪人モ彼ノ地獄ニ堕シテ、業障ヲ償ヒ仏果ニ至ル也、中ン就ク、此ノ出湯トハ、伊香保・宿弥ノ方便示現ノ湯ナル故ニ、一度此ノ湯ヲ身ニ触ルレバ、有漏ノ塵垢ヲ洗ヒ、……利益衆生ノ善巧、之ヲ過クベカラズ、……

とある。神道集「伊香保大明神事」(14)の叙述を補正・集約しながら、やや屈折した伝承を叙するのであるが、その水沢寺再興の地を「渋川ノ庄湯ノ上の郷」と称し、早くは「参堂ノ人ノ為ニ涌シ出サシムル御湯」の存したとすることが注目される。

さて、ここで再び「伊香保大明神事」に戻ると、それは、大宝元年三月十八日、差出山山麓の水沢寺再建をあげ、

冒頭に紹介したごとく当寺の鎮守なる神々の本地仏を叙する。つまりその本地仏は、次のごとくである。

伊香保大明神・男体——薬師
〃　女体——十一面観音
早尾大明神——聖観音
宿弥大明神——千手観音
有御前——如意輪観音
石堂明神——馬頭観音
若伊香保大明神——千手観音

それは、伊香保湯前に祀られる男体・伊香保大明神以外は、すべて観音を本地仏と観じている。ちなみに水沢寺は、古来、千手を本尊とする観音信仰のメッカとして今日に至っている。しかして「伊香保大明神事」は、およそ次の叙述で結ばれる。

　其後恵弥僧正ハ御上洛有テ、行基菩薩ノ弟子ニ、東円上人ト云フ僧ニ、彼ノ水沢寺ノ別当ヲ譲リ奉テ後、建立ヲハ遂ラレケリ、然シテ我カ御身ハ都ニテ、程無ク御入滅云々、東円上人ハ此寺ヲ請取テ、光仁天王ノ御宇、大宝二年壬寅年十二月十八日ニハ御供養也、

すなわち、旧水沢寺の別当を勤めた恵弥僧正は、新水沢寺の復興にも努め、その新寺の初代別当は行基菩薩の弟子・東円上人に譲られたと伝える。その歴史叙述に矛盾のあることは、すでにことわったが、「大宝元年」「大宝二年」は、水沢寺史にとっては、意義ある年代であったらしい。思うにそれは、伊香保・榛名火山の最後の憤火なる七世紀末、大宝年間はそれから間もない時である。勿論、それは光仁期のことではない。先にあげた「水沢寺之縁起」は、「抑、

五徳山水沢寺の本堂（本尊は千手観音）

水沢寺境内の六面堂（本尊は六地蔵）

再興ノ事、持統天皇ノ御宇朱鳥十年丙申ノ三月十七日ニ釿《テウ》ク立テ有ツテ、七年ヲ経テ、人王四十二代文武天皇ノ御宇大宝二年壬寅ノ三月十八日午ノ刻ニ、東円上人導師トシテ御供養ナリ」と訂している。おそらくそれは八世紀初頭の大宝年間、水沢山の山麓に、観音を本尊とする古刹寺院の興ったことを主張するものであろう。しかし神道集「伊香保大明神事」が叙する水沢寺縁起の世界は、少なくとも浄土思想が流行する平安末期まで下らねばなるまい。ちなみに観音のメッカなる水沢山は、阿弥陀ケ峯をも擁し、来世の救済を求めて地蔵信仰が招引されている。そしてそれは、古代の政治体制崩壊の時期と重なるのである。

およそ伊香保嶺の山々は、山麓の人々には死霊の赴く地と仰がれてきた。(15) そしてその東南麓の里人にとって、「岩滝沢」(16)の水分《みくまり》なる差出山・水沢山が祖霊のいます聖地と信仰されてきたのである。(17) そしてその信仰を支えたのが、観音を本尊とする天台寺院・水沢寺であった。しかもその水沢寺の信仰も、古代の政治体制崩壊と期を一にしつつ、死霊再生のメッカとして変貌を遂げたのであるが、その精神風土のなかで成立したのが有馬一族の悲劇譚であり、水沢寺縁起なる神道集「伊香保大明神事」であったと言える。しかもその死霊再生のメッカたる水沢山の信仰にも、聖なる生命を復活せしめるいづる湯のそれが隠されていたことを本稿は注目したのである。

注

（1）本宮の大祭の中心は、四月一三日の湯登りの神事である。その主役は稚児で、証誠殿を発して湯の峯に向かい、温泉て潔斎し、湯の粥を食し、額の「大」の字を朱書されて神となるものである（『日本の石仏』第四九号、平成元年三月号、鈴木宗朔氏「熊野本宮大日山の石仏」と「不浄の念仏」について——説経「小栗」の熊野における受け入れ基盤——」など参照）。

（2）平成末期の成立と推される「走湯山縁起」（群書類従・第二輯所収）には、次のごとく叙されている。

四十二代文武天皇御諱輕、戊成、役優婆塞、大和國茅原人、依二違勅一配二流大島一、行者嚮レ北顧、山頂常聳二五綵之雲一、山道之奇瑞歟、兼識二權現靈砌一、四月上旬艤舶航來、著二湯濱一欲レ浴二溫泉一、靜見二溫底一顯二現八葉金色花臺一、上有二尊像一、以二千手一爲二中臺一、葉上各有二八佛一、左右有二天仙一、又浮二金文一偈一、

無垢靈湯、大悲心水、沐浴罪滅、六根清浄、云云、

行者不レ堪二随喜一、詣二神所一勤二精進一、或以レ杵窟レ巖流二出清水一、或料(科)二藪峯頂一踏二行邊路一、秘所靈窟悉在二別記一、

(3) 古く伊香保は「いかほのねろ」と称されて、広く榛名山一円を指し、左に榛名富士・三峰、右に二ツ岳・水沢山に及んでいる。伊香保大明神の信仰はその東方の峰の水沢山から後背の本湯に及ぶ霊地を基点としている。

(4) 『上野国の信仰と文化』(尾崎先生著書刊行会、昭和四五年)所収

(5) 宿弥神社は、延喜式神名帳に「甲波宿弥神社」とあり、渋川市(旧金島村)川島鎮座が古社である。しかしそれは遥かに過ぎるとして当地のものをあげる尾崎喜佐雄氏の「伊香保神社の研究」(注(4)と同)にしたがっている。

(6)(7) 尾崎氏の「伊香保神社の研究」では、岩滝沢の流れを堪案して有御前は榛東村(旧桃井村)大字長岡鎮座の大宮神社をあて、石堂明神は石常明神とも表記されることのあることから推して、榛東村(旧桃井村)大字山子田字柳沢鎮座の常将神社をあてておられる。

(8) 有馬郷は『和名抄』にその名が見え、『延喜式』左右馬寮にみえる有馬島牧も当地が当る。『新撰姓氏録』右京皇別に阿真利公が載っており、上毛野君と同じく豊城入彦命の子孫と言い、古代の有馬郷を中心とした地域に定住したと推定される。総社本『上野国神名帳』には、有馬渠口・有馬堰口・有馬堰口御鑿の三明神の名があり、いずれも耕作地への潅漑用水の取入口の神と言える。有馬氏は牧官を職とする一方、早く灌漑用水をよくして、当地方の農耕を推進した豪族のごとくである。

(9) 同じ神道集所収の神道縁起のなかて、継子譚にあるものとしては、巻二「二所権現事」がある。

(10) 同じ神道集所収の神道縁起のなかで横恋慕を含むものとしては、巻六「上野国児持山之事」がある。

(11) 拙著『神道集説話の成立』第四編第二章「赤城山縁起の生成」参照。

(12) 尾崎喜佐尾氏「伊香保神社の研究」、木崎喜雄氏「山の地質」(『榛名と伊香保』(みやま文庫、昭和三七年所収)

(13) 日本歴史地名大系『群馬県の地名』〔渋川市〕参照。

(14) 湯上村は宿弥神社鎮座の行幸田《みゆきた》が相当するのであるが、この縁起では、現在の水沢寺の地をあてているのである。

(15)(17) 現在の民俗によると、水沢山東南麓の村里の人々は、水沢山を祖霊の赴く山を観じ、盆の一三日の夜に登山するといい、また相馬山(黒髪山)南麓の村里の人々は、相馬山を死霊の赴く山と観じ、卯月八日に登山することを例としてきたという(群馬県民俗調査報告書第六集『榛東村の民俗』(群馬県教育委員会、昭和三九年三月)〔信仰〕、都丸十九一氏『消え残る山村の風俗と暮らし――群馬の山村民俗』(高城書店、昭和三四年)〔山岳登蜂〕など参照)

(16) 水沢山の南境・舟尾滝を源流として、有馬南部を東流して利根川に注ぐ滝沢川か、これに当るかと推される。ただし右掲注(8)にあげたごとく、有馬郷には三カ所にわたって溝口を祀る神社があり、その流れは水沢山を水分として東流するものであったれば、それも考慮されねばなるまい。

『神道集』と上州在地縁起群

『神道集』における物語縁起群は、東国に片寄りがあり、特にそれは上州に材を求めるものの多いことが、はやくに指摘されてきた。また、それとかかわって、原神道集の成立を東国・上州に認める説も出されている。

一方、その上州の各地からは、『神道集』の縁起物語と素材を一にする縁起類も、多数見出されている。今、管見し得るものをあげれば、次のごとくである。

○『神道集』巻六・三四　上野国児持山之事

第一類本

㈠児持山神社蔵「上野国児持山縁起事」（江戸末写、巻子）、同蔵「児持山縁起」（弘化五年写、一冊）、所蔵者不明「子持山縁起」（『利根郡志』所収）、後藤菊次郎氏蔵「子持山縁起」（近藤喜博氏福『神道集（東洋文庫本）』所収）

㈡唐沢姫雄氏蔵「和利宮縁起」（原本文安二年写、延宝九年再写、明治五年再々写、巻子）、剣持千秋氏蔵「我妻七社明神縁起」（江戸末写、一冊）

○同巻七・三六　上野国一宮事

第一類本

貫前神社戯「上野国一宮御縁起」（安政六年再写、一冊、近藤喜博氏『神道集』所収）、所蔵者不明「上野国一宮抜鉾大神御縁起」（宝暦十三年写、一冊）

○同巻七・四〇　上野勢多郡鎮守赤城大明神事

第一類本

㈠瀬谷福司氏蔵「上野鎮守赤城山大明神縁起」（原本元禄十年写、文化八年再写、一冊、『群馬県史』二七巻所収）、群馬県立図書館蔵「上野国鎮守赤城由来記」（寛政九年写、一冊、阪本英一氏により『群馬文化』一九二号所載）

㈡小林英雄氏蔵「赤城山之根本」（江戸初期写、一冊、都丸十九一氏『群馬県史研究』二二号所載）

㈢三夜沢赤城神社蔵「上野国勢田郡鎮守赤城大明神由来御事」（江戸中期写、巻子、小堀修一氏により伝承文学資料集『神道物語集㈠』所収）

㈣近藤義雄氏蔵「上野国鎮守赤城山大明神縁起」（元禄四年写、一冊）

第二類本

㈠岡田希雄氏旧蔵「上野国赤城山御本地」（天保二年写、二冊、横山重氏『室町時代物語集』第一集所収）

㈡白井永二氏旧蔵「上野国赤城山之本地」（天保八年写、一冊、『国文学論究』第七冊所載）、粕川村竜光寺蔵「上野国赤城山正一位大明神御本地」（原本延享四年写、大正十一年再写）、鎌塚酉二郎氏蔵「上野国赤城山正一位大明神御本地」（年代不明写、昭和十五年再写、一冊、『神道物語集㈠』所収）、諏訪正男氏蔵「赤城山大明神御本地」（元文元年写、一冊）、阿弥陀山西福寺蔵「上野国赤城山正一位赤城大明神本地実録」（江戸末写、一冊）、瀬下武松氏蔵「上野国赤城山正一位大明神御本地」（原本延享四年写、後年再写、一冊）、金子紋弥氏蔵「赤城山大明神御本地」（享保九年写、一冊）

㈢狩野泰男氏蔵「赤城山大明神御本地」（宝暦十一年写、一冊、都丸十九一氏『群馬県史研究』二二号所載）、二宮赤城神社旧蔵「上州国赤城山大明神之由来」（荒砥第二尋常高等小学校編『郷土史　荒砥村(下)』所収）

㈣前橋市史編さん室蔵「大洞赤城山由来記」（天保二年写、一冊）

㈤伊勢崎市立図書館蔵「赤城大明神実録縁起」（江戸末写、一冊）、真下嘉一氏蔵「赤城山神宮本地伝」（江戸末写、一冊、小堀修一氏により『神道物語集㈠』所収）、内田菊治氏蔵「赤城大明神実記」（江戸末写、一冊）

㈥二宮赤城神社蔵「赤城大明神御本地縁起」（江戸末写、巻子）

○同巻七・四一　上野国第三宮伊香保大明神事

第一類本

五徳山水沢寺蔵「水沢寺之縁起」（宝永七年写、巻子）

第二類本

同寺蔵「坂東拾六番五徳山水沢寺縁起」（江戸末写、一冊）

○同巻八・四七　群馬桃井郷上村八ケ権現事

第二類本

㈠近藤義雄氏蔵「船尾山縁起」（原本寛政六年写、明治二十五年再写、一冊、近藤喜博氏により『神道集〈東洋文庫本〉』所収）、掛川寅吉氏蔵「船尾山本地由来記（上）」（江戸末写、二冊）

㈡小山宏氏蔵「船尾山等額院縁起」（天保八年写、一冊）

㈢船尾山柳沢寺蔵「船尾山等額院柳沢寺縁起」（江戸末写、一冊）、大山光嬉氏蔵「上野国群馬郡桃井庄山子田邑船尾山等覚院柳沢縁起」（江戸末写、一冊）、小山房吉氏蔵「船尾記」（原本弘化三年写、昭和九年再写、一冊）

㈣船尾山柳沢寺蔵「船尾山記并引」（寛政五年写、巻子）

㈤船尾山柳沢寺蔵「船尾山柳沢寺所伝、縁起」（原本天正二年写、天保二年再写、巻子）

○同巻八・四八　上野国那波八郎大明神事

第一類本

㈠長尾一夫氏蔵「群馬高井岩屋縁起」（江戸中期写、合一冊、近藤喜博氏により『神道集（東洋文庫本）』所収）

㈡辛科神社蔵「辛科大明神御縁起」（江戸中期写、一冊、徳田和夫氏解題・菊池仁氏翻刻『民俗と文献』第三輯所収）

㈢倉賀野神社蔵「飯玉縁起」（江戸末写、巻子、井田安雄氏調査資料による）

その第一類本は、『神遺集』と同文的詞章にしたがうものである。おそらくそれらは、程度の差こそあれ、『神道集』本文により、それを一部増補、削除などによって、より在地に密着した叙述をなすものと推される。また第二類本は、『神道集』と素材を一にしながら、その本文詞章の面影を失って、新たな在地の作品・資料と改変されたものである。したがって、これらの上州地方縁起群によって、ただちに『神道集』編者のよった原縁起を想定することはできない。が、それにもかかわらず、『神道集』編纂前後における上州地方の宗教的社会的状況を探ねつつ、これらのテキスト群を検討するとき、その原縁起のかすかな姿は、やがて見出せるものと考える。

今、『神道集』巻七「上野国第三宮伊香保大明神事」と同文的詞章による五徳山水沢寺蔵「水沢寺之縁起」を検してみる。ちなみに、当水沢寺は、『神道集』に、

高光ノ中将殿御骨ヲハ、伊香保山ノ東ノ麓岩滝《ト》沢ノ北ノ岸梨牛ト云小沢アリ、（中略）此ノ所ニ寺ヲ立テ、群馬ノ郡ヲ寺領トシテ、過去聖霊成等正覚ヲ祈上ル、（中略）高光中将殿ノ御甥ニ恵美僧正ト云人ヲ彼寺ノ別当ニ成シ上ケレハ、弥ヨ仏法モ繁昌シケリ、岩滝沢ノ岸ナレハトテ、寺号額ニハ水沢寺トソ打レケル、

とあり、「伊香保ノ姫ハ、夫ノ形見トテ千手ノ本尊トシテ、願ハ飽ヌ別レシ諸人ノ生所ヲ示シ給ヘト御祈念有ケリ」と記されている。また、伊香保沼に入水した姫の遺骨も、「本堂仏壇ノ下ニ収《タ》メ上テ、菩提ヲ訪ヒ奉ツル」ものであり、

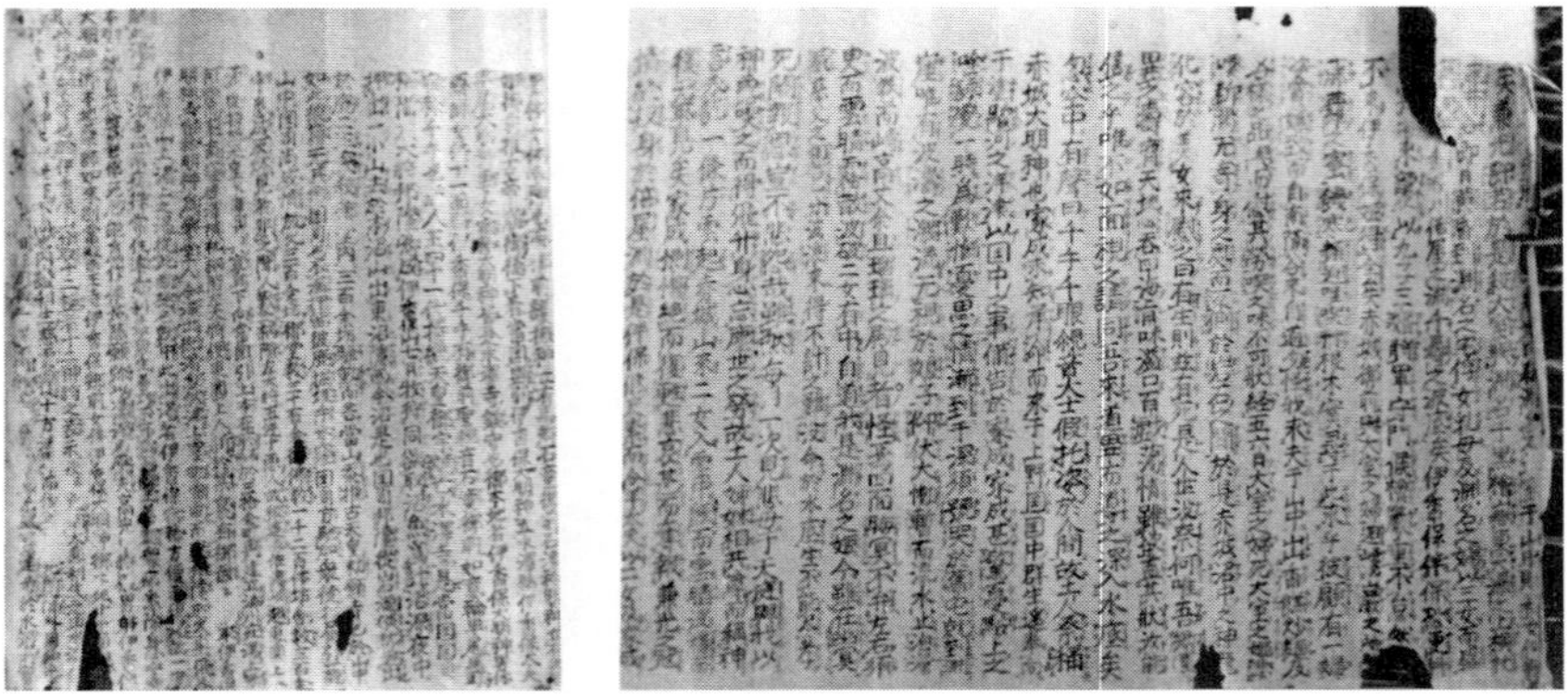

「水沢寺古縁起」(仮称)

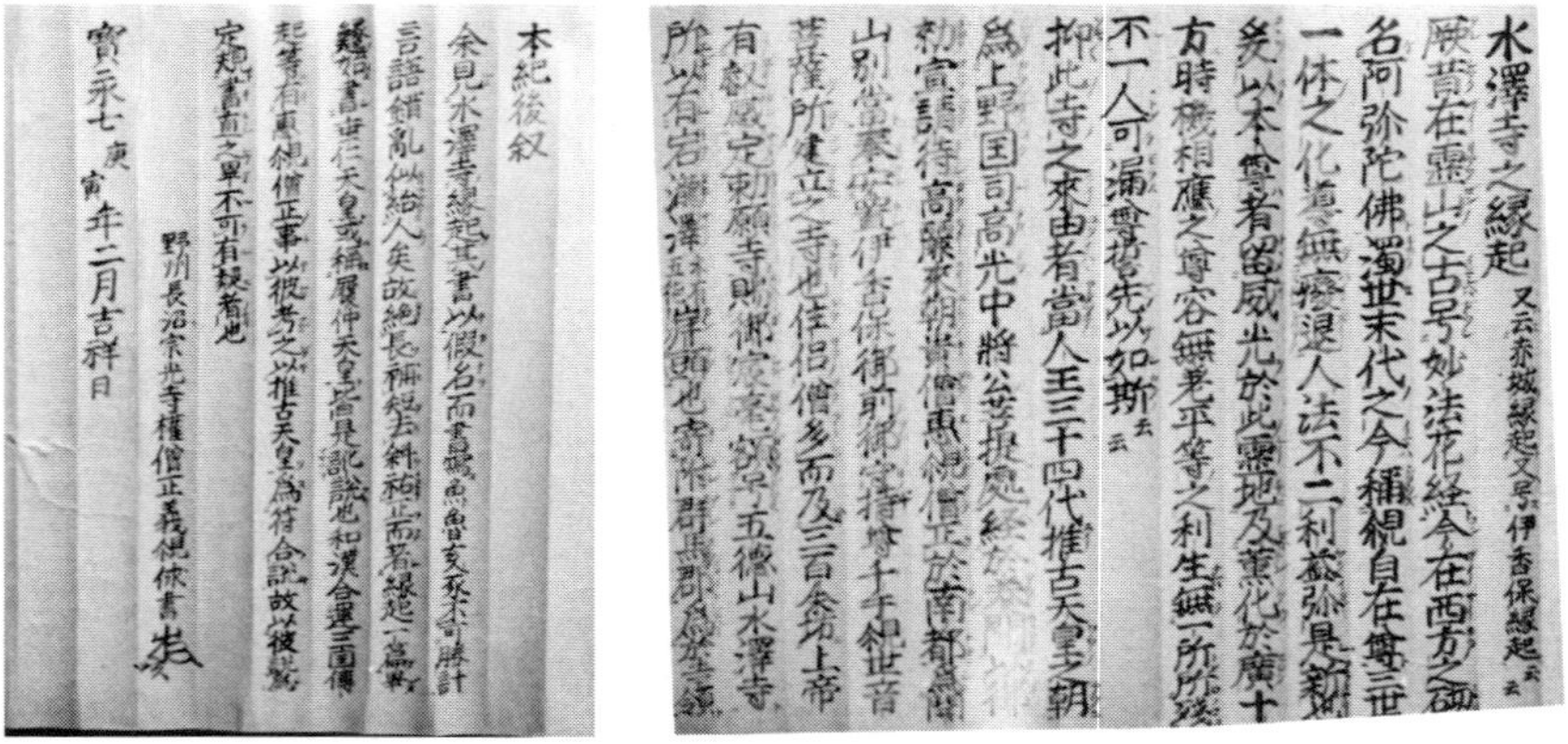

水澤寺之縁起　又云赤城縁起又号伊香保縁起云云
厥背在靈山之古号妙法花経今在西方之砌
名阿弥陀佛濁世末代之今稱観自在尊三世
一体之化導無廢退人法不二利益弥是新
矣以本尊者留威光於此靈地及薫化於廣十
方時機相應之尊容無老平等之利生無一所所残
不一人可漏尊者先以如斯云云
抑此寺之来由者當人王三十四代推古天皇之朝
為上野国司高光中将公菩提[illegible]
[illegible]
山別當[illegible]千手観世音
菩薩所建立之寺也[illegible]而及三百余坊上帝
有叡感[illegible]五徳山水澤寺
[illegible]

本紀後叙
余見水澤寺縁起其書以假名而書焉[illegible]
言語錯乱似紿人矣故[illegible]而著縁起一篇[illegible]
[illegible]天皇[illegible]
起等[illegible]推古天皇[illegible]
定[illegible]之畢不可有疑者也
野州長沼宗光寺権僧正義観依書
寛永七庚午年二月吉祥日

「水沢寺之縁起」(第一類本)

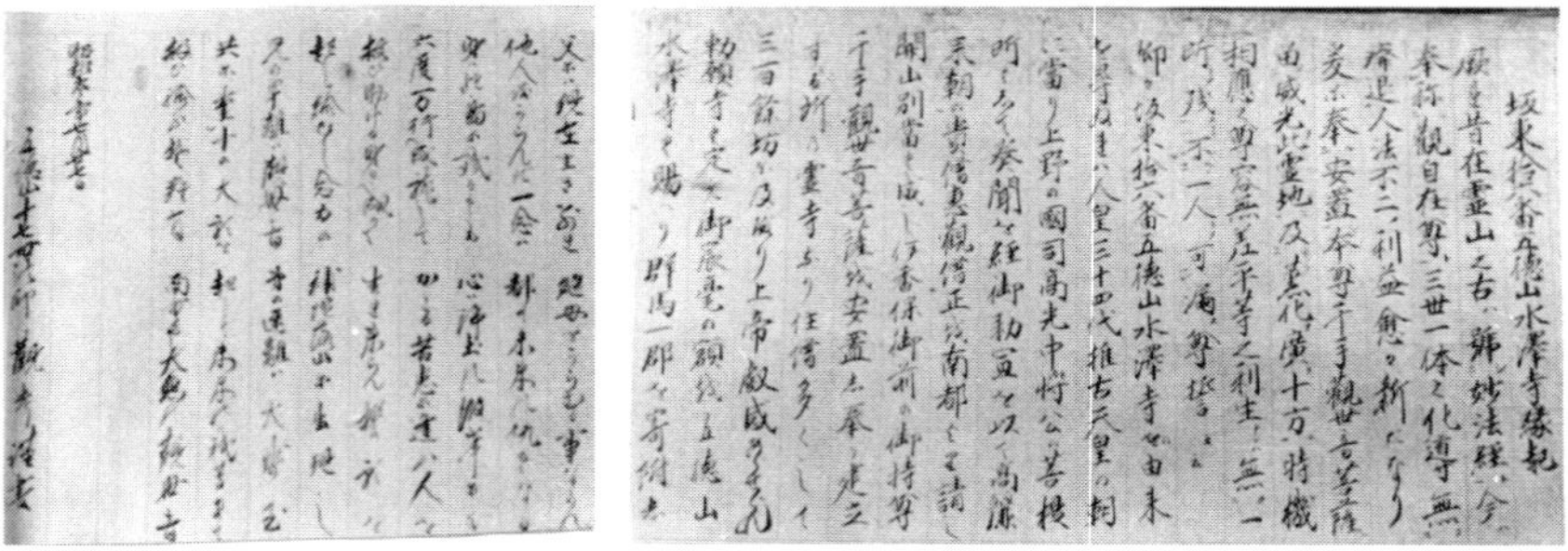

「坂東拾六番五徳山水沢寺縁起」(第二類本)

別当ノ夢ノ中、北ノ方彼ノ水沢寺へ御参詣有ケレハ、別当子細問ハレケレハ、我等ハ神明ノ形ト成ニケリ、此ノ寺ノ鎮守ト成ト仰ラレケルト思ヘハ夢覚ヌ、夜明テ後、枕ノ上ヲ見下ヘハ、一ノ日記有り、引披テ見下ヘハ、北ノ方ハ伊香保ノ大明神ト顕レ、（中略）中将殿ノ姫君都へ上ラセ給タレハ、帝崩後、国へ下り給テ後、母御前ト倶ニ神ト顕テ、若伊香保ノ大明神ト申ス、夢ノ枕ノ日記ニ任テ、水沢寺鎮守ト崇メ上ツル、

と叙される古寺である。そして、今日、大平にある水沢寺は、光仁天皇の御代に、古水沢寺の炎上の後、「恵弥僧正ハ此寺ヲハ、今少シ山深ク入テ造テ、本ノ水沢寺ヨリ黒沢ノ南差出山ト云東ノ麓弥陀ノ堀、大平ト云窪ニ大堂計ヲ立テ、朝夕ノ行法ヲ取営マレケリ」と叙されるものであった。したがって、『神道集』の「伊香保大明神事」は、水沢寺建立の由来を説く意義を有するものであれば、その叙述を引き継ぐ縁起が当寺に伝来される必然性は大いにあると言える。すなわち、その「水沢寺之縁起」は、宝永七年（一七一〇）二月、野州長沼宗光寺住職の義観和尚の筆録するものであるが、およそ『神道集』の叙述を引き継ぎ、それを美文調の漢文体で、いささか簡略化して記されたものであった。

ところで、この義観筆録の「水沢寺之縁起」は、『神道集』の「上野国第三宮伊香保大明神事」のみを引き継ぐものではなく、その表題に、「又云㆓赤城縁起㆒　又号《ス》㆓伊香保縁起㆒」とあるごとく、その前段に「上野鎮守赤城山大明神事」の叙述を据え、『神道集』とは違えて、その「赤城」と「伊香保」とを一続きで掲げている。しかも、その叙述の文体は、前半の「赤城」のみをあげる僧泰亮筆の『上毛伝説雄記』（安永三年、一七七四）のそれとほぼ一致するのである。その両者の冒頭部分を対照して掲げると次のごとくである。ただし、「水沢寺之縁起」には、水沢寺特有の仏教的詞章が含まれているので、その部分は、（中略）としてはずしている。

（雑）上野国赤城大明神の縁起を尋ぬるに、往古履中天皇の御宇に当りて、　高野辺左大
（縁）抑此《ノ》寺《ノ》来由《ヲハ》者、　当《テ》二人王三十四代推古天皇之朝《ニ》一（中略）伊香保御前《ノ》御父高野辺左大

将家成公と云ふ人あり。人と為り聡明にして、能く六芸に通達せり。麗景殿の女御を誹謗する故を以て、上野
将家成公、　為レ人聡明、　而能《ク》通《ス》二六芸《ニ》一、　以《テ》下妄《リニ》　誹二謗《スル》　於麗景殿《ノ》女御《ヲ》一故上、被レ左

国深須郷に左遷せられ、年月を山野に送る。子一男三女あり。　男子は後に、洛に帰り官に仕ふ。左少将を
遷《セ》二于上野国勢田郡深須郷《ノニ》一、送《ル》二年月《ヲ》於山野《ニ》一、有《リ》レ子一男三女、（中略）嫡男子《ハ》得《テ》レ折《ヲ》、而皈《リ》レ洛《ニ》仕《ヘ》レ官《ニ》、　経《テ》二左少

経て中納言に至る。家成の妻は、歳三十八にして探津に卒す。火葬して遺骨を二に分ち、一を深津に蔵め、
将《ヲ》一至《ル》二中納言《ニ》一、　家成之妻、　三十八にして而卒《ス》二于深須《ニ》一、　分《テ》二骨於二《ツニ》一、　而一《ツ》者《ハ》蔵《メ》二于深須《ニ》一、

一を洛陽に送る。　左少将、これを大和国山辺の上に蔵む。　家成再び信濃国更科郡県の令更科
一《ツヲ》者《バ》送《ル》二於洛陽《ニ》一、左少将、蔵《ム》二之《ヲ》大和《ノ》国山辺《ノ》上一矣、至《テ》二賓鴈来《リ》秋風起《ルニ》一、家成、嫁《シテ》二信濃国更科郡県令、更科《ノ》

太夫宗行が女を迎へて妻となし、一女子を生む。家成後赦免せられて洛に帰りて、又官に仕ふ。恩寵群臣に超
太夫宗行之女《ヲ》一、　両生《ム》二一女子《ヲ》一、　然《クシテ》後、家成皈《リ》二洛《ニ》一、　仕《フ》レ官《ニ》、　寵越《ヘ》二于群臣《ニ》一、

えて、上野の大守となる。
命《テ》レ為二上野《ノ》太守《ト》一也、

右のごとく、両者の章句はきわめて近似している。しかも『雑記』は、仮名書ではあるが、漢文体の口調が残っている。それならば、『雑記』は、この義観筆の「水沢寺之縁起」に拠ったのであろうか。ところが、義観は「縁起」の奥書で、

余見《ルニ》㆓水沢寺縁起《ノ》㆒、其書《ノ》以《テ》㆓仮名《ヲ》㆒而書写《ス》、（中略）故《ニ》絶《チ》㆑長補《ヒ》㆑短《ヲ》、去《リ》㆑斜《ヲ》祐《ケ》㆑正《ヲ》、而《シテ》著《シ》㆓縁起一篇《ヲ》㆒畢《ンヌ》、縁起《ノ》始《メニ》、書《シ》㆓垂仁天皇《ト》㆒、或《ハ》称㆓履仲天皇《ト》㆒、皆是訛説也、（中略）以㆓推古天皇《ヲ》㆒為㆓符合《ノ》説《ト》㆒、（中略）書《キ》㆓直《シ》之《レヲ》㆒畢《ンヌ》、不《ル》㆑可㆑有㆑疑《ヒ》者也、

と記しており、垂仁の記は見えないが、「水沢寺之縁起」は、たしかに『雑記』の「往古履中天皇の御字」を「人王三十四代推古天皇之朝」と訂している。つまり、『上毛雑記』は、「水沢寺之縁起」に先行した仮名書古縁起に拠って、その前半のみを「赤城伝説」として掲げたらしいということになる。

さて、義観筆の「水沢寺之縁起」に先行する仮名書古縁起があり、それが「赤城」「伊香保」を一続きで叙述していたとすると、『神道集』の「赤城大明神事」「伊香保大明神事」との関連が問われることになる。そして、『神道集』の「赤城大明神事」は、その末尾において、赤城の神々の本地を明らめないままに終えることが注目される。すなわち、『神道集』は、「赤城」「伊香保」を一続きに叙述する仮名書「水沢寺古縁起」に近いものを原拠として、前半の「赤城」と後半の「伊香保」を分断して掲載したと推される。ちなみに、『神道集』の「伊香保大明神事」は、末尾において、伊香保の神々の本地を明らめている。そして、赤城の神々の本地は、巻八の「上野国赤城山三所明神内覚満大菩薩事」の末尾に示されているのであった。

初出一覧

第一篇　日本の「昔話」の生成

日本「昔話」の始原――コト・フルコト・カタリゴト――

昭和六二年、〈関敬吾博士米寿記念論集〉『民間説話の研究―日本と世界―』同朋舎出版（原題「民間説話〈昔話の成立〉―コト・フルコト・カタリゴトをめぐって―」の一部）

日本「昔話」の年輪――生成・伝播――

昭和五九年、〈日本昔話研究集成〉・第二巻、福田晃編『日本昔話の発生と伝播』名著出版（原題「総説・昔話の発生と伝播」）

第二篇　昔話と御伽草子

「藤袋の草子」の生成〈その一〉

昭和五三年、『国学院雑誌』第七九巻十号（原題、昔話と御伽草子―『藤袋の草子』をめぐって―（上））

「藤袋の草子」の生成〈その二〉

昭和五四年、『国学院雑誌』第八十巻五号（原題、昔話と御伽草子―『藤袋の草子』をめぐって―（下））

「真名野長者物語」以前――京太郎譚の展開――

平成二三年、福田晃・金賛会・百田弥栄子共編『鉄文化を拓く炭焼長者』三弥井書店

御伽草子『鉢かづき』の成立

平成一九年、寝屋川市史編纂委員会『寝屋川市史』第九巻〈鉢かづき編〉第二部「論考」広域編・第一章

『鉢かづき』の伝承と在地
平成一九年、右掲同書、第二部「論考」在地編・第一章
昔話「鉢かづき」の伝承
平成一九年、右掲同書、第二部「論考」在地編・第七章

第三篇　本地物語と民間伝承

「氣比宮本地」の精神風土——越前・荒血山を越える——〈その一〉
平成二二年、『中世文学』第五号
「氣比宮本地」の精神風土——越前・荒血山を越える——〈その二〉
平成二二年、『伝承文学研究』五九号
「伊香保の本地」の伝承風景——温泉信仰と縁起——
平成九年『悠久』第六九号、特集「温泉信仰」（原題「温泉の信仰と縁起譚—伊香保の場合を中心に—」）
『神道集』の上州在地縁起群
昭和六三年、『神道大系』月報72「神道集」

あとがき

本書は、わたくしの五十余年に及んだ学究生活の成果を端的に示すものとなっている。

昭和三十一年（一九五六）十月、國学院大学の二回生の折、神田の古書店、一誠堂のガラス戸のなかに、横山重先生編『室町時代物語集』第二・第三・第五の三冊を見付けた。ようやく専門的な学習にめざめ、卒業論文のテーマを決めかけていたときであった。それは三冊で二万五千円、昭和三十四年の都立高校の初任給が一万二千八百円だったので、それは今日に換算すれば四十万円ほどの大枚《たいまい》となる。わたしは、五年間の社会人の勤めによって貯《たくわ》えたお金《かね》で、これを購入した。ちなみにこの折に、北沢書店で手に入れた若月保治氏の『古浄瑠璃の研究』全五巻も大冊であったが、一金五千円であった。

翌年の四月、わたくしは本格的な学習をめざして、臼田甚五郎先生が主宰される説話研究会に入れていただいた。この「説話」は、国文学における文献説話に留まらず、民間説話を含んでのことであった。この年は、週一回の輪読で、御伽草子がとりあげられていた。そしてこの研究会は、夏には十日間ほどの日程で昔話のフィールド調査がおこなわれていた。が、わたくしは、この年は参加できず、翌年の岩手県九戸郡の採訪に参加した。それは行き当たりばったり的なフィールド調査で、昼は歩きに歩いて村人に語りを依頼して回り、夜になって老人に集まっていただき、昔話を聞きとるというものであった。勿論テープレコーダーなどはなく、ご老人の語りを手書きでノートに書き留めるという次第であった。

わたしの卒業論文は、『室町時代物語集』第二にも収載されている「諏訪縁起」がテーマで、指導の臼田先生の勧めでもあった。先生はわたくしのために、御架蔵の写本を二冊示された。この「諏訪縁起」は、主人公の名によって諏方《よりかた》系と兼家《かねいえ》系とに分れるが、それは数少ない兼家系の貴重本であった。昭和三十三年十二月、四百字詰原稿用紙三百五十枚ほどにまとめた「諏訪縁起の研究」を卒業論文として提出した。それは臼田先生のご期待に応《こた》え得るものではなかったが、わたくしの学究の出発点になったことは紛れもないことであった。しかもまもなくわたくしは、この本地物語「諏訪縁起」「諏訪の本地」の甲賀三郎譚が、世界各地に伝承されるフォクテール「奪われた三人の王女」(AT・三〇一)の類話に属することを知ったのである。

昭和四十年、わたくしは大学院博士課程を終了すると同時に、縁あって大阪の大谷女子短期大学に赴任した。それは翌年の女子大学設置のための準備用員としての採用であった。その年は、先輩教授とともに、文学部国文学科の図書の購入から教学大系の原案づくりまでにかかわったのである。それは大学紛争が激化していた時代で、教授と学生との関係が不穏な状態にあった。その教授と学生との信頼関係を教学のなかでいかに築くかが、女子大学でも課題となった。わたくしは、五人の専任教員が正式の講座・演習のみならず、それぞれの自主的ゼミを開設することを提案した。臼田先生の説話研究会の方法に学んだのである。翌年、大谷女子大学が開学、わたくしは自主ゼミとして説話文学研究会を用意し、およそ二十名余の新入生を入会させたのである。そこで、國学院と同じく、毎週一回、書かれた説話の輪読のかたわら、昔話の入門書の講義を進めた。やがてその年の八月下旬には、十日間にわたり、岡山県真庭郡八東村・花園村において、昔話の聞き取り調査を実施したのである。それは、指導の教員と学生との共同作業であり、合宿生活でもあり、毎晩実施される報告会は、確かに教員と学生との信頼を獲得する絆《きづな》ともなったのである。

この大谷女子大学における学生との合同調査が、わたくしを昔話研究にのめり込ませる契機となった。そしてこの学生との合同調査は、立命館大学に転任してからも三十余年にわたり続けたのである。その経緯は、『沖縄の伝承遺産を歩く』(三弥井書店)に収めた「昔話採訪の五〇年」に記したことである。およそわたくしの国文学研究は、室町時代の物語から社寺縁起を収載する『神道集』に及ぶものであるが、はからずもそれと昔話伝承とのかかわりを考察するものともなった。が、それは所詮、恩師・臼田甚五郎先生のはからいにあったのかと、今は思うのである。
さて、第一編の「日本「昔話」の生成」は、その昔話研究に深入り始めた頃、昔話研究の大先達・関敬吾先生の導きで執筆したものである。その関先生は、日本における昔話研究の草分け的存在であるが、なかなか個性の激しい方で、学界においても相容れない方が少なくなかった。また後進の学究に対する批評もきわめて手厳しいものであった。それにもかかわらず、わたくしが先生のお目にかなったのは不思議であった。それはわたくしが、他の口承文芸の研究者と一味《ひとあじ》ちがって、いささか国文学・古典に通じていることと関わることであったろうか。関敬吾先生は、『日本昔話大成』（角川書店刊）の公刊を支えた野村純一氏を介して、小松和彦氏とわたくしを呼び出された。小松和彦氏もまた、他の口承文芸の研究者とは違って、民俗学よりも文化人類学の視点に立つ、気鋭の学究であった。かくして関敬吾先生の監修のもと、野村・小松・わたくしの三者が、相はかって『日本昔話研究集成』全五巻を公刊することとなった。出版元は名著出版で、その書目は次のようであった。

第一巻　日本昔話研究の課題（小松和彦編）〔昭和六十年六月刊〕
第二巻　日本昔話の発生と伝播（福田晃編）〔昭和五十九年四月刊〕
第三巻　日本昔話と民俗（野村純一編）〔昭和五十九年八月刊〕
第四巻　日本昔話の形態（福田晃編）〔昭和五十九年十二月刊〕
第五巻　日本昔話と文学（野村純一編）〔昭和五十九年一月刊〕

それは、これまでの注目すべき研究論文を含めて、新稿を用意するもので、今後の昔話研究の方向を示唆しようとする編集であった。今に思えば、日本における昔話研究が、もっとも盛りあがった時期の公刊であったと言える。それを契機にして、わたくしは、日本の昔話の史的経過を研究しようと試みて今日に至ったが、それはいまだ果されてはいない。その試論の一部を本書に収めたのである。

第二編の「昔話と御伽草子」は、昔話研究に踏み込んで間もない頃から近年に及んだ論稿を収めている。前年の「藤袋の草子の生成」は、昔話のフィルドワークが、日本本土から奄美・沖縄に及んだ時期の頃（昭和五〇年前後）のもので、南島の伝承にふれた感動の余韻がうかがえ、いささか気負いの多い論攷である。しかし一方で「藤袋の草子」そのものの絵巻・絵本の探索に、無我夢中で走り回ったことも懐かしい。貴重な古書を惜しみもなく開陳してくださった京都・伏見の本屋さん・故若林正治氏、また福岡の国会議員・故麻生太賀吉氏（麻生太郎氏のご尊父）には、改めて感謝申し上げたい。またその仲介の労をとっていただいた故佐竹昭広氏（当時、京都大学教授）、故松本隆信氏（当時、慶應大学・斯道文庫教授）も懐かしく思い出される。お二人の先学は、それぞれに学究とはこうあるべきというお姿をわたくしに示されたことであった。

後半の「鉢かづき」関連の三編は、前者からは三十年を隔っての執筆である。寝屋川市の住人であるわたくしは、平成十二年、寝屋川市史編纂委員を委嘱され、阪口弘之氏（当時、大阪市立大学教授）、小林健二氏（当時、大谷女子大学教授）の三者の編集によって『寝屋川市史』第九巻「鉢かづき編」を公刊することとなった（平成一九年）。地元の期待は、「鉢かづき」の寝屋川市出自を予想するものであったが、それに応《こた》えていないのが本書である。しかし本書の収穫は、御伽草子の諸本を網羅的に収集に、その古態本を中心に、主なる本文を収載していることである。そしてその総括ともいうべき「御伽草子『鉢かづき』の諸本」（小林健二氏執筆）は、誇るべき金字塔となったと自負するものである。これを許された寝屋川市史編纂委員会に対して、心より敬意を表する次第である。

もう一本の「真名野長者物語」は、福田晃・金賛會・百田弥栄子、三氏共編の『鉄文化を拓く　炭焼長者』（三弥井書店、平成二十三年刊）に収めた論考である。本書は、柳田國男先生の炭焼長者論を越えて、アジアのなかの「炭焼長者」の伝承を究明しようとしたものである。民間説話の研究は、当然、国際的でなければならぬ。しかしそれは、国内の時間的（歴史的）比較と国外との空間的（地域的）のそれとの複合によって果たされるものと考える。本書はそれを志したもので、わたくしどもはそれを「百合若大臣」でも試みるつもりである。題して『鷹・鍛冶文化を拓く百合若大臣』とする。公刊を期待されたい。

第三編の「本地物語と民間伝承」は、中世における神仏習合・本地垂迹思想のなかで成立した本地物語を考察したものである。前半の「氣比宮本地の精神風土」は、珍しく文献を中心として研究を進める中世文学会が、民間伝承を重んじて研究を志すわたくしに公開講演を依頼された（平成二十一年秋季大会、於藤女子大）。その草稿のもとに成ったものである。それは、文献ではうかがえ知れない文化状況が、実地踏査のなかで見出されることを示したものである。氣比神宮、敦賀市立博物館、その他、地元の敦賀市在住の方々の御教示・ご協力によって成ったもので、各位に改めて御礼を申し上げたい。後半の二本は、本地物語に類する社寺縁起群を収載する『神道集』関連の小論である。わたくしは、先にあげたごとく、そのなかの「諏訪縁起」が研究の出発点であった。したがって、神道集の研究は、わたくしの最終目的である。すでに『神道集説話の成立』（三弥井書店・昭和五十年）を上梓しているが、寿命があれば、『神道集の編者と成立』を公刊したいと考えている。五十年を経過して、ようやくそれが見えてきたのである。天運を期待するのみである。

なお本書収載の論文をなすに当っては、それぞれの公の機関から個人に及ぶ多くの方々のお力添えを得ている。いちいちお名前をあげることは控えるが、各機関、各位に対して、改めて謝意をお届けする次第である。

最後に、今回も拙著の刊行をお引き受けいただいた三弥井書店（社長・吉田栄治氏）に御礼を申し上げたい。三弥井書店さんから、わたくしどもの『伝承文学研究』（創刊号）を出していただいたのは、昭和三十七年（一九六二）のことであった。爾来、五十余年にわたって、お力添えをいただいた。ありがたいことである。また編集を担当していただいた娘さんの智恵さんにも謝辞を申し上げたい。ややこしい旧稿を持ち込んで、ご苦労をかけました。わたくしどもの原稿が、生きるも死ぬも、出版社さん次第である。ありがとうございました。

平成二十六年霜月の十五日

八十三歳の春を待ちつつ

著者・福田　晃

著者略歴

福田　晃（ふくだ・あきら）
昭和７年、福島県会津若松市に生れる。國學院大学文学部卒業、同大学院博士課程・日本文学専攻修了。
立命館大学名誉教授。文学博士。

主な著書　『軍記物語と民間伝承』（岩崎美術社、昭47）、『昔話の伝播』（弘文堂、昭53）、『中世語り物文芸――その系譜と展開――』（三弥井書店、昭56）、『神道集説話の成立』（三弥井書店、昭59）、『南島説話の研究――日本昔話の原風景――』（法政大学出版局、平４）、『京の伝承を歩く』（京都新聞社、平４）、『神話の中世』（三弥井書店、平９）、『神語り・昔語りの伝承世界』（第一書房、平９）、『曽我物語の成立』（三弥井書店、平14）、『神語りの誕生』（平21）、『沖縄の伝承遺産を拓く』（平25）

主な編著　『蒜山盆地の昔話』（三弥井書店、共編、昭43）、『伯耆の昔話』（日本放送出版協会、共編、昭51）、『日本昔話事典』（弘文堂、共編、昭52）、『沖縄地方の民間文芸』（三弥井書店、昭54）、『沖縄の昔話』（日本放送出版協会、共編、昭55）、『日本伝説大系』第12巻〔四国編〕（みずうみ書房、共編、昭57）、『奄美諸島・徳之島の昔話』（同朋舎出版、共編、昭59）、『民間説話――日本の伝承世界――』（世界思想社、昭63）、『日本伝説大系』第15巻〔南島編〕（みずうみ書房、共編、昭64）、『講座・日本の伝承文学』第１巻〈伝承文学とは何か〉（三弥井書店、共編、平６）、『京都の伝説』〈全４巻〉（淡交社、共編、平６）、『民話の原風景――南島の伝承世界――』（世界思想社、共編、平８）、『唱導文学研究』第一集（三弥井書店、共編、平８）、『幸若舞曲研究』第10巻（三弥井書店、共編、平10）、『巫覡・盲僧の伝承世界』第一集（三弥井書店、共編、平11）、『日本の民話を学ぶ人のために』（世界思想社、共編、平12）、『伝承文化の展望――日本の民俗・古典・芸能――』（三弥井書店、平15）、『鉄文化を拓く〈炭焼長者〉』（三弥井書店、共編、平23）

昔話から御伽草子へ—室町物語と民間伝承—

平成27年2月13日　初版発行

定価はカバーに表示してあります。

©著　者　福田　晃
発行者　吉田栄治
発行所　株式会社 三弥井書店
〒108－0073東京都港区三田3－2－39
電話03－3452－8069
振替00190－8－21125

ISBN978-4-8382-3276-5 C0093　印刷　シナノ印刷